初心

粤港澳合作中的横琴故事

曾平标 著

SPM 南方传媒 花城出版社
中国·广州

图书在版编目（CIP）数据

初心：粤港澳合作中的横琴故事 / 曾平标著. --广州：花城出版社，2020.1（2022.3重印）
ISBN 978-7-5360-9079-8

Ⅰ. ①初… Ⅱ. ①曾… Ⅲ. ①纪实文学－中国－当代 Ⅳ. ①I25

中国版本图书馆CIP数据核字(2019)第268190号

出 版 人：张 懿
责任编辑：李 谓　杜小烨
技术编辑：凌春梅
封面摄影：李建束
内文供图：横琴新区管理委员会
封面设计：荆棘设计

书　　名	初心：粤港澳合作中的横琴故事
	CHUXIN: YUEGANGAO HEZUO ZHONG DE HENGQIN GUSHI
出版发行	花城出版社
	（广州市环市东路水荫路11号）
经　　销	全国新华书店
印　　刷	佛山市浩文彩色印刷有限公司
	（广东省佛山市南海区狮山科技工业园A区）
开　　本	787毫米×1092毫米　16开
印　　张	21.5　1插页
字　　数	400,000字
版　　次	2020年1月第1版　2022年3月第2次印刷
定　　价	58.00元

如发现印装质量问题，请直接与印刷厂联系调换。
购书热线：020-37604658　37602954
花城出版社网站：http://www.fcph.com.cn

建设横琴新区的初心就是为澳门产业多元发展创造条件。

——习近平

(《人民日报》2018年10月26日第一版刊载报道)

目录

001　楔子　总书记的嘱托

────── 第一章　横琴！横琴！

009　对面的澳门看过来

　　拓展对外空间，也许没有哪一个岛，比横琴更牵动澳门人的心；也许没有哪一块土地，比横琴更受到澳门人的垂青。

014　再回首

　　风吹来，雨打来，潮袭来，浪涌来。一轮又一轮的大围垦，一次又一次的大"开发"，横琴人度过了半个多世纪不为外界所知的岁月。

022　谋定而后动

　　历届横琴建设者们坚信，横琴岛开发迟早要来，一定要守住底线，抗住诱惑，没有深思熟虑决不做决策，不留历史败笔。

────── 第二章　琴鸣天下

031　国家定位

　　10年论证，一朝定案，横琴这张白纸曾经画了擦，擦了画，终于从国家战略高度一锤定音。

047　天降大任于斯

阿基米德有一句名言："给我一个支点，我就能撬动地球。"给横琴一个支点，横琴人能撬动横琴吗？

063　不走"寻常路"

先规划，再开发，横琴将这种理念奉为圭臬。规划就像一面旗帜，所有的"冲锋号"都集结在这面旗帜下。

072　我用真情换你心

一边是新区开发无地可用，一边是土地闲置于业主手中，土地收储问题没解决，助力澳门经济多元化发展只能是水中月、镜中花。

第三章　特区中的特区

085　你的大学

如果说横琴是"特区中的特区"，那么，澳门大学横琴新校区便是镶在这块特区塔尖上最耀眼的一颗宝石。

102　舍得

横琴在"舍"与"得"的佛经禅意间大彻大悟，那就是：配合澳门、服务澳门、扩展澳门、提升澳门。

114　横琴"硅谷"

把位置最好的地留给澳门青年，那是澳门青年创业的福地，是澳门年轻一代把自己的梦想和祖国的发展连接在一起的地方。

125　让梦想飞

澳门更多年轻人在把握不同的机遇，这是他们来到横琴的原因，他们在证明自己可以做很多事。

第四章　濠江注目礼

137　大道通衢

宋代叶适在《修路疏》中曰："出门无碍，方是通衢；着脚不牢，未为坦道。"助力澳门，横琴自身要"强筋健骨"。

148　地下"大动脉"

地下综合管廊宛若盘踞于横琴地下的一条"巨龙"，其"腹中"的条条管线，俨然是这座城市的"冠状动脉"，正源源不断地向全岛各个角落输送"血液"。

159　有一种速度叫"横琴"

如果说，30年前的深圳曾创造"三天一层楼"的"深圳速度"，那么，今天的横琴正在创造"每周封顶一栋楼"的"横琴奇迹"。

171　中国版"奥兰多"

横琴助力澳门建设国际旅游休闲中心，倾力打造长隆"巨无霸"，带动更多旅游项目落地，琴澳旅游合作比翼双飞。

第五章　横琴何以成为横琴

185　你的事就是我的事

在横琴，有一个耳熟能详的名词：服务澳门。这种服务事无巨细，渗入到横琴每个部门、每个横琴人的骨子里。

205　风含情水含笑

横琴助力澳门经济适度多元化发展，就是要在绿色生态、环保设施、绿色建筑、LED节能、社区绿化等方面营造与澳门相类似的生态环境。

215　金融桥

横琴，一个最接近"钱"的地方。此"钱"不受地域限制，却受法律法规管，两地能不能在这濠江上架一座"桥"？

224　智慧的证明

大数据、云计算、物联网、移动互联网、人工智能……这些时髦的科技前沿词汇和新型智慧城市的"标配"，已经由一个个抽象而炫酷的概念，变成横琴发展进程的一个个新标签。

236　非常道

阳光、透明，这是横琴构建法治环境的主题词。横琴的廉政办被澳门视为"内地版"的廉政公署，法院和检察院的创新改革借鉴了澳门的经验。

第六章　我家大门常打开

251　一起去横琴

除了独具特色的港澳企业，全球知名企业、总部企业纷至沓来，成为横琴投资榜单上的"天王"。

260　追梦

横琴像个"大磁场"，吸引着来自世界各地的逐梦者，也吸引着来自内地和港澳的追梦人。

273　大通关

口岸24小时通关、澳门单牌车进出横琴、琴澳查验监管互认……横琴口岸人紧贴澳门元素，筚路蓝缕，先行先试，闯出一条条别开生面的便利通关之路。

283　漂洋过海来看你

澳门要做中国和拉美、葡语系国家合作的"精准联系人"，横琴如何帮？

296　孑城记

> 横琴开发后,"琴澳同城"这个词频频出现。事实上,虽然横琴和澳门两地居民不说"同城"二字,但同城生活早已开启。

第七章　横琴没有休止符

311　关注就是力量

> 每一次回望横琴,你总会感叹它频受关注,你总会感叹什么叫作"集万千宠爱于一身"。

317　行走中的横琴

> 横琴每天都在行走,一旦发现路径稍有偏差,会立即校准发展的"准心",这个准心就是坚定不移助力澳门经济适度多元化发展。

325　初心如磐

> 《横琴粤澳深度合作区建设总体方案》明确了合作区"一条主线""四个战略定位"和"四项主要任务",横琴开发进入粤澳全面合作共商共建共管共享的新阶段。

331　后记

楔子　总书记的嘱托

十月的南粤大地，金风送爽，丹桂飘香。

2018年10月22日下午，中共中央总书记、国家主席、中央军委主席习近平考察了珠海横琴新区粤澳合作中医药科技产业园。该产业园是《粤澳合作框架协议》下首个落地项目。习近平结合视频、沙盘、中医药产品展示，了解横琴新区规划建设以及产业园建设运营、中医药产业发展和国际交流合作情况。习近平走进车间，察看中药制品生产流程。在研发检测大楼，科研人员纷纷向总书记问好。习近平指出，中医药学是中华文明的瑰宝。要深入发掘中医药宝库中的精华，推进产学研一体化，推进中医药产业化、现代化，让中医药走向世界。他强调，建设横琴新区的初心就是为澳门产业多元发展创造条件。横琴有粤澳合作的先天优势，要加强政策扶持，丰富合作内涵，拓展合作空间，发展新兴产业，促进澳门经济发展更具活力。①

横琴，总书记心之所系，情之所牵。

2009年至2018年，习近平总书记高度关注横琴发展，四次到横琴②，第一次定调，第二次鼓劲，第三次勉励，第四次鞭策……

每一次行色匆匆，步履深深。

每一次谆谆教诲，苦口婆心。

十年的时间里，党和国家的主要领导人密集视察同一个地方，这在新中国的历史上并不多见。

为什么？

初心！

助力澳门产业多元发展的初心！

---

① 《习近平在广东考察时强调：高举新时代改革开放旗帜　把改革开放不断推向深入》，《人民日报》2018年10月26日报道。

② 《习近平强调自主创新：要有骨气和志气，加快增强自主创新能力和实力》，新华社2018年10月23日报道。

从亲自宣布横琴开发开放到指出"建设横琴新区的初心就是为澳门产业多元发展创造条件",从指出"当前特别要做好珠澳合作开发横琴这篇文章,为澳门长远发展开辟广阔空间、注入新动力",到为横琴粤澳深度合作区开发开放多次做出重要部署,充分体现了习近平总书记对开发开放横琴厚重如山的亲切关怀,重若千钧的信任期望。

横琴与澳门一水之隔,距离最近处不到200米。

这是内地最贴近澳门的地方,也是中国最为特殊的一个岛屿,它地处"一国两制"的交汇点和内外辐射的接合部,与澳门中心城区的地理关联甚至于比珠海中心城区还来得紧密。

众所周知,澳门是一个微型经济体,博彩业在澳门经济活动中扮演"主角",也是维持政府收入的支柱产业。没有产业集群,便难以单独抵御外来的经济风险。

这种潜在的不稳定性,正如北宋吕蒙正《破窑赋》所言:天有不测风云。

2008年至2009年,云谲波诡,受美国次贷危机引发的全球金融海啸的影响,澳门以旅游博彩业为龙头和支柱的经济结构弊端凸显,博彩业节节下滑,一片萧条,旅客锐减,首季度澳门博彩毛收入同比下跌13%,澳门经济负增长12.9%……

澳门被"寒冬"笼罩。

2009年1月,时任中共中央政治局常委、国家副主席的习近平在澳门考察期间宣布,中央政府决定开发横琴岛。①

横琴岛开发的"按钮"正式按下,为澳门经济适度多元发展提供新平台,带来新机遇。

时任澳门特区行政长官何厚铧感慨万千,他由衷地说:"这是中央送予澳门特区的一份厚礼,也是'一国两制'优越性的充分体现。"②

从国家开发横琴的初衷看,澳门人多地少,而横琴地多人少,两地具有很强的互补性。以106.46平方公里的横琴助力32平方公里的澳门,让横琴做澳门经济适度多元化发展的"摇篮",自然是大有可为!

2009年8月,国务院正式批复《横琴总体发展规划》,将横琴岛纳入珠海经济

---

① 《又是一年开学季,听青年"引路人"习近平这样说》,人民网2019年9月1日报道。
② 《何厚铧:以澳大横琴新校区为契机完善特区人才战略》,新华社2009年6月27日报道。

特区范围，首个"一国两制"下探索粤港澳合作新模式的示范区脱颖而出。

2009年，注定是横琴新区的元年。

12月16日这天，新区管委会正式挂牌，横琴成为继浦东、滨海后的第三个国家级新区。

横琴一次次走向国家战略最前沿：

2015年3月24日，中共中央政治局审议通过《中国（广东）自由贸易试验区总体方案》，横琴与南沙、前海"三足鼎立"，其中，横琴自贸片区的使命独具：促进澳门经济适度多元发展新载体、新高地。

2019年2月18日，国务院发布《粤港澳大湾区发展规划纲要》，横琴被定位为粤港澳深度合作示范区。

2021年9月5日，中国共产党建党百年之际，中共中央、国务院印发《横琴粤澳深度合作区建设总体方案》，一锤定音地明确了横琴开发开放战略定位：促进澳门经济适度多元发展的新平台；便利澳门居民生活就业的新空间；丰富"一国两制"实践的新示范；推动粤港澳大湾区建设的新高地。

千载抚琴无人识，一曲歌罢天下鸣。从昔日冷清独卧珠江口西畔，到如今成为一片开发投资的热土，横琴新区犹如一位卓尔不群、大器晚成的智者，又如一把优雅脱俗的宝琴历久弥新，引颈长歌。

从建设国家级新区，自贸试验片区，到助力打造粤港澳大湾区澳珠极点，再到粤澳深度合作区扬帆起航……被机遇垂青的横琴跃上改革大潮的浪尖，被激发出澎湃的动力。

十二年逐梦，横琴一直在路上。

惟创新者进，惟创新者强，惟创新者胜。十多年来，横琴新区牢记习总书记的嘱托，干在实处、走在前列，大胆试、大胆闯，新区经济、政治、文化、社会和生态建设等各项工作取得了重大进展：

率先实施商事登记改革。

率先创新跨境纳税服务。

率先发行多币种银联卡。

率先发布国内首个临时仲裁规则。

率先搭建金融创新知识产权运营交易国家平台。

率先推出"知识产权易保护"合作模式。

…………

这种罗列式的介绍看似抽象而枯燥，却是一场场实实在在的暴风骤雨式体制机制的创新，一曲曲"南粤宝琴"的天籁之音。

为"一国两制"下粤港澳紧密合作的"方程式"求解，为中国"深度改革"的创新探路。

横琴筚路蓝缕，每一次探索，都在表达着勇于创新的信念：试水司法改革，设立"三位一体"管理模式，实施口岸一、二线监管，成立国内首个廉政办公室……

一任接着一任干，一张蓝图绘到底。横琴把国家使命高高扛在肩头，把发展机遇紧紧攥在手中。十年磨一剑，凭其娴熟的磨剑术，在软、硬件等大处着眼：

横琴新区成立以来，第一件工作就是通过土地的整理为澳门的多元发展腾出空间，之前政府拥有土地0.7平方公里，现在政府已经拥有土地15平方公里，为澳门产业多元发展提供了基本保障；第二件工作是投入近千亿资金，高质量地搞好基础设施建设，为澳门企业进入提供了条件。建成了中国目前最先进的供电系统，通达的公路以及国内最高水平的地下综合管廊，横琴的基础设施获得了国家最高荣誉——鲁班奖和詹天佑奖；第三件工作是为澳门的多元发展提供软件支持，创新政务环境，简化政务手续，完善法律环境。

510余项改革创新成果落地。其中，"政府智能化监管服务新模式""企业专属网页政务服务新模式""横琴用电服务新模式"荣获全国自贸试验区最佳实践案例，全国税收直办"零跑动"创新被列入国务院第五次大督查典型经验做法。

11项试点经验在全国复制推广。

63项改革创新措施在广东省复制推广。

有阳光就会灿烂。横琴在开办企业、获得电力、执行合同等3项指标的排名与港澳以及国际先进地区的差距大幅缩小。国际化、法治化、便利化的营商环境，让横琴在连续两届中国投资者大会上摘得"最具投资价值奖"。

横琴就像一把余音袅袅的古琴，时至今日，被注入了滋润其生命的"澳门"音符，终于迸发出时代的最强音。

12年间，横琴金融业渐入佳境，旅游业迅速壮大，商务服务企业聚集。翻开横琴的经济报表，让世界叹为观止的"横琴奇迹"正在颠覆着人们的想象：

地区生产总值：从2009年的2.85亿元增长到2020年的406亿元。

固定资产投资：从2009年的19.08亿元增长到2020年的367亿元。

吸收利用外资：从2009年的69万美元增长到2020年的17亿美元。

一般公共预算：从2009年的0.36亿元增长到2020年的95亿元。

截至2020年6月底，横琴商事主体突破6万家；世界500强企业落户45家；中国500强企业落户73家……

穿行于横琴岛，能感受到它强劲的脉动。澳门大学新校区、长隆国际海洋度假区、多联供燃气清洁能源站、横琴新家园、十字门中央商务区……横琴，昔日的泥泞滩涂上，现今马路纵横交错，一栋栋高楼拔地而起，一座现代化的未来之城正在喷薄而出。

风帆起濠江，春潮涌横琴。秉持创新、协调、绿色、开发、共享的"五大发展理念"不动摇，横琴走出了一条不一样的路，这座曾经渴望变革、谋求发展的小岛，完成了它史诗般的嬗变和转身！

12年，对横琴来说，不仅是一场化蛹成蝶的精神蜕变，更是一次渗透骨髓的自我洗礼！

合作、创新、服务。横琴在创造奇迹的同时，也成就了更美澳门——以琴澳合作为主线，以促进澳门产业多元化和港澳地区的繁荣发展为目标，横琴在不遗余力地营造一个与港澳同步的国际化、法制化营商环境，搭建澳门产业多元化发展的新平台：建立沟通渠道，落实土地供给，推进产业联动，提供专项服务，注重资源互补，设施跨境对接，澳门单牌车自由出入横琴配额增加至10000辆，两地口岸实现"合作查验，一次放行"……

迄今，横琴累计培育澳门青年创业项目524个，到横琴跨境办公的澳门企业220家；在横琴注册的澳资企业超过4300家，注册资本规模超过1300亿元，澳门居民在横琴购置的各类物业共11204套，面积达83万平方米。

澳门于横琴：借资源，借土地，借人才。

横琴于港澳：搭平台，搭载体，搭媒介。

开放岛。生态岛。

活力岛。智能岛。

一组组数据链，一个个关键词，横琴踏歌而行。

承载国家使命，横琴服务澳门初心不改。

澳门大学、粤澳合作产业园、粤澳合作中医药科技产业园、澳门青年创业谷……横琴如同一块能量巨大的"磁铁"，牢牢吸引着澳门同胞的目光。一个与国际接轨，全方位对接港澳，拥有法治化、国际化营商环境的中国改革开放新地标正在南海之滨悄然崛起。

横琴开发情系港澳，成为"一国两制"伟大构想的生动实践和最新体现。

坚守初心担使命，不负韶华再出发。

横琴牢记总书记嘱托，以"归零"和"重启"的心态，再次校准开放开发的准心，用行动兑现不忘初心的庄严承诺！

第一章　横琴！横琴！

明嘉靖《广东通志》记载："横琴山在城南二百里海中,二山相连,形如横琴,名大小横琴,下有井澳。"

这是一方历史厚重的土地——

曾经,低沉浑浊的蛋水歌一唱几千年,循着这些袅袅余音,我们仍然寻找到横琴古老的苍凉和它苍凉中的古老——

横琴岛最早的人类活动可追溯到5000年前,赤沙湾贝丘遗址保留着新石器中晚期的历史痕迹。

唐朝时,横琴处在广州至大食国(今阿拉伯国家)的航线上,是"海上丝绸之路"的必经之地。

南宋时,小皇帝宋端宗赵昰及陆秀夫、张世杰等文武重臣、军士民众数十万人在元兵追击下,逃至横琴岛十字门一带。宋、元开启中国历史上一场最大的海战,这场战役,给三百多年的大宋王朝画上了句号,也给横琴留存了一段可歌可泣的历史回响。

惆怅?

哀叹?

横琴的身后,是一个王朝怅然的背影和一段无法抹去的记忆……

这是一块命运多舛的土地——

明朝时,葡萄牙曾经染指它。

民国时,日本人曾经侵占它。

中华人民共和国成立前夕,国民党军队败退横琴岛……

这些岁月荏苒中的历史插曲,牵引着我前去与那些尘封的历史对话。它凝聚着怅惋和痛楚,弥漫在长长的时空隧道里,也弥漫了我的心。

漫步在十字门这块曾经腥风血雨的土地,抚摸着沐风栉雨、饱受惊涛骇浪拍打的石碑,心中慨叹:这会不会是大宋王朝没有痊愈的伤疤?

我们必须承认历史的遗憾和惋惜,就像不能否认它的苍凉和悲壮一样。

千古往事,已付红尘一笑……

对面的澳门看过来

"问渠那得清如许，为有源头活水来。"在中国地图上，澳门就像伸向大海的一枝美丽的莲花，荡漾在祖国南海的碧波上。

四百年前，葡萄牙侵占澳门，从此，这个充满传奇色彩的城市，离横琴很近，又离横琴很远。

> 你可知Macau
> 不是我真姓
> 我离开你太久了
> 母亲……

20年前，这首《七子之歌》在澳门回归的当晚唱起，无数华夏儿女热泪盈眶。如今，20年过去了，旋律依然铭记于心。

在横琴，美丽传说从远古的辙中走来——

相传，玉皇大帝有4个女儿，称为春、夏、秋、冬四季姑娘，相传她们常常结伴来到凡间的江河湖海里沐浴嬉戏。

四季姑娘相邀来到濠江，她们踏浪而舞，抚琴而歌。浴毕，夏姑娘独自来到岸边的礁石旁更换莲花裙，不巧被出海打鱼的阿豪闯见了。阿豪家住珠海湾仔，长得相貌堂堂，一表人才。

夏姑娘一见钟情，她想起孤独寂寞的天宫，顿生思凡之心。惜别之际，夏姑娘赠阿豪大琴、小琴两把，并告知他：夜晚想念她的时候，就对着天庭拨动琴弦，但千万不要在海上拨……

夏姑娘走后，阿豪茶饭不思，心神不定。一次出海拉网打鱼，他想起天宫中的夏姑娘，按捺不住思念之情，情不自禁，轻轻拨动起琴弦，不想天籁之音惊动了正在睡午觉的南海龙王，龙王大怒，龙头拐杖一挥，瞬间浪涛翻卷，阿豪的渔船被掀翻，手中的大琴、小琴飘落在不远处的海上，化为今天的大、小横琴山，而阿豪则被巨浪抛到了对面的氹仔岛，成为最早的澳门人……

岁月更替，大、小横琴山依然伫立于南海之滨，但澳门这片土地却发生了历史巨变。16世纪中叶，随着欧洲"航海大发现"的扩展，葡萄牙人于1553年开始，逐步渗透澳门……

据记载，当年葡萄牙人侵占了澳门三岛后，寻找水源时登上横琴岛，他们看中了岛上的三叠泉，并出兵占领。后来横琴人组织力量反抗，赶走了葡萄牙人。

鸦片战争后，横琴、澳门隶属不同辖区，对横琴岛而言，澳门就是一个远在天边又近在眼前的邻居。

来到澳门采访时，虽是暮春，但阳光明媚，海风和煦。

澳门这座小城，除了给人挥金如土、千金散尽的错觉外，更多的是扑面而来的时尚气息和浓厚的历史韵味。

官也街是澳门氹仔岛一条长约115米、宽约5米的老街。绿色的屋子，异国的建筑，红色的玫瑰花，窄窄的石板路，满满的葡式小清新风格。街内中、西食肆林立，有许多葡国菜馆，街道两边，密密麻麻开着数十家卖"手信"的商店，洋溢着浓郁的澳门市井风情。

到达官也街巴士站，广播用普通话、粤语以及葡萄牙语各报一遍。走下公交车的那一刻，看着极蓝的天空，极好的太阳，我心境怡然，充满了无限遐想。

我的采访对象阿坤的档口就在澳门驰名老字号"莫义记雪糕店"的不远处，门面小而精，摆满了澳门的特色食品：盒装的杏仁饼，散装的牛肉干、蛋卷、姜糖，还有放在玻璃罐里按两称的话梅、柠檬、八珍果等，应有尽有。他们的特产主要卖往横琴。

阿坤是澳门氹仔岛上的居民，黑黑瘦瘦，言谈中透着几分精明。他带我来到隔壁一家驰名的水蟹粥餐厅，据说这水蟹粥是取膏蟹、肉蟹和水蟹三种蟹的精华部分熬出，蟹黄与粥融为一体，粥面上泛起一层金黄，诱人夺目，美味了得。

我们每人点了一碗水蟹粥。

"横琴没开发前，那边主要以养蚝、打鱼为主，少许自家种植的蔬菜拿到澳门这边卖。"在与我闲聊时，阿坤告诉我，20年前，他时常从澳门路环搭木船到横琴，在简易的关口留下自己的回乡证，钓上一天的鱼再返回澳门。

"以前过（那）边空荡荡，睇（看）过去咩耶（什么）都冇（没有）。"阿坤告诉我，那时的横琴只有几个小村子，几家很小的酒家，除了钓鱼吃海鲜，横琴实在找不出其他可以消费的东西。

早在20世纪80年代到1993年期间，澳门方面就想与珠海合作，由澳门方主导开发横琴，主要做来料加工业。也是那个时候，阿坤和朋友在横琴办了个针织厂，做些袜子、毛衣的来料加工，后来厂子垮了，还亏了50多万澳门元。

阿坤仰天长叹，但已覆水难收。

"功亏一篑了？"

"係（是）啊！个阵（那时）连接横琴岛与珠海的横琴大桥还没有落成，货物装船从横琴去珠海要3个小时，过澳门才几分钟，阴公（倒霉）啊！"

除了针织厂，当时还有一些玩具厂、制衣厂等小企业进驻，但因规模较小，效益差，加上周边配套企业少，处于"孤岛经济"状态的横琴让这些澳门中小企业难以扎根，最后这些企业陆陆续续撤出。

阿坤前功尽弃，还亏了钱，郁闷了好一阵子。

厂没开成，阿坤却看到了另一种"小额贸易"：向横琴输送澳门的香烟、化妆品、录音机、录像机、进口水果等。

阿坤和朋友买了艘快艇。

"当时摄像机最走俏，全国各地有好多电视台都会派人在横琴那边等着我从澳门送过去这些'私货'。"

"要够胆。乘着大雾，干上一单就是上万。"他狡黠一笑。

澳门回归后，政府打击偷渡走私，横琴这边修起了铁丝网，海岸线20米内不准闲人靠近。

"冇（没有）生意做了。"

"那后来你都做些什么？"

"多咗（了），赌场荷官、牛杂铺、葡挞店、咖喱鱼蛋、手信（特产）店……"阿坤说，在澳门什么都干。

"现在呢？"

"依家（现在）畀（给）横琴打工。"他咧咧嘴笑，说，"以前对面过嚟（来）澳门，依家（现在）我哋（们）过咗（去）横琴。"

房间里开着空调，很冷。阿坤抽了不少烟，一包烟盒上印着"555"的牌子，白色那种，很快就抽完了。

横琴开发后，阿坤和朋友又跑到横琴开了个小公司，经营澳门特产，横琴政府免房租，还有优惠，生意很好。

"我这辈子注定从横琴搵食（找吃）。"阿坤说。

"澳门人好中意横琴的。"在阿坤看来，澳门有钱缺地，横琴有很好的投资环境，两地早就应该好好牵手。

拓展对外空间，也许没有哪一个岛比横琴更牵动澳门人的心；也许没有哪一块土地比横琴更受到澳门人的垂青！

澳门面积只有32平方公里，人口约60万，是全球人口密度最大的地方之一，经济规模小，土地资源有限，本身的经济辐射力不强，近在咫尺的横琴面积又是澳门的三倍，这怎能不产生巨大的想象空间？

周英尧是横琴经济开发区的第一任党委书记。他说，20世纪90年代初，澳门通过民间渠道，表示希望在横琴划块地给澳门开发。

那时澳门尚未回归，周英尧拒绝了。他对澳门来的"特使"说："回归前谈，没有用，不要谈，回归后就是一家人了。"

答复很干脆，理由很简单。

据早前《澳门商报》报道，澳门方面曾提出，澳门的路环等岛屿和珠海的大、小横琴、湾仔合作，由澳门主导开发……但没有得到珠海的响应。

1999年澳门回归后，粤澳合作开发横琴的磋商一直没有停止。周英尧的继任者张作胜担任横琴经济开发区党委书记是在1998年到2003年间，他清楚地记得，其间，澳门特区政府人员在珠海市领导的陪同下曾到过横琴两次，但各自都没有表态。

待定未定，也许各方都有自己的想法。

之后，澳门通过民间渠道，向横琴转达过四种合作开发横琴的方案：

第一，直接划块地给澳门。

第二，租地。

第三，划块地由澳门托管。

第四，在横琴岛给澳门一个地盘，但不划给澳门。

如果按照第一种思路，划出的地就要遵守澳门的法律，后面三种还是遵守内地的法律。

"这些想法，是否有向珠海、广东，甚至中央提过？"张作胜说他不得而知。

澳门曾希望在横琴合建机场。

据澳门的档案资料显示，早在1979年12月，澳门就经由港澳办会同有关部门向国务院提出过合建国际机场的意向。

而珠海的档案资料记载，澳葡政府政务司马文佳和澳门经济财政暨旅游政务司孟智，分别于1985年4月17日、1985年6月29日和1986年2月13日，与珠海市政府签订了筹建备忘录。

"我当时把机场当作珠海的命运工程来对待。"梁广大时任广东省委常委、珠海市委书记，他回忆道，"珠海与澳门合建机场是在特区成立不久就洽谈了。当时澳督高斯达委托香港梁帼馨女士（又名迪娜）代表澳门方面，来同珠海洽谈，洽谈前征求过新华社澳门分社社长柯正平、副社长郑华的意见。地点在广东省政府迎宾馆，广东省经贸委主任叶澄海参加，决定共同在横琴合作建机场。澳葡起先研究了两年，可能认为经济效益不大而搁置了。"

不过，这并不影响珠海对机场的选址和论证进程。

听说珠海在不断地继续选址：香洲、下栅、坦洲、三灶……澳门方面又提出合建机场，并委托"赌王"何鸿燊与梁广大等珠海市领导洽谈。

"何鸿燊来谈了三次，他真诚友好，我们都谈得很高兴。"梁广大说，后来双方一致认为合建机场可以节约成本，又能充分发挥机场作用，通过调研选址，认为小横琴岛是最合适的位置。

双方都到了"谈婚论嫁"的地步了：各自出钱修建一条通道，各建一座桥，澳门那边通往氹仔，珠海这边跨越马骝洲水道入湾仔。各自出钱，各自境内按各自法律条规管理，不收土地费……

北京方面也乐观其成。

时任国务院副总理李鹏、国务院副秘书长王书明、中国民用航空局（简称"民航局"）副局长郭浩和民航广州管理局于延恩等还专门乘坐直升机，在澳门氹仔东面海域填海建机场的位置低空绕飞了两圈，考察珠澳横琴合建机场项目。

1989年5月，李鹏总理再到珠海视察，他请新华社澳门分社社长李耀其、顾问柯正平先生一齐来研究合作建机场事宜，会议在石景山庄二楼会议厅召开。

李耀其说："澳葡当局对我们三个条件有看法。"

"有什么看法？"

"第一个是跟外国签航空协议时，需报批；第二是飞机进入我领空时，要向我报告；第三是只能民用不能军用。澳葡感到受到制约。"

"你多做些工作，两地合作建一个机场十分合适，选址好，各方面条件都合适，投资又少。"李鹏总理明确指示。

遗憾的是，1990年之后，澳葡方面不了了之。

于是，双方各起炉灶。

其实，澳门人何尝不期望在横琴建机场？只是那时的话语权掌握在葡萄牙政府的手里！

走在澳门街头，随处是林立的高楼。动辄三四十层的"海拔"，以及穿插其间鳞次栉比的店铺招牌，让本来狭窄的空间显得更加逼仄，澳门的产业要适度多元化发展，空间在哪里？

澳门的经济结构比较单一，博彩业本身具有一定的脆弱性，它使澳门的经济处于一定的风险之中。另外，博彩业一定程度上挤占了澳门的人力资源，增加了其他产业的机会成本，使得澳门的其他产业难以发展。

从博彩到多彩，从单一到多元，澳门要建设世界休闲旅游中心，休闲的地方在哪里？

澳门一直在寻求突围——

向北看，是不堪重负的拱北。

向东看，是空管的澳门机场。

向南看，是辽阔浩瀚的南海。

向西看，是横琴……

再回首

岁月如梭，沧海桑田。我来到横琴，像考古学家那样，轻轻扒开横琴凝结的土层，用毛刷扫去历史碎片上的沙土和锈迹……

我找到了林北添这一横琴的"活化石"。

1938年，日本人侵占珠海三灶岛并制造了震惊中外的"三灶惨案"，林北添家一个28人的大家庭只有13人活着逃了出来。母亲带着年仅7岁的他一路乞讨，终于坐上一艘破旧的小木船，从三灶岛逃难到了横琴岛。

林北添白天上山砍柴，晚上睡在树丛里，一边数着天上的星星，一边数着身上被蚊虫叮咬出来的大包，日子非常清苦。

1949年，一群国民党兵从大陆逃到了横琴岛。林北添说："都是一群兵痞。他们来了对岛上的住户又偷又抢。我和几个朋友划着小船悄悄地把解放军接上了岛，最后国民党兵只有几个活着逃到对面澳门的路环岛。"

在横琴老人林北添的笑谈中，岛上变换"大王旗"的日子蕴含着说不清、道不尽的爱恨情仇。20世纪60年代，这位"支前模范"走马上任横琴大队党支部书记，带领岛民抓革命、促生产。后来担任湾仔人民公社（包括大、小横琴岛）副主任,仍兼任横琴大队书记。此后,林北添一干就是28年,直到1986年才退休。

"我当书记那时候,横琴岛的日子那真叫苦啊!岛上到处是毒虫,没水没电,没路没田。"于是林北添带着岛民开山填海,挖地修水库,横琴人开始告别了茅草棚,搬进了石头垒起来的房屋。

"到了60年代初,最困难的时候,很多人因为吃不饱就跑到澳门去了。岛上一共4000多人,结果有一年就跑了500多人。"林北添在他四层房子的楼顶指着远处依稀可见的澳门的高楼大厦说。

老人有四个子女,两个在澳门,两个在珠海,都有着不错的收入,小孙子在澳门的中国银行工作。

活到80多岁终于看到了一个比童话世界还要美的横琴新区正在拔地而起!林北添兴奋地说,如今旧棚户拆除,新家园落成,横琴美得让整个世界都为之喝彩!

是啊!远内地而近港澳的地理环境,使横琴人的生活习俗从来都与隔河而居、守望相助的澳门市民息息相通。

梁福兴是横琴岛三塘村的村主任。谈起横琴的过往,这个地道的横琴汉子满腹唏嘘:"横琴岛的变化始于20世纪80年代,那时,我们横琴有一条少有人知的民间通道。"

梁福兴神秘兮兮地对我压低嗓音:"政府都不知道。"

"是吗?"我有些惊愕。

"嗯。岛民们划着船偷偷去澳门卖自家田地种植的香蕉、蔬菜,在海上抓新鲜的海鱼直接运到澳门的海鲜店。"

当时,阻碍横琴发展的关键因素就是没有路,到珠海和澳门两地的大桥还没有修好。梁福兴清楚地记得,曾有一个村民的妻子要生孩子,结果错过了每天一班去珠海的轮渡,只能花6000块,包了艘船去澳门就医。而当时,村里面的人均月收入是600块。

数十年来,横琴岛13个自然村中,几乎每家每户都有一人每天以"探亲"或"做工"为名,凭借村委会和派出所出具的"村民证",通过边境码头往返于澳门与横琴之间,成为游走在澳门廉价劳务市场边缘的"走鬼"。

梁福兴介绍的情况,我在采访村民魏德福时得到佐证。

每到傍晚,魏德福踩着杂草和砾石,行至河边,习惯性地仰起脖子朝河对岸望去。

河对面是澳门。

1976年，魏德福出生在横琴岛最古老的村庄——旧村。

据说旧村建于明朝，历史悠久，但除了海水，没什么别的资源。魏德福还依稀记得，小时从珠海坐轮渡快到横琴码头时就可见两条醒目的标语：横琴码头这边是"为六亿人民站岗无限光荣"，澳门那边码头是"风景这边独好"。两条标语之间，站岗的哨兵都荷枪实弹，严肃而紧张地注视着对岸的动静。

我来到魏德福家时，他身后的农家小院升起炊烟，山边小道，栉比鳞次的田地中，偶尔会传来一声鸡啼。

魏德福在五六岁时就跟着父母去过澳门。他至今仍记得，每次准备去澳门时，自己都很兴奋，四点就起床，走两个小时到码头，然后坐"叭叭"叫的木头船，船费为葡币两元，相当于人民币几毛钱。五六分钟就到达了澳门，然后用"村民证"换一个黄色的"上街证"，入了澳门港口后，再用黄色"上街证"换一个澳门发放的白色"上街证"……

初到澳门的魏德福伸长了脖子，哪里都想看。他现在还记得当时的感觉：街上每一个青年都穿着一条裤脚很大的牛仔喇叭裤，女士都有一头飘逸、靓丽的直发，不过每个人走在街上都急惶惶的，好像被狗追的兔子一样。

魏德福很少提"澳门"两个字，他总是说"那边"。

他不太愿意谈起父母的澳门人身份……1990年，在澳门卖菜的母亲正好赶上澳门大赦：当天在澳门的人，都可以申请成为澳门人。魏德福的母亲当天刚好在澳门卖菜……那一晚，母亲回到横琴，知道这个消息的一家人有些兴奋和忐忑。7年后，魏德福的母亲成为澳门永久居民，父亲也申请去了澳门。不过，魏德福说他不会去"那边"，会留在横琴……父母白天在澳门上班，晚上回到横琴居住，一家人的根和心都还在横琴。

2011年春节期间，横琴新区开发前奏响起，我来到一个叫"中心沟"的地方，走进一院落，院门两侧的对联非常耀眼——

上联：荡荡水泊心气顺；

下联：涓涓溪涧怀恩德。

横批：以沟为家。

跨过院门，一栋小楼门口挂着两块牌子，一块写着"珠海经济特区佛山市顺德区人民政府中心沟办事处"，另一块写着"中国共产党佛山市顺德区中心沟办事处党总支部"。

在横琴，缘何出现了"顺德"的字样？

在院内一个"自助式'展览室'"里，我驻足良久，从这个小岛的历史旧影，寥寥数眼便可窥见它曾经的雄心——

20世纪70年代以前，弹丸之地的大、小横琴还只是两个分离的岛屿，面积不过四十多平方公里。

1968年，珠海县动员上千人对大、小横琴岛之间的中心沟进行围垦，但工程艰巨，本地人太少，于是报请佛山地委提出与区域内的县合作开发。1970年冬，为响应佛山地委"打响围海造田，向海滩要粮食"的号召，顺德县常委会决定，成立围垦指挥部，并发动县属杏坛、勒流、龙江、均安、沙滘（乐从）5个公社的3200余社员组成围垦民兵团，奔赴这个"距资本主义最近的地方"。

这被认为是横琴史上的第一次"大开发"。

65岁的卢礼元是首批进驻横琴围垦的顺德人。"热度不亚于现在考公务员，申请的大队社员挤破了头。"卢礼元说，横琴围垦在当时很吃香，每天还有米饭吃，每个月还能领到几块钱。

澳门近在咫尺，为了防止偷渡，当时的选拔极为严格，堪比军队政审，不少人因为"成分不好"被刷下。时年26岁的勒流大队社员卢礼元凭借三代贫农的出身，不仅"根正苗红"，而且劳动表现积极，被选拔去了中心沟。

一同远征横琴的还包括21岁的勒流人江伦孝。他们办好边防证、上岛证等各种手续，怀揣着"建设社会主义"的伟大抱负，丝毫没有背井离乡的辛酸。江伦孝和卢礼元及更多素不相识的陌生人，走到了一起，开始"向海要田"。

3200多顺德人按照军队建制，以公社为单位分成5个营，营下又分成连、排。卢礼元所在的排二十多号人，被分配至向阳村一间十几平方米的茅草屋，房间内摆满了双人床。茅屋一到暴雨季节就漏水，被队员戏称是"水帘洞"。

开山、筑路、填海、围垦……他们披荆斩棘、开路搭棚，拦石断流、堵口决战。

时任围垦指挥部负责人之一的高澄柏在一份汇报材料上这样写道："……遇到涨潮，水流湍急，风大浪大，堆叠高度超过两米的木船，靠人力撑扒，其滋味难以形容；遇到退潮，海滩搁浅，唯有落水推船……短短五六公里水路，一身水，一身泥，往往要一天一夜方能返航……不但工作艰苦，生活同样艰苦，住的是自己动手搭建的草房，常受台风袭击，台风一来，简陋的草房被刮得破破烂烂，甚至倒塌……"

当时的横琴，除了海就是山，到处是一人多高的芦苇，岛上滩涂蚊虫肆虐，老卢说他们常常被叮得满身是包。

"劳动强度也非常大。"回忆有时令人兴奋，有时也使人略感苦涩。江伦孝告诉我，他们先从深井村挖好沙，然后装到袋子里，再扛到小木船上，运到磨刀门水域的西堤，将沙包扔到海底截水，每天工作时间几乎都超过了10个小时，一天下来人都要散架了。每天泥浆里七八个小时，膝盖以下的皮肤没有一块完好的地方。

那时横琴是个孤岛，炊事员买菜早上4点多钟就得出发，划几个小时的船，然后走路到珠海湾仔采购。江伦孝仍记得，每日三餐，早上腐乳加白饭，中餐一盆黄豆拌几滴油，五十多个牛高马大的男人排队打饭，轮到他自己的时候，就只能看到黄豆，一点油沫星子也找不到了。

在那个"人定胜天"的激情岁月，工程没有使用任何机械，"奇迹"震惊中外：筑起了西堤、东堤4公里长的防潮顶潮大堤，开挖了14公里长的环山河，兴建了两座水库和一座水力发电站，茫茫的海滩变成了水陆相间的14平方公里的陆地……

之后数年，顺德五个公社轮番派遣"成分好"的社员到横琴开垦种植。前赴后继，远征横琴的顺德人超过了1万人。吴桂凤是第二批上横琴围垦的社员，1976年上岛时才17岁。

吴桂凤回忆说："中心沟与澳门仅一水之隔，最近处才60米的距离，由于担心有人偷渡到几百米外的澳门，中心沟实行军事化管理，晚上不准走出营地一百米，每天忙完工还要做广播体操。"

1985年以后，横琴围垦逐渐沉寂下来，围垦队员绝大部分都回老家创业或进厂打工，留在横琴的顺德人不超过百人。卢礼元、江伦孝、吴桂凤都是为数不多的顺德移民之一，他们长的待了39年，短的也有33年。

起初在中心沟种水稻，但并不成功，后来又改种甘蔗、大蕉等，到了20世纪80年代，顺德人发挥养鱼专长，中心沟成为飞出顺德的鱼塘。彼时，从脑背山上俯瞰，一个个鱼塘拼接在一起，仿佛就是一块狭长的带着花纹的镜子。

中心沟围填前前后后用了10年时间，围下的中心沟面积到底有多大？珠海与顺德的说法不一。

广东省测量局：1.6万亩。

广东省国土厅：1.7万亩。

顺德：1.8万亩。

大、小横琴两个岛"连体"后，中间这块长约7公里、宽约2公里的回填区成为130公里之外的顺德区管辖的"飞地"。

如今，没有人能说清为什么1980年珠海建立特区时没有将中心沟与横琴一齐划入珠海，而留下一条产权模糊的尾巴。

在顺德人眼中，中心沟是一条"伤心沟"。当时经济那么困难，没有机械化，粮食不够吃，一拨一拨的顺德人乘船来到岛上安营扎寨，很苦很累，才完成了这项至今令人叹为观止的壮举。

这也难怪，顺德人对中心沟情深似海呀！

1992年10月，横琴岛二次填围，来自全国各地的200支施工队，200多条船和100多辆车在珠海市政府的主导下参与围垦。

"就像渡江战役一样。"时任广东省委常委、珠海市委书记梁广大说，投入近20亿元围海造地5000亩，形成了与澳门隔河相望的10平方公里的成片地块。

于是，横琴的土地开始向东、南、西、北延伸：南面填海一直填到红旗村，与澳门最近的距离只剩下200米，站在横琴这一边能看到对岸澳门街头影影绰绰的行人走动，坟场上石碑的反光。每年四月初八澳门谭公庙的庙诞，从香港请来唱大戏的戏班，"咚咚锵"声连隔岸的红旗村都听得一清二楚。

1997年，横琴第二次开疆拓土落幕……

两次围海造地，横琴岛陆地面积扩大了一倍多，顺德的中心沟被"包围"在了中间。

珠海与顺德两地上演的这出"折子戏"外界鲜有人知，其间，两地也多有协商，但40年的纷争均悬而未决。1994年，珠海与顺德达成协议，中心沟的三分之一归珠海。

直到2010年4月8日，珠海市国土资源局横琴分局和佛山市顺德区横琴岛中心沟办事处联合发布公告：珠海以29.8亿元的补偿价收回佛山市顺德区位于横琴岛中心沟的14平方公里土地，这段"折子戏"才告落幕。

1999年，我到珠海后第一次踏上横琴岛，映入眼帘的便是绵延悠远的海滩，杂草藤蔓丛生的海湾。三五成群的渔民匆匆忙碌的身影随处可见。码头旁，是高高悬挂着的上书"搭建区域合作平台，让泛珠三角在横琴牵上手"的蓝色标牌。

徜徉于永兴街，200米开外都能望见"文记咖啡室"几个猩红大字刻在二楼的绿墙上。紧挨咖啡室，是当地人开的一间棋牌室，屋里正在"哗啦哗啦"搓麻将，门外是一群未成年孩子围着三个台球桌打台球。马路上，一辆面包车呼啸而过，车门大开还放着周杰伦的歌，里面的年轻人染着头发，穿着波鞋。我想可能是去打游戏的。

街上还有一家卡拉OK歌舞厅，大白天，歌厅的电视里，谭咏麟唱着《火美人》卖力地跳舞，谭咏麟的歌声震得人心惊胆跳，不过舞池里却一个人都没有。

老板坐在转角吧台上看报纸，肿眼泡，手拿着一叠澳门报纸，自言自语地说："就两个特首候选人？"

他在看澳门特首选举的新闻。

在横琴岛上，澳门的新闻也是横琴的新闻。

傍晚时分，站在横琴岸边，对岸的电子显示屏和霓虹灯光甚至可以映在自己的脸上。码头停着数条渔船，鱼贩们在码头附近吆喝着收蚝，然后连夜送到澳门、珠海等地的酒楼或烧烤店。

横琴蚝的确有名，曾被评为"珠海十大名菜"之一的"浪漫蚝情"便是鲍汁扣横琴蚝。每年，大量游客从全国各地慕名来到横琴岛，只为一尝鲜嫩的横琴蚝。

据史料记载，自宋代开始，横琴便出现养蚝人了。蚝一般附着在礁石上，通过潮涨潮落来吸取藻类和浮游生物。养蚝人在蚝生长的地方投下石头，再插上竹竿做标记，等蚝长肥以后开采。

"横琴一半的村都是养蚝村。"梁北围告诉我时，我看见他戴着防护手套，手拿一把专用螺丝刀，刀身厚而硬。只见他将刀从蚝的尾端缝隙插入，然后小幅度左右转动，"啪"的一声蚝壳就开了，露出软软的一坨蚝肉。

梁北围是地地道道的横琴人，也是家里的第五代养蚝人。太祖爷叫梁旺财，清朝光绪年间开始在横琴养蚝。

他在我面前以渔民自居，但其实已是半个商人，时不时要穿西装扎领带出差到别的地方交流经验。

那天，梁北围同意带我去蚝筏上。只见他将竹竿在水里一拨，平平的木板船划出去很远，"嗖"地从一只晾着衣服的篷船边掠过。

筏排是用麻绳将长竹竿绑在一起做的，竹竿上则系着一根根没入水中的绳。梁北围从船上跨到筏排上，动作娴熟地提起一根让我看。嚯，七八对被水泥封起来的蚝紧紧贴在绳上，每一只都有两个手掌那么大。这一根上起码有近30斤生蚝，而一个筏排上少说也有百根那么多，因此筏排还在底部绑了好几块漂浮板来支撑。

海风略猛，近了午时，梁北围还没有返程的迹象，他正专注地在筏排旁将蚝提起又放下，他说得在蚝被鱼侵扰前赶走肉食性鱼类。

梁家的蚝大部分都销往对面的澳门，只有一小部分放入内地市场。这种往澳门大量输送的模式也是横琴多年的常态。

夕阳余晖洒向濠江，利礼标和往常一样，结束澳门的工作后，搭渡轮回横琴荷塘村的家。

这是一个山清水秀、民风淳朴、天人和谐的小村子。世世代代的村民，在这里无忧无虑地生活，一如脑背山上的小草小树，天沐河里的小鱼小虾一样，被这片土地滋养着。

49岁的利礼标在澳门当修车工。他年幼时和大多数横琴岛民一样，出海打鱼，养蚝养虾，日子简单而平静。15年前，他在岛上的珠光石场当电工，工作闲暇时还自学成才掌握了修车技能。

"那时岛上没什么工厂，村民没工可打，几个石场专门为澳门供应石料。后来石场关闭就下岗了。"利礼标说，好在这一技能成就了他在澳门的"铁饭碗"。

"没办法，除了养蚝养虾，唯有到澳门打工才能养家糊口。"利礼标告诉我，他们会约好一起乘渡轮去澳门开工，也有很多时候是自己单独过去。一般早上8点过去，下午4点下班回来。

"我们岛上一起干这行的有20来个吧！也算是'上班族'了。"他自嘲道。

"每个月有多少收入？"我问。

"澳门的工资是按天结算，最初时是150元，现在提高到250元至300元。"

在横琴镇上一家澳门茶餐厅，我们一边喝咖啡、吃点心，一边聊各种澳门与横琴间的话题。

"我老婆也在澳门工作，在一家茶餐厅打杂。"利礼标停顿了一下，仿佛在思考什么，然后说，"我们俩公婆的衣服都是在澳门买的，那里日用品不贵，有时下班，老婆会买日用品、水果回家，家里的沐浴露、洗发水都是在澳门买的。"

多年来往于澳门与横琴之间，他们一家人的生活已稍带"澳味"。在利礼标看来，去澳门打工显得很体面。

其实，像利礼标这样吃上"技术饭"的人并不多。许多横琴人到澳门一般都是出苦力，男的是挖坟场，或做建筑工人，女的大多是帮佣。一边是金碧辉煌，一边是荒草鱼塘。

泾渭分明，这就是两相比较的真实写照！

风吹来，雨打来，潮袭来，浪涌来。一轮又一轮的大围垦，一次又一次的大"开发"，横琴人度过了半个多世纪不为外界所知的岁月，海岛开发几度潮起潮落，横琴也只是繁华澳门的一个旁观者。

谋定而后动

大海扬波，清风鼓荡。

横琴岛是珠海146个海岛中最大的一个，环岛岸线长50公里。地貌类型有低山、丘陵、滩涂，岛上最高峰是脑背山，海拔高度为457.7米，是珠海市第二高峰。

耸立在珠江口上的脑背山显得鹤立鸡群，这里有大片森林和诱人的山涧溪流。

2005年9月，温家宝总理踏足横琴岛。在岛上，他细细地察看，细细地聆听，之后，他由衷地赞叹道："横琴岛是块宝地！"

"你们要做好规划，一定要'谋定而后动'……争取最大的经济效益、社会效益和生态效益。"总理把站在身边的省、市、区等地方领导叫拢过来叮嘱道。

时任横琴经济开发区党委书记卓观豪负责向总理汇报。他后来回忆说："总理一再叮嘱，表情凝重。"

横琴，确实与众不同。它与澳门的路环岛几乎触手可及，周边有香港、澳门、广州、深圳、珠海五大机场，地理位置极为优越，全岛未开发的土地面积占到总面积的90%以上。

但，这就是曾让外界直呼看不懂的横琴！

这样一块"宝地"，数十年来却在坚守一份别样的寂寞与幽静，如同未出阁的美女，一次次面对触手可及的丰厚嫁妆，却有意无意选择了放弃……

一座如此特别的宝岛，其中有多少未解之谜？

横琴蛰伏多年究竟有哪些"隐情"？

横琴的历史，就是一个"谋而后动"的发展史。

横琴本是一个边陲海岛，常被用"人烟稀少"来形容。1987年3月成立横琴乡人民政府，1989年3月撤乡建镇，隶属香洲区管辖，在当年的招商材料上，我看到这样一段文字介绍："原始植被保存完好，一派田园风光，是一片未开垦的处女地。"

其实，横琴的起步并不晚。

原广东省委常委、珠海市委书记梁广大说："实际上，横琴岛的开发很早就提上了日程。"据他介绍，开发横琴始于其任内。1989年，珠海市研究将横琴岛作为特区中最宝贵的一块地进行建设。当时的横琴岛，40平方公里土地，仅有可耕地面积3700亩，其中2700亩还是分散的。没有土地就无法建设，珠海市委决定填海造地，1990年进入论证阶段，并进行试验。

但横琴开发没有与珠海并驾齐驱，甚至有些"脱节"，甚至有外媒横加指责：好好的横琴被珠海丢荒经年……

梁广大不这样认为，他说："横琴的土地是填出来的，下面都是海。如果要打桩，平均得打50米，最深处打60米。我们是把它作为储备土地，等待自然下沉，这本身就需要10至20年。"

此言不虚。当年在山边填沙铺设的简易道路10年后下沉了60~70厘米，有些地段竟下沉了一米多。

1992年，横琴迎来了一次机会，那就是邓小平视察南方谈话。老人家强调：改革开放的胆子要大一些，敢于试验，看准了的，就大胆地试，大胆地闯。

是年，广东给了横琴一个"名分"：确定为全省扩大对外开放4个重点开发区域之一。

"上面真的有动静了。"消息在横琴很快传开，大家都兴奋至极。

不久，横琴经济开发区管委会挂牌。但这块牌子背后的10年，横琴是在忐忑中度过的。

当时，珠海市政协副主席周英尧，受命担任开发区第一任党委书记。

"我们是坐着船上去的。"周英尧回忆道，那时的横琴岛很荒凉，居民主要还是本土农民和渔民。

那时，红旗村是管委会所在地，也是岛上的政治、经济和文化中心，最高楼层只有8层，岛上两家招待所的入住率不到60%。

李哲濠是横琴的"土著"，在横琴岛上生活了40年，当时正值壮年。

这一年，他家的土地被征用，说是要开发横琴岛。

失地的李哲濠买了辆摩托，在岛上拉客，或去澳门打点小工。

"没办法，为了生计。"李哲濠颇为感慨地说。

不过，这一次他觉得，这块地可能"真的要动了"。

"听说横琴升格为经济开发区，一下子激发了大家的热情和动力。包括我家在内的许多村民四处举债建起了酒店、蚝庄。"李哲濠说，都以为这次"财神"

到了。

"结果呢？"我问。

"说是大开发，岛上不见几个人影，鬼影都冇（没）。"李哲濠很失望。

李哲濠不得不将蚝庄关门大吉，然后靠贩运横琴生蚝到深圳、广州、东莞等地的酒店以偿还债务。

当时，岛上人口7585人，常住人口4203人。GDP为4亿元左右，农村居民大多像李哲濠一样谋生，人均年收入不到8000元。

梦想过，拼搏过，困惑过，焦虑过……

李哲濠承认，横琴第二次开发虽然没有遂人愿，但岛上基本实现了桥通、路通、水通、电通、邮通和口岸通，建成了连接珠海南湾的横琴大桥、直通澳门的莲花大桥，设立了国家一级口岸，有了简易的进岛公路，建成了11万伏变电站，接通了供水管道……

一个迷雾重重的十字路口，横琴到底要向何处去？

这，又成为一大悬念。

"我们是想把横琴当成一个宝岛来开发。"梁广大说，横琴不仅自然条件好，它还处在"一国两制"的交汇点上，于是提出在横琴岛上发展软件产业、总部经济、研发基地、会展产业和旅游业，拒绝了一般的加工项目以及污染项目，其中包括台湾蒋氏后人的一个纺织印染厂。

广东省政府发展研究中心原副主任王利文说："横琴的规划都做过N次了，但梦想一直没有照进现实。"他在接受媒体采访时说，横琴岛发展之所以一直停留在讨论的层面，主要原因是管辖权限、开发主体和定位都存在很多争议。

"产业定位陷魔咒。"王利文直言，1997年，广东省政府发展研究中心曾拿出"横琴国际特别旅游区"方案，但围绕横琴发展旅游业还是工业的争论一直不停，"特别旅游区"方案后来搁置。

这种争论导致港澳台产业在转移过程中直奔政策、环境成本的"洼地"深圳、中山、东莞等市，横琴错失了早期发展的机遇。

1998年年底，横琴被珠海确定为五大经济功能区之一。翌年，珠海市又提出把横琴开辟为旅游开发协作区。

很快，横琴又"火起来"了。

嗅觉灵敏的国际资本像打了鸡血般纷至沓来，争相圈地。

法国城市建筑师、日本规划设计师纷纷为横琴设计未来"亚洲新都市"。华尔街财团巨头携带着投资上百亿美元的国际会展中心项目光顾横琴；香港某投资集团曾为"志在必得"的横琴国际旅游度假区项目做出美轮美奂的沙盘模型……台前幕后的商务公关和不同层面上的谈判协商数不胜数。

横琴岛就像一块红烧肉，撩拨得人人心里发痒，其间，更是传闻迪士尼乐园在大中华区域内相中横琴，将横琴与香港、上海一起放入了"骰盅"备选，横琴再次扬名。

横琴，似乎又被悄悄拨醒……

实事求是地说，如果作为一般性的经济开发区，横琴肯定不会和众多国际资本巨鳄失之交臂，更不会拒绝一批批产业大亨的"投怀送抱"。

但横琴还在反复思考权衡，还在"谋"。

也许思考抑或权衡，都还需要一段时间。

当年虎视眈眈激情满怀的商业大咖们走了来，来了又走，岛上终归冷清。甚至一段时期有外媒怀疑横琴开发是"雷声大，雨点小"。

横琴岛开发模式和产业定位，因为澳门的因素经历过数次变化和调整，始终没有一锤定音。

产业定位。

管辖权限。

开发主体……

诸多变化、争议和博弈，横琴岛也一直处于"谋而未动，开而未发"的状态，蚝场、香蕉林、鱼塘、采石场……依然是一种原生态的荒凉。留下诸如三叠泉、石博园、海洋乐园、红树林湿地公园、东方高尔夫等几个"小打小闹"的旅游休闲项目。

历届横琴设计者们始终气定神闲，他们坚信，横琴岛开发迟早要来，决策者一定要"守住底线，抗住诱惑"，没有深思熟虑，决不做决策，不留历史败笔。

围海、挖坑、填土、奠基……横琴人一直默默地在为今天宏伟壮丽的事业打基础，为最终的横空出世养精蓄锐。

原横琴经济开发区党委书记卓观豪说："多年来，有不少人质疑横琴的政策和发展定位'常论常变，久拖未决'，导致横琴多次与机遇擦肩而过，但我不这样认为，正是横琴的审慎开发，才为今天的横琴新区创造了无与伦比的开发优势。"

时代的列车驶入21世纪，横琴发展又有了"想法"，"无工不富"的声音甚嚣尘上……然而，此时的澳门已经回归，对于横琴的前途命运，珠海的话语权变得愈发微妙了。

2004年7月,横琴开始进入高层视野。时任中共中央政治局委员、广东省委书记张德江提出,由"9+2"各方将横琴岛创建为"泛珠三角横琴经济合作区"。

"9"是广东省的广州、深圳、珠海、佛山、中山、东莞、肇庆、江门、惠州9个城市。

"2"是香港和澳门特别行政区。

与此同时,被邀请参与"泛珠三角横琴经济合作区"创建的还有广西、湖南、四川、云南、贵州等省区……彼时,区域经济合纵连横,到横琴来是必然的趋势,翻阅当年的粤澳合作联席会议材料,横琴开发的方针就是:泛珠合作,粤澳为主。

至此,横琴上升到广东省层面,有关横琴的讨论和开发已经由不得珠海独立决策了。

9月,广东省发改委委托中投咨询公司为横琴编制项目建议书。在横琴这张白纸上,广东开始精心勾勒这样一幅图景:内地省、区到横琴合作区的投资享受外资待遇,港澳企业在合作区投资享受国民待遇;港澳企业在合作区的经营活动,视同在港澳本土进行,按照港澳当地的所得税税率征收;投资从内地哪里来,地方所得税就归哪里……

这样的经济合作区,中国似乎还没有过!

2005年初,经"9+2"各方同意,《关于设立泛珠三角横琴经济合作区的项目建议书》正式上报国务院,提出了横琴合作区的功能定位、管理模式和政策建议等。

有专家评价说,这份建议书,充满智慧和活力!

这一次,横琴给投资商传递的信息惊动了亚洲首富李嘉诚,他派时任香港和记黄埔地产有限公司董事总经理的周伟淦捷足先登,不动声色地考察了横琴岛的投资环境。随后,港澳十大商会组织了近百名企业界高层接踵而来,仅香港就去了63家企业……

有美国"会展之父"之称的爱德森也"爱"上横琴了,作为金沙集团的掌门人,他带20多位华尔街金融巨头踏上横琴的废石场,高调声称要把法国南部的风情带到横琴岛,在岛上建一个会展度假区。首期投资从最初意向10亿美元追加到20亿美元,这个度假区将建起不少于1000个客房、2万平方米的会议中心,还将原先初步规划中的一栋近60层的海边高楼拔高为90层,让它的高度超越亚洲第一高楼台北101大厦……

金沙再加码。执行总裁威廉·怀德更信誓旦旦要在金沙的横琴项目中增加艺术和文化元素，在给中国会展业带来飞跃的同时，还将"满盘复活"停办的中国珠海电影节，打造"亚洲戛纳电影节"。

澳门某报纸言之凿凿，金沙项目肯定会成为横琴"泛珠合作"开发的第一个"旗舰"项目……

横琴一时成为珠三角的当红"炸子鸡"，媒体、学术界和当地政府把它挂在嘴边，并描绘出如梦似幻的理想蓝图。

横琴热正当头，时任国务院总理温家宝于2005年9月10日视察横琴，他要求慎重开发、科学开发、合理开发。

喧嚣了一年的"横琴热"又骤然降温。

于是，澳门一家报纸又"猜猜猜"：温总理应该是传递了一个信号，中央希望把这块珠海期待延伸产业链、澳门设想用来解决自身土地瓶颈的宝地规划好，让两地共同受惠……

但，何为"慎重、科学、合理"？

显然，珠海市、广东省都不能定义，而只能是由中央政府来定义了。

2005年12月，美国拉斯维加斯金沙集团欲投资的国际度假村项目"投怀"澳门，传说中的迪士尼项目则"送抱"香港。

"这两个举动不寻常。"阎小青曾参与横琴定位的"出谋划策"。据她回忆，其咨询公司完成广东省发改委委托编制的《关于设立泛珠三角横琴经济合作区的项目建议书》研究课题后，便再没有人提出讨论有关横琴的问题了。

作为横琴发展推动方的主体，珠海隐隐怀着横琴被"整体租赁"给澳门开发的担忧。毕竟，珠海和澳门之间曾经一些合作上的"异见"，让彼此默契有所不足。

2007年初，时任广东省发改委主任李妙娟在一次港澳媒体通气会上表示：对横琴的规划将提升至"一国两制"的框架下考虑，横琴的建设要考虑到港澳，特别是与澳门产业如何对接的问题。

翌日，香港《大公报》刊发的标题是："横琴岛开发，广东做不了主！"标题还套了个红色的大框。

报道称：粤澳都意识到在全面实施CEPA基础上必须选择一个区域建立特别合作区，而该区域有可能率先在珠海横琴岛"试深浅"，横琴极有可能成为港澳与广东，乃至泛珠两大经济板块全面对接融合的突破口……

这年年初，横琴开发又转入"休眠模式"。

前尘往事似云烟。

十几年的沉寂与喧嚣，困顿的迷雾又一次笼罩在横琴人心头：要么无从谈起，要么进展缓慢；要么突然夭折，要么中途搁浅……

尽管众说纷纭，但谁也说不清，谁也道不明。

一位曾在横琴经济开发区管委会工作的负责人对此并不讳言，深有感触地说："签了项目投资意向书的投资者急，我们也很急，我们已储备了30多个项目，总投资450多亿元，有些项目已签约3次了……只是横琴的事情珠海不能够拍板了。"

至此，关于横琴的话题，珠海市领导沉默，闭口不谈。

多年后，珠海市发改局一位不愿透露姓名的领导告诉我："大家都等国务院的意见，国家发改委已下来调研多次，省里也下来多次，我们所起到的作用也就是配合、协调，再配合、再协调。"

又有好事者在不停地打听内幕消息……

2008年12月15日，珠海市发展和改革局局长黄锐在媒体发布会上回答港澳记者提问时谨慎得滴水不漏，他告诉媒体朋友们"莫要急"，横琴岛开发的规划已上报中央，具体细节还没有定，不好说……

2009年初，《珠江三角洲地区改革发展规划纲要（2008年—2020年）》正式颁布，"横琴新区"四个字在《纲要》里被悄然提及。

这传递某种信号……

信号表明：横琴要有大事发生！

第二章 琴鸣天下

一切镌刻进时光年轮的就叫历史，历史长河总是在一个旧时代消逝与新时代诞生的空白地带寻找突破口。

横琴与澳门守望相助，一个深沉庄重，一个兼容并蓄。横琴发展，亟须借力澳门，合作共荣；澳门经济适度多元化，亟须横琴助力，架设向西拓展的桥梁。

有专家说，如果澳门能早20年启动经济多元布局。

有学者说，如果珠海能早20年携手澳门合作开发。

有领导说，如果横琴能早20年承载国家战略使命。

如果……

历史没有假设，假设如果成立，澳门也许不是今天的情形，横琴也不会是今天的横琴！

改革开放，弹指40年过去。

横琴在谋求一个新的历史定位，同样，经济适度多元化发展更是澳门城市的追求。"一国两制"的皇皇巨著，国家战略的宏伟篇章，能否在横琴岛上翻开新的一页？

非常之事，必借非常之势！

国家定位

公元2009年6月24日，一个极其平常的日子。

这天，珠海被裹在夏季高温里，自然界一片祥和。然而，一则来自北京的消息却在南国珠海一个名不见经传的小岛掀起了波澜。

这个小岛名叫"横琴"。

消息最先由CNR《中国之声》（FM106.1）频道播出——

本台报道：国务院总理温家宝主持召开国务院常务会议，讨论并原则通过《横琴总体发展规划》。会议指出，珠海市横琴岛地处珠江口西岸，毗邻港澳，与澳门隔河相望。推进横琴开发，有利于推动粤港澳紧密合作、促进澳门经济适度多元化发展和维护港澳地区长期繁荣稳定。会议决定，将横琴岛纳入珠海经济特区范围，对口岸设置和通关制度实行分线管理。要通过重点发展商务服务、休闲旅游、科教研发和高新技术产业，加强生态环境保护，鼓励金融创新，实行更加开放的产业和信息化政策等，逐步把横琴建设成为"一国两制"下探索粤港澳合作新模式的示范区、深化改革开放和科技创新的先行区、促进珠江口西岸地区产业升级的新平台。会议要求国务院各有关部门和广东省加强指导和协调，明确分工，完善机制，落实责任，共同做好规划组织实施工作。

新华社、中央电视台也在当天的新闻联播中同步播发这条新闻，沉寂经年的横琴岛石破天惊，世界的瞳孔为之一亮。

一石激起千层浪，不同的反应很快便出现了。

塔斯社、路透社等全球知名媒体转播了这条消息。在港澳地区，消息引爆媒体大战，报纸、电视极尽渲染之能事，"标题党"更是煞费苦心——

《中央出手，澳门有戏》《横琴与澳门再续"旧爱"》《横琴一步登天，大器晚成可期》……

一个昔日默默无闻的边陲小岛，被提到国务院常务会议上去研究讨论，这是一座什么样的岛？

8月14日，国务院正式批准通过《横琴总体发展规划》，一册凝聚中国改革开放、科学发展思想成果和新区开发智慧的"白皮书"横空出世！

横空出世，琴鸣天下。10年论证，一朝定案，横琴这张白纸画了擦，擦了画，终于在国家战略高度一锤定音。

这无疑是个伟大的命题，横琴不仅仅是一个区域经济联盟的合作平台，更是"一国两制"下粤港澳紧密合作的创新载体。

横琴如同一艘漂泊多年的小船，终于靠近了花红柳绿的彼岸。

与30年前特区"摸着石头过河"不同，横琴有着非常清晰的起跑姿态：承载着特区进一步扩大开放、先行先试的重任，促进澳门经济适度多元化发展和维护港澳地区的长期繁荣稳定……

这表明，开发横琴体现国家意志！

这表明，横琴开发承担国家使命！

9月14日，珠海市政府召开新闻发布会，向外界掀起了《横琴总体发展规划》的神秘"盖头"——

发展定位："一国两制"下探索粤港澳合作新模式的示范区，深化改革开放和科技创新的先行区，促进珠江口西岸地区产业升级的新平台。

示范区：以横琴为载体推进粤港澳融合发展，聚合珠三角的资源、产业、科技优势与港澳的人才、资金、管理优势，加强三地在经济、社会和环境等方面的合作。

先行区：在CEPA框架下进一步扩大开放，发挥香港、澳门的自由港优势，大力推进通关制度创新、科学技术创新、管理体制创新和发展模式创新，为港澳人员在横琴就业、居住和自由来往提供便利等。

新平台：加强珠澳合作，大力吸纳国外和港澳的优质发展资源，打造区域产业高地等。

全文共分十章，范围覆盖横琴全岛，总面积106.46平方公里。在功能布局上，分为三片十区。《规划》对横琴的产业、制度、目标都做了具体界定——

产业发展：加快转变产业发展方式，优化产业结构，发展以高端服务业为主导的现代产业。包括商务服务、休闲旅游、科教研发和高新技术四大产业板块。到2020年，第三产业增加值占地区生产总值的比重超过75%，达到世界发达国家以服务业为主导的中心城市水平；高新技术产业增加值占工业增加值的比重不低于80%。

制度创新：横琴与澳门之间的口岸设定为"一线管理"，横琴岛与内地之间设定为"二线管理",主要承担进出境货物的报关、报检等查验监管功能,将原在一线口岸对进出境货物的监管查验功能移到二线,在二线完成监管查验。

发展目标:经过10到15年的努力,把横琴建设成为连通港澳、区域共建的"开放岛",经济繁荣、宜居宜业的"活力岛",知识密集、信息发达的"智能岛",资源节约、环境友好的"生态岛"。

非凡智慧,高屋建瓴。

精臻凝练,饱满遒劲。

横琴新区"含着金钥匙"出生了……

横琴开发给有识之士、民间贤达提供了无限的遐想,媒体把诸多赞美送诸于横琴:中国未来30年改革开放新引擎,一个新30年样本,珠三角金融高地,800亿资金撬动,1200亿首期投资……

最敏感的反应来自资本市场,"横琴概念股"掀起了一轮接一轮的炒作热潮,不少人抢先淘到了第一桶金。

从此,横琴被世界关注的长焦镜头所聚焦,被港澳誉为内地"开放度最高、体制最宽松、创新空间最大"的地区之一。

也是从这个时候起,花环悄悄戴在了横琴的头顶上……

横琴一落子,澳门开新门。

这幅由党中央、国务院深谋远虑绘就的蓝图有望解开困扰澳门的难题。有了横琴,澳门的经济适度多元化发展、世界级休闲度假中心建设就有了更大的拓展空间……

黄锐温文尔雅,豪爽热诚,他谈锋极健,语调一如他东北人的性格,清脆而爽朗。时任珠海市发改局局长的他,曾参与《横琴总体发展规划》初期的酝酿、方案拟定和规划编制的组织协调。

"当时,《规划》从起草到定稿用时多长?"在他那间被文件和报纸堆放得稍显逼仄的办公室里,我刚落座,寒暄了几句,便开门见山,切入正题。

"哎哟,4年多吧!中间数易其稿。"现任珠海市人大常委会副主任的他,转身到资料室搬出封皮有些发黄的《横琴总体发展规划》上报稿,说,"这是第五稿了,几乎每一稿我都保存着,工作变动到哪,我就搬到哪。"

"这么厚……"我有些惊讶,各种附件、图表、正本加起来共三大本,放在一个精致的书盒子里,拿起来有些沉重。

"打坏了三台打印机。"他一边说,一边小心翼翼地将文本装回书盒递给我，"你看，这些都是上报国家批复《横琴总体发展规划》的正本和附件，国务院基本都是按照我们上报的内容来批，有改动，但不大。"

《横琴总体发展规划》是由国家发改委牵头，广东省发改委和珠海市政府协助编制完成，从2006年开始动议，2007年协调推动，2008年写入到《珠三角改革发展规划纲要》，前后谋划了三年。

到了2009年初，各种论证会、评审会无以计数，上报稿更是字斟句酌，反复琢磨，非常严谨。

黄锐说，在北京，依照国家发改委地区经济司司长范恒山的要求，几个人猫在珠海驻京办的招待所里，扑在字里行间咬文嚼字，加班加点对细节内容进行补充完善……

不断地打磨，反复地修改，细致地会审，《横琴总体发展规划》最终获得批复。

这里有几个台前幕后的故事——

故事一："两区一平台"的总体定位

2009年3月，北京城乍暖还寒。

在国家发展改革委员会南楼里，时任珠海市委书记甘霖，市政协副主席、横琴经济开发区党委书记刘佳和市发展改革局局长黄锐来到杜鹰副主任的办公室。时值两会期间，甘霖和黄锐此行是来向杜鹰汇报关于横琴开发开放定位的问题。

"90年代以来，横琴的定位问题一直就存在着争议和不同意见，在总体规划中，在横琴的定位问题上我们想向您请教……"甘霖书记恳切地说。

杜鹰说："横琴的定位要准，不要无谓地争论。"他扭过身来，面对着黄锐，"你很清楚了，上次在井冈山讨论《珠江三角洲地区改革发展规划纲要（2008年—2020年）》时你去了，那次会上确定了珠海为珠江口西岸的核心城市，横琴可以考虑成为粤港澳合作平台或者示范区之类嘛！"

黄锐对井冈山之行记忆犹新。

那次会议是《珠江三角洲地区改革发展规划纲要（2008年—2020年）》的讨论定稿会，黄锐连夜驱车7个小时车程赶赴井冈山，就是要当面向杜鹰副主任陈情，他恳切地说："杜主任，我这次是带着珠海全市人民的期盼，希望国家在珠海的城市定位上，能定位为中心城市。"

"都叫中心城市怎么行啊！太多了，都争中心城市，中心城市够多了。"当时杜鹰副主任分管地区经济司，他略一沉吟，补充说，"这样吧，可以叫'核心城市'嘛！"

想到这里，黄锐仍然对杜鹰副主任心存感激，他连忙回答道："杜主任，关于横琴的定位，我们一定会循着您的指示去进一步斟酌，力求更准确更全面表达到位。"

回到珠海，按照杜鹰副主任的要求，黄锐又多次组织课题组和专家对横琴的定位问题进行修正。

"我们的思维一直在'平台'和'某某区'的框架里打转，但就是展不开，视野和格局都比较小。"黄锐回忆道。

约莫一个月后，还是在北京，甘霖书记、刘佳副主席、黄锐局长又一次到国家发改委拜访杜鹰，杜鹰副主任再次提及横琴的定位问题，他说，如果没有澳门，就没有珠海经济特区，就没有珠海先行先试"摸着石头过河"，珠海在《珠江三角洲地区改革发展规划纲要》中被定位为珠江口西岸的核心城市，就是充分考虑到横琴与澳门这两个角色的特殊性，所以，横琴的定位一定要高端，格局要大，要体现"一国两制"，体现合作、创新、服务……

杜鹰副主任语重心长的一番话让一行人如醍醐灌顶。

2009年6月，在国务院常务会议上，"'一国两制'下探索粤港澳合作新模式的示范区、深化改革开放和科技创新的先行区、促进珠江口西岸地区产业升级新平台"的定位在审议时一致获得通过。

故事二："特区中的特区"定义

2009年4月，北京。

这是《横琴总体发展规划》上报国家发改委前夕的最后一次定稿会。

众所周知，1980年8月，经中央批准，珠海划出一块地方办经济特区，范围没有包括横琴。1988年，珠海经济特区面积第二次扩大，仍然没有包括横琴。

横琴开发，不是特区怎么行呢？

"我们建议将它纳入到珠海经济特区范围。"刘佳汇报到这里时，一直在细心聆听的杜鹰副主任突然插了一句："横琴纳入珠海特区范围，珠海都已经是特区了，那横琴怎么叫？"

刘佳说："纳入经济特区，主要是有利于横琴能享受特区的一些政策。"

"横琴的政策应该比珠海特区的政策还要'特'。"杜鹰说。

"我们也是希望这样……"刘佳用略带征询的目光看了看黄锐。

黄锐心领神会，忙说："杜主任，我们想把它叫作'广东的浦东'……"

杜鹰副主任若有所思，示意黄锐继续往下讲。

"或者叫作'特区中的特区'。"黄锐情急智生。

杜鹰副主任沉吟了一会，仍然没有发表看法。

从国家发改委南楼出来，黄锐心想：可能凉菜了。

后来，在国务院的批复中，"特区中的特区"被采用，而"广东的浦东"并没有被采纳。

故事三：横琴岛产业定位论证

2009年3月，珠海。

6日下午，珠海宾馆内绿树掩映，花团锦簇，偌大的会议厅被摆成了"U"形，左、右两侧各吊着两个花篮，中间垂着PPT白色银幕，上方挂着一条横幅，"《横琴总体发展规划》专家研讨会"13个大字赫然醒目，十分鲜艳。

3时，研讨会开始，主持人道了开场白，介绍了每位嘉宾，来者不乏德高望重、白发苍苍的老专家。

主题发言时，专家们各抒己见，畅所欲言。分组讨论时，大家的争论高潮迭起，甚至称得上激烈。

争议的焦点仍然是在发展工业这个问题上，要不要上工业？要上什么样的工业？

会议出现分歧，两种不同的意见碰撞得非常厉害。

正方意见方认为横琴是块"宝地"，这么小的一块地方如果盲目引进工业项目，将失去横琴开发的特色，与横琴"谋而后动"数十年的初衷相悖。

反方意见则认为无工不富，横琴不发展工业，怎么实现"弯道超车"、后来居上？而且澳门的产业多元发展也难以做到"吹糠见米"。

正、反双方言之凿凿，暗中都憋着一股劲，其实都是为了说服对方，让自己的意见能写入《规划》草案。

一直以来，横琴对发展旅游情有独钟，因为与澳门关联性强，澳门的旅游溢出效应对横琴发展旅游十分有利，所以在旅游业上很容易凝聚共识，但在制造业、食品加工等多个方面均存在分歧。

6月，在批复的《横琴总体发展规划》的七大产业中，制造业、食品加工业了无踪影。

故事四:"四个岛"概念的提出

2009年2月初,珠海市政协副主席、横琴经济开发区书记刘佳"空降"横琴。

刚到任,她第一次到北京出差就是参加《横琴总体发展规划》的专家讨论会。

此前,《横琴总体发展规划》已分别在广州、珠海多地讨论,数易其稿。这次北京专家会,是由国家发改委组织召开的,层次很高,专家们也都是相关领域的权威。

《横琴总体发展规划》被一条一条地讨论。

在横琴发展目标上,几个专家认为定位不清,反复在问同一个问题:到底要建一个什么样的岛?到底想要把这个岛干成什么样子?

刘佳一直在细心地听,耐心地记,脑子里不断地闪现出专家们的疑问。

是啊!横琴要建成一个什么样的岛?

横琴希望的又是一个什么样的岛?

此时,所有的知识、记忆和经验陡然奔涌而来,瞬间充满了她的脑袋。她迅速用笔在讨论稿上分别写下"智能岛""活力岛""开放岛""美丽岛"……

到刘佳发言的时候,她把自己心目中的"四个岛"作了一番解读:"我希望以后的横琴是智能的,全岛Wifi覆盖、互联网发达;同时又是开放的,因为横琴禀赋很好,与澳门陆岛相望,我们要按最高标准来开发,要把它做成一个人人向往的充满活力的地方;刚才大家也讨论了横琴要建成粤港澳合作新模式的示范区,那么横琴就必须开放,要不然人家怎么跟你合作,人家凭什么跟你一个穷亲戚合作……"

说到这里时,会场气氛有了微妙变化。刘佳继续说:"还有一个比较可贵的是,横琴原生态,是一个十分美丽的海岛……"

刘佳一出口语惊四座,会场内有人交头接耳,有人频频点头。一位专家肯定她说得好——"简明扼要"。

坐在她一旁的单位领导恍然大悟,连忙打趣道:"您怎么不早说呀?"

后来,在《横琴总体发展规划》批复稿中,吸收了刘佳即兴发挥的"四个岛":连通港澳、区域共建的"开放岛",经济繁荣、宜居宜业的"活力岛",知识密集、信息发达的"智能岛",资源节约、环境友好的"生态岛"。即"美丽岛"改成了"生态岛"。

只是在每一个"岛"的前面,专家们用8个字作了精准的阐释。

故事五:"多联供能源"被写进《规划》

2008年5月。

当时,中电投拟跟澳门澳电、中石化合作在黄茅岛建一个LNG接收站,燃气接入站的登陆点选中横琴。

筹建负责人侯振林找到时任横琴经济开发区主任的邓友和经济发展局局长何广汉,说:"邓主任,这个热电项目是服务澳门的,是个没污染的项目,我们想把这个电厂落在横琴。"

看似不成问题,实则是个非常难以运作的大问题。

"眼下横琴的项目已经暂时冻结了。"邓友告诉他,然后语气顿了一下说,"不过,《横琴总体发展规划》正在编制,能源规划是其中一部分,你们这个项目如果足够高端又足够生态环保,还是可以争取纳入《规划》嘛!"

侯振林听后眼睛一亮,他想起不久前到新加坡谈马锡调研,人家正在如火如荼地搞常规能源与可再生能源的新一代城市能源系统。心里琢磨来琢磨去:中电投能把电厂搞起来,何不把"多联供"也搞起来?

"多联供能源"系统低碳、环保、清洁、高效。侯振林的想法在横琴遇到了知音。

当时,"多联供"还是个新东西,其主要原理是实现不同热力系统的合理匹配与组合,达到低排放或近零排放,从而寻求解决能源与环境对经济社会发展的矛盾。这种"冷、热、电"区域联合供给能源系统在全国还属凤毛麟角。

"多联供"这个概念引进总体规划后,争议很大。因为对"多联供"的认识,当时大家都不甚了解,意见也不是很统一。

有的人认为,这新东西烧钱,技术在国内又不是很成熟,不应该写进总体发展规划中去,选一个比较稳妥的、循序渐进的方案,引入一些技术成熟的能源系统。

但也有人持赞成意见,认为这种低碳、绿色的能源符合可持续发展的方向,特区就是要先行先试,既然是摸着石头过河,写进去又何妨?

为慎重起见,珠海又开展了两次调研,发现这种大范围的能源系统,在国内确实比较少,也没有太多可以借鉴的东西。

《规划》上报稿送到北京后,相关人士皱起眉头问:"'多联供'?这是什么东西?"

第一次被打回来了。

从北京回来，珠海针对反馈的意见对"多联供"材料进行补充完善和陈述，同时对国内外的一些案例做进一步的搜集整理，以附本形式又重新报送上去。

这一次通过了。

看到"实现区域内热电冷联供"被写入《横琴总体发展规划》，一位老专家心情非常激动，他百感交集地说："国外已经搞了40年，我为此也呼吁了10多年，现在终于被国家重视，横琴了却了我最大的心愿。"

横琴助力澳门经济适度多元发展，初衷是充分发挥横琴地处澳门与内地接合部的优势，推进两地深度紧密合作和融合发展。

但诸多问题和困难接踵而至——

"一国两制"下两地合作的模式是什么？如何落实国务院赋予横琴在制度、管理体制、发展模式、金融创新等方面先行先试的责任？

规划给出的只是一个框架。

譬如，有哪些点可以突破？

譬如，禁区的边界在哪里？

别说是广东省和珠海，恐怕连国家的相关部门也没有想清楚哪些方面需要由国家来定夺。

时任横琴新区管委会副主任的叶真为我讲了这样一件事——

他说，在《横琴总体发展规划》里面，关于"分线管理"是这样表述的：一线放宽、二线管住、人货分离、分类管理。

当时，叶真带队来到海关总署，相关处室负责人说，就那么一句话，你这让我们怎么操作呀？

想想也是啊！

"没办法操作，又倒逼我们回去研究。"叶真说。

"一线"是指莲花大桥横琴口岸，"二线"是指横琴大桥二线通道。这样问题就来了，两地各种要素便利往来，得从三件事做起，一是风险管理，二是不免税清单，三是硬件监管设施。

为了这份清单，横琴苦苦地思索，做了不少基本功。他们仔细琢磨国民经济的几百项门类，包括历年的数据报表、海量的进出口目录……

"听说列有上百项？"我有些迟疑。

"大概有几十项吧！"他略一沉吟说。

"这清单很短啊！"我说。

对于负面清单来说，清单越短，意味着优惠的措施就越多，而我把意思给搞反了。

"正式公布时，清单有100多大项，大项下面还有很多小项。"叶真告诉我说，横琴当时的目标是逐步实现境内关外，但理想很丰满，现实很骨感，结果离当初的设想还有很大距离。

事实上，在争取政策优惠上，地方都想多争取一点利益，这也无可厚非，但中央都不会给得太多，毕竟需要"优惠"的地方太多，手背手心都是肉啊！

横琴草拟的"不予免税清单"出来以后，循正常渠道分别送到财政部、海关总署、国家质检总局、税务总局等相关部门，等回到横琴的手上时，早已面目全非了。

"掐得太死。"叶真一直"抱怨"这清单长了。

到了2013年底，清单基本定版，眼看木已成舟，叶真知道很难一步到位了，他向有关部门提出能不能在文件最后加上"根据实际情况优化"一条。

相关部门同意了横琴提出的这个要求，在文件正式颁布时预留了一个"端口"。

"不过已经很好了！至少可以实操，某种意义上来说可以运作了。"现已调任万山海洋开发实验区党委书记的叶真还对横琴的那份免税清单心心念念。

"不知清单现在优化了没有？"叶真喃喃自语道。

2013年5月底，财政部、海关总署、国税总局联合下发通知，明确了横琴开发"免、保、退、选"四大税收优惠政策。

在这份"财关税[2013]17号文"里，我看到《"一线"不予免税货物清单》和《"一线"不予保税货物清单》的商品目录被列得清清楚楚，仅生活消费类货物，就有多达40多种不予免税。

"一线放宽"就是指对货物在税、证方面的适度放宽，对与生产有关的货物给予保税、免税，进口备案货物免领配额、许可证等；"二线管住"就是对一线放宽的货物在"二线"管住、管好，比如从"一线"进来的保税、免税货物，如果要经"二线"销往内地，就要按照进口货物办理报关手续，照章征收关税，验核进口配额、许可证。

除了"免税"和"保税"优惠政策之外，横琴还有"退税"优惠政策，也就是说，与生产有关的货物由区外入岛，可以享受出口退税；还有选择性征税政策……

其实，解决横琴类似"清单"的这些问题，正是国家开发横琴的初衷，国务院给横琴开发定的基调本来就是要"创新"。

"负面清单管理模式"仅仅是政策创新的冰山一角。

《珠江三角洲地区改革发展规划纲要》颁布不久,珠海市就成立金融、财税、通关、土地管理、产业和信息化等六个对应的专责小组,根据《横琴总体发展规划》批复中赋予横琴新区的各专项政策进行细化分解并提出需求"打包"向国家申报。

政策报批及落实工作是一项系统复杂的工程,涉及面广,协调难度大,事权多在部委。横琴新区牵头成立政策报批领导小组,刘佳任组长,副组长是区管委会主任牛敬,其他党委委员和各部门负责人都被纳入到小组成员名单当中。

管委会副主任颜洪任专项工作组组长。

2011年至2012年间,邹桦是横琴对外交流合作局副局长,她被"钦点"为"驻京催批小组"组长,和邹贤康、叶晓辉等一批同志轮流"驻扎"在北京,唯一的任务就是做好横琴与部委的日常联络沟通工作。

邹桦成了名不副实的"驻京办主任",她深谙期间不为人知的艰辛与不易。

2012年5月的一天,她来到国家某部委,把通关模式的政策申请报告递交到相关处。因为《规划》里确定了"出境功能和入境功能分开",即在横琴岛和澳门之间的口岸确定为以人为主的"一线管理",横琴岛与内地之间确定为以物为主的"二线管理",这里面就需要有更细致的规则和方案报国家批准。

相关处长看完报告后半开玩笑地对她说:"你们广东啊,可真会异想天开。"

听了这位处长的话,邹桦心里"哎哟"了一声,心想这下可糟了。其实,这位处长用"异想天开"这个词也不是什么贬义,只是觉得太大胆、太超前了。

"这样吧!报告留下来,我们也仔细学习学习!"

"学习?"邹桦一听心凉了半截,内心涌出一种非常复杂的滋味。

在回程的飞机上,邹桦向时任珠海市委常委、横琴新区党委书记刘佳汇报后请示道:"下一步怎么办?"

刘佳当时阴沉着脸,话简短得只有两个字:"再去!"

三个月后,横琴终于争取到了有关部委同意实行"分线管理"的模式时,邹桦又见到了那个当初说横琴"异想天开"的处长,处长举起大拇指,说:"你们广东人真能挺!"

横琴开发涉及港澳等境外投资,涉及两种不同的制度和体制,诸多政策细则尚未落实,与通关政策一样,金融政策的创新同样来之不易。

横琴财金事务局局长阎武不无感慨地说:"横琴的很多创新政策包括金融政策其实就是不断跑来的。"他告诉我,那段时间,市里领导何宁卡、刘小龙以及横琴新区的刘佳常委、牛敬主任三天两头往北京跑,跑国家"一行三会",跑省里相关单位,跑了多少趟多少家都没法统计了。

横琴想推新信托,当时还找来好几家信托公司,何宁卡市长、刘佳常委带着大家"跑部"前进,但高层不松口,觉得那些政策不"靠谱",难以实施。横琴则觉得上报的金融创新政策非常好,非常接地气,就拼命地宣传,引来了很多的关注,于是才有了今日横琴金融企业纷至沓来,金融创新亮点纷呈……

"向国家要哪些政策事先没有琢磨透?"在市政府1号楼的一间办公室内,我采访到已担任珠海市副市长的阎武。

"当时,市里成立了6个小组,专门研究横琴政策,金融和财税小组是由市发改局和金融办牵头,人民银行、银监、财政局都参与进来。大家热情高涨,讨论了很多,如,货币能否在横琴自由兑换,土地可否金融化,哪些金融新产品、衍生品是否可以在横琴试水。"

小组还请来"外援"——广东省金融学院的专家亲自"捉刀"。

"有的设想还是比较'拉风'的。"阎武笑言,包括面向未来的很多平台,什么人民币国际化啊等等,非常宏伟。后来又加了几条更具体的,比如在横琴岛实行澳元、港元和人民币自由流通,信托、货币汇率机制能有个"横琴指数"之类的……当时的思路就是天马行空。

几经周折,我终于找到了多年前珠海市上报的那份文件。

在此不妨摘录一段,看看珠海当年有哪些"追求"——

争取港珠澳三方在横琴共建区域性货币市场,着力建设"交易所"模式下人民币与港币、澳门币的现货交易市场,推动建设多币种现货交易市场;推动三地在横琴新区开展实质性的金融合作项目,建立连接珠三角和港澳地区的多层次资本市场,包括股权直接投资市场,打造"跨境产权交易中心",建立跨境非上市公众公司股权交易市场,推动多币种货币市场基金和多市场股票投资基金中心试点;建设面向粤港澳机构投资者的金融资产交易平台,推动粤港澳金融机构资产交易逐步趋向集中交易,形成有效的定价机制……

创新的概念,在这份文件里被全新演绎。

这些拗口的专业术语在阎武那里变得通俗又易懂:一是在横琴区域内各种货

币可自由兑换，内地和港澳的货币可同时使用；二是在横琴建立非上市公司的股票柜台交易；三是在横琴建立三地产权交易市场，填补港澳无产权交易市场的空白。

阎武侃侃而论，横琴既然是为澳门产业多元化服务，今后肯定是和港澳高度融合的区域，人流物流信息流过来，资金自然就要在这里通畅，所以我们觉得一些金融政策可以在这个特区中的特区先行先试。

2011年年中，6类专项创新政策全部上报国务院。

在邹桦的印象中，横琴政策小组60余次赴京，积累的资料超过2米高，17次对报批文件进行"大手术"。几乎每次上京都是由省、市、区领导亲自带队组成"强大阵容"。她说："省委、省政府下了大力气，对横琴政策创新寄予很高的期望。"

邹桦说，政策报批涉及的国家部委就达40多个，为了取得国家对横琴开发政策的支持，她们历时170多天，跑了其中的50多个司。

有一次周末，邹桦从北京飞回珠海，飞机落地的瞬间，她兴致勃勃地打开手机，正要给家人报个平安，却先传出"嘀"的一声短信提示，她点开一看，是单位同事发来的："明天上午拜访国家某部，请您立即飞回北京，单位已为您购买好晚上7点20分珠海往北京的机票。"

刚刚经历了三个多小时的空中飞行，疲惫不堪的她看看时间，6点过10分。她赶忙从一楼到达大厅转到二楼出发大厅，在办理登机手续的那一刻，她惊奇地发现，乘坐前往的飞机正是自己回来时乘坐的那一班……

对她来说最窝心的事莫过于飞机的误点，好几次她乘坐晚上的飞机要到第二天清晨才到，理由总是"天气原因"和"空中管制"，不仅人被折磨得精疲力竭，有时还误事。

一年下来，她已记不清跑了多少趟北京，由于常在珠海至北京的航线上飞，她对每家航空公司相关的航班时刻、航班号，每家航空公司的机型、准点率都熟稔于心。

专项创新政策报批既充满悬念又令人翘首以盼。当横琴人多年后讲起这些故事时，我依然肃然起敬，深叹他们的专注、执着和智慧。

历史学家汤因比曾说，发展的历史，便是在努力争取与不断回应中前进的历史。彼时，对国家会给横琴多大制度创新的空间，无论是珠海市还是广东省，确实不能说完全心里有谱。

曾经，有一个部委领导给予横琴的政策报批工作以很高的评价："横琴的同志镂而不舍，百折不挠。"

2011年7月14日，所有悬念有了着落。横琴翘首以盼的国务院《关于横琴开发有关政策的批复》（国函[2011]85号）获得批准。

"古之成事者，必有坚忍不拔之志。"横琴人听到政策获批的消息时，许多人热泪盈眶，高兴得开心落泪。

该《批复》共五条，1300余字。这份批复在政策的酝酿过程中，拟定政策的出发点始终是为港澳，特别是澳门拓展发展空间，促进澳门经济适度多元发展。被媒体称为国务院给予的开发程度最高、创新空间最广的区域开发政策之一，同意给予横琴"比经济特区更加特殊的优惠政策"。

其中的"四大关键词"备受关注。

一、港澳。

全篇有四个"港澳"、两个"粤澳"和六个"澳门"，共计12个相关字眼。从中央同意开发横琴的原旨到建立粤澳合作产业园，从便利通关到所得税优惠，都是围绕粤港澳紧密合作设计和实施的。

二、特殊。

通篇贯穿"特"的理念，同意横琴实行比特区更"特"的优惠政策，这是由其位于"一国两制"交汇点和"内外辐射"接合部的独特区位，以及承担为澳门拓展发展空间、促进澳门经济适度多元发展、支持港澳繁荣稳定的责任和使命所决定的。

三、优惠。

明确赋予横琴各项优惠政策，制定产业"优惠"目录，给予企业所得税15%的优惠，对在横琴工作的港澳居民实行"优惠"的个人所得税差额补贴，对粤澳产业园实行更为"优惠"的支持政策等。

四、创新。

明确横琴创新通关制度和措施，赋予横琴更多的试验权，这就要求横琴加快推进管理体制和发展模式创新，力争在改革开放的重要领域和关键环节率先取得突破，为珠三角"科学发展、先行先试"创造经验和提供示范。

《批复》亮点纷呈：金融政策、土地政策、产业政策、信息化政策……所有的疑惑和讨论就此画上了句号。

"除了国家层面，省政府对横琴的政策支持力道也非常大。"在市政府大院5号楼里，现任珠海市推进粤港澳大湾区建设领导小组办公室常务副主任的闫卫民接受我的采访，他特别向我提到省政府制定的一份《关于加快横琴开发建设的若干意见》。

"那里面有很多横琴要的'干货'。"闫卫民说。

闫卫民是横琴公认的"大手笔",许多政策台前幕后的方案和策划都经过他的手。或许是曾经有过的媒体经历,他不需要我的采访提示,侃侃而谈且语速适中,思路清晰而富有逻辑。

我们的话题是从他的记者生涯谈起。

2000年—2003年,刚从南京大学研究生毕业的闫卫民是《珠海特区报》跑经贸线的记者,这让他对珠海的经济社会发展有了一个初步认识。之后他被选调到市府办和市委办,分别担任过副科长、科长,得以以全方位的视角观察珠海。通过2009年那次机缘巧合的"公考",闫卫民走出市政府机关大院,走马上任横琴新区统筹发展委员会副主任,职责对口市发展改革、政策研究、统计及法制等4个部门。

谈到争取国家对横琴的政策支持,闫卫民变得兴奋起来:"我和邹桦跑政策的方向和领域不一样,她主要是跑北京,要的是分线管理、对港澳居民实施个税补贴以及企业所得税15%等政策,我主要是跑省、市这个层面,要的是审批权下放、资金政策的支持等等。"

"那您就给我讲讲那个《关于加快横琴开发建设的若干意见》背后的故事。"我说。

"事情太多了。"闫卫民欲言又止,"市里面问题不大,关键是省一级的资源怎么争取支持。"

一次,省领导来到珠海,专题调研横琴需要省层面解决的问题。横琴专门做了汇报,请求省里面出台一个专门支持横琴的政策或办法。省领导要求起草一个横琴需要省里支持的文件,把问题想清想透,然后按程序报上来。

接到任务后,闫卫民立即牵头,组织一批"智囊"起草了一个初稿。内容包括:下放横琴部分省级经济管理权限;加大对横琴的财税支持力度;支持横琴创新通关制度;支持横琴创新土地管理制度;支持横琴开展金融创新;支持横琴开展科技创新……

初稿在征求市里相关部门意见后,通过市政府报到广东省政府。

"当时起草的过程还算顺利,但走到省里面就复杂了。"闫卫民回忆说,涉及太多省里部门的事权。

当时省里具体承办的部门是省港澳办,最密集的时候闫卫民一个月要跑三四趟,与经办处的每一个人都混得很熟。

"你们的这些专业需求我们也看不很懂。"在闫卫民的一再催促下,经办处长皱了眉头，说，"我们就这几丁人，也没有几个人能搞得了这个事。你想，这么多部门为横琴列一个单子，确实工作量太大。能不能派两个人来挂职，我们一起干？"

从省港澳办回来，闫卫民把这位处长的想法向领导做了汇报。

"行！没问题。"领导十分爽快地应允。

后来就定了两个人去省港澳办挂职，一个来自横琴商务局，一个来自市港澳办。

时间过去几个月，大家一起做工作，好消息不断从省里出来：外商投资项目核准、地方政府投资项目审批等省级审批权下放横琴；支持在横琴率先探索实施货物"单一窗口"通关；在省政府审批权限内，横琴镇土地利用总体规划的修编及调整下放珠海市政府；对横琴的土地利用年度计划指标实行单列，由国土厅直接下达给横琴新区管委会；支持粤港澳三地在横琴共建金融创新试验区……

最后，在要不要把10年内在横琴产生的所有税收和规费的省留成部分，用于横琴开发建设上，因为争议而"卡壳"了。

"大部分单位都支持，部分单位不松口。"闫卫民说。

时任省政府副秘书长李春洪召开协调会。接到会议通知后，闫卫民连夜为牛敬准备了一份汇报材料。

第二天一大早，牛敬带着闫卫民风尘仆仆往广州赶。

在协调会上，牛敬作了很多的说明。他说，横琴目前经济总量很小，一般预算内财政收入还不到1个亿。省一级的留成也不多。希望省里面支持这个事，帮助横琴履行好使命……

故事讲到这里，闫卫民顿了顿，他端起茶杯，喝了一大口茶，说："说实在话，跑政策跑到后面脸皮也厚了，就是要全力游说。争取政策，争取争取，不争怎么能取？我们尽最大努力做工作，能争多少是多少，不争永远没有！"

"后来呢？"

"省里确实是支持横琴。李春洪指出，横琴承担着国家使命，支持横琴有利于支持澳门经济适度多元发展。省一级的税费留成，目前在横琴产生的确实不多。横琴财力有限，面临成百上千亿的基础设施建设任务，确实不容易。"

终于，2012年3月15日，广东省人民政府以"粤府[2012]30号"文下发了《关于加快横琴开发建设的若干意见》，给予横琴这项政策。"十二五"期间，省财政每年还安排1亿元专项资金，用于扶持横琴重大基础设施项目建设。

"只要给阳光，横琴就可以灿烂。"闫卫民说。当时没有人想到，得到省里的这项政策支持后，在以此为基础的特殊人才和总部经济等政策"加成"下，横琴的财税增长会如此之快。

中央和省市赋予横琴一系列创新、试验和示范的"尚方宝剑"，新区建设"超车"进入快车道，这块"久谋未动"的热土终于进入了实质性大发展阶段。

天降大任于斯

2009年夏天，珠海阳光明媚。

7月9日，《珠海特区报》上一则珠海市公开选拔横琴新区10名处级领导干部的公告吸引了市民的目光。

"招兵买马了。"当散发着油墨清香的报纸刚刚贴上公共阅报栏时，立即围过来众多看客。

公告称："为深入落实科学发展观，加强珠海横琴新区干部队伍建设，高水平创造性做好横琴开发，市委决定，面向全市公开选拔10名处级领导干部。"

"公开选拔，太期待了。"37岁的陈浩难掩内心的喜悦。

陈浩是地道的珠海人，他一直期待着横琴迎来大开发，但十几年来"只听楼梯响，不见人下来"。

在珠海市直某机关单位担任科长5年，陈浩认为这次公开选拔干部给自己提供了施展才干的机会和平台，通过公选不仅能提高自己，找到差距，如果公选成功还可以报效故里。

于是他通过网上参加报名。

"上午8点30分，我们刚上班，就有人打进热线电话咨询报名细则。电话基本没停过，每隔几分钟就会有一个电话打进来。"市公选办负责人喜形于色，说，"此次公选报名总人数为377人，经资格审查合格的280人。"

拥有中山大学硕士学位的陈浩如愿通过了资格审查。

7月16日这天清晨，太阳刚从地平线上缓缓升起。陈浩同往常一样，环野狸岛晨跑两圈，回家洗漱完毕送女儿上学。与以往不同的是他并没有去办公室，而是直接驱车去了珠海市委党校考场参加笔试。

坐在车上，透过咖啡色车玻璃，他淡定的脸上透露出一种自信。除了镇静，还有几分激动，内心充满了一种完全不同于过去的期望。

"考试科目包括领导综合素质和英语两科，主要测试报考者履行职位职责应具备的素质能力。"

"有没安排时间做考前准备？"我问他。

"关键靠平时积累，这种考试靠临时抱佛脚不灵。"

晚上约10时，陈浩接到组织部通知：按照职位1∶6的比例和资格复审，他已获次日参加面试的资格，面试科目包括专题发言、结构化面试、驻点调研和无领导小组讨论。

遗憾的是，在7月28日媒体公示的20人的考察名单中，没有陈浩的名字。

正如他的初衷那样，"找到差距"。陈浩说："这次公选本身就是一种选人用人的机制创新，环节设置很新颖，很公平，很透明，我接受这个结果。"

要想成为一名横琴人绝非易事，必须经过大浪淘沙式的闯关：筛选，面试，培训，笔试，考核，试用，聘用。

珠海市委书记甘霖在接受《南方日报》记者的专访时表示："我们要把政治最坚定、工作最扎实、能力最突出、思维最敏捷的创新型干部选派到横琴新区。"

珠海市委常委、横琴新区管委会党委书记刘佳坦言："横琴要建成'一国两制'下探索粤港澳合作新模式的示范区，选拔的领导干部首要是特别能改革，特别能创新。"她说，横琴招贤纳才，首先在自我选拔机制上创新，比如在评分方式上进行积极探索，增加了考生互评等环节，这在全国属首创。

张榜纳贤，最终12名处级领导干部脱颖而出：阎武、陈依兰、邹桦、闫卫民、荆洪文、赵振武、梁韬闻、叶文卿、李玉东、王毅、徐易、童年生。

邹桦时年35岁，孩子刚上小学不久，她从此每天驱车一小时从香洲闹市区柠溪穿过板障山隧道，沿九洲大道绕南屏镇再经湾仔镇，才踏上横琴这块还属荒凉的土地。

8月15日，市委书记、市人大常委会主任甘霖在珠海度假村对"新鲜出炉"的全体新选拔的领导干部进行集体谈话。他殷切寄语道：要珍惜机遇，艰苦创业，政治坚定，团结协作，干净干事，以高度的使命感、责任心和创造性，奏出横琴开发时代最强音！

17日，珠海市召开横琴新区干部任职宣布大会。这批百里挑一的"琴师"，将在横琴这把尘封多年的"宝琴"上共同演绎一部开疆拓土的乐章。

邹桦清楚地记得报到那天是星期一。

之前，邹桦在市口岸局工作，那也算个人人"挤破头"想进的单位，不少人抱定要干到退休的想法，邹桦说："但横琴充满未知，很吸引人。而且作为一个国家战略，在此平台上一定大有作为。"

横琴以五湖四海的胸襟，吸纳大川溪流，延揽人才精英。

时隔半年，珠海再次公选"千里马"，其中正处职位3个，副处职位2个。与上次不同的是，这一拨是面向全国海选，进入面试的19名人员来自内地十个经济发达城市，北京、上海、广州、深圳、武汉……其中，拥有博士、硕士学位者15人，占到近八成。

邓练兵博士选择横琴，用他的话是"纯属偶然"。

那是2009年10月的一天，他不经意拿起一份《二十一世纪报》浏览，突然一则公告闯入他眼帘：横琴公招。

招聘内容足有半个版面，越往下看，他越觉得有意思，报名的流程设计十分简单，表格就是一个模板，报名也不用单位开证明，只下载一个准考证就可以了。

邓练兵毕业于华中科技大学，是经济学博士。来横琴前，邓练兵在央企属下一家武汉公司做得"风生水起"，刚刚提任房地产板块公司的法人兼执行董事兼总经理，在国企中，这已经算是"正处"级领导了。

看完招聘内容，邓练兵有点小激动："当时感觉公选条件就是专门为我量身定做的一样。"

多年的城市基础设施建设管理经验、房地产开发和资本运作经验让他决定试一试。他按照指引下载了一份报名表，其实也就是一个模板，填上个人资料就随手在网上提交了。没想到第二天一早就接到珠海方面的电话，告知材料审核通过，完全符合要求，并通知他网上打印准考证，按时参加考试。

邓练兵不声不响，南下珠海赶考。

笔试也是在珠海市委党校进行，黑压压的好多人。邓博士说，这是他看到的最壮观的一次考试场面，也是他经历的最复杂的一次考试，什么题型都有。

从2009年10月到2010年4月底，各种考试面试断断续续地进行，进入二选一时，邓练兵有种预感，恐怕是要"中举"了。

在党校进行的最后一场是结构化面试，面试结束后，邓练兵独自在路边大排档吃完晚饭，一个人东转西转，便转到了香洲汽车总站附近，侧身看到一块公共汽车站牌，终点站正是横琴。

"横琴？"他的眼睛一亮。

邓练兵就想，不如坐公共汽车去体验一下，看看横琴是个什么样子，他看了看时间，是傍晚6点30分。

公交车来后，他"噌"地上了公交车。人不多，随便找个位子坐下，脑子里便一直想象着横琴的模样。

公交车报站到了"南屏"。

"会不会是《南屏晚钟》里唱的南屏？"他心里想。

后来才知道两者"八竿子打不到一块"。邓练兵笑言当时感觉到好远，像有几十站路。

到了横琴大桥，车上就他一个人了，再往前，公路两旁全是芭蕉林，晚风一吹，蕉叶噼噼啪啪作响，让人的心都提了起来。

公交车最后停在横琴终点站，车上就司机、售票员和他三个人，邓练兵想下车，却又犹豫了一下。

"你们车还回不回去？"邓练兵问。

售票员用怪异的眼神打量着他，然后用简单得不能再简单的一个字回应他："回！"

"你们能不能等我5分钟，就5分钟，我还会坐你们的车回去。"邓练兵说。

"那行，那我们等你。"

下车转了一圈，四周一片漆黑，他并没有看到横琴的样子，镇上就有一盏路灯，一间士多店。

"当时就蛮激动的了。"邓练兵说，"这次私访横琴，让自己下定了决心要来了，与其他人的感受不一样，对我们搞工程的来说，有这样一张"白纸"画，必然兴奋不已，而且开发横琴是国家意志，国家赋予横琴探索粤港澳合作新模式、助力澳门经济适度多元化发展的使命，这是多么重大的历史机遇和多么诱人的创业舞台啊！"

原单位领导找他谈话了："还是留在单位干吧！"

求贤若渴的横琴来人让他"慎重考虑"，横琴毕竟还没有高薪，没有优越的办公条件，有的只是一张白纸，有的只是满身汗水与尘土的创业平台。

支持他的家人也开始有些"动摇"了，希望他"再想想，孩子才上幼儿园。"

追逐横琴开发的梦想，从华中重镇武汉只身来到珠三角边陲海岛，邓练兵孤身远行，走马上任大横琴投资有限公司副总经理。

抛开成功的事业平台和安逸温暖的家庭而置身于千里之外的集体宿舍，这一人生转折在很多人看来不可思议，但却是他心甘情愿的选择。

"因为来横琴的人都是有梦想的，大家都在为自己的梦想、为横琴梦而努力，我也不例外。"邓练兵说。

2009年1月，澳门冬寒渐退，春意日浓。

时任中共中央政治局常委、国家副主席习近平在澳门考察期间宣布，中央决定开发横琴岛。随后，作为"一国两制"框架下粤港合作的标志性项目——澳门大学横琴校区项目启动。①

大使命箭在弦上，由谁来担纲重责大任呢？

显然，一出没有主角的戏，是乏味的。

伟人曾经说过："政治路线确定之后，干部就是决定的因素。"

视野、胸襟、气度、知识、观念、能力……时任市委书记、市人大主任甘霖冥思苦想，不同的人选像幻灯片在他脑海里一一掠过。

"有了。"一天，甘霖书记的脑际蓦然闯入一个人，这个人就是刘佳。

横琴开发将面向港澳地区，今后也是主要与港澳人士打交道，而在珠海市政协委员会里，港澳地区的委员精英荟萃……刘佳时任珠海市政协副主席、党组成员，选择刘佳不愧为"最佳"。

翻开刘佳的履历，资历完整：当兵、教书、从政、从企、再从政……2001年至2004年，刘佳担任珠海市旅游局局长、党组书记。这四年是珠海旅游与城市品牌形象翻天覆地的几年，名动全国的"浪漫之城"以及享誉全国的珠海"沙滩音乐派对"等城市品牌活动，皆出自她手，被公认为珠海旅游界的"大内推手"。

甘霖书记心中有数了。

2009年1月17日，是农历腊月廿二。

刘佳陪同市委书记甘霖送走来访的最后一批客人时，她看了看石景山庄大堂背墙上悬挂着的壁钟，时针已指向22点。

"书记，我送您上车。"刘佳说。

"不用，走走吧！"甘霖书记没有走向酒店门外面停放的公务车，而是扭头招呼她朝对面的草坪走去。

刘佳一愣，按照以往惯例，只要公务接待结束，无论多晚，甘霖都会先赶回市委办公室处理当天的文件。

---

① 《习近平考察澳门大学横琴新校区》，新华社2014年12月20日报道。

"今天怎么要走走？"刘佳预感一定有重要事情要交代。

"组织上决定让你去横琴经济开发区任职。"还没走到草坪，甘霖便征求她意见，"你有什么意见？"

"这……"刘佳的脑海里一下断了"电"，要知道，自己属于"大龄干部"，不在组织重点培养的"年富力强"类型之内，这突如其来没有征兆的安排让她有些诧异。

甘霖看到刘佳有些恍惚，连忙说："是不是有点突然？但今天算是正式找你谈话，我和市委的几位同志经过深思熟虑，认为你刘佳受党培养多年，也在不同的岗位上磨炼多年，相信你能够担起这个重任！"

听着甘霖书记充满信任的话语，多年军旅生涯铸成的情怀倏然涌上心头，她用铿锵的语气说："感谢组织的信任，我一定不辜负组织期望！"

"对了，这才是你刘佳的风格嘛！"甘霖会心一笑。

那晚，刘佳跟着甘霖沿着石景山庄的草坪弯道绕圈子，一边绕一边聆听书记对横琴岛开发的阐释。

甘霖同志说，横琴岛开发是国家战略，走的是一盘"大棋"：对澳门来说这是一份厚礼，有了适度经济多元化发展的新空间，对珠海是一个机会；有了对澳合作深层次发展的平台，对横琴更是一次机遇，将迎来浴火重生的新时代……

听着甘霖书记的话，一种叫激情的东西涌上脑际，她停下脚步，信心十足地表示："请组织放心，我一定会竭尽全力，坚决完成国家赋予的神圣使命。"

不知道怎么回事，刘佳这声音有点大。

甘霖说："你不是一个人去战斗，要团结好横琴的班子和全体干部群众，大家一起攻坚克难，市委、市政府都是你们的坚强后盾！"

那天晚上，刘佳毫无睡意，一直静静地坐在书桌前，内心翻腾不息，思绪不止，直到黎明破晓。

石景山庄夜谈后不几日，刘佳旋即奔赴横琴，以市政协副主席之职兼任横琴经济开发区党委书记，提前介入横琴开发事务。

"脑子进水啦？"很多人知道她去横琴，都替她担忧。

刘佳最了解自己，一旦认定了的事情，就会"一犟到底"，八头牛也别想拉得回。

6月，横琴新区班底初现端倪：刘佳被任命为横琴新区党委和管委会主要负责人；邓友被任命为横琴新区党委副书记；牛敬被任命为横琴新区管委会常务副主任。

12月，横琴新区正式成立，领导班子组成人员正式"出炉"：刘佳担任横琴新区党委书记，牛敬担任新区管委会主任，邓友担任新区党委副书记，颜洪出任管委会副主任，王毅为党委委员。

到横琴履职之前，牛敬曾担任珠海市经贸局局长和高栏港经济区管委会主任，懂经济，善管理和多个岗位历练的背景被市委"相中"，牛敬成为名副其实的"拓荒牛"。

这里要多说的一句是，初到横琴时，牛敬还只是个副主任，众所周知，能不能"转正"其实充满变数，他没有顾忌那么多，交接完工作后，精神抖擞奔赴横琴岛……

甘霖书记对配备的横琴领导十分器重，在任职大会上，甘霖书记代表市委寄语班子成员"牢记使命、志存高远、脚踏实地、不负众望"，他要求横琴的干部"先行先试不动摇、国际标准不降低、落实规划不走样"。末了，还下了"军令状"：一年有变化，三年见成效，五年大变化。

历史的重担就这样落在了横琴开发者的肩头上。

在横琴岛的德政街，一排绿树掩映着一栋朴实无华的大楼，如果不是门口悬挂着"中国共产党横琴新区委员会"和"横琴新区管理委员会"白底红字和白底黑字的两块牌子，很多人还误以为这不过就是一个普普通通的街道办。

至今，两块招牌在这个普普通通的"街道办"已经悬挂了整整10年。

2009年11月24日，中央编办正式批准设立珠海横琴新区管理委员会，规格为副厅级，直属广东省政府，委托珠海市政府管理。这是继上海浦东新区、天津滨海新区之后，第三个由国务院批出的国家级新区。

新区的机构是典型的"小政府"设置，体现扁平化和"精简、统一、效能"的行政原则。

内设11个部门，总编制只有86人，除办公室和党群工作部外，新区组建的"八大局（委员会）"让外界眼睛一亮：统筹发展委员会负责宏观规划、重大项目、政策研究、法治建设；产业发展局对接科工贸信、海洋渔业、水务；社会事业局对接民政、文体旅游、教育卫生、食品药品监督；公共建设局对接人力资源和社会保障、住房和城乡规划、国土、交通、环保、市政园林；党群工作部则对接纪检监察、党建、组织、宣传、新闻出版以及工青妇、统战、民族宗教事务……

机构设置还有一个亮点是趋同于港澳。

横琴新区有一个政府机构叫"财金事务局",这个名字很有意思,港味儿十足,可以在香港的政府机构里找到影子。

这种"叫法"着实让我颇感新鲜。

在采访时,我曾好奇地打听:"在内地都是叫财政局或金融局,在横琴为什么叫财金事务局?"

首任局长阎武为我解开其中谜底:"财金局是政府管理制度创新的尝试。'财政'就是政府的'出纳',负责政府钱库的收和支;而财金局还要兼负横琴金融创新工作,在融资、资金运作和金融创新上发挥政府的引导作用。"

我揣摩,这可能是国内"独一无二"的政府机构了。

横琴是粤港澳融合发展的试验地,探索粤港澳合作新模式的示范区,当主动与港澳接轨。"财金局"显然是期望横琴跟港澳对接,跟国际接轨,让金融成为横琴的一个重头,一个引领,一个探索……

诚然,随着横琴自贸片区成立,财金事务局一分为二,分设财政局和金融服务局,当然,那是后话。

2009年12月底,横琴新区人员配置尘埃落定,两层机构、一站式服务管理模式形成——

横琴新区管委会为行政管理机构,承担行政管理职能;珠海大横琴投资有限公司为投资建设管理机构,负责招商引资、投资建设。

我曾经很纳闷,开发运营公司作为法定机构被直接写入国务院的批复中,当时在国内实属罕见。

据说,当初起草《横琴总体发展规划》呈批稿时,市委书记甘霖就提出,既然促进澳门经济适度多元发展是国家启动横琴开发战略的初衷,那么,在横琴这个"一国两制第三地"的特别区域,就应该与国内其他新区或开发区有不一样的元素,走不一样的路子。

多次考察港澳的经验后,大家一致认为,从一开始就要让政府做政府该做的事情,开发建设的具体事务应该市场去运作。

这个建议得到了国家发改委的支持。于是,成立开发运营公司就被纳入《横琴总体发展规划》中,这为后来开发运营公司超常规运作提供了法定依据。

为公司"起名",这里还有个小故事。

最初,大家集思广益为这个开发运营公司拟了五个名字,一番研究比对后,横琴以"横琴投资发展有限公司"名字呈报给市委、市政府审批定夺。

请示送到市委书记甘霖桌上时,甘霖觉得这个名字与横琴开发匹配度不够,格局太小，便提笔随手在"横琴"二字前面加上了一个"大"字。

好一个"大"字！

大横琴，大舞台，大担当，大发展，大未来……一个"大"字，让人顿感豪情万丈。

既大气，又有霸气！

2009年年底，市委选派金波担任总经理，胡嘉担任副总经理，董事长由牛敬兼任。于是，大气魄、大手笔、超常规运作的横琴开发大幕徐徐拉开……

观察今日横琴，很难想象其当年发展经济的根基之薄。

在市人大常委会的办公楼里，已易职珠海市人大常委会党组副书记的刘佳与我"面对面"访谈。

她刚出差回来，尽管略显疲态，但仍然不失女性的温婉细腻。她指着墙上挂着的习近平总书记三次到横琴的照片，深情地对我说："我亲耳聆听了总书记的殷殷嘱托，勇于探索，勇于去闯，为港澳的长期繁荣稳定做出贡献，这成为我8年攻坚克难的精神力量。"

采访那天是2018年5月18日上午。珠海的天空非常晴朗，天空湛蓝得像刷了一层漆。

睿智、深邃、冷静……她坐在你面前，你无法探究她的内心，可一旦打开话匣，却给人另一种印象：思维敏捷，逻辑严谨，气定神闲。

履行新使命，新区怎么干？

刘佳说，自己主政横琴8年，始终牢固树立和自觉践行"创新、协调、绿色、开放、共享"五大发展理念，不忘横琴开发建设初心和使命。以敢吃螃蟹的决心、敢破藩篱的勇气，全面革新机制体制中不适应横琴助力澳门经济多元化发展的弊端。

这也是横琴所有为政者的格局，是担当。

不谋全局者，不足谋一域。

刘佳认为，横琴开发是国家战略，不能只是简单地找几个项目，拉一些投资，更多的是要在与港澳合作、促进港澳长期繁荣稳定和为澳门产业多元发展提供空间的本质上、机制上有所创新，有所作为，让横琴发挥好"一国两制"紧密合作示范区作用，这才是横琴牢记总书记嘱托，不负使命把蓝图变为现实的唯一路径。

作为横琴新区的"一把手"，刘佳说，不能只盯着横琴这"一亩三分地"，必须实现横琴与澳门的共建、共享、共赢，自觉把握大势，服务大局，把中央交给的使命完成好。

"横琴开发不是独角戏，而是大合唱。"刘佳这样对我说。

回顾往事，刘佳说自己8年打拼，就是为横琴梦而战，尽管一路走过，洒下无数汗水，甚至泪水，但更多的是一种荣耀和自豪。

听得出，言语中透着某种非常微妙而又无法割舍的情缘。

从她的讲述中，我粗略听出，当年横琴初期筹备开发的大致过程及艰难状况，她向我袒露了她心头那份热切的期盼。

万事开头难。当时横琴一切尚在初创之中，纷繁复杂的事情全挤在一个时间段里，如何严密地组织，如何高效地运作，如何科学地安排？

从零起步，她深感困惑与茫然。

没有现成的经验借鉴，没有完整的模式参考，人是新的，管理是新的。基础薄弱、资金紧缺、政策约束……千头万绪，给横琴留下了一道道待解的难题，现实如一座座山头横亘在横琴领导班子的面前。

"当时最突出的问题是什么？"

"问题很多，都很突出，也很复杂。"刘佳说，关键还是一个"钱"字，没有钱，这个梦想无论被描述得多么美好，多么动人，也只能是纸上谈兵、精神会餐。

常言道：很多事情不是人不行，而是钱有限；很多事情是钱无限，但是人不行。横琴显然属于前者。

钱从哪来？横琴面对的正是20世纪上海启动浦东开发、21世纪天津启动滨海新区时所面临的共同难题。但与两地不同的是，除了需数百亿启动基础设施建设外，还有全岛土地回收金额将近100个亿，更迫在眉睫的是澳门大学用地征收款需要33个亿，中心沟14平方公里土地回收款需要29.8个亿……

横琴穷得"叮当响"。

刘佳把财金事务局局长阎武叫到办公室，问："区财政还有多少钱？"

"这个……"阎武嗫嗫嚅嚅地说，"我们正在筹钱，年关到，原来横琴遗留的债务……索要工程欠款的讨债者也纷纷上门……"

"哦，不说了。"刘佳摇了摇头，她听出了阎武的弦外之音，连忙摆了摆手，又问，"今年区里的财政收入是多少？"

"3500万左右。我们盘算了一下所有的收入，恐怕剩下的连我们自己发工资都不够。"阎武脱口而出。

刘佳欲言又止。

之后神色凝重。

之后满脸茫然。

之后是长久的沉默不语……

有一次，她曾经看到过五六个讨债者找上门，干部都无法进办公楼正常办公，境况十分尴尬。

尴尬而苦闷，心理上的压力自然非常大，脾气也就跟着大。

银行贷不到款，向市里打报告总是石沉大海，急火攻心之下，不堪重负的刘佳曾打了三次辞职报告。

有一天，刘佳把辞职信和经费申请报告各装在一个信封里，心事重重地走进市政府一号楼找市领导。

在三楼的一间小会议室里，刘佳将两个信封整整齐齐摆放在那儿，说："您随便挑一个，您要么收这封，要么收那封。"

"你……你刘佳开什么玩笑？"市领导一听，脸沉了下来。

"实在是揭不开锅了，旧账未还，又添新账，岛上那些干部没日没夜地干，我却连工资都没法开给他们。"刘佳的嗓子里好像突然有什么东西堵了一下。

"好好好，行。"见此境况，市领导用平静而不无幽默的口吻说，"横琴是一级财政，本应该你们自己去解决。但刘佳你是市里嫁去横琴的，虽说娘家家底薄，但再困难也还是要带点'嫁妆'过去的！"

就这样，市里答应给横琴1.5个亿做启动资金。

拿着市领导的批示，刘佳欢天喜地找到相关部门。

后来在出文件时，1.5个亿被特别注明是"借"。

"甭管是给还是借，先拿到钱过这道坎再说。"刘佳说，实在是不得已，其实也难为市里面，因为在2009年，珠海市的地方财政收入仅为101.4亿元，捉襟见肘，其自身根本不具备对横琴的投入能力。

"这解了燃眉之急。"刘佳坐在我面前，10年后再来回忆这段日子，她显得云淡风轻，气定神闲。

"您这不是明摆着拿辞职信去要挟领导吗？"我笑言。

"那时是真的想撂担子了，是真的，整个人都快崩溃那种。"刘佳坦言，市里面省里面都还是非常支持的，省里面也支持了1.5个亿，要不，横琴连架子都搭不起来。

有借有还，言而有信。两年之后，横琴"连本带息"，一口气还给了市里面

6个亿的债。

管财政的市领导对刘佳开玩笑说："可惜了，可惜当初借给横琴的少了……"

借完政府的钱，刘佳又"盯"上了私人老板的钱包。

当时，长隆项目用地涉及新村和旧村的拆迁，村民们没有看到真金白银，谁会把代代相传的祖宅地交给你啊！

怎么办？

刘佳心急如焚。

苏志刚当时正在横琴大手笔投资建设长隆度假村项目，火烧眉毛之时，刘佳找到苏志刚，说："苏总，您得帮我，村民的补偿款拿不到，我一分地都收不回来。"

"说个数。"苏志刚不假思索。

"4个亿。"刘佳一张口就把苏志刚吓得不轻。

"我们不把钱装在兜里，根本就不敢跟村民签补偿协议，地也没法收回交给您。"刘佳无奈地表示。

苏志刚沉默了好一会。

刘佳一看有点戏，赶忙说："苏总，这钱你一定放心，我有借有还，您可以去打听打听，查我刘佳的诚信纪录，我当国企老总的时候，别人是千方百计不还银行贷款，我是按天还，连本带息地还……"

苏志刚想了想，最后吐了两个字："好吧！"

当时连协议都没签，钱就到位了。

多年后，每每谈起这件事，刘佳打心眼里感激苏志刚："苏总这人还真是不错，如果他不借钱，我这一关恐怕又挺不过去。"

《孟子·告子下》曰："天降大任于斯人也，必先苦其心志，劳其筋骨。"

慎思之，明辨之，笃行之。

好几次，她伫立于横琴的夜幕之下，望着深邃莫测、无边无际的浩瀚星空，久久思索。

谁都知道，她比谁都想得辛苦，想得漫长。

面对横琴开发初期上百亿的补偿款，毕竟东挪西借也仅仅是杯水车薪，而非权宜之计。

刘佳想到了一个人——当时分管金融财政的常务副市长何宁卡，何副市长曾在银行业从业多年，人脉广泛，他一定有门路。

"市长，年底前要交地给澳门大学，就三个月，时间非常紧迫，没有钱，我们根本不敢与业主签订收地合同。"刘佳报以无奈。

"最终核算补偿是多少？"

"33亿。"刘佳接着说，"上次会议时您也在场，很多人对这笔巨额赔偿金额有质疑，我们又组织了专门机构进行核算，确实是这么多，经得起审核。"

"那你们有什么想法？"

"找银行贷款。"刘佳恳切地说。

何宁卡听了刘佳的汇报和想法后，沉思良久，最后嘴里蹦出一句："一起想办法吧！"

第二天一早，何宁卡亲自去融资，带上开发区管委会主任邓友飞往北京，直接找到国家开发银行总部。

关于何宁卡是怎样说服银行高层并获得贷款的，我不得而知，但国家开发银行以"特事特办"的方式，十天就批准了这个融资项目。

刘佳说："那真是雪中送炭啊！这笔钱让我们迅速启动了澳门大学的用地征收，完成了非常紧迫的政治任务。"

"据说贷了20亿？"

"不到，15亿。"

整整一年，刘佳带着队伍走马灯似的在多家银行间来回奔波，谈到国家战略都很客气，谈到贷款却支支吾吾，基本不给，或是"研究研究"。

在一家银行，人家不客气地怼了一句："横琴还欠着我们银行一亿没还哩，把钱先还上了再说。"

这也不能怪人家，毕竟这样的事情在横琴确实演绎了好几回啊！

有时候，困难往往蕴藏着希望，执着往往孕育着惊喜。

2011年12月的一天，一架波音客机从珠海机场腾空而起，直插茫茫苍穹，4个小时后，当又一片灯火闪烁在机翼下方时，北京到了。

翌日，北京城天寒地冻，朔风萧萧。此时，已担任市长的何宁卡和常务副市长刘小龙，市委常委、横琴新区党委书记刘佳一行叩开中国银行的大门，工作汇报，请示事项，希望支持……流程如此这般走一遍。

中国银行没有说"行"，也没有说"不行"。

其实，中国银行正在做大量的调查研究，反复解读分析《横琴总体发展规划》的内容，聘请第三方机构进行评估，最终结论认为横琴前景可期，于是同意批给横琴80亿元的授信。

"作用太大了。"刘佳的惴惴不安终于化解,每每回想此事她仍心怀感恩,"最初的几件大事,比如澳大、长隆、中心沟的征地资金全是靠这部分来支撑。"

天行健,君子以自强不息。

一般而论,任何开发区都是将市政基础设施配套完成后才可能进一步去招商引资和开发地产,而横琴的市政基础设施配套资金分文都还没有着落。

而当时,要唤醒横琴的千年沉梦,至少需100亿!

去哪找100亿?

沉重的压力,压抑人的精神,但也昂扬人的意志。

刘佳把希望寄托在央企,她又带着人往北京跑,一遍又一遍地重复着:横琴是新区,毗邻港澳,发展前景好,全是大项目……

一圈下来,拜访的那些央企没有一家感兴趣。大家心知肚明,而又不愿说出原因。

天无绝人之路。正在她走投无路之时,却又柳暗花明了。

中国冶金科工集团当时筹备公司上市,正在全国寻求布点,中冶之前主要是搞矿业基地的,在广东的投资还是一片空白。机缘巧合,中冶旗下二十冶的董事长刚好取道珠海,横琴有一个人认识他,便把这个董事长引见给刘佳。

刘佳把横琴的情况一介绍,董事长听得很有兴致。当谈到横琴市政基础设施项目考虑引入"BT"方式时,儒雅的董事长眼睛一亮。

"有戏。"刘佳刹那间洞察出对方的心理。

接下来谈细节。一拍即合。

回到上海后,二十冶立即给北京中冶科工总部呈报,对中冶科工来说,这无疑是"正打瞌睡送来了个枕头",完全赞同。

于是进行商业谈判,协议采用"BT"模式建设。

这应了中国那句老话:人努力,天帮忙。

"BT"就是通过项目管理公司总承包后,由承包方垫资进行建设,建设验收完毕再移交给项目业主。

当时,这种融资模式还比较新颖。横琴一提出来,珠海各相关部门纷纷表示大力支持探索,但也有个别部门有不同意见,刘佳亲自带着人跑,说到口干舌燥还是"推不动"。

刘佳找到市委书记甘霖,又"不干"了,她满肚子的委屈:"人家掏钱给你先干活,后面才买单,您说这样的好事打着灯笼都难找。这也不能做,那也不能做，横琴基础设施至少100亿，100亿啊！那您给钱……"

"你刘佳整天要这要那……"等刘佳发完一通脾气，甘霖有点不耐烦地摆摆手，"行啦行啦！"

当刘佳心里正在琢磨这个"行啦"时，甘霖说："我授权给你，从根本上解决。"

突然间，刘佳眼睛湿润了，是感动伴着感慨。

不久，珠海把市级审批权限下放横琴。

很快，中国冶金科工集团带着126亿元人民币挺进横琴建设市政基础设施，与十字门中央商务区、横琴"多联供能源"系统、地下管廊成为新区成立启动的四大项目。

之后，中国电力投资集团登陆横琴，带来120亿元人民币；中国交通建设集团入驻横琴，带来135亿元人民币……

阿基米德有一句名言："给我一个支点，我就能撬动地球。"刘佳深有同感，她说："给横琴人一个支点，横琴人就能撬动横琴！"

横琴岛上金戈铁马，旌旗漫卷。

一个每时每刻都顶着巨大压力的指挥中枢，一支从全国各地公选而来的创业队伍，如何实现内部机构磨合和外部高效运转？

在横琴采访，我听到大家津津有味谈得最多的是早餐会、下午茶和"夜总会"。

早餐会：每天早上8点30分前，机关食堂的墙上高悬着每个季度重点工作推进任务表，从项目分解、目标要求到分管领导和责任人，从牵头单位、协助部门及完成时间和当日进度一目了然。会上批评、鼓励面对面，督促、指导手把手，一顿早餐吃得人人心如明镜，热情高涨。

下午茶：遇到当天难以解决的棘手问题，办公楼里的"茶歇"成为同事之间相互援助、部门之间协商问计和个人调整心态、化解难题的最佳契机。

"夜总会"：白天黑夜连轴转，涉及土地使用、项目融资、民生优先、和谐拆迁、基层组织建设和村民自治等敏感而重大的现实问题，无不让"垦荒牛"们食不甘味，夜不释怀，全力以赴，唯恐出现半点闪失。

当时横琴新区规划国土局局长王瑞森，大横琴投资公司副总经理胡嘉、邓练兵，财金事务局局长阎武，社会事业局副局长王睦溪，以及警务和综合管理局副局长李玉东等，都是"夜总会"上出镜率较高的横琴干部。

"早餐会、下午茶、'夜总会'"是一个统一意志、协同作战的工作抓手，成为横琴特有的机关文化，展现出横琴干部自强不息的精神状态。

一名不愿意透露姓名的公选干部说他非常忙，参加各种会议，解决各种难题，处理各种矛盾，时间总是不够用，每天从早到晚，依然忙得像个"陀螺"。

为了证明他的确"忙"，他还从抽屉里拿出一个工作笔记本，翻开让我一睹他刚到横琴时的工作情形——

时间：2010年10月10日。

8点：回办公室修改头晚赶写的横琴政策创新汇报材料，早餐面包在赶往广州的路上解决。

10点：在省政府大院参加协调会。

12点：买盒饭带上车，赶回珠海。

15点：向市、区两级领导汇报协调会情况。

17点：与市相关部门商谈业务，沟通协调。

21点：回新区办公室处理文件。

23点：回到宿舍给远在北京的5岁女儿和长沙的妻子打电话……

白天干，晚上干，星期天干，节假日干。他开玩笑说，自从来到横琴岛，自己只有星期七，没有星期天。

横琴事关重大，他说先前那份踏实的感觉好像一下子抹去了不少，睡不好觉，满脑子都在画着一个个问号。常常虚火攻心，一段日子自己的嘴上经常起泡。

尽管举步维艰，却始终没有放弃，没有一个人萌生退意，大伙锲而不舍地干，多干少说，甚至只干不说。

这种勇于承担的精神，实际上就是横琴人的性格诠释。

在中央、省、市的关怀支持下，横琴领导班子这支富于凝聚力、战斗力的团队，转轴拨弦，披荆斩棘，带领干部队伍演绎了一个气势非凡的开发传奇！

——四通八达的路网。

——最大市政综合管网。

——遍布全岛的纵横交错的水网。

——3C绿色环保电网。

——高速便捷的电子信息网……

其中3C标准绿色电网拿了10多项专利，横琴的信息网达到万兆入企，千兆入户，成为国内最高水准。

不经一番寒彻骨，怎得梅花扑鼻香。

这是一份沉稳。

横琴不急功近利，扎扎实实从地下工程做到地上工程，为百年横琴夯实基础，成为各地争相前来仿效的"样板"。

这是一份淡定。

横琴不操之过急。真真正正用德政来经营这块土地，打破边卖地边开发或先卖地后开发的一贯做法，让国家土地实现最大的增值，成为各地前来学习取经的"典范"。

一张白纸终于描绘出了最美的图画。

到2017年，横琴基础设施基本完善，政策体系基本健全，投资环境日益完善。一个信息、资金、人才、技术、物资等生产要素高效自由流动的"特区中的特区"，一个对接国际、趋同港澳、联通内地的国际化现代新城雏形呈现。

"助力澳门经济多元化发展有了坚实的'桩基'，"刘佳紧绷的神经稍稍放松了，她淡然地说，"初心正在照进现实。"

不走"寻常路"

"先规划，再开发。"横琴将这种理念奉为圭臬。

横琴只有28平方公里土地的开发强度，没有高起点、高水平的规划引导，岂能"一蹴而就"？

"横琴这样一个宝岛，不好好建设就糟蹋了，配不上'国家级新区'这顶桂冠，"刘佳说，"必须高端谋划，必须注重前瞻性、科学性和长远性。"

高端规划，首先得把横琴土地的"家底"摸清楚。

王瑞森谈吐优雅，善于表达，时任珠海市国土局副局长兼横琴规划国土局局长的他条理清晰，有理有据牵引着我进入话题。

"早年统征土地时，政府跟村集体和村民的土地是你中有我，我中有你，纠缠不清，刚开始进去时很乱，根本找不着头绪。"

"你们是怎样厘清头绪的？"在位于香洲柠溪的珠海仲裁委员会，王瑞森主任在他的办公室接受了我的采访。

王瑞森接着说："我们把历史上统征的图纸全部找出来，现有的数据全部进电脑，然后跟老百姓一块一块地核对清楚。"

"统征之外的那部分呢？"

"统征地之外的部分，跟老百姓重新勘察。"王瑞森告诉我，横琴每一寸土地他们都用脚丈量过，每一寸土地都摸得清清楚楚。刚开始个别村民认为政府会忽悠他们，有矛盾甚至上访，到了后面心服口服，老百姓非常支持，没有任何争议。

"土地从来就非常敏感，让老百姓没有任何意见，你们是怎样做到的？"在他侃侃而谈的精彩访谈中，我完全被其感染了。

"这是一个根本无法回避的问题。我们请来了省、市测绘机构，每一单征地和青苗补偿都由第三方测量机构出具报告，很有权威性。"王瑞森说，为此，横琴花了相当多的时间和代价。政府土地有多少，农村集体有多少，老百姓有多少房子，占地多少，全部清清楚楚、明明白白。

最让村民信服的是，新区按照当年统征地的数据测量下来，实际面积超出的部分都按标准给补足。在征地和青苗补偿上，政府花了十几个亿，连大、小横琴山地都进行了补偿，理顺了权属。

凡事都得按顺序，从ABC做起。

土地集约化后，规划就像一面旗帜，所有的"冲锋号"都集结在这面旗帜下。

在横琴新区管委会采访，我发现，几乎每一间办公室都悬挂着《横琴总体发展规划》示意图，我心里纳闷：这是自觉行为还是统一要求？

2018年12月12日，在横琴新区规划国土局会议室，局长王淳为我摊开规划示意图，滔滔不绝地为我谈起十年来步步成真的纸上规划，由衷感慨道："我们每个人都把梦想揣在怀里，我们最清楚梦是怎样长成的！"

横琴梦，十年一觉啊！

在《横琴总体发展规划》指导下，市政设施、土地利用、环境生态、产业发展、城市设计……横琴一口气完成了50多项高起点、深层次的配套规划。

《横琴新区城市总体规划》经由市政府审议通过。

《横琴产业发展专项规划》报请省政府批准实施。

《横琴基础设施专项规划》上报国家发改委备案。

《横琴生态岛建设总体规划》《横琴新区滨水地区与道路系统景观规划设计》……横琴新区的各层各类规划，分别从不同角度提出了相应的建设目标、路径、措施、标准等等，并有序引导、有效服务日新月异的大开发建设。

一个以总体规划为轴心，以控制性详细规划为平台，以城市设计和专项规划为抓手，全覆盖、全落地的"多规合一"的城市规划体系迅速建立完善，并建成"一张图"平台，有序引导。

2009年10月，珠海市规划局公布了《横琴新区控制性详细规划》，对横琴新区的土地使用、交通建设、市政工程等作出了详细规划。从北到南，横琴将设置4个口岸，广珠轻轨进入横琴后设3个站点，全岛预留建设3条连接澳门的交通通道。

横琴助力澳门经济多元化发展，首先从"纸上"开始。

能源建设首站为中海油天然气接收站，末站为澳门电厂……看到网上公示的《规划》，澳门居民开心地笑了：横琴开发，我们有望接驳天然气气源，澳门也很快用上清洁的能源了。

翻开《横琴新区控制性详细规划》的文本，横琴的轮廓初显——

以大、小横琴山为界，横琴新区分为海岛北部、海岛中部、海岛南部三大景观区，绿地包括大、小横琴山，二井湾生态湿地和大、小芒州西北角的滩涂湿地。沿着环岛绿道一路骑行，能游历整个横琴岛，山清水秀的天沐河周边将建市民服务中心，高密度区域的公共建筑之间将由有公共上盖的步行空间相连接，慢行系统"晴天不打伞，雨天不湿鞋"……

在控制性详细规划里，土地利用共涉及十个大类、32个中类，甚至精确到小数点的"个位"。

居住用地510.27公顷，占城市建设用地比例的18.22%。

商业服务设施用地495.76公顷，占城市建设用地比例的17.71%。

…………

墨子说，小智治事，中智治人，大智立法。

2012年1月，被誉为横琴新区"基本法"的《珠海经济特区横琴新区条例》实施。有了这个"基本法"，横琴新区的开发、建设、治理都有了更加清晰的、独具横琴特色的法律法规可以依循。更重要的是，横琴新区作为粤港澳合作新模式示范区，其功能、性质、使命、特色等都通过《条例》法制化，具有长期性的约束力。

在国家战略中，横琴肩负的使命很重；在横琴宏伟蓝图里，横琴许下的梦想很大。

横琴山，是横琴的母亲山，也是横琴城市风貌的主题背景，它掌控着未来横琴的天际线。

三叠泉是横琴岛上的名泉，自脑背山由上而下叠成大狭瀑、飞凌瀑、隐灵瀑飞流直下，故得名。

富盈酒店项目就是依三叠泉而建。

陈东是项目承建方的规划设计师。那天，他急匆匆推开横琴规划国土局的大门，汗涔涔地将设计方案送到相关科室。

接待他的是一位帅气的、戴着啤酒瓶底般厚的眼镜的图纸审核人员。

图纸被一张张徐徐摊开。

"按照详细规划，这块地的总建筑限高为50米，并且要留出大横琴山大部分山体，你们这个方案不仅超出了限高，没有预留视觉通廊，还改变了城市绿道位置，需要进一步修正。"审核人员客气地告诉他。

陈东欲言又止，悻悻而归。

约半个月后，陈东再次来到国土规划局。

这次审核人员看了图纸后，仍然没有接纳，他告诉陈东，方案比第一次有了很大的改动，但还是不符合规定，比如外形过于具象，缺乏整体感，仍未留出视觉通廊。"

"我们不知道怎么留。"

"上次我把具体要求都给你了，视觉通廊宽度100米，范围内限高15米。"审核人员进一步解释道，这样才可以露出三叠泉的完整水景。

第三次，方案终于获得通过。

国土规划局给出的结论是：方案预留了规划绿道走廊，公众可以自由接近山体并享有视觉通廊，整体色彩明快，风格轻盈，人与自然、建筑体与自然实现亲近融合。

那山，那水。

横琴岛四面环水，水脉纵横，水漾碧波。陆缘原生态红树林连绵生长，水道阡陌沟通，一幅幅岭南田园风景画浑然天成，兼具滨海与水网两大特质。

洲际航运大厦在最初图纸设计时就踩了水的"红线"。

图纸送来时，审核人员一打开，发现设计未顾及规划水系，项目北侧用地红线外,也未有排洪渠道通过,总图也未明确标明排洪渠的具体位置。

规划图纸审核人员把相关人员叫来,从整体风貌协调、水系与建筑和谐对话以及《珠海市城市规划条例》的要求,针对景观影响、评价,不厌其烦地反复研究和优化方案……

最终,方案决定北侧用地红线外加入水系。

保障山体公共开放性,显山露水,每地块的规划都强调建筑以山体构成对景,又从属于以山为主体所构建的整体自然景观,留出山水视线通廊。

"依山观山不欺山。"规划国土局局长王淳说。

"如何做到这一点?"

"我们重点是把握两个工作阶段。"王淳不厌其烦地为我解惑:一是事先规定阶段,用事先告知规划,以订立契约的方式引导依法建设;二是过程把关阶段,配合项目进度,在划地、报建、验收等过程中,按照事先约定的规则内容,予以审核,监督契约和政策履行情况。

"事先规定阶段包含哪些内容?"

"例如,在土地出让前或工程项目可研前,即提出建设目标和标准,并纳入土地出让合同和建设批准文件等法定文件,在出让用地规划设计条件中,规定项目建设需符合《横琴新区绿色建筑建设规划》的相关规定,最低满足《绿色建筑评价》二星级标准。"

"达不到呢?"

"持续优化,达到为止。"

王淳侃侃而谈。

时间已经走进2019年。

眼下,建设图纸上的一笔一画,正成为楼宇间的一砖一瓦;制度设计里的一字一句,正成为现实中的一言一行。人们感受横琴的琴音之美妙、曲调之高雅,这首震古烁今的变奏曲,令世人侧耳恭听。

横琴要建一个什么样的新城?

地中海沿岸的城市风光,北欧大陆的城市风韵,新加坡的城市魅力,香港的城市服务……这是横琴目光所及。

世界级城市,需要世界级智慧。

2010年2月24日上午,横琴有史以来最大规模的规划设计国际招标发布会在珠海度假村酒店举行。

招标涵盖三部分内容：滨水地区概念性景观、道路系统景观、重要节点规划设计。其中最引人注目的是滨水地区概念性景观，包括十字门水道、磨刀门水道、马骝洲水道、南海和中心沟的滨水地区，面积约50.42平方公里。

有观察家发现，邀请来的国内外51家规划设计机构非同凡响，其中不乏享誉全球的顶尖团队：北京清华城市规划设计研究院、荷兰尼塔设计集团、伟信顾问集团、SWA Group、The Cox Group Pty Ltd……

最终，法国阿玛（AMA）建筑设计事务所中标横琴新区滨水地区及道路系统景观规划设计项目，事务所董事长特里·梅洛提出"山脉田园、水脉都市"的设计理念，并亲自主持横琴城市景观设计。

横琴山水：山城、园海相映和山水都市、生态岛城。

横琴天际：三重轮廓，层次分明，疏密相宜。

横琴交通：公交优先、网络低碳、节能高效、以人为本。

横琴绿道：环境优雅、方便可达的步行、自行车和旅游观光网络。

横琴蓝带：河海交融、水网交织、亲水景观的现代岭南都市。

横琴建筑：创新多元、清新明快、推陈出新的横琴特色建筑。

横琴色彩：高尚现代、温馨明快、素雅简洁的复合色调。

横琴标识：规格统一、简约美观、环保安全的现代标识系统……

在阿玛事务所的设计中，还将横琴水系分为主河道、次河道和三级河道，其中主运河用于水上公交，如游艇和帆船等，次河道和三级河道主要用于城市景观构筑和水上"的士"。

山之歌。

风之曲。

海之颂。

特里·梅洛对他的设计作品眉飞色舞，他瞪着蓝莹莹的大眼睛自豪地说，将山与水的脉动一气呵成地融入未来城市，用水网和路网融合而成的优美旋律去构筑城市整体环境，强化山水之间的都市人居质量和诗情画意般的人文情调，这样举世无双的生态岛只能属于横琴！

好城市的设计如果用"TEA"来表达的话，就是Tell（讲故事）+Experience（体验）+Action（互动）。

它勾勒一幅"画龙点睛"的图景，传达的是一座城市的"魂"。

2012年3月，横琴新区整合法国AMA设计公司"山脉田园、水脉都市"的理念，在《横琴新区控制性详细规划深化》里进一步设计了横琴公共活动的标志性景观轴——天沐河·壮丽三公里。

设计成果非常优秀，将"TEA"表达得淋漓尽致。

天沐河位于横琴中部中心沟，连接磨刀门水道和十字门水道，是贯穿横琴东西向的城市"生态轴廊"，在形态上恰似一片芭蕉叶（中心沟）及叶上数滴水珠（游艇码头）。

打开规划文本，生态性群落、公园式社区、天沐之心区、艺术漫游区和中拉对话区在内的五大开放性绿地空间将商务办公、主题商业、文化艺术、酒店公园和景观艺术有效地融合在一起，营造出今古共生、动静相宜的城市氛围。

在翻阅过程中，我仿若置身于与天地相融的生态长廊，湿地体验、社区连接、儿童游乐场、临河街区、皇家庭院、草坪剧场、地景艺术、游艇码头等一一跃然纸上。

天沐河，恍如历史的纤绳，正拉着横琴人伟大的城市梦想奋力前行……

路名，这事儿虽小，却体现琴澳情谊，彰显横琴初心。

在横琴岛上驱车或骑乘，横琴气息迎面扑来：横琴大道、琴德路、琴政路、琴韵路、琴鸣道、琴飞道……这些路名散发一股浓浓的横琴味道，但这并不独特。独特的是那无处不在的"港澳元素"，彰显出横琴的独具匠心：港澳大道、香江路、濠江路、联澳路、观澳路、兴澳路、祥澳路……

"这里面一定有故事。"我想。

2016年5月的一天，风和日丽，白云舒卷，我再次走进横琴。

进入横琴，我随处可以看到"横空出世，琴鸣天下"字样的旗子迎着海风吹拂猎猎作响。

我还看到一个图案，像数学符号中表示无穷大的"∞"。我揣摩着，这是不是在告诉每一个踏入横琴岛的人：横琴是由两个岛屿围垦形成，这个形状暗示横琴的前途无量？

横琴的道路规划是按九个空间主题分区，主要城市快速路和城市主干路，以"大道"命名，除大道外的东西向道路以"路"命名，除大道外的南北向道路，以"道"命名。

横琴共有121条主次干道，取名的背后还有鲜为人知的故事。

2012年7月，横琴的市政基础设施建设风起云涌，多个工地全面开工，主干道和主干路的路基已初现轮廓。国土规划局门庭若市，每天来办各类施工证的工程队更是络绎不绝。

经办人员接收资料后越来越蒙了。许多企业申报的项目地址五花八门，有观音路、八仙路、脑背山下二小巷、天沐河边、环岛路右转400米处……让人丈二和尚摸不着头脑。

"孩子都快要生了，名字真的没有想好。"国土规划部门觉得事态有点严重，如果道路取名的问题没有解决好，今后资料归档就成为一笔"糊涂账"。

在一次务虚会上，时任副局长王淳向刘佳书记反映了这个问题。

"取名的事是小，但意义重大。"刘佳书记在会上提出了"三个要"：

第一，要深挖横琴历史文化资源，追求地、物、人文和谐，防止土不土、洋不洋。

第二，要充分尊重民意，提升市民对横琴城市的认同度和归属感，不能政府闭门造车、拍板定夺。

第三，要反映横琴人文和自然地理特征，淡化商业色彩，避免物欲侵入。

刘佳直接给王淳派了任务："王淳，这事就交给你了。"

王淳以执行力著称，她说，最初的理念和想法是体现中西合璧，既有横琴的历史元素，又有港澳的文化元素，同时还要兼顾辨识度。如果路名太复杂，或者说想法太多，真的要人去记得快，记得准，就比较难。

王淳带着局里的几个小青年花了一星期，跑遍了岛上的每一个角落，对每条道路都做到了"心中有数"。

但给上百条道路取名谈何容易？

王淳颇费一番心思仍不得要领。

"这些道啊路的，都取好名字没有？"一天，管委会主任牛敬到工地现场检查工作，又问起了取名的事。

"还没有啊！"王淳苦着脸回答说，"道路太多，名字不好起呀！"

"可以博采众长，发动大家广开言路嘛！"牛敬说。

一语点醒梦中人。

于是，规划国土局发起组织了一场为"道路取名"的活动。他们把任务分派到区直各个局，各局又把任务分解到每一个人，鼓励大家集思广益，群策群力，有什么好词儿尽管开动脑筋想出来，提上来，你可以只想个词儿或写一句话，主要把意思表达清楚，最后由组织单位负责筛选提炼。

大家开动脑筋，积极性空前高涨。

与此同时，为横琴道路取名的《征名启事》被挂上了大大小小的门户网站……

"三个臭皮匠，赛过一个诸葛亮。"仅仅一个月时间，共征集社会各界和广大市民各类意见建议1441条。

按照既定的原则和框架，规划国土局博采众议，在归纳吸收的基础上，迅速组织规划、文史、民俗等各界专家边"筛"边"议"——

横琴开发情系港澳，首先港澳大道是少不了的。天沐河两边一南一北两条路，南边叫香江路，北边叫濠江路。

"路明明在河边，为什么叫江？"有人有异议。

"用'江'的路名比较有意思，香江是香港，濠江是澳门。濠江放北边，是因为这条路走过去，就通达口岸，直接联通澳门。

横琴是海岛，横琴元素不能少，以"琴"打头的，琴韵、琴明、琴飞、琴阳……横琴四面临海，按常规，一般靠海的那条路各地都会把它叫作环岛路，但横琴已经有了一条环岛路，于是将绕着海边新修的最外一圈取名"琴海路"。原来叫开的环岛路只能屈居"二环"。也有人提议叫"爱琴海路"浪漫些，但一细细琢磨，觉得有点别扭，于是干脆给另外一条路取名为"爱琴路"。

横琴的文脉要延续，横琴以前发生过什么？以前的地名，以前的路名，这些要保留下来，一脉相承。"风吹罗带路"的背后那个山叫"风吹罗带山"，"顺德东路"传承以前顺德围垦时期的那些路名，至于"环岛东路""环岛北路""环岛西路"，既然大家已经叫开了，算了，就这么叫也挺好。

澳门中医药产业园在横琴的西北角，中医跟中华文化源远流长，道路的取名自然要跟中医药密切相关：远志路、厚朴路、杏仁路、翠衣路、紫薇路……当然，那些有毒的药名千万小心了，比如像"乌头"的中药作为路名那还了得？

港澳地区对取名很有忌讳，还得仔细再推敲，必须没有疑义或能直接看出来的歧义。比如口岸地区临近澳门，当时大家取了一大堆名字，吉临路、福临路、君临路、祥临路……在琢磨时，突然有人提出"祥临路"不能用！

"为何？"大家一头雾水。

众所周知，鲁迅笔下有一个主人公叫"祥林嫂"，"祥临"与"祥林"同音，这个祥林嫂一生命运很苦啊！怎么能取"祥临"？

有道理，"祥临路"后来被剔了出去。

路名取好后，他们请来专业人士，分别用广东话、普通话和客家话审读，每种语言表达的意思都必须要正面。

这中间其实还有一个设想。

王淳说，他们当时还有一个方案，就是所有的道路采用中、英文互译，让中文有意思，英文也有含义，比如英文"red"，中文就是"瑞德"。厚朴是中药，翻译成英文叫"hope"，就是"希望"的谐音……

不过这套方案后来被否决掉了。

营造家园氛围，延续文化追求，表达传统文脉，建立琴澳认同……横琴的港澳情愫和良苦用心，从道路取名一斑便可窥见全豹。

我用真情换你心

新疆初悬，建设用地首当其冲。

在国务院批复的《横琴总体发展规划》里，横琴开发对于澳门的意义首指土地——

共同打造跨界合作创新区，有利于弥补港澳土地资源有限和劳动力相对短缺的劣势，为逐步改变澳门经济结构比较单一的问题提供新的空间。

2011年3月，北京人民大会堂里，粤澳双方签署《粤澳合作框架协议》。粤澳合作产业园作为落实"一国两制"国家战略的重要载体，被单列一章。

没有土地，拿什么来助力澳门经济适度多元化发展？

收地，成为横琴开发打的第一场"硬仗"。

经历多次"开发"，横琴岛从20世纪90年代到2005年间，总共出让、转让、划拨了343宗各类用地，约15平方公里。中心沟14平方公里土地，那是由佛山市顺德区围垦指挥部实际管理使用，《横琴总体发展规划》明确的28平方公里建设，几乎都不在横琴镇政府手里，横琴开发竟无地可用。

这就有些尴尬了。

2009年8月份，多家媒体披露了国土资源部《有关房地产开发企业土地闲置情况统计》名单，珠海共有96地块上榜，其中有76宗位于横琴。在2010年国土资源部公布的闲置土地"黑名单"中，横琴有27宗赫然在列。

有些地块已闲置近20年。

一边是新区开发无地可用，一边是土地闲置于业主手中，土地收储问题没解决，横琴开发只能是水中月镜中花，向粤澳合作产业园供地也将遥遥无期……

新区成立后，亟待突破的瓶颈就是土地问题。

中心沟、富祥湾、白沙栏、市政BT等重点区域和项目收地全面展开……除此之外，澳门大学的收地特殊，我将放到后面相关章节慢慢道来。

问题复杂，相当棘手，干部们没有节假日，没有大礼拜。

刘佳说，那一段是整合建设用地最紧张、最艰难、最关键，也最有成效的一段时光，新区成立了征地拆迁领导小组，任务分解到各部门，领导也不例外，包括她自己。

中心沟是横琴岛的中心地带，这块属于顺德的14平方公里"飞地"，诸如治安、计划生育等行政权力由横琴镇政府来行使，而其使用权则由顺德区政府管辖，土地全部由顺德区政府中心沟办事处承包给农民养殖耕种。

中心沟土地确权和开发建设问题曾长期困扰珠海、顺德两地政府。

刘佳说，为这块地双方已经谈了差不多20年，她查看了所有的资料，第一次谈是在20世纪90年代，顺德提出补偿6000万，也许是珠海觉得有点贵，此事搁了下来。数年后再谈价格已翻了一番，1.2亿，但不了了之。再数年后第三次谈时已攀到12亿了。

到刘佳的手上时，已是第四回合了。

之所以难以谈妥，是因为这块地涉及原顺德县基层的5个公社十几个生产队数万人的利益，矛盾错综复杂，协调起来确实有很大的困难。

对顺德人来说，这块地的价值不在于钱，顺德人"不差钱"，只是这块土地融入了顺德人的情和义，那是3200余顺德人的集体记忆呀！

当年，顺德人用肩膀和血汗将一块块石头慢慢砌堤围垦出来，曾有5名顺德人长眠在了中心沟，为了纪念他们，在中心沟入口处，一块耸立的纪念碑一直在讲述着曾经发生在这块土地上的悲壮故事……

2006年时，广东省因为要建立泛珠三角经济区，将横琴中心沟的规划权收回到省发改委手中。

正因为这块"好地"的未来不明朗，很多人不敢长期租用，只能半年、一年地签合同，养鱼养虾，土地的经济产出并不大。

那时，中心沟约有400人承包水塘进行养殖耕作，其中仅约100人属顺德籍，这其中又以杏坛人居多。

中心沟这块地是用来布局"粤澳合作产业园"的，这是国家战略。为了让澳门的项目落地，也必须要把这些土地回收清空，才能搞基础设施建设。横琴的基础设施一定要达到配合澳门"一中心一平台一基地"这个要求，才配得上国家战略。

顺德，刘佳跑了19次。

横琴要收地，顺德表示很"郁闷"。

顺德人说，我们两代人在这里流血流汗，还牺牲了人，付出了生命代价，你为什么要收呢？我们能不能一起来开发？

"我们可以一起来助力澳门经济多元化发展嘛！"也有人说。

中心沟东堤与澳门的氹仔和路环岛隔海相望，西堤外便是西江的出海口磨刀门。刘佳记得第一次踏进中心沟顺德办事处时，自己没有马上与对方坐下来"锣对锣、鼓对鼓"地商谈，而是走进办事处设立的展览馆，仔细聆听讲解员的详细介绍。

触摸中心沟的历史，刘佳在展览馆驻足良久：一幅幅震撼人心的黑白图片，如数家珍般的深情讲解……那是一代顺德人的"中心沟情结"啊！

然而，中心沟的土地回收对深化粤澳合作、促进澳门经济适度多元化发展产生直接影响。

为此，珠海请求广东省政府将中心沟顺德围垦区用地以现金补偿方式收回并划给珠海统一规划、开发和管理。

连夜酝酿，加班拟文。

那是2010年3月的一天，珠海市政协副主席、横琴新区党委书记刘佳携《关于协调解决珠海市横琴中心沟围垦用地问题的请示》来到广州，她找到时任中共中央政治局委员、广东省委书记汪洋汇报说："高标准建设横琴粤澳合作产业园，给澳门留足空间是我们班子的一个重要共识。但由于历史原因，中心沟这块地我们拟以现金补偿方式收回，由横琴来统一规划，但这件事跨行政区域，我们协调有困难，请书记帮助协调解决这个问题。"

汪洋书记一边听取刘佳的汇报，一边拿起横琴方面呈送来的报告，他看了看，对刘佳说："横琴开发事关粤澳合作，事关澳门经济适度多元化发展，各方一定要从大局出发……"

末了，他告诉刘佳："这事我请广源同志来协调。"

3月20日，在广东省人大常委会主任欧广源的办公室，欧广源把横琴和顺德的领导以及顺德属下相关区的书记召集到他的办公室。

在分别听取各方的意见和建议后，欧广源主任拍板道："这样吧，横琴以现金收回中心沟，回收价为30亿元。"

刘佳心里"咯噔"一下，来时，横琴是有"底牌"的，20个亿！充其量25个亿！

欧广源似乎看出了刘佳的心思，他说："30个亿，是充分核算了这块土地的潜在价值和顺德多年财政的投入，照顾到顺德人的情感和多年的付出。"

"能不能不要超过30亿……"刘佳想，30这个数字有点沉甸甸。

"那你说多少？"欧广源问。

"能不能少一点，回去也好交代，29.8亿吧！"刘佳咬咬牙说，"我们都很理解，为了顾大局，谁都要做贡献。"

"好吧！就按你的数，你们双方都不要再说了。"欧广源语调铿锵，一锤定音。

2010年3月25日，"珠海横琴中心沟顺德围垦区土地补偿协议协调会暨土地补偿协议书签约仪式"在广东省政府迎宾厅召开。时任顺德区委书记刘海在签约仪式上动情地说："横琴作为国家发展战略之一，顺德再次义无反顾地把中心沟交出来，配合横琴的开发。"

"半年后，顺德将'好好睇睇'交出中心沟。"签约仪式后，刘海在接受媒体的采访时提议，在横琴总体规划建设中保留"中心沟"的名字，作为一个永久性的纪念，因为这个名字不单单属于顺德人或者珠海人，也是对中心沟地域历史的纪念。

横琴承诺，将为顺德人"守护乡愁"，建设一个公园，公园里将竖立一块纪念碑，记载顺德人在中心沟的奋斗史……

随后，顺德成立中心沟临时移交领导小组，从各部门、镇街挑选了精干人员30人，组成工作组专门负责收地和善后工作。

4月8日，珠海市政府公告收回横琴中心沟顺德围垦区内的全部国有土地使用权，困扰珠海和顺德近40年的权属纷争画上了句号。

对于顺德勒流人江伦孝来说，收地拆迁来得有些突然。

1980年围垦中心沟时分田，江伦孝分得70亩农田，一家子都在中心沟，俨然把这里当成自己的家。由于家里劳动力充足，他还买来了开垦工具，慢慢把自己的农田扩大到了如今的近80亩。

那天晚上，在江伦孝的石屋里，江氏兄弟俩和德叔、简忠隆、卢礼元等几个老乡聚在一起喝闷酒，酒是顺德老家产的"九江双蒸"，三杯小酒下肚后，江伦孝有点愤愤不平："为什么新区政府只登记30年前分到的那部分田？"

"补偿合理不合情……"简忠隆对获得多少补偿费也是愁眉锁眼。他拿起酒盅，一仰脖自己灌下一大半，说，"孩子在顺德老家读书，到时租金没有了，租给别人的养殖场不是补偿给别人了？"

"那开渔场的投入费用总应该补偿给你吧！"德叔说。

"当然希望了。"德叔的话直戳到简忠隆的心窝里了。1997年，简忠隆想要回顺德老家，被老乡劝留。同大多数留下的顺德人一样，他们看守着这片属于顺德的土地。几年前，由于年纪偏大，简忠隆夫妻俩把大部分的塘租给了外地人，自己只留下不到10亩来养虾蟹。几十年后发现人累了钱却没赚着，"这里台风多，一刮台风，这一年就只能望风兴叹了。"

这时德叔也叹了口气："一辈子耕塘，没学历、没技术，这边的地被收了，回去又没田耕，如果补少了，以后怎么办……"

那天晚上，简忠隆在床上翻来覆去"烙烧饼"，几乎通宵未眠。

同样忧心忡忡的还有钟有妹夫妇俩。

"土地被征收能补偿多少？"70岁的村民钟有妹郁郁寡欢，一直念叨着。她和老伴黄林杏坐在家门外，与邻居聊起了拆迁这事就担心。

钟有妹割了一辈子草药，拿到澳门街头卖。50多岁时被药材的枝干戳伤眼睛，险些致盲。丈夫做过船运，采过石，大部分时间也在割草药。两老靠借债盖了三层房屋，合共230平方米。屋子外墙贴着洁白的瓷砖，显得光亮洁净。然而，由于生活贫困，黄家至今烧柴煮饭，院子里用木板胡乱搭了间厨房。厨房壁上挂着几把款式各异的镰刀，那是黄林杏、钟有妹一辈子割药材、砍柴的工具。

不久前，他们刚把房子的借款还清。

补偿金，成为大多数拆迁户心中的障碍，也是横琴收地过程中所有征拆对象的共同诉求。

岛民们静谧如画的日子，突然因补偿金而改变，原本静如湖水的心绪，也因此被迅速搅动。

新区管委会将心比心，刘佳不无动情地说："我们一定要对得起每一位征拆对象，不管是当地人还是外来人，在国家政策范围内，横琴征地一定要参照广东沿海城市的标准顶格赔偿。"

这与班子成员们的思路不谋而合。

我想起李白《将进酒》中有一句"千金散尽还复来"。是啊！横琴开发需要钱，但钱散出去了还可以赚回来，但没有土地，如何完成中央交给的重任，何谈为澳门产业多元化发展提供空间?

珠海市仲裁委主任王瑞森回忆,他们请了一个专业机构来横琴对收地和今后土地出让做了一个综合测算,历经一年多时间调查摸底,在2010年6月制定了土地整合处置方案。

我后来看到了这个方案,其中充分考虑了原业主的合理回报,主导政府回购,参照市场价格制定收地补偿标准,同时明确政府收地补偿款免征土地增值税在内的相关土地税费。

住宅用地收购补偿价3699元/平方米,商业用地4821元/平方米。

"全岛一口价?"我问。

"对,这都是楼面价。"王瑞森说。

"假如有人不接受收地呢?"

"新区统一出台整合方案。"

岛民们悬在心头上的一块大石总算落了地。

这些曾经把幸福当成传说,把富贵当成谣言,蹚过无数生活激流的农、渔民,如今一夜之间便感受到了一种仿佛接触到天外世界的紧张与战栗、兴奋与快感。

时任区党委副书记邓友是个"老横琴",拆迁户说看到最多的就是他的身影:工棚、蚝庄、酒家、农户……谈判既要耐心细致,又要快刀斩乱麻。

"许多被拆迁户都能顾大体,识大局。"邓友说。

因为邓友群众工作经验丰富,大家都缠着他"传经送宝"。

"门难进、脸难看、话难听,这是拆迁工作的'家常便饭',一定得做好思想准备。"邓友给大家支招儿,"进了门,不要急于劝服村民搬迁,要先与他们拉家常,交朋友,让他们放下戒心,这样他们才会听你讲,你讲的他们才能听进去。"

"邓书记还真有一手。"大家赞叹。

征地那段日子,横琴新区管委会一楼的业务办理区,专门处理拆迁村民的赔偿问题。谈得不满意,拆迁户还可以直接找楼上相关部门负责人,当面核实拆迁补偿政策。

"来找的人多吗?"我问。

"多了。"时任横琴新区党委副书记、纪委书记、横琴镇委书记魏顶光说,"有些村民不太理解这个东西,他有时候听别人讲,哪里补了多少,哪里又增加了多少,或者说我这里投入这么多成本,为什么才补我这么一点……我们这个时候就去做工作，跟他讲规定，讲政策，对吧？我跟他讲，你放心，补给你的标准不可能比别人的多，也不可能比别人的少，如果同类型的补偿你少了，你可以过来找我，我拿我的工资给你填……"

之前，我在媒体上看到，一些地方的拆迁补偿工作比较粗放，工作程序没有规范，拿个卷尺靠经验拉，拉完尺之后就开始填各种表格单据让户主签字画押确认，这个就容易出现问题了，跟你关系好，会拉长一点；跟你关系不好，我就掐你一点……

"横琴不会出现这样的情况。"魏顶光赶紧回答我说，"整个拆迁补偿，我们是全过程透明，网站公示、现场公示等，还引入第三方专业机构。"

我插话道："第三方？横琴这个做法很新颖，你具体说说。"

"就是珠海测绘院来进行测量，测量完后，出具测绘报告，专业报告作为我们补偿的依据。"

"补偿的流程是怎样的？"

"当然有一整套程序了，测量、清点、签名、公示、签补偿协议、付款。不管补给谁，我们都有公示的环节，今天补给你什么东西，什么数，多少亩，什么鱼塘，多大面积，规格多少，依据标准，补偿金额……全部张贴出来。"

"让征地补偿户心悦诚服？"

"对，心悦诚服。"魏顶光用数据说话：2011年签订补偿协议共572宗，发放补偿资金1.56亿元，涉及群众1800多人，没有一位群众因为征地补偿权益受侵害而上访。

真情换真心——

横琴把最好的土地用于安置房建设。

横琴优先解决横琴本地居民就业。

横琴企业若雇用本地居民为员工，政府为"五险一金"买单。

……

政策上的民生温度，换来的是群众的信任和支持。干群关系由紧张走向和谐，征地拆迁从"零和"变为"双赢"。

到2016年前后，横琴全面清理和有效化解历年遗留的建设用地难题，完成28平方公里建设用地的整合、回收、拆迁和一级开发，整个横琴97%以上的用地基本征收，项目用地100%征收完毕。

在国土规划局会议室有一张放大很多倍的地图，贴在墙壁上，就像一张作战地图，大家天天研究这个图，哪一户谈成了，就拿个蓝色笔打个钩；哪一户补偿了，就拿个红色笔打个钩；哪一户变卦了就叉掉用黄色笔重新打个圈……

"征地拆迁工作是天下第一难。"毛毅于2013年5月进入横琴新区国土局，那时他刚从市里调来，对"白+黑"和"5+2"还真不适应，中午加班，晚上也加班，他说最紧张的那三个月基本上一大半时间都在加班，晚上回到市区时基本都是凌晨一两点钟。

"征地拆迁涉及的利益巨大，工作有一定的危险性。"毛毅说，在土地执法过程中危机四伏，被围攻很正常，对峙推搡、暴力抗法、肢体冲突难以避免，甚至还会面对铁锹、煤气瓶、石块……

他给我讲了这样一件事，这件事后来被列为全国法院系统的典型执行案件之一——

"大概是2014年底或是2015年初吧，在环岛路WTA场馆对面有一个两万多平方米的砖厂，每天高大的烟囱冒着黑烟，机器轰隆作响，不仅影响项目进展，而且影响环境，新区将其列入重点清除对象，区领导也给出了拆迁时间点。

"那时的横琴用地不太规范，砖厂跟之前的镇政府签了租约，但没有到规划部门办手续，厂子建起来也没有去办。按照相关法律法规，涉及土地租赁、出让，只有国土部门才有这个权力。收地的时候去跟老板谈，他死扛着不同意，反反复复了好几个回合。

"第一次去谈的时候是到他办公室，非常客气，倒茶敬烟，然后是这个困难那个困难。第二次去马上摆脸色，态度也一百八十度大转弯了。老板当时提出要政府补偿三百万，不补偿就不拆。按照法律规定来讲，他的用地本身就是违法的，到我们清理收地的时候，合同租约也都到期了。所以说从法律层面或合同层面来讲他都不合法，他还敢对抗，还敢提出要补偿，太过分了。

"我们做了行政处罚决定之后，他就跟我们打官司，以拖待变。我们也积极去应诉，一来二去，法院全部判他输了。

"当时是我带队，就以他非法占用国有土地，直接启动执法程序。第一天去的时候，就出现抗法行为，对方组织一帮工人拿着木棍、砖头跟我们对峙，然后把我们团团围住，我被一个人勒脖子，一个人抓胳膊，一个人抱大腿，衣服都被他们扯烂了，整个现场乌烟瘴气，后来公安介入把几个当事人带回派出所进行教育。

"你说被围怕不怕？呵呵！怕倒不怕，没什么好怕的，这个是职责所在。你是违法的，你叫嚣我怕什么，是吧？我判断对方还主要是口头恐吓。公务执法都是有程序的，第一步怎么做，第二步怎么做，第三步怎么做，这个有规定的流程，但到了现场后的情况就千差万别了，有时甚至混乱不堪。

"第二天我们再去，现场气氛惊心动魄，对方开着铲车摆出冲撞的架势。还抱出一个煤气瓶，拿出打火机，煤气瓶已经打开了，嗞嗞冒着气。我让同事把摄像机打开，把对方开铲车冲撞的现场画面拍下来，然后打电话到派出所去报案，不一会派出所来人了，把那几个闹得最凶的人给拘了起来。拘完之后还得解决问题啊！

"我想了想，国土部门有行政处罚权，但没有行政强制权，我们就改变了方式，向法院申请强制执行。横琴法院很重视，为此制定了充分的行动方案。报到上面去被列为全国法院系统的一个典型执行案件。法院做一个准予强制执行的裁定发给砖厂，限期他在某月某日之前自行清场。结果还是没有自行清场。强制执行那天，执行法官、法警，包括境内外的媒体，浩浩荡荡几百号人。老板见势便跑路了。

"国土这边有行政处罚，法院那边也有处罚，老板罚款不交，竟还跑路了，听说后来法院通过边控还把他给拘了几天。"

听完毛毅滔滔不绝地讲述完这个故事，我沉思良久。

横琴通过走法律程序来解决"征地难""拆迁难"问题，无疑提供了一个很好的法治化样本，这也成为后来各地到横琴考察学习取回的一条"真经"。

横琴开发，带来资源利益的重整，产业结构的转型。

启动前，岛上云谲波诡，扑朔迷离。寻梦人、淘金者以及本土居民在这方水土里活跃，他们或亢奋，或焦虑，感受着不一样的开发滋味，呈现出利益重组下的众生相。

2009年1月连续数天，几辆挂着粤A牌和粤C牌的黑色小轿车鱼贯驶入宁静的横琴岛粗沙环。

粗沙环居民阿权说："粗沙环从没见过这么名贵的轿车。"

车上陆续下来几个衣着光鲜的男人，其中一个径直找到阿权，简单寒暄后，单刀直入地问："你家有多少土地？能建多少栋楼房？"

阿权接过名片，对方拍着胸脯信誓旦旦："我出钱，你出地，房子今后的收益一人一半，政府肯定补。"

而新村、旧村的拆迁补偿价格至少是每平方米6500元。在横琴兴建村屋，从打地基到装修，一平方米顶多1000来块钱。

"赌一把啦！"来人爽朗地说，"新村、旧村都征收，这个信号错不了的。"阿权尽管有些怦然心动，但形势看不清，看不懂，看不准，便只是摇头。

来人见谈不拢，又钻进另一户农家继续谈。

那些日子，阿权应接不暇，他告诉我，好多村民把能够拆建的宅地和旧房都重建或加建，那些"握手楼"有的还裸露着钢筋水泥，有的则是一半装修一半毛坯的"怪胎"。

2009年7月中旬市政府就出台文件了，房屋建筑面积每套不得超过400平方米，层高不超过5层，并允许误差上浮10%，即440平方米以内均可算是合理报建面积。

在阿权看来，心里有些许遗憾，都怪自己当时半信半疑更不知道会实行整村搬迁，如果知道，自己的两块宅基地从2层半改建成5层楼就发达了。

"从什么时候开始不能建了？"

"政府公布后，管得非常死，一天24小时都有人巡查，房屋抢建有很大难度，有的半夜爬起来抢建第二天就被推倒了。"阿权呵呵一笑，"不过抢建不行就有人抢种。"

阿权的一席话，让我再次找到毛毅。

"你们怎么判断是抢建还是抢种？"

毛毅说："比如说这片地区我们要进行征收补偿的话，我们是会发公告的，我们会去对这片区域进行一个证据保全，证据保全拍照摄像。"

"证据保全是在公告前还是公告后？"

"之前。公告会讲清楚政府要征用这个地方，在规定时间之内，请这个区域里面的权属人过来申报。因为现场那些什么树啊鱼塘啊棚子啊，我也不知道是谁的。要自己过来申报，说明这个鱼塘或这棵树是你的，就是告知大家有这么个事情。"

"公告后就属于抢建抢种了？"

"发布之日起，那么你不能再改变这个现状了，公告之后新增的东西，你要投钱进去，那随你便，反正那就不予补偿。"

抢种的不乏其人。

据毛毅说，有一些人是专干这种营生的，比如说看哪个地方要开发了，他就去找村里面或者村民，租出一块地过来，养鸡、养鸭、养鱼、种树，以这个为职业，这给收地增加不少困难。

2009年8月26日《南方都市报》就曾刊出标题为《横琴木棉之殇》的新闻

报道，因为富祥湾区域一棵老木棉树获得1500元补偿，横琴岛一夜之间种满木棉树。

网上立即吵翻天，网友戏称横琴岛为"木棉岛""英雄岛"。

其实，横琴的村民大都比较淳朴，他们顾及横琴开发大局，一般不会去抢种，抢种的都是些投机取巧、以此谋生的外地老板。执法部门深谙其中"奥秘"，因此把这个尺度捏得非常紧，是什么东西就是什么东西，不可能放宽，就是不能补，类似"木棉树"这样的抢种行为一分都没有补。

毛毅给我举了一个具体例子。

前两天，有一个李老板打电话给他，说你给不给我补偿，不给我，我就告死你……这人的名字毛毅始终不告诉我。

他笑了笑，说："这个人属典型抢种的货，种的全是沉香，沉香很名贵呀！"

在横琴抢种的一般都是些名贵植物，因为这样赔偿的价格就高。

不过，这一次在横琴，李老板是"栽"了。

眼见鸡飞蛋打，老板肯定不服，于是就开始写检举信到处告，还打电话过来说："我在北京……"

谁知道他在哪儿？毛毅在电话里怼回他一句："你爱去哪去哪！"

硬的不行就软硬兼施。

这不，李老板又托一个中间人过来，先给毛毅看了一份材料，说，你看，我的这个东西都写好了，你是不是能网开一面？如果不网开一面，我就把这个信寄出去了……

"怎么网开一面？"毛毅问。

"我给你两成。"来人压低嗓门。

"太少，呵呵……"毛毅突然正色道，"你不要抱任何希望，抢种就是抢种，没有一分钱补偿，你爱反映爱投诉是你的权利。"

横琴开局，困难和压力如排山倒海，非外人所能体察。

毛主席曾经说过："下定决心，不怕牺牲，排除万难，去争取胜利。"

收地，横琴人赢得了"去争取胜利"的第一步！

第三章 特区中的特区

澳门往左，横琴向右。

十字门上的澳门和横琴，都写满着沉甸甸的故事。

"渔舟不经御舟到"。740年前的那场海战，宋、元十字门里金戈铁马的嘶吼声早已飘散在历史的深处，而血染碧海的古战场，正在成为"琴鸣天下"的大磁场。

两座城市、两种制度，它们将会发生怎样的碰撞与交融？

谁又能拨响这把沉睡了七百多个春秋的古琴？著名诗人雷抒雁来到横琴，也发出同样的《琴问》。

是谁？
是谁把一架古琴
横在珠海膝下
是谁？
是谁来轻抚一把
山的琴身，水的琴弦
…………

2010年5月，还有一位诗人田禾来到横琴岛采风，他穿越在大、小横琴山，徜徉于悠悠天沐河，发出直抒胸臆的感叹：粤澳两地"乐队"已经组建——弦乐、管乐。他相信，两地共弹一把"琴"，一定能奏出振聋发聩的绝世佳音——

是跳跃明快的抒情歌？
是轻柔曼妙的协奏曲？
将开启怎样一个新模式？
将开创怎样一片新天地？

一个个问号，叩问着特区中的横琴人。

《管子·形势》曰："射者，弓弦发矢也。"万众瞩目中，横琴拉弦张弓，射出第一支响箭——

你的大学

窗外的天色有些阴。空中望去，澳门路环岛与珠海横琴岛云雾缭绕，山峦层叠，海浪成线，恍如一幅丹青水墨画。

飞机缓缓降落澳门机场。

那天是2012年12月的最后一个星期二。

澳门特区政府运输工务司司长办公室顾问张国基先生及同事陈耀宗先生到机场接我，一同前往澳门大学（以下简称澳大）横琴新校区。

在车上，张国基先生一再向我强调，这"不是一般的工程，是在'一国两制'体制下粤澳合作的示范项目"。

澳大横琴新校区工地离莲花大桥约5分钟车程，出横琴口岸，早前的水泥路因拓宽路面，被挖得七零八落，汽车在坑洼不平的土路上行驶得很慢。路两旁全是刚刚清理出来不久的施工场地，载重卡车穿梭其间，目不暇接。

工地被白色的围墙围了起来，门口，一位身穿迷彩服的保安人员侍立门旁。没等我们乘坐的车停下来，保安立刻行举手礼，并示意汽车进入。

进入工区，就如同进入迷魂阵中。偌大的工地被隔成一块块独立的工区，有的工区楼型初现，有的工区正砖砌钢铸，而有的工区则地下工程刚刚完工，水泥柱头横平竖直排列一地。我惊讶在工地的中间地带还围有一块生活区，建有篮球场等体育设施。林林总总，给人的印象是既热气腾腾又井井有条。

在一栋建筑体前，张国基先生告诉我，3年前，时任国家主席胡锦涛就是在这个地方为澳门大学奠基。

时光回溯到2009年12月20日。

那天，珠海暖阳和煦。

下午3时40分，时任中共中央总书记、国家主席胡锦涛在澳门第三任行政长官崔世安陪同下，风尘仆仆来到横琴岛，亲手为澳大横琴校区铲土奠基。

之前，胡锦涛刚刚参加完庆祝澳门回归祖国10周年大会暨澳门特别行政区第三届政府就职庆典。

南海边，风很大。

代表中央政府致辞的是中共中央政治局委员、国务委员刘延东，她说："在珠海横琴岛建设澳门大学新校区，是中央政府重视和支持澳门特区发展教育、培养人才的一项重要举措。相信澳门大学一定会把握机遇，乘势而上，为澳门特区经济的适度多元发展和社会事业的全面进步做出更大的贡献。"

末了，胡锦涛还赠予澳大"爱国爱澳、博学笃行"题词。

当天的中央电视台《新闻联播》里，面对记者的采访镜头，澳门行政长官崔世安感激之情溢于言表："澳门大学在横琴兴建校区的意义非常深远，反映中央对澳门培养人才、提升高等教育的支持，体现'一国两制'的生命力及灵活性……"

消息引发全球关注。

澳门大学是澳门最著名的高等学府，其前身是东亚大学，1991年更名为澳门大学，成为政府公立性质的高等院校。

澳大坐落于澳门氹仔岛的观音岩上，面积仅有0.05平方公里，21栋建筑物"摩肩接踵"，一栋连着一栋，澳大被称为中国最小的大学。

"校园，校园，有校无园。"澳大有7000多名学生，每个学生占有的校园面积仅8平方米，学生只能"走读"。据调查，学生平均一天到校1.6次，也就是说他一天中不是早来晚走，中午还要回去一趟。

据统计，澳门每年高中毕业生有6000到7000人，其中有4000多名学生报考香港、台湾等外地大学。有一所名牌中学毕业170名学生，校长给澳大推荐去17个人，竟有14个学生说："NO！"

澳门学生不愿在澳门念大学，尴尬了。

澳大校长赵伟坦承："我们的高等教育对不起澳门老百姓啊！"他感慨："其实澳门大学的办学水平并不差，有些专业甚至是哈佛的水平，但环境却是'炕大'的环境，这个炕是炕头的'炕'！"

他自我解嘲此言却不虚。

譬如，澳大有一个中医中药研究所，是培养硕士、博士的。好几个硕士毕业的学生在芝加哥、哈佛、剑桥读博士，其学术水平跻身国际一流。但令人惊讶的是，这个中医中药研究所的实验室竟然是在学生宿舍里，实验室旁边就是洗手间。

来澳大前，赵伟在美国伦斯勒理工学院（RPI）担任理学院院长。2008年应聘澳门大学后，他首先面对的也是"有校无园"的问题。

土地啊！土地！

2007年2月，澳大制订10年发展规划时，计划澳大在校生要发展到1万人，校园面积需要扩大到60公顷，是现有的10倍。

怎么扩？往哪扩？

澳大向澳门政府提出了3个扩地方案，其中两个是在学校附近回收私人土地，一个是填海造地。

遗憾的是，邻近澳大的一块空地已批了出去，而填海的方案需要中央的批准，填海的成本也十分高昂。

当时，校董事会也曾讨论过离开澳门本地，到横琴岛上寻找新校址的想法，只是校方当时认为这个方案只是一厢情愿，并没有正式向特区政府提出。

5月，行政长官何厚铧以校监身份主持学校董事联席会议，其间他透露，澳门政府正与珠海磋商合作开发横琴岛，如果条件成熟，可以考虑在横琴建一个校区。

机遇总是垂青有准备的人。2009年1月，时任国家副主席习近平考察澳门时，代表中央宣布开发横琴岛。

澳门大学更是从"秘道"得知，广东在横琴发展规划中预留了土地给澳门大学，谢志伟说"当时既喜又惊，根本不敢相信"。

澳大一马当先，随即火线筹备迁居横琴的法定申请程序——赶制办学建议、规划方案，组织考察横琴，举办咨询会。

校董会主席谢志伟博士和当时刚上任仅数月的赵伟校长等多名校方领导，卷起裤腿，踏上横琴十字门古战场，走入被蕉林、沙石和野草覆盖的"处女地"，考察、探究这个将改写澳大历史的梦想之园，同时在校内校外开展21场咨询会。

由于进展太快，细节披露不足，澳门学界对扩校计划有重重疑虑。

"搬到横琴岛，那还叫澳门大学吗？"

澳大法律系一位资深教授作为法律专家参与了全部咨询会，他担忧地说："如果出现有人违反了内地法律，但澳门法律中并不违法，这个人从内地跑到了横琴校区怎么办？"

一石激起千重浪。

为探究竟，我重新翻阅澳大咨询会的笔录，澳门学者提出了一系列制度对接上的担忧：网络、学术、言论、开放……

咨询会在澳门内部引起巨大纷争。

争论的焦点集中在是否能完全保持澳大原貌，如果发生劳资纠纷，抑或刑事案件，是用澳门的法，还是内地的；搬迁到横琴后，教学大纲是否要按照教育部统一规定进行更改，教科书是否也要与内地统一标准。

我拿到了当时的一份澳大内部的调查结果：34.1%的受访者认为澳大不应迁校横琴，应继续与澳门政府谈判争取土地；有60%的受访者认为澳大应部分迁至横琴并保留现址；有趣的是，仅有10.1%的受访者认为，澳大未来发展过程中最需要关注的是增加土地……

澳大迁校，不仅在澳门，也在内地和香港引起热烈讨论。

有文章说，澳门大学作为澳门唯一一所像样的大学，一旦迁校横琴，澳大本身的文化气氛、校园特色将会消失，将不再吸引学生和学者，令原本有意就读或就任澳大的人士却步，澳门最终将变成只剩赌场的"销金窝"。4月6日，澳门大学正式向澳门立法会介绍《澳门大学横琴校园初步设想及规划（草案）》。当天，介绍草案的校方人员有澳门大学校董会主席谢志伟、校长赵伟及副校长黎日隆。

谢志伟说："建设横琴校区没有先例，难度很大，涉及交通、土地所有权等许多问题。在横琴新校园的构思中，我们必定坚持澳门大学为'澳门人的大学'这一原则，横琴校区会保持澳大的特色和优势……"

澳门立法会上的消息传到广东，法律管辖问题立即掀起粤澳两地法律专家的"笔墨战"。

内地一位学者在广东媒体上发表观点表示强烈的质疑和担忧，他认为校园在横琴理应按内地法律管理，澳大设计的草案违背了法律，给珠江西岸一体化"开了不好的头"。

4月8日，《澳门日报》刊登澳门大学法学院教授的一篇"反击"文章，指出采用"租界式"管理已有先例，2006年全国人大常委会通过了《关于授权香港特别行政区对深圳湾口岸港方口岸区实施管辖的决定》，实际上就是将属于深圳的某块土地租给香港使用和管辖。

4月12日，北京师范大学珠海分校召开了"珠海横琴开发中的法律适用问题"研讨会，广东省内十几所大学的法学教授和多位著名律师出席会议。大多数与会学者都认为，澳大横琴校区理应适用内地法律、属地管理。

一位召集人甚至声称："我们理解国家为支持澳门发展高等教育所采取的这项措施，但是，澳门提出的这种方式不是互利双赢，内地不少人可能并不高兴。"

研讨会后，学者们撰写了一份研究报告，报告主张澳门大学横琴模式，只能是一个特例，不能成为珠澳合作的模式，经济归经济，教育归教育。

到了6月27日，所有争议戛然而止。

当天下午，第11届全国人大常委会第9次会议听取了时任国务院港澳事务办公室副主任周波受国务院委托对《国务院关于提请审议授权澳门特别行政区对横琴岛澳门大学新校区实施管辖的议案》所做的说明。

会议表决通过：授权澳门对澳门大学横琴校区依照澳门特别行政区法律实施管辖，横琴校区与横琴岛其他区域，实行隔离式管理。

新闻一播出，很多人都"蒙"了，之前争论的教科书、教学大纲、逃犯等案例一下子全没有了意义。

速至的厚礼，迟到的咨询，无谓的争论。

事后，澳门大学副校长何顺文说："很多人之前想都不敢想，中央会做出这种大胆创新的决定，会把土地租借给澳门并适用澳门的法律。现在的结果就好像是中央跟我们说，都别争了，你们大胆一些吧，不要那么保守……"

中央关怀，广东支持，珠海力挺。

2009年3月中旬，刚到任一月余的刘佳接到上级的一个紧急命令：横琴必须在6月30日前回收1.0926平方公里土地交给澳门大学。

她掐指一算，离6月底满打满算也不过三个月时间，要完成土地的征收及补偿工作，难度可想而知。

调查摸底后，需要回收的1平方公里土地上竟有47个业主，分布在全国各地乃至港澳地区，其中有两个业主还是外籍人士。同时，在这块地盘上，有200多家承租户在从事饮食、养殖、种植等活动，还有生意火爆的"烧烤一条街"。

"很棘手。"刘佳内心十分纠结。她知道，由于历史原因，这些地块背后都有着极其复杂的债务关系、转让关系和说不清的债权纠纷。

刘佳感到前所未有的压力。

"支持澳门产业多元化，横琴义不容辞。"在班子会上，刘佳坚定地表示，这是重大政治任务，我们必须不折不扣地完成中央交给的任务，不辱使命。

其实早在2008年，为迎接澳门回归10周年，在中央的支持下，澳门通过国务院港澳办和省港澳办与珠海就澳门大学用地的选址、面积进行过多轮会谈。当时在北京、珠海等地还开过多次会，由横琴给澳门供地，可能大家都还没有想好，迟迟没有定下来。

按照中央给的时间节点，在全国人大法律授权前，横琴要完成三件事：一是选址，二是征地，三是移交。

在选址上，珠海其实内心"藏"有三个方案。

一是横琴岛的西北部芒州，那块地方能一揽子解决澳门产业用地和澳门大学用地问题，而且环境幽静，是莘莘学子读书的绝佳之地。澳门一旦在那里办大学，周边的教育经济将会被迅速带动起来。

还有两个方案都在中心沟，一块紧靠小横琴山，山清水秀。彼时，中心沟有一部分还是顺德的"飞地"，两地政府一直在"拍拖"，如果谈得顺利，就可以一次性解决澳大用地和粤澳合作产业园用地问题。

不过，澳门的想法与珠海南辕北辙。

"太远了。"澳门选择的地方必须是一个能通过隧道跟澳门连成一体的地方。当时，澳门80%的居民都住在半岛上，两个离岛都还没有发展起来。市民到两个氹仔岛和路环岛都属于"郊区"了，遑论横琴？

横琴的方案毫无吸引力。

也许，这就是两种不同体制的差异和差别，也是"一国两制"的独特魅力。

澳门通过官方渠道来看过，也通过民间渠道私下派人来"勘查"。

明察暗访后，澳门"中意"两个地方：一个是富祥湾，那块地约5平方公里，紧靠澳门路环岛，与澳门最近，直线距离仅187米；另一个地方是十字门，与澳门观光塔隔江相望，地方也足够，如果有一座桥抑或是一条隧道相连，再理想不过。

"富祥湾和十字门两块地都在2008年出让挂牌，而且都签了约。"王瑞森谈起来表露出些许遗憾。

情况反馈回国务院港澳办，当时的全国政协副主席、港澳办主任廖晖非常重视，亲自居中协调。

他对珠海说，澳门选址靠近澳门这一边，这有利于澳门的集中统一管理，体现整体性。

他对澳门说，横琴开发历史遗留问题较多，可以考虑把大学用地与产业多元化用地分开，先解决澳门大学用地问题。

澳门最后决定先把澳门大学搞定，选址在了横琴口岸附近，面积1平方公里。

横琴说："行！"

10年后，已担任珠海仲裁委员会主任的王瑞森笑言："那可是我们的一块心头肉啊！"

搞土地开发多年的他，深知这块地的商业价值，他坦承说，这片地在1992年就已经卖出，业主买的时候还是一片海水，是业主先交了钱把海给填出来的。横琴开发后还指望把这块地卖了，手中就有本钱来撬动其他地块的开发。

当时，确实有很多不同的声音，说那个地方是商务用地，横琴最好的地块，价值不菲，为什么都给了澳门？

一次会上，刘佳深情地说："澳门大学搬到横琴，是习总书记亲自批准的。我作为横琴的书记，完成中央交给我们的任务是使命所在，责任所在，也是担当。"

刘佳略一沉吟，她忽然提高语调："澳门特区政府和澳门的老百姓，上上下下都非常关注。第一是教育的问题。因为，澳门的很多孩子都不在澳门读书。第二是后备人才培养的问题。因为，澳门的产业多元化，必须要有相应的人才支撑……我们要不惜一切代价，克服一切困难来完成这件事，横琴是在做一件恩德无量的事。"

选址尘埃落定，最紧迫的任务就是把地收回来交给澳门大学。

横琴至此时共出去343块地，澳门大学选址处就占了47块。

从选址、征地到最终达成协议，时间点是2009年6月底，上面要求年底澳门回归10周年之际，项目要奠基，剩下的其实也只有三个多月时间。交给澳门大学的土地必须"洁白无瑕"，不能够有任何瑕疵，不能够有任何一个业主有意见，同时国土使用全部的手续都要齐全。

3月初，珠海市成立了规划、国土和横琴等有关部门参加的收地小组，由王瑞森牵头。

在吉大水湾头一个叫新华苑的地方，征地小组租了一座小楼，借了一间会议室，然后把47个业主，一个个通知过来谈，当时这块地非常复杂，有属于国有企业的，有属于私人的；业主有属于港澳籍的，还有加拿大等外国籍的……

每平方米补偿1500元到1800元，楼面价。

一次性付现金，不调地。

苦口婆心讲政策——中央有要求，澳门有需求。

讲政治，顾大局。

第一批47家业主中有一半很爽快地表示支持。

杨春明是珠海华融置业有限责任公司副总裁，他们在横琴拥有多达16块总计35万平方米的建筑面积用地，分散在全岛各处，其中有5块就在澳门大学建设用地内。

听说土地要回收，杨春明坦言心里"很忐忑"。

之后，他们跟工作组一来二去谈了好几轮。

"结果怎样？"我问。

"结果很满意。"杨春明说。

"土地总面积和建筑面积不是比原来的减少了吗？"

"但土地升值了，非常可观。"杨春明难掩笑意，"当然，更重要的是我们没有拖澳门大学建设的后腿。"

华融是第一个与横琴签订收地协议的业主。

还有一半的业主就不好谈了。

很多业主要求调地："收地给澳门大学，我们举双手赞同，但我们只要求调换地块，只要放在横琴岛上，你调到哪里都同意。"

很多业主坚决不同意收地："我们买的地放了10多年了，都发霉了，哦，现在开发了，你们就想收地了。"

有的拂袖而去。

有的摔门而去。

有的拍桌子。

有的掀凳子。

有两个澳门的业主，成了收地"钉子户"，工作组实在没辙，便向刘佳书记汇报，刘佳也没辙，她跑去澳门行政长官办公室找到特首何厚铧……

后来，何特首亲自做工作，解决了。

"哎呀，王局长，你要考虑我们的苦处……"有一个女业主，港籍粤东人，长得很漂亮，每次总是彬彬有礼，从来不发火。

她的要求是调地。

因横琴规划未批，当时没有办法调地，收地只能采用现金补偿方式。王瑞森耐心地向她解释："收购价已充分考虑了业主的合理回报。"

女业主不同意，坚决不要钱，然后就是彬彬有礼地给区、市领导不断地写信，陈述自己的诉求。

据说，直到今天她也还没有来拿走那4700万的补偿款。

一家家谈判，一块块回购，一宗宗整合，一片片拆除……委屈过，无奈过，甚至难过时抱头痛哭过。

征地工作进行得异常艰难，流程也特别复杂。涉及法院查封的地，还要跟法院去协调，然后解封，抵押。

这期间，刘佳还多了一个心眼。为了防止有业主"节外生枝""借鸡生蛋"，她特意安排办公室的两名同志每天搜集各地报纸，盯着广告版面，提防他们异地拍卖土地，无端再现二业主、三业主。

刘佳特别交代，一旦有涉及横琴用地拍卖的，马上派人去拍回来，避免二次障碍。

担心的事情还真是发生了。

一次，有消息说海南第二中级人民法院将要拍卖的两块地正是澳门大学选址上的用地，这块地属珠海第一证券，珠海第一证券破产后，地被查封，其债权人在海南起诉，法院正在启动拍卖程序。

得到消息后，时任开发区管委会主任邓友、副主任刘建明、市国土局副局长王瑞森立即飞往海南。

他们找到法官说："澳门大学搬迁到横琴这是中央的决定，在启动拍卖程序前，我们希望能跟业主先谈，争取能协商解决土地回购问题。"

这位法官看了看他们几个，不理不睬地问道："中央文件？拿出来看看？"

几个人面面相觑："没有带。"

"没带文件怎么能解封？"

"那是密件，不能外带。希望能够和业主联系，我们跟他谈一谈。我们可以把钱先给法院，然后你们再跟业主谈。"

法官将信将疑，把他们几个带到院领导办公室。

见到领导，他们把相关介绍信呈上，说："我们是一级政府，怎么可能会骗呢？文件确实是密件。"

后来法院领导相信了他们。把业主叫来后，一谈，那业主也很爽快，当场就同意了。

很快，海南法院发解封函给横琴，横琴也立即把钱转到法院，在拍卖前一刻顺利解决了回购问题。

还有一次，横琴得知北京市中级人民法院正在拍卖横琴澳门大学选址上的一块地，而且已经进入拍卖的法定程序了。

刘建明连夜带着市土地中心的两个工作人员一起赶往北京。赴京之前，刘佳告诉他们，不管多高的价钱也要拍回来。

举牌那天，横琴做好了打一场"恶战"的准备，不惜一切也要把土地收入囊中。

每平方米700元起拍。

"750元。"拍卖师开始叫拍。

"850元。"横琴仍无动于衷。

"900元。"横琴开始举牌。

"900元第一次。"

"900元第二次。"

"900元第三次。"拍卖师环顾四周，顿了一下。

"成交！"拍卖槌"啪——"地应声落下。

几个人都不敢相信自己的耳朵。

要知道，横琴回收土地的补偿价是每平方米1500到1800元，北京拍卖会上的拍卖价900元，只有一半。

回来后，大家都很开心，后来他们常常拿出这个文书跟其他业主说：看，在全国最大的市场北京，拍卖也就八九百块钱，现在横琴给的超过了一倍了……

彼时，澳门大学选址的用地荒废时间超过10年，很多业主并不知道自己的地被外来人家占了，上面的建筑物有合法的，有非法建筑的，有种养殖的，有做生意的，错综复杂。

但横琴的补偿一个都不少。

2000年7月，林东慕名来到横琴岛，在口岸南侧搭建了一间约200平方米的大排档——"林记烤蚝店"。

当时横琴蚝闻名遐迩，珠三角各城市的食客纷纷驾车前来，只为一尝横琴蚝的美味。林东的烤蚝店与澳门路环岛面对面，仅隔一条狭窄的水道，最近处只"一杆球"的距离。

与林东在此营生的还有数百名小商贩和种植户，这里就是横琴岛上最为兴盛热闹的"烧烤一条街"。

"听说澳门大学要搬到这里，你这个烤蚝店要被拆了。"林东的小舅子程仕光最早把这个消息告诉他，"40多家大排档、烧烤店都在清除之列，一个也跑不掉。"

林东一听就急了，烤蚝店一年下来，净利润起码有四十五万元，供女儿和儿子上学、养家糊口绰绰有余，那是他在横琴掘到的第一桶金，也是最大一桶金啊！

他说着，下意识看看堆了满地的花白蚝壳，生蚝壳大多都是生蚝上下壳中的下壳，表面层次繁多，凹凸不平，像是一层层叠上去的白纸团。

蚝壳的腥味很重，但在林东的嗅觉里，那可是世界上最美的味道。

林东祖籍阳春，1988年从部队退役后来到横琴，一直以养蚝为生，有蚝田50多亩，除了养蚝之外，还开了这家烤蚝店，蚝都是自己养的，每天凌晨两点多钟就驾小船出海，收起头一天放下的几串"蛇笼"和几排蚝桩，收获上百斤鱼虾海鲜和蚝，除自己的大排档外，海鲜和蚝还转手卖给其他小贩或商家，家有老婆，一儿一女，一家4口过得简单而富足。

林东想不通，烤蚝店是他十年的心血所在，怎么说拆就拆了？

对政府的拆除指令开始并不"买账"，林东说："跟拆迁队搏命的心都有。"他曾一度跑到管理区想"拍桌子"理论，只是转悠了半天没找到新区办公地在哪里。他因此还一度被伙伴们取笑为"打枪不知道瞄准星"。"后来想通了？"我问。

林东说："想不通又能怎样？澳门大学中意这块地，国家又决定了，既然政府把道理讲清楚，我们当然要配合了，对吧？"他还两次反问我。

我问：补了？

他答：补了！

我问：补了多少？

他嘿嘿一笑，不置可否："我们也是租业主的地，算临时建筑，补得不多，如果是按他们业主的收地赔偿，那我就发达咯！"

搬离的前夜，林东别有一番滋味在心头，他一边默默地流着眼泪，一边默默地收拣着物品，一边在心里默默叹息：舍不得呀！

一个星期后的一天，开来几台挖掘机，长长的摆臂来回晃动几下，经营10年的林记烤蚝店一夜之间轰然倒塌，夷为平地。曾经在这地块上经营的其他烧烤店，都在滚滚开发潮中稀里哗啦"收摊"。

谈起往事，林东双眼泛红。他说，推倒那天，他没有到现场，是不忍心去看，整天在家食之无味，坐立不安，他知道，苦心经营的林记烤蚝店是回不来了。

每隔一段时间，家离澳门大学不远的林东常来"走走看看"，他说是对自己过去10年横琴生活的追忆与缅怀。这片当年烤蚝的蛮荒之地，正以令人咂舌的速度嬗变，一座宏伟靓丽的现代化建筑正在拔地而起……

由埋怨到理解，从心理煎熬到释然开怀，林东"忍痛割爱"的心情成为澳门大学征地群体心路变迁的一个缩影。

土地回购回来后，如何交给澳门大学呢？

在国内，土地出让无非有三种方式：一种是出让，一种是划拨，一种是租赁。

出让不可能，排除。

划拨，虽然是教育用地，但当时法律上也没有为港澳划拨教育用地的先例。

向港澳租赁却有了先例。当时在深圳湾口岸和拱北口岸都有这样的做法，拱北口岸当时是象征性地一平方米一元钱。

"教育用地租赁不是50年吗？澳门大学怎么才40年？"我问王瑞森。

他告诉我，当时澳门已经回归了10年，所以，租赁期就签了40年。

那么，12亿澳门币的租金怎么来的？

据了解，当时横琴没有提出租金多少的问题，但最后澳门特区政府给了这个数。这也体现了澳琴合作。

澳门经济适度多元化发展，澳门大学扮演着非常重要的一个角色。当时澳门产业单一，没有其他产业人才，培养人才是第一要素。

最紧迫最重要的是培养产业人才。

澳门大学，就起到了这个作用。

澳门大学校长赵伟在谈到广东、珠海和横琴新区对该项目的支持时感叹道："澳门大学建设期间，时任中共中央政治局委员、广东省委书记汪洋高度重视，到横琴来看澳门大学工地不下10次。最令人感动的是，回购1平方公里土地不容易，那可是数百亩地啊，张家有两亩，李家有三亩，珠海和横琴在那么短时间里完成土地回收和现场清理，可以想象工作量有多大，珠海和横琴新区为澳门大学培养人才做出了重大贡献，我们非常满意！"

澳门大学横琴新校区占地1.0899平方公里，这项由澳门特区政府耗资百亿兴建的工程一动工就面对法律、制度、政策的诸多羁绊，在外界的纷纷质疑声中艰难上路。

刚交付土地时，现场无水、无电、无围墙，基础及配套设施也严重匮乏。这还不算，由于项目涉及珠澳两地，更有诸多的跨境事务需要协调：海事、航道、水利、海关、边防、环保……工程涉及20个部门。

两地建筑标准体系和法律体系的差异在澳门大学的建设中展露无遗——

比如，建筑物资进入工地，涉及跨境问题，澳门与内地的建材标准不同、来源不同，怎样监管？适用哪边标准？

比如，项目是在横琴，建筑体则在澳门，是按澳门建筑标准还是按内地建筑标准？

比如，建设期间适用澳门还是内地法律？

比如，工程建设施工的一般流程、程序参照内地标准还是澳门标准……

横琴建设局副局长吴普生对项目建设的复杂程度感触颇深，他曾对采访的媒体说："按照澳门的做法，澳门希望在项目建设前对每一个程序的进度、成本等有一个完整的方案，然后要求我们按部就班地照方案去建设。但是，实际上有很多未知的因素无法预料，只有在建设中才会碰到。"

吴普生所说的"无法预料"，其实就是两地制度的差异。

如何解决这些不同的期望引发的问题？

横琴建设局提出了各种设想方案，摸索出了两地标准"就高不就低"的质量验收原则，即工程达到澳门工程质量验收标准的按澳门标准验收；澳门无相关验收标准或相关验收标准低于内地标准的则按照内地标准。

"双方认知就此达成一致？"我问。

"是的，我们做了大量的解释沟通工作。在开始建设的一段时间内，我们每周都要开三到六次沟通会，最多的时候一天要开三场，通过这种高频率的沟通，从而使项目的建设得以顺利推进。"

"可以不按流程走吗？"

"流程走不通，所以这叫差异。"吴普生说，"许多事情都是在特事特办、打破常规的'绿灯'下才解决的。"

"举个例子。"我说。

"比如按照内地基本建设报批程序，要完成澳门大学开工前的报建手续，没有一年半载根本下不来。"

"你们怎么解决了？"我问。

"在实际操作上我们打破条条框框，甚至是搞了些'超常规'动作。"

"什么超常规动作？"

"我们与澳门方商定由澳门特区政府报建，因为他们那边报建很快，我们认可澳门方面的审批，不再进行二次审批。"

"就这样把问题解决掉了？"

"对！看似简单的'认可'，其实解决了项目审批的大问题。"吴普生告诉我说，接下来就是施工协调，看似单纯的施工，由于项目的特殊性也变得非常复杂。

施工中每个细节都需要与澳门方面协商。原来有一条排洪渠把大学项目的地址一分为二，澳门方提出要把排洪渠迁移到边界上。

2010年7月，双方签订排洪渠迁移协议，协议要求在2011年4月汛期到来之前建成新排洪渠，工期非常紧张。

按照正规程序，再小的细节都需要协调，一般流程是：建设局到管委会再到珠海市港澳事务办，最后送达澳门有关方面。澳门有关方面的答复也必须按"原路"返回。

这样一个来回，通常需要20天。

在军队时就搞水利工程的李文明，转业后任职横琴建设局工程师，他的工作就是具体负责与澳门对接。

"我们打破了常规，直接与澳门方面建立了快捷、高效的对接机制。"李文明告诉我说，在他这个层面，就是与澳门特区运输工务司的一名张姓高级技术员对接，碰到需要协调的事情我俩直接商量，然后就直接办了。

"这在以往不可想象。"

"是的。"

澳门大学工程项目的联络沟通机制从一个侧面反映出两地紧密合作的深度和广度。

承担澳门大学横琴新校区建设任务的是广东南粤集团建设有限公司。

总经理张焯引我登上工区办公楼楼顶，鸟瞰整个工地。那真是一个浩大的场面：塔吊林立，车辆穿行，人影绰绰。靠澳门一侧，连接澳门的十字门水道海底专用隧道工地上，最先进的三轴搅拌机等施工机械多达20多台，遍布整个工地。两道高9.23米、宽530米的挡水围堰，将隧道施工区和十字门水道之水域分隔开来。

张焯向我介绍说，整个工地最高峰时投入的各类施工机械数百台，施工人员超过10000人。

从楼顶下来，我来到耀南建筑工程公司工地。项目副经理陈刚强一边带我参观，一边为我介绍情况，他黝黑的面孔上撑着一顶安全帽，豆大的汗珠子落在洁白的衬衫上，背上湿漉漉一大片。

陈刚强一直从事建筑施工，他说公司施工队2011年6月进驻澳门大学横琴项目场地，是主要的施工单位之一。

"和以往的工程比较，这个项目有什么不一样？"

"建设标准。"陈刚强不加思索地回答。

他告诉我，在他接过的项目中，澳门大学项目是标准最高的。因为施工过程中依照内地法律，建成后是实行澳门法律，所以施工标准参考两套标准——内地标准和澳门标准。

"哪个高，就按哪个来。"陈刚强笑言。

"跟澳门合作的最大感受是什么？"

"做事非常严谨。"陈刚强感慨，澳门方对图纸和材料的要求很高，以往一些原习以为常的操作得改变。他举了个例子，"就拿管桩检测来说，内地常规做法就是厂家拿出厂报告，质监站抽芯监测。而澳门方检测，需要拿一段来打碎，进行完全破碎实验。"

陈刚强说，从施工工艺来说，我们很多方面的水平和标准都高于对方，施工时就比照我们的要求。

隧道工程是"最难啃的一块硬骨头"，也是整个校区建设的控制性工程之一。驻足在中交四航局项目部的宣传墙前，我仔细阅读栏目里的项目简介。

这是国内首次采用一次围堰明挖方式修建的隧道。西起横琴岛澳门大学校区，东至澳门路氹莲花海滨大马路，平面呈"Z"字形。长1570米，宽32.2米，双向四车道加人行道。抗震、防洪标准分别为7级和百年一遇……

在工程平面图上，三条粗红色的竖线将海底隧道划分为横琴段、海中段和澳门段三个施工区段。

"怎么有个海中段？"我有点蒙。

"呵呵。"中交四航局澳门大学海底隧道施工负责人叶雄伟笑了，他说，"这可不是一条普通的海底隧道工程，它跨越'一国两制'地区，成为施工个例，我们走南闯北干了无数的水工活，也还是第一次碰到。"

原来，澳门对澳门大学横琴新校区的管辖权要在学校建成之日起才生效，建校阶段工地的管辖权仍归属珠海市，法律、法规仍依照内地法系执行。

叶雄伟说："横琴段与澳门段还好办，各自按照各自的法律法规管就可以了，但海中段那530米长的海底隧道工程建设就涉及两种法律法规的复杂管理。"

"有什么好的解决措施？"

"我们在海中间建立了边境隔离区。"

"海中间怎么隔？"

"建挡水围堰。"叶雄伟告诉我，他带着工人在水中建起了两道挡水围堰，把水域分隔开来，然后将这两道围堰之间的海水抽干。之后，在海中40米深的淤泥质土层中挖出25米的超深基坑，并用316根、每根40米以上的长钢栈桥超长钢管桩，撑起了这条隧道的骨架。然后将海中段从中间向两端开挖，每一段从上到下分层，逐层架设支撑体系，利用长臂挖掘机和普通挖掘机相配合，共分六层进行开挖。

"每天开挖的土方量达3000余立方米。"叶雄伟说。

我不禁感叹，"一国两制"在一条隧道的具体施工中竟如此完美地体现出来。作为具体施工者，他们非常明白这项工程的政治意义何在。"隧道工程推进的每一阶段，都必须符合'一国两制'大原则。"叶雄伟说。

烈日下，湛江人林沛生身上汗如雨注，从里到外，两层衣裤湿漉漉，像从水里捞出来一般。

算起来，林沛生在澳大新校区工地干了一年多了。他一边吃着从澳门氹仔岛运来的30块一份的盒饭，一边回忆着自己的工地光景。

林沛生清楚地记得，刚到横琴校区时一切和内地的工地并无两样，工人们可以随意自由穿越现在的校墙去吃每餐10元钱的盒饭。

变化发生在2013年7月20日。

这天零时，五星红旗和澳门区旗同时在横琴岛上升起，广东省公安边防总队第五支队三大队八中队的官兵们从澳大新校区撤出，边防线整体后移至澳门大学校区由绿树和白墙、铁丝网、人工河筑成的界线之外。原本属于珠海横琴的这片土地，此刻起正式由澳门特别行政区保安部队接管并受澳门法律管辖。

脚下的工地一夜间成了澳门特区。

林沛生和工友一觉醒来，包工头便跑来再三叮嘱道："从现在起，你们要注意影响和自己的形象了。"

由于校区很多后续工作还没做完，林沛生和工友们被带回珠海统一办了劳工证，进入工地时的防护措施也随之加强，楼体建筑工作必须佩戴安全帽。"安全标准比之前高多了"。

让林沛生开心的是，工资水平也一夜之间比照澳门标准发放了。每天180元的工资涨到了280元。休息的时候林沛生会通过海底隧道步行到对面的氹仔岛上拍照发微信朋友圈，还给家人打电话——"我在澳门打工。"

"可惜是再也吃不到10元的盒饭了，每餐至少要30块。"再就是担心抽烟会被抓，好几次烟瘾来了林沛生就嘴靠着铁丝网往外抽。

横琴岛小卖店的陈老板也像往常一样带着烟酒副食大摇大摆地前往工地，却被边防告知要有通行证才能进入。

"我隔着铁丝网把东西递进去可以不？"陈老板问。

"不可以！"执勤士兵肯定地回答。

据说有几个喝了酒翻墙的人被边防部队捉了个正着。之后，澳门大学围墙外便挂上了"翻越澳门大学围墙属偷渡行为"的条幅，这被网民拍照上网并评论为"全球最难翻的校墙"。

两个月后，澳门大学横琴新校区迎来了首批学生。他们离开氹仔岛逼仄的老澳大校园，乘坐公交车驶过赌场林立的公路，穿越约500米长的海底隧道，约2分钟后，就进入了新校区——这里比老校区大20倍。

一所大学，两地生活。

在澳门大学东亚书院，我采访到澳门大学工商管理专业的大二学生Amy，我问她："和之前相比，现在的新澳大有什么不一样？"

"没有什么不同。"她表示，自己并无感觉是身处在横琴土地上，这里的道路是按澳门靠左行驶的规则修建的。也用繁体字，用澳门币，出入都是挂澳门牌的车辆。

来自广州的邱健锋是中华医药研究院硕士三年级学生，在澳门旧校区度过了两年学习生活，对新校区，他笑盈盈地赞不绝口："太牛了，实验室的面积比旧校区不知大了多少倍，图书馆更不用说，新校区环境很好，绿化也好。"

"自拍，摆Pose，发朋友圈。"和邱健锋一样，初来乍到的同学们欢欣鼓舞地度过了新学期的第一天。

"春日迟迟，卉木萋萋。仓庚喈喈，采蘩祁祁。"徜徉在澳门大学新校区的中央湖畔，我想起了《诗经·小雅》中的诗。

如果说横琴是"特区中的特区"，那么，澳门大学横琴新校区便是镶在这块特区塔尖上最耀眼的一颗"宝石"。

这是一座国际化、现代化、智能化的绿色校园，占地近100万平方米，素朴淡雅的岭南风格与洋溢着南欧风格的15个组团、62栋单体建筑主体映入眼帘。纵贯南北的校园大道，两侧的学院建筑，米黄外墙配斜坡屋顶、塔楼式的瞭望台，蓝顶白墙的中央图书馆；坐落于校园西侧的住宿式书院群色彩斑斓……

澳大新校区设工商管理、教育、法学、科技、社会科学、人文、健康科学、设计8所学院，有两个国家重点实验室、一个科研基地及280多间实验室；新校区创立一种住宿式书院的模式，二、三、四年级的本科生，打破专业及年级分散到10个住宿式书院内生活。每个书院约有500多名学生，书院的院长、辅导员及部分老师会与学生一起住在书院内。书院内设有食堂、活动及体育设施、阅览室、交谊室、办公室和宿舍等。

校方在全球招聘高素质教员，其中讲座教授皆属国际杰出学者和学术科研的领军人物。连续多年汤森路透集团公布期刊论文被引用次数最高的科研人员初选名单中，澳门大学都有教授上榜……

有了新校园，澳大奋起直追。

他们打破传统，将过去"束之高阁"的专利"回报"横琴，在横琴澳门青年创业谷设立了珠海澳大科技研究院，依托澳门大学两个国家重点实验室，将澳大的科技成果转化。

据2015年《泰晤士高等教育》公布的全球创校50年内100所最佳大学排行榜，澳门大学横琴校区位于世界第39位，亚洲第一位，澳门大学的芯片设计已跻身全球先进行列。

向一流的大学迈进，为澳门培养人才，培养精英，这是澳门人的梦，也是澳大的中国梦。

今天，这个梦想终于有了一个起飞的地方。

舍　得

舍得，是一种智慧。

横琴与澳门守望相助、优势互补、携手共进……横琴在"舍"与"得"的禅意间保持大彻大悟，那就是：配合澳门、服务澳门、扩展澳门、提升澳门。

香港开埠之前，澳门曾经是东方最大的贸易转运地之一，也是欧洲人前往中国及日本经商的必经之地。香港开埠之后，澳门贸易转运地位逐渐下降。澳门地域狭小，地域面积仅为横琴的三分之一，稀缺的土地空间让市民承担高额的成本，产业多元化发展在澳门举步维艰。

澳门回归以来，澳门市民尽管被特区政府照顾得很好，但澳门企业对产业多元化的渴望强烈，澳门市民创业、创新的意愿也十分强烈。

澳门人知道，横琴的开发，最终还是要以产业作为支撑。

《横琴总体发展规划》一经公布，澳门企业看到了横琴的发展前景，纷纷捷足先登，前来一探究竟。

然而现实情况让他们心有千千结。

土地出让、产业建设、资本参与、城市基础设施、资源性开发等一系列敏感问题成为澳门最关心的要素。

横琴心领神会，郑重表示：澳门优先！

根据之前签署的《粤澳合作框架协议》，横琴实打实拿出5平方公里的土地，在"互利互惠、合作共赢"的基础上，采用"共同规划、共同投资、共同经营、共享收益"的联合开发模式，由澳门特区政府统筹澳门工商界参与建设，推动澳门居民到园区就业。

海岛寸土寸金，横琴坚持向澳门倾斜，在土地挂牌出让对象条件中明确提出，"凡符合《粤澳合作框架协议》，需进入横琴粤澳合作产业园的澳门企业，均可参加竞买……"

一份官方的内部资料披露，在可出让产业用地只有17.6平方公里的情况下，横琴为澳门留足土地空间，粤澳合作产业园、澳门新街坊，励骏庞都广场……加上澳门大学新校区用地，澳门在横琴项目用地达6.27平方公里，超过了三分之一，粤澳合作产业园提供给澳门投资者的用地更超过了五成。

立足澳门强基础，拓展澳企大空间。

《诗经·大雅》里有"凤凰鸣矣，于彼高冈；梧桐生矣，于彼朝阳"的诗句，横琴栽得梧桐树，能引来澳门的金凤凰吗？

在横琴，有一家澳门的"国有企业"。

我的好奇心油然而生，便径直而去。

从珠海市区前往横琴，途经横琴大桥，一座蓝色的形象拱门巍然耸立，"中国（广东）自由贸易试验区珠海横琴新区片区"十几个大字郑重提醒我：我是第18次到横琴了。

一路上有风，天空还飘着蒙蒙细雨。大桥横跨在十字门之上，似琴弦的根根拉线弹奏着一曲《雨中即景》。

沿着横琴新区环岛北路一路往西，在大道的尽头处，三栋安装着深蓝色玻璃的大楼映入我的眼帘，这是粤澳合作中医药科技产业园的总部科研办公大楼、GMP中试大楼和检测大楼。

一座白绿相间的独特建筑尤为显眼。走进其中，可以通过声、光、电等多种形式，了解到中医药文化的博大精深。在产业园，中医药转化医学中心、院士（国医大师）工作站、道地药材认证、交易平台一一从我的视线中掠过。

粤澳合作中医药科技产业园是一只从澳门飞过来的"金凤凰"，也是《粤澳合作框架协议》下首个落地项目。

我不禁纳闷，两地怎么会选择一个中医药项目呢？

其实，澳门在中医药科研领域并非"白丁"，澳门的中医药产业在国际上颇具影响，世界卫生组织与澳门政府签署了传统医药合作计划。2010年12月，澳门大学和澳门科技大学获得国家科技部批准，建立了"中药质量研究"国家重点实验室，澳门政府冀在将历史悠久的澳门中医药产业链延伸至横琴。

从横琴看，珠海本身拥有百余家制药企业，丽珠、济生、亿邦、华旭等医药企业在业内早已闻名遐迩，横琴也看到了自身的优势，致力通过产业园建设一个集中医药研发、生产、检测、检验等为一体的中医保健产业聚集区。

一谈，双方志同道合：横琴出地入股，澳门出资建设。

资本主义制度与社会主义制度，横琴"一岛两制"相得益彰，相互促进。

于是，澳门借鉴内地的国企运作模式成立了澳门首家公营公司——澳门投资发展有限公司，负责粤澳中医药科技产业园的招商建设和运营工作模式。

这是澳门的第一家"国企"。

粤澳合作中医药科技产业是在2011年4月19日正式启动的，这也是粤澳合作产业园的首个落地项目。

刘已东是9月份来到横琴产业发展局的，他参与了年底合作公司成立的最后几个重要环节：

10月中旬，管委会主任牛敬率一众相关人员赴澳门，与澳门方面就注册产业园合作公司、产业园合作模式等操作层面的关键问题达成共识；几天后，双方就合作公司筹建开展紧张的磋商、谈判，并修改合作协议和准备好注册公司的有关资料。

11月底，产业园合作公司——粤澳合作中医药科技产业园开发有限公司注册成立，澳门首期注册资金6亿元人民币全部到位。澳门占股51%，处于控股地位；横琴占股49%。

"结果是两全其美，合作顺利。"刘已东表示。

仅仅一个月后，编号为"珠横国土储[2011]08号"的50万平方米地块挂牌出让，功能为高新技术产业用地，起始价为地面地价人民币1200元人民币/平方米。

出让条件也十分"苛刻"：注册资本不少于人民币6亿元；竞买人的经营主业应为中医药产业的研发、测试；竞得该土地后180天内，完成园区建设总体规划，一年内开工建设；8年内项目建设必须全部完成……

不出所料，这块地被粤澳中医药科技产业园开发有限公司拍得，目标是建立"国际级中医药质量控制基地"和"国际健康产业交流平台",并将其打造成"中医药产业与文化'一带一路'的国际窗口"。

开始这个项目最初并不怎么吸引眼球,然而几年间,这株"杂交"的山谷幽兰却在横琴茁壮成长。

中医药产业是推动澳门多元经济发展的新兴产业之一。澳门对这个园区钟爱有加,增资额逐步提高到100亿,股权也增加到了70%。

由澳门控股主导运营,一时间在两地乃至国内各地引起轰动,有人感到不可思议。

"这不是被资本主义占领了主阵地了?"

横琴则不以为然,认为这是充分贯彻落实《横琴总体发展规划》的一项具有开创性的实践工作,遵循的是横琴开发"港澳优先"原则。

澳门主导中医药科技产业园后,"生意"做得风生水起。

吕红是澳门人,现任粤澳中医药科技产业园开发有限公司董事长,她告诉我,产业园近两年把中医药的技术和产品带到了以葡语为第一语言的国家莫桑比克,在当地的公立医院,产业园把中医的特色疗法普及给莫桑比克的老百姓。

葡萄牙、安哥拉、佛得角、几内亚比绍……产业园以医带药,将中医药文化、技术和产品引入葡语系国家,同时帮助企业拓展海外资源和市场。

澳门澳邦药厂正是这个时期进入产业园的。

"呵呵!横琴俾(给)食还俾(给)打包。"蔡健华是澳邦药厂有限公司行政总监,几乎每个星期,他都会从澳门来到中医药科技产业园。

仅一年,蔡健华就尝到了甜头:公司旗下的两款"马交牌"中药产品远销非洲莫桑比克,公司还获得内地知名药企产品的澳门代理权。

"中医药科技产业园真是个好平台。"蔡健华逢人就夸。

与此同时,澳门张权破痛油药厂的"张权破痛油"、石家庄以岭药业的"连花清瘟胶囊"都在莫桑比克完成了产品注册。其他7款产品也已陆续启动在莫桑比克的注册申请。

捷报频传,琴澳合作态度更加积极,理念更加开放。

2017年12月,横琴出台《横琴新区支持粤澳合作中医药科技产业园发展的若干措施》共14项。

好雨知时节,当春乃发生。次年2月4日立春,澳门气温回暖,横琴政策宣讲团一行冒着蒙蒙细雨又来到澳门。

在澳门贸促局的多功能厅里,会场气氛十分热烈。宣讲会吸引了来自100多家澳门特区政府相关部门、中医药企业、行业协会、科研机构的代表。

宣讲会上，相关人员详细解读《横琴新区支持粤澳合作中医药科技产业园发展的若干措施》及横琴新区在公共平台、科技计划项目配套、企业研发、人才补助等多方面的扶持政策。

澳门企业做事一贯严谨，了解得十分详细。

横琴为澳门重大项目引进发展资金、场地租金补贴、经济贡献补贴、新药研制补贴、国际认证补贴"五大套餐"——引进研发、检测、认证机构，经核实符合条件的，最高可获得1000万元的设备购置补贴。

澳门企业从进驻之日起，即可获得50元/平方米/月，最高可累计36个月的场地租金补贴，对符合条件的港澳企业及研发机构，补贴标准可提高至100元/平方米/月。

首次获得国家一类新药证书的企业及研发机构可获得一次性奖励1000万元。入园企业产品获得美国及欧盟注册认证，单个企业最高可获600万元补助……

"哇！有着数（好处）。"澳门投资者纷纷抱有期待。

至2018年底，中医药产业园有50家企业进驻商业孵化中心。

吕红说："下一步要进一步完善粤澳中医药产业合作机制，研究支持中医药产业发展的政策措施，发展涵盖中医药工业、商业、会展等方面的中医药产业合作体系。帮助澳门企业提高标准、工艺和质量等，达到国际标准并在澳门上市。"

粤澳合作中医药产业园有两大核心目标，一个是建立国际级的质量控制基地，另外一个是大健康产业的国际交流平台。如今，园区累计注册企业117家，其中澳门企业29家，占比为24.32%，成为澳门中医药产业发展的最佳平台。

时任横琴产业发展局局长唐顺铁说："两地政府当'老板'合作建设中医药产业园是一种新的尝试，现在看来效果很好。"

2013年5月16日。星期四。

一大早，澳门商人黄伟强就被手机的振铃声吵醒。

"哪位？"睡眼惺忪的他拿起电话。

电话是在横琴管委会工作的一位朋友打过来的。电话那头告诉他，粤澳合作产业园正在澳门招商宣讲，项目遴选很快就要开展，让他赶快去参会。

"在什么地方？"

"世界贸易中心5楼莲花厅，赶快去听听吧！"朋友语速很快，"可遇不可求,记得明天下午啊!"朋友强调一番,匆忙中挂断了电话。

黄伟强是澳门丽强有限公司的董事长,他一直在跟踪横琴粤澳合作产业园对澳门招商情况,他自己手头上有一个"丽强酒店"项目要做,只是澳门有限的土地空间以及过高的租金成本使他的愿望迟迟没有实现,一拖经年了。

一年前,横琴在澳门贸易投资促进局内设立咨询联络点,这位朋友在接待投资者查询、收集投资意向时认识了黄伟强。

"时机到了。"黄伟强自言自语着放下电话。黄伟强雷厉风行,风风火火,前一天还在杭州出差,凌晨两点才回到澳门。

翌日下午,黄伟强提前半小时来到招商宣讲会现场。

会议厅里人头攒动,来了数百位澳门各界人士,男的西装革履,女的风姿绰约,大都对这次招商抱有极大兴趣。

流程跟内地来的招商团队大体相似:基本情况、准入条件、项目申请流程云云。

在现场还答疑解惑,与会者大多关注产业、税收、通关、金融、服务贸易政策、营商环境等等问题。

招商提交申请的时间是8月1日至10月31日。

同样盯上横琴多时的还有陈志强。

陈志强是一名出生在柬埔寨的华侨。1972年9月,因为柬埔寨战乱,年仅12岁的陈志强随父母从柬埔寨逃难到香港。1981年,21岁的陈志强前往法国,在里昂学习纺织技术。1987年再度回到香港,在香港重庆大厦租了个门面,与租住在这里的非洲商贩做生意,从事服装、日用品等产品的批发、外贸出口。2004年,他来到澳门开公司,当时澳门房价尚在低谷中,他一口气买了十几套住房。

从事进出口贸易30余年,陈志强的生意越做越大,当一切都做得风生水起之时,陈志强的事业却遭遇瓶颈。澳门"太细",租金昂贵,经济规模不大,想办个大型的商品展示中心都有不少困难。

陈志强的生意迫切需要更大的发展空间。

机会不期而遇。

那是2013年9月的一天。他一如往常泊好车后大步流星走入电梯,电梯墙上的广告板上,一则由澳门投资促进局粘贴的公告吸引了他的视线:正在推动澳门企业到横琴投资。

陈志强的公司就在澳门投资促进局的楼上,公司在8楼,促进局在4楼,每天上上下下早已混得脸熟。

他没有进入办公室，而是径直到4楼。

"真嘅（的）。"促进局的朋友告诉他，横琴与特区政府在澳门协同招商，项目正在接受申请！

从澳门投资促进局出来，陈志强一脸笑容。

他立即按照项目申请指引准备资料，他期望在横琴谋求到事业的"第二春"。

2013年底，横琴首次招商共收到89个投资项目申请，涉及旅游休闲、物流商贸、科教研发、文化创意、高新技术、医药卫生及综合等行业。

徐明华申报"未来梦幻世界"项目。

陈源光申报"云生态·商贸圈"项目。

罗掌权申报"澳门拱廊广场"项目。

吴国寿申报"钜星汇商业广场"项目。

此外，还有佳景美食广场、横琴国际生科城、横琴天汇星影视综合城等极具竞争力的项目……

经由特区政府成立的评估小组评估，共甄选出53份申请，所提出的发展用地达到5.3平方公里。

陈志强的项目入围了，而黄伟强的项目却遗憾出局。

澳门特区政府专门成立了"横琴发展澳门项目评审委员会"，成员由来自澳门中华总商会、澳门厂商联合会、澳门银行公会的业界人士，以及来自特区经济财政司、社会文化司、运输工务司、经济局及澳门大学的代表组成。

2014年1月6日，澳门"开选"进驻横琴项目，会议持续3天。

评审的三大要素包括：整体团队实力、资金实力、项目可行性分析。当然，有利于加强澳门产业适度多元发展，推动横琴与澳门共同发展，为区域旅游休闲发展提供空间的优先考虑，特别是能带动澳门中小企业入园共同参与大型项目的优先录取。

2014年4月14日，澳门贸易投资促进局正式公布粤澳合作横琴发展澳方项目33个。

2019年初，我几经周折总算约到了陈志强。

"之前去过横琴吗？"我问他。

"没有，对横琴的认识十分模糊和肤浅，只知道离澳门很近，触手可及。"

"当时你申请了多少面积？"

"七万平方米。"

"批了多少？"我追问道。

"七千平方米左右。"

"呵呵，十分之一。"

"以前也没搞过建筑，把占地面积和建筑面积混了。"他略感尴尬地表示，能得到粤澳合作产业园的首批入驻项目真的很高兴。

"分数排名怎样？"

"还不错吧！"陈志强说，初审终评基本没什么问题。

陈志强是一个很勤恳的人，凡事喜欢亲力亲为，横琴新区澳门事务局产业科科长杨恺明开玩笑说："我们都称他为'劳动模范'。"

陈志强显然不太明白"劳动模范"的含义，见大家付之一笑，他自己也乐呵呵地跟着笑了。

"多谢横琴！"陈志强感激地说，"来横琴之前还有些忐忑，因为听说在大陆投资手续非常麻烦，需要一年半载才能办完公司注册流程，没想到，在横琴从准备投资到办完所有手续只花了3个月。"

"目前项目进展如何？"

"年内笃定要开业。"陈志强坦言不会丢掉自己的"老本行"，他正在筹谋运用广交会的平台，引进并销售包括葡语国家、法语国家在内的商品。因为有很多国外客户都会参加广交会，他准备建一个大型的商品展示中心，届时，可以派车直接把客户接到横琴来参观洽谈。

7月17日，又有7个粤澳合作产业园项目签约，项目占地逾29.33万平方米，总投资71.9亿元人民币。

这次签约仪式上，粤澳两地政府的领导都参加了。

据横琴新区官方微博当天的报道，广东方来了省长朱小丹、副省长招玉芳，珠海市市长何宁卡，市委常委、横琴新区党委书记刘佳等；澳门方来了经济财政司司长谭伯源、行政长官办公室主任谭俊荣等一众。

时任珠海市市长何宁卡在会上宣称：横琴与澳门开始了"相得益彰、相互促进"的全面融合时代……

"好激动。"参加当天签约的钜星汇商业广场项目代表吴国寿对自己的"钜星汇商业广场"能在横琴粤澳合作产业园获得首批项目用地直呼惊喜。

做生意多年，机会也很多，最终选择了横琴，吴国寿坦承是因为看好这里的发展前景，横琴是块风水宝地，这里是一个大平台，离澳门很近。吴国寿说："接下来准备项目进驻的相关工作，期待着横琴与澳门同城化发展。"

和陈志强、吴国寿一样，越来越多的澳门企业家在粤澳产业园投资，追逐一个共荣的横琴梦想。

2016年11月，第二批50个项目入驻横琴，涵盖旅游休闲、物流商贸、科教研发、文化创意、卫生医药以及高新技术等行业的多个领域。

粤澳合作产业园建设步入4.0时代。

"这些项目都是为澳门经济适度多元化发展而设计的。"澳门贸易投资促进局负责人告诉我，"从园区积极推进的招商引资情况来看，粤澳合作产业园引起澳门投资者的广泛关注，澳门企业进驻横琴的积极性很高。"

项目供地又是一个怎样的情况呢？

在横琴规划国土局，我得到这样一组数据：面向澳门项目所出售的土地均价为3000多元/平方米，而横琴所支付的回收价和配套成本都在5600元/平方米，差价达2000多元/平方米。

澳门企业入园，横琴欢迎您！

理顺项目涉及的跨境人民币贷款。

协助推进项目建设进度。

简化履约保证金和行政程序……一系列技术性问题迎刃而解。

截至2018年底，粤澳合作产业园已有27个项目签署合作协议，24个项目已取得项目用地，21个项目已开工建设，已供地项目投资总额达753.3亿元。其中，2018年，新签约项目3个，新供地项目3个，新开工项目4个，封顶项目4个。

"项目延伸了澳门产业链，增强澳门的竞争力和辐射力。"澳门经济局局长苏添平在接受电话采访时高兴地说，将有更多的澳门企业进入横琴，横琴粤澳合作产业园对促进澳门经济适度多元化发挥了非常重要的平台作用，澳门十分感谢。

"澳门"，横琴发展中的常用词。

在横琴采访，谈及发展与合作时，没有谁的嘴里离开过"澳门"二字。在与澳门的融合发展中，横琴人对"澳门"二字一直念兹在兹。

"合作是金！"横琴人对澳门温情"喊话"。

一边是横琴开发的高起点规划、高标准建设和对项目的严格筛选，一边是澳门中小企业较多、实力较弱的经济发展实情，如何才能让澳门实业界都能参与横琴的开发建设，拓宽澳门经济的产业发展空间？

滴水映日，片叶知秋。

横琴为澳门中小企业进驻提供了"五大载体"：除了前面提到的粤澳合作产

业园、中医药科技产业园外，还有励骏庞都广场、长隆商业街、新家园商业街。

这五大载体被横琴人概括为助力澳门企业的"五大模式"——

一、澳门特区政府推荐，横琴定向供地给澳门企业的粤澳合作产业园模式。

二、双方政府主导、共建合营公司的粤澳合作的中医药科技产业园模式。

三、政府引导，澳门中小企业联合投资的励骏庞都广场模式。

四、横琴企业建设，委托澳门企业招商运营的新家园商业步行街。

五、横琴企业自主建设、自主运营，面向澳门招商的长隆商业街……

龙头企业"建园区"。

中小企业"购物业"。

微小企业"租商铺"。

正如《汉书·东方朔传》曰："元元之民，各得其所。"三种渠道，为澳门企业进入横琴拓宽发展的舞台。

2012年12月20日，这一天，在珠澳的各家新闻媒体不约而同地播发了一条看似与澳门回归日关联不大的消息。

澳门《澳亚卫视》有这样一则报道——

主播：本台消息，在澳门回归13周年之际，横琴新区首块土地出让成交，这是横琴政府对澳门企业定向出让的第一个地块。

旁白：该地块面积3万平方米，位于莲花大桥、横琴口岸和综合服务区的中轴线上，毗邻交通枢纽，与广珠城轨延长线横琴站、澳门轻轨横琴站无缝连接，可24小时通关澳门，是寸土寸金的"黄金宝地"。

字幕：横琴新区管委会主任牛敬。

牛敬：此宗地块专向澳门企业挂牌出让，是进一步落实《粤澳合作框架协议》要求，推动澳门商界，特别是中小企业全面参与横琴开发的集中体现。

这块地之所以引人注目，不仅因为它地理位置相当优越，还在于它是定向出让，明确要求竞买人为澳门企业或澳门人在国内注册的全资子公司。

为什么是定向出让？

原来，澳门中小企业较多，为了让他们更好地参与横琴开发，横琴探索了两地政府共建、中小企业联合投资、以大带小、以一带多等多元化的企业进驻模式，让澳门中小企业分享横琴发展的红利。

澳门励盈投资有限公司成功以低价竞得。

公司行政总裁、澳门中小型企业联合总商会会长周锦辉此时才讲出不为人知的背后故事：励盈投资有限公司是由42个澳门商会共同组建而成。

"42个股东？"我惊讶地问。

"横琴开发起点高，门槛高，澳门的中小企业如果不联合起来，就很难达到进入横琴的要求。"周锦辉说。

在竞标前两个月，周锦辉联合42个澳门商会创立了"澳门中小型企业联合总商会"并担任会长，通过澳门中小企业会员广泛参股的方式，抱团组建了励盈投资有限公司。

"这种方式成功破解了单一澳门中小企力量薄弱的问题？"

"对，澳门企业实力普遍偏小，这种聚沙成塔、抱团取暖的运作方式，解决了中小企业进驻横琴的瓶颈问题。"他非常有把握地对我说。

助力澳门，横琴诚意十足。

对中标这块"黄金宝地"，周锦辉非常欣喜，他高兴地表示，这块土地的开发由联合总商会的成员们共同集资，共同参与。

在周锦辉的计划里，这里将打造成澳门中小企登陆横琴的重要站点——体量达14.2万平方米的纯商业项目励骏庞都广场，总投资达16亿元人民币，涵盖大型商场、零售、餐饮、戏院等众多业态，为澳门中小企业租物业、购物业、开商铺、创业发展提供了一个实实在在的创业兴业平台。

2014年的早春三月，横琴岛上生机盎然，南海之滨气象一新。

这是个播种希望的时节。

3月28日，庞都广场动工了。那天，时任澳门特别行政区行政长官崔世安特地赶到横琴，专程为类似这种"母鸡带小鸡"推动澳门中小企业参与横琴开发的方式点赞。

庞都广场坐落在横琴顺景路和环岛东路交界区域，宫廷式的雕饰，欧式的古典骑楼，励骏庞都广场的两栋亮白色建筑让每个来访的客人眼前一亮。这是横琴罕见的异域风情建筑，葡萄牙曼努埃尔式的风格外形为横琴岛平添了几分葡国风情，与对面的澳门形成一种典雅的对称。

ponto（庞都），一个葡文词汇，翻译成中文是"点"的意思。

"为什么要取名叫'ponto'？"带着这个疑惑我问周锦辉。他说，你还是找我的太太陈美仪吧！这是她的创意。

见到陈太，我把同样的问题抛给了她。

陈美仪告诉我，这里是澳门与横琴的口岸交汇点，项目本身很有葡国特色，因此选择葡文的'PONTO'命名。"陈美仪毫不隐讳地说出自己的想法。

这种创意，我想与陈美仪的成长环境有关吧！她生长于澳门，一个中葡文化交融的地方，在她看来，建筑本身就应当是文化的载体。

"现在流行网购，这样庞大的实体店会不会遇到一些压力？"我问她。

"我始终认为，只要商场做得有特色，消费者自然愿意过来感受这里的氛围。"在陈美仪眼中完全看不到这种担忧。

陈美仪的信心，一方面是看好横琴特殊身份下的政策优待，另一方面，则来源于对自家项目的商业形态和地段的笃定。

当然，选择团队时，陈美仪并非随机组合。"与我们一起投资的40多家企业，他们中有的做零售，有的做餐饮，而我们励盈本身就有多年商业运营经验，在澳门拥有多个娱乐场物业，比如澳门置地广场、澳门渔人码头等，这些项目同样有餐饮、零售、服饰。

"我们的初衷是将庞都广场打造成中国与欧式文化的交汇点，营造一个融合欧式文化与生活方式的购物环境。"她还为我描画了她心目中的PONTO——

有潮流集市，有画廊展览，还有许多港澳及内地同胞喜爱的品牌；显眼处会是一间类似"闲鱼"的线下二手闲置平台，橱窗里摆满"驴友"从全国各地淘回来的纪念品，或者是澳门当地人的"二手宝贝"；当然也少不了电影院，除了常见的放映厅外，还将专设"全天候通票"放映厅；美食也是励骏庞都广场的一大特色。来自世界各地的美食，从"一带一路"沿线，甚至到南半球的拉美等国家美食，分布在商场室内及户外……

这些都是陈美仪的"葡式"思维。

采访结束时，她期望励骏庞都广场呈现的是一个融合欧式文化及生活方式的地方，让澳门、横琴两地的消费者不单纯只为购物而来，更多是体验本该享受到的美好生活。

"40多个股东的共同的梦。"

"是的。"陈美仪笑了，"我们乘着梦想一起飞。"

横琴"硅谷"

在澳门,我随手翻开当地一份报刊,一则"机会留给有准备的人"的公益广告赫然在目。广告语的上方,是两个放眼全球的青年,一道殷红的科技创意箭头正从他们的脑子里喷薄而出……

澳门青年代表未来,那是澳门的希望。

也是在这份报纸的头版上,澳门经济特区经济财政司司长梁维特有一个记者访谈,他说:"中央政府和澳门特区政府非常重视青年人创业发展,也一直在出台各种政策,鼓励年轻人尝试各种可能,在为青年创业者提供资金支持以外,最大的桎梏是澳门青年受创业空间所限。"

古有李白怀才不遇,今有澳门青年怀"创"不遇。

早在2013年8月,澳门特区政府就推出了"青年创业援助计划",并一直在为澳门青年拓展创业的空间和平台。

横琴,无疑是那"桃花盛开的地方"。

一直以来,在横琴圈一块地,让澳门青年在这里"逐梦飞扬",这不仅是澳门特区政府的需要,也是澳门年轻一代的梦想。

这个梦想就是一个念头,一个希望。

2014年12月20日。澳门。

这天,时任珠海市委常委、横琴新区管委会书记刘佳应邀参加了澳门回归15周年纪念大会,她亲耳聆听了习近平总书记的重要讲话。总书记说:"澳门青少年是澳门的希望,也是国家的希望,关系到澳门和祖国的未来。要实现爱国爱澳光荣传统代代相传,保证'一国两制'事业后继有人,就要加强对青少年的教育培养。要高度重视和关心爱护青年一代,为他们成长、成才、成功创造良好条件。"[①]

刘佳当时就想,横琴有责任落实总书记的讲话精神,而且要尽快做这件

---

① 《习近平在庆祝澳门回归祖国15周年大会暨澳门特别行政区第四届政府就职典礼上的讲话》,新华社2014年12月20日报道。

事情。

翌日晚上7点,夜幕悄然降临,横琴大街小巷华灯初上。

居于横琴岛上一隅的新区管委会大楼内依然灯火通明,在三楼的一间办公室里,横琴新区管委会澳门事务局局长邹桦正在忙碌着加班加点。

"丁零零、丁零零……"邹桦拿起电话。

电话是刘佳打来的。她告诉邹桦:"横琴要打造一个港澳和内地青年交流合作、干事创业、实现梦想的平台,在下一次项目启动仪式上要增加一个青年创业项目,你马上做一个方案,跟澳门方对接一下,尽快送给我。"

"这……"邹桦乍一听愣了一下,她知道,之前从来没有谈及这个项目,很显然是临时决定的。

"邹桦,这个任务就交给你啦!"不用解释,刘佳书记对自己的下属从来就很有信心。

"青年创业项目?"邹桦扳起手指,时间这么紧,这项目去哪里找?

她把局里负责材料的同事叫到办公室,对他说:"你在网上搜一搜,把一些青年创意创业的资料整理给我。"

看完资料后,慢慢地,邹桦心里开始有点底了。

"方案怎么弄好?"她连忙找到统筹委副主任闫卫民,商讨对策,连夜赶制方案。

到凌晨两点,方案总算成型了。

第二天清晨一大早,邹桦将打印的10份方案揣进包里,带着邵文勇直奔澳门,一边过关一边给对方打电话说有"急事"。

上午,她们先后拜访了澳门大学创业创新中心和澳门"中联办"。下午,经"中联办"凌莉处长牵线搭桥,她们又拜访了澳门中华新青年协会、澳门中华总商会青年委员会、澳门青年企业家协会、澳门青年联合会等4家澳门青年组织。

"青年创意?"一开始,对方是满脸懵懂,即便是在澳门大学创新中心,无非也是些小餐馆、咖啡廊、礼品店,不知横琴要的创意是啥东西。

邹桦拿着方案,一番讲解后,末了,邹桦说:"我们想邀请你们做发起单位。"

"没问题。"澳门方非常爽快。

与此同时,刘佳则把横琴新区国土规划局局长王瑞森、华发董事长李光宁、大横琴公司总裁胡嘉叫到自己的办公室。她说:"关于澳门青年创业,昨天习总书记在澳门做了讲话,当务之急是马上启动。叫你们来,是商量如何选址?如何建？谁来建？"

大家你一言、我一语地讨论开来。

"我说这样吧，程序也不要太复杂，简单点，名字我都想好了，就叫创业谷，'硅谷'的'谷'。"她转过身来对王瑞森说，"总书记在澳门作了指示，我们横琴要落实，你赶快给我弄块地。"

王瑞森于是推荐了澳门大学对面一块地，大约有13万平方米。他的理由是，这地方一是与澳门大学一路之隔，今后可以成为澳门大学学生创业的一个实践基地；二是靠近口岸和主干道，出入澳门非常方便。

"好，就拿这块地建创业谷，当临时建筑用地。"刘佳说。

"临时是多久？"王瑞森问。

"20年，20年后再开发，我们要把位置最好的地留给澳门青年，把这块地作为澳门青年创业的福地。"

刘佳说着又转回身来，对李光宁和胡嘉说："我要的是快，你们两个都说一下，怎么建？什么时候能完成？"

李光宁和胡嘉眼色互相交换了一下，然后把各自的想法和计划说了一遍。刘佳最后拍板："行，李光宁，你们华发来搞吧！"

项目启动那天上午，突然刮起大风，寒风越来越大，气温骤降，风肆无忌惮地呼呼刮着，许多参加仪式的人冷得瑟瑟发抖。

在横琴新家园旁边的一块空地上，横琴澳门青年创业谷项目如期启动。澳门大学校长赵伟、横琴新区管委会主任牛敬和五名澳门青年代表一同在一个树林画框上撒下绿粉，原本光秃秃的一棵棵小树赫然变得郁郁葱葱……

从破土动工到正式启用，华发仅仅用了9个月时间。

这，就是我们今天看到的澳门青年创业谷。

讲起创业谷的背景故事，刘佳颇有一番感慨。她说中央有要求，横琴的任务就是落实，不折不扣；澳门有呼，横琴必应，真心实意。那神情，那言谈，那举止，充满了欣慰。

横琴创业谷采用两地"政府支持、市场化运营"的开发模式，成为琴澳深度合作、共建命运共同体的印证。

"澳门青年创业，创业谷是走向内地的第一块跳板！"每当话题一转到澳门创业谷，刘佳便条件反射般地直起腰来，瞬间进入那种自豪的状态。

"纯粹是为澳门青年量身打造的一个创业空间？"我问。

"这要从两个不同层面来看。大的层面是横琴承担促进澳门经济适度多元化发展的国家战略，这是最重要的政治使命；从小的层面看，打造初创企业的孵化平台是探索'一国两制'下两地青年深度合作的全新尝试，有利于促进粤澳青年群体的深度融合……"刘佳滔滔不绝。

"回过头来看，您对当初的这个决定如何评价？"我打断了她的话问。

"非常成功。现在的创业谷已经有130多家澳门青年企业在这里创业，干得也不错，有几家公司正在筹备上市。"刘佳言里话外倍感自豪。

横琴对澳门青年创业谷的支持初心不改，钟爱有加，新区管委会6个副主任王瑞森、叶真、黄敏、阎武、闫卫民、邹桦都曾分管过，每一棒的交接都把创业谷推向一个更高的境界。

澳门青年创业谷的管理和服务是由横琴金融投资集团有限公司来完成的。

我于是找到这家公司。

公司总裁赵国沛博士一见到我就直抱歉："不好意思，公司刚搬家过来，有点凌乱。"

赵国沛温文尔雅，说话轻声细语且富有磁性。他长期供职于人民银行和外汇管理局，在横琴新区财金事务局副局长位置上任职两年多时间，横琴金融投资集团有限公司成立后，赵国沛被区里委以重任。

握手寒暄后，他带着我推了好几个房间，要么有人，要么堆放着尚未来得及整理的办公文件和资料。

"就凑合着这里吧！"在紧靠前台的对面，他找到一张长沙发，我们就此聊了起来。

"创业谷初创，新区怎么偏偏选中你们公司？"一落座，我就向他抛题。

"可能是我们公司有投资的功能吧。"赵国沛坦言对其中的内情并不知晓，他说，当时区属企业就大横琴公司和金融投资公司两家，而孵化跟金融投资在传统上有高度的关联性，因为投资要找企业，孵化同样也要找企业，风险投资选择金投公司可能更为合理，于是就把这个任务交了过来。

"筹备非常艰难，压力非常之大。"赵国沛说，以前从来没有接触过"孵化"这个东西，连个概念都没有，拿什么去孵化澳门青年的初创企业？

2015年，赵国沛带着团队跑了大半个中国，珠海清华科技园、北京的中关村、上海张江高科、香港科学城、深圳前海，还有武汉、广州……

看了，学了，知道了什么叫"孵化"，心里面也有点底了。

他们到全国去找"孵化器"，为澳门青年创业提供空间载体和专业服务。

但谁愿意来这里"孵化"？

横琴目光所及，是多家顶尖创业孵化机构和公共服务平台。

——中国顶级互联网创业孵化器"36氪"，其投融资平台上，囊括了红杉资本、IDG资本、真格基金、北极光创投等众多顶级投资机构。

——中国最优秀的移动O2O互联网创业苗圃"创吧"，致力打造孵化器、集训营、Inno Hub、种子投资等"四位一体"的互联网孵化器平台。

——中国最大的创业服务平台"创业邦"，通过公开课和路演分享成功创业者案例，可以提供与顶级投资人交流互动的机会……

这些声名显赫的"孵化器"，以丰富的项目孵化经验、高端的线上线下资源、多元化的投融资渠道成为横琴的理想合作对象。

当时横琴的基础太差，创业谷正在如火如荼建设，一片大工地上刚刚落成四栋楼，两大两小，引进来的孵化"大咖"优先进驻。

那边厢在建设，这边厢在筹备。赵国沛又向新区建议将配套的第18栋楼专门用作创业谷澳门青年的启动基地，而自己的公司则到外面去租房。

但谁愿意来这里给"孵化"？

"同样心中没底啊！"赵国沛说，你想啊，澳门那么好的条件，澳门那些青年过得都很好，谁愿意过横琴来受这份创业之苦？

赵国沛便托朋友到澳门那边去"放话"。信息反馈回来，还真有那么几个愿意到创业谷接受"孵化"的澳门青年。

"我们就开始公开招募了。"赵国沛带着团队直接去澳门拜访，拜访中华总商会、澳门青年协会、澳门大学、澳门科技大学、澳门青年与教育局等。

澳门青年被推荐过来了，连同创业项目，第一批就有一百多个。

遴选过程就是一个"闯关"过程。

林琮是第一批申请入谷的澳门青年，他携葡式蛋糕的项目过来，第一轮初审就被淘汰了。原因是不符合《横琴新区产业发展指导目录》和商务部颁发的《外商投资产业指导目录》。

他郁闷了一阵子，不过他朋友黄方的项目进入了复审。

项目复审包括五个方面的内容：创业者及管理团队、创业项目的潜在投资价值、计划目标的合理性、项目特色和创新、市场前景。

复审的形式别出心裁：路演。

林琮观摩了朋友的项目路演，这种形式十分新颖，但路演的效果不太理想。

在专家评审一关，朋友的项目也落选了。

"评审专家都是创业投资界的资深大佬和具有长期孵化器管理运营经验的专

业人士。想在创业谷做零售批发和餐饮这些传统的行业，肯定是行不通了。"林琮感慨地说。

"第一批遴选只过了30多家。"赵国沛说。

澳门科技大学系统工程研究所教授、安信通公司CEO韩子天说他到创业谷纯粹是"无心插柳"。

那是2015年年初，韩子天的项目刚刚拿到"天使轮"融资，但澳门IT人才太少，科技类人才就更少了，外雇又拿不到指标。朋友告诉他横琴有个青年创业谷正在招商，创业谷也积极主动联系他"来横琴试一下"。想到离自己工作的澳门科技大学比较近，创业谷离市中心远一些，偏僻一些，员工干事业精力肯定会集中一点，便抱着"试一下子"的心态去考察环境。

跟他对接的是商务局的工作人员。

评审项目截止了快一个星期，商务局又打来电话，说赶紧送个商业计划书过来。韩子天手头上正好有，于是顺手就发过去了，结果提交不久就成功了。

"分数还蛮高。"韩子天难掩笑意，他说创业谷管理方给了一间70平方米的免租办公室，还给团队找了很多风投和基金来对接。

澳门青年的项目入驻创业谷的门槛并不低——

1.必须技术含量高，具有创新性，产品具有较好的市场前景和产业化条件。

2.具有潜在投资价值，符合通过投资实现资源优化配置原则。

3.对在澳门资讯及通讯科技创业计划大赛、"挑战杯"中国大学生创业计划竞赛、中国创新创业大赛获奖的团队或个人更是特别关注……

周运贤是第二批到创业谷的澳门创客。

那是2015年7月，周运贤团队向创业谷递交了"跨境说"项目企划书，其创意是在网络图片里嵌入电商平台，构建无缝衔接的智能购物车。这在当时很新颖。

周运贤说："澳门产业结构单一，难以施展拳脚。听到横琴这边为我们澳门青年提供了创业平台，我就第一时间过来申请了。"

两个月后，"跨境说"以专家组评审第一名的成绩被选中。9月，他带着名叫"Bringbuys"的项目，正式进驻横琴澳门青年创业谷。

"创业谷是一片肥沃的土地，我带来了最好的种子接受孵化。"周运贤言谈中充满自豪。

澳门创业谷一成立，横琴就全力为澳门青年创业提供空间载体和专业服务，把一些有潜质的澳门青年团队送到多家顶尖的创业孵化机构去培训，为他们提供咨询服务。

"送了多少？"

"送了两批，包括'跨境说'的周运贤也去了，到'创业邦'去培训了一段时间。"赵国沛说。当时，公司助理总经理胡传伟跑了不少地方，到哪学，学什么，都是他在张罗创业辅导资源。

丰富的项目孵化经验、高端的线上线下资源、多元化的投融资渠道让澳门青年受益匪浅。

送了两期后，横琴觉得老送到别人的地方去"孵化"总不是办法，服务外包也不是初衷，横琴得自己学会"孵"！

2015年5月，任职珠海市高新区创新服务中心的徐牧被横琴"挖"了过来，筹备孵化器管理有限公司。半年后，横琴金投创业谷孵化器管理有限公司成立，隶属横琴金融投资集团。

"现在开始慢慢好了。"赵国沛说，徐牧去担任总经理后，创业谷的运作模式很快就建立起来了，包括招商部、拓展部、投融资对接平台、企业服务部一应俱全，还搞了一个"一站式"服务平台，把澳门青年入谷的工商注册、法律咨询、报关报检等全包干……

按照"苗圃—孵化器—加速器"的创业孵化链条运作，澳门青年创业谷创建的是项目初选、产业化发展、资本运作的全链条一体化创业孵化服务体系。

苗圃：刚设立的时候，让好的创意项目变成可经营的项目。

孵化器：创业团队开始运作，探讨怎样才能做得更好，往什么方向发展。

加速器：帮助企业引入风投，对市场进行开拓，确立经营模式，打造规模企业，往新三板等资本市场走。

最优服务、最强平台、多元产业、拉美市场……横琴沃土助力澳门青年梦想起航，重点支持年龄在18至45周岁之间，在澳门学习、工作、生活的青年，也涵盖澳门户籍、持有澳门单程证的青年。

"目前，珠、澳两地都有良好的创业激励政策。"赵国沛说，我们正在帮助澳门青年争取澳门政府扶持青年创业的部分政策延伸到了创业谷来，同时以横琴和珠海为起点，帮助创业者了解内地市场，打开内地市场。

横琴·澳门青年创业谷的背后还有科技大佬的力挺。

——澳门创新科技中心采取"一站式"的资金支持、中介咨询和跟踪扶助的孵化策略，为入孵企业提供知识、经验和股权投资资金在内的定制化孵化服务，以及质量管理、法律和市场营销等诸多重要领域的战略和战术咨询。

——澳门科技大学与横琴签署《共同在横琴新区打造澳门科技大学青年创新

创业基地合作备忘录》,通过"政、产、学、研、孵"一体化发展将该基地做强做大,共同推进两地青年创业交流活动,借此吸引更多澳门青年到横琴创业发展。

——清华科技园(珠海)建成完整的苗圃—孵化器—加速器培育链条和孵化服务体系,在创业谷设立1000平方米众创空间,发挥强大的技术引进和资源整合能力,重点引进和培育清华及国际创业项目。

——北京大学、中山大学等高校将联合举办学生创业活动,推荐符合条件的澳门学生入谷孵化。

每个来到创业谷的澳门团队,横琴都提供一对一的联络员,安排专人对澳门青年创业团队进行"保姆式"服务。

对横琴的服务,看看澳门青年怎么说?

"我要给横琴一个大大的赞。"周运贤在我的面前两次伸起大拇指,他给我举了两个亲身经历的例子——

其一,是公司运营初期,跨境说公司在海外融了一笔资金,做了A轮融资。周运贤跑到相关部门去咨询,业务员告诉他,因为国家有外汇管制,若按照常规的流程走至少要一两个月才能解决,还需要去备案,需要去这样那样。周运贤当然不知道,还觉得这个资金是不是有什么问题。

"怎么办?"几千万元的港币从境外汇入时却进不了账,周运贤在办事大厅里直打转。

公司是做了资本溢价的,也就是股权溢价,钱入不了账,麻烦会很大。周运贤如坐针毡,急得像热锅上的蚂蚁。

他试探性地给创业谷管理方发去一条求助微信,没想到第二天一大早,自己还没起床,就有一个自称"徐总"的人给他打来电话,说跟管委会那边汇报后,觉得应该替这个项目去协调解决这个事情。

这个自称"徐总"的就是横琴金投创业谷孵化器管理有限公司总经理徐牧。

于是,徐牧带着他到珠海市区跑银行、商务局,跑外汇管理局、人民银行,当天就把这事给办好了。

"这种服务我们没得挑剔。"事后,他还专门写了一封感谢信,并制作一面锦旗送到创业谷管理方。

周运贤说:"送锦旗我们是发自内心的,发自肺腑的。因为我们刚来的时候跟管理方沟通也不多,也不熟,只是想先试一下,行还是不行,没想到真行了。"

其二，"跨境说"入驻不久，十几个人挤在一间比较小的房间里办公。一天，横琴新区管委会刘佳书记、牛敬主任到创业谷检查工作，走进跨境说公司的办公室就皱了眉："办公室这么挤？"

"我们搞研发的搞技术的，挤点也能对付过去。"周运贤说。

"不行，太挤了，调个一楼吧！"刘佳书记嘱咐身边的同事。之后，办公楼再扩大的时候，管理处又把二楼也腾给了跨境说公司。

"这些要求都不是我们提出，而是他们主动提供。"周运贤至今还感念在心。

安讯通研发的养老机器人在澳门做总装，横琴创业谷只是一个运营中转站，公司要先把设备送到横琴这边储存，然后做一点修整，再送到中山或者全国去选配，之后再到中山进行装配。装配完要调试软件就要把一些设备拿到澳门，总装或调试环节进澳门没有问题，但出澳门就比较头疼了。

"反复进口出口，过口岸就比较麻烦。"韩子天博士说。

"是有点复杂。"我说。

"后来是横琴给我们想办法。"

"什么办法？"

"比如给我们发邀请函、出说明信等等，不厌其烦。"

韩子天说，还有一次印象也很深，他们在横琴招了一个新加坡的技术人员，想到这边办签证，当时挺麻烦，于是找到创业谷管理方横琴金融投资公司的助理总经理胡传伟。

"本来跟他没有关系，但只能病急乱投医了。"韩子天笑道，"找到胡总，他就帮我们打电话去公安那边，带着我们跑市里面，最后把问题解决了。"

"在创业谷创业感觉特别好，很温暖温馨的感觉。"巢主时尚的总裁欧仲迎说，只要有好项目，来这里就可以拎包入住！

欧仲迎说的"拎包入住"，其实就是横琴为来到这里的澳门年轻人提供的丰厚大礼包：减免一年的办公场地租金、配套公寓和完备的通信设备。

欧仲迎2015年刚入驻创业谷就有了惊喜：免第一年租金，发放20多万元的留学生专项创业补贴，这一年的成本节省了四成。

"谂（想）都谂（想）唔（不）到。"欧仲迎说。

她算了一笔账，澳门也有支持青年创业的政策，但办公场所始终是个很大的问题，比如一年免租期过后，横琴写字楼租金每年每平方米约3000元人民币，而澳门写字楼租金约2.7万元人民币，两者相差高达9倍。

澳门爱姆斯坦生物科技有限公司总经理王小方开始也没太在意，他当初决定入驻创业谷时，是看中"横琴毗邻港澳，配套政策和服务趋同于港澳，也能共享港澳的人才、金融等要素资源"。没想这一"驻"，公司竟获得了2600平方米的免租场地，同时还获得了1400多万元的科技研发专项扶持资金。

王小方称，他们团队并不是冲着能省多少房租和多少扶持资金来的，创业谷的孵化功能和政策创新环境才是最具诱惑力的。

专项补贴、税收减免、场地免租是传统的"三板斧"。而制度创新、营商环境、金融支撑则是横琴澳门创业谷新型的"三利器"。

同美国硅谷一样，横琴·澳门青年创业谷成为澳门和内地互联网人才的自由港，无论你来自哪里，只要你有一技傍身，创业谷就会拿出"真金白银"欢迎你——

20亿元人民币的澳门青年横琴创业扶持资金，用于孵化载体的建设和创业谷孵化环境的营造。

100亿元人民币的产业基金，与多家著名投资机构合作以母基金形式设立。

5000万元人民币的天使投资基金，构建从天使投资到PE（私募股权投资）全链条投融资服务网。

三大基金吸引着众多澳门青年企业家前来一试身手。

2015年7月23日那天，我在青年创业谷采访时，林政正带着自己的新技术在创业谷的小型路演场进行"路演"排练。因为路演展示将是获得创业扶持资金的重要一环。

"正式路演时我来感受一下。"我对林政说。

"得有票。"他犹豫着回答我。

"路演还要票？"

"要的。"

后来我才知道，横琴·澳门青年创业谷的路演场地经常一票难求。

林政说自己十分渴望入围，因为创业谷正是他实现梦想的理想之地。当听说专注智能体温计的爱微项目刚获得数百万的天使投资时，他啧啧有声，羡慕不已。

类似通过路演展示和专家评审获得扶持资金的，在青年创业谷有很多家：跨境说公司、大澳跨境电商获得3000万港币融资；全众社区智能管家、天茂跨境互联网金融、惠博网络科技项目获得1000万元融资；爱微智能体温计、超忍宠物社区平台、珠澳shop、速聚网络等获得数百万元天使投资……

我不知道林政最终是否通过路演拿到了融资，那天道别时，我总感觉到他的底气和信心不是很足，所以我的心里一直存着这份顾虑。

那天在与赵国沛聊天时，我问他："在青年创业谷，能获得融资团队的比例大致是多少？"

"10%左右。"赵国沛回答。

"这个比例够高了。"我心里想。

赵国沛告诉我，在创业谷，除了每周有路演，每月还有公开课。

创业谷的公开课是横琴为想创业、爱创业、准备创业的澳门"创客"量身打造的品牌活动，邀请的人士都是知名创业者、投资人、创业导师，他们为创业者提供产品运营、营销推广、融资、管理等方面的创业知识和经验分享。

横琴·澳门青年创业谷正成为澳门青年的筑梦"硅谷"。

在政务中心，我巧遇到两位来自澳门的青年"创客"，他们都是传说中的"技术宅"，他们的共同点是爱好手机游戏，钻研开发日系游戏软件，希望能打开中国的日系游戏APP市场。在看到横琴·澳门青年创业谷的宣传后，他们二话不说，带着好点子投奔而来。

入驻创业谷需要满足哪些条件？

需要提交哪些资料？

入驻之后能享受哪些优惠政策？

在采访结束前，我把澳门青年咨询过的这些问题转给了赵国沛。

"这个我建议您找找徐牧。"赵国沛说。

我后来没有去找徐牧。因为我从横琴助力澳门青年创业的"五大平台""八大套餐"和"两大制度性文件"中找到了答案……

创业谷真的不平凡。

2017年，横琴·澳门青年创业谷荣获"国家级科技企业孵化器"资质，这是继2016年荣获"国家级众创空间""中国青年留学人员创业基地""广东省国家级科技企业孵化器培育单位"后，横琴·澳门青年创业谷获得的第四个国家级荣誉。

创业谷确实不寂寞。

作为国家创新体系的重要组成部分和科技创业服务载体，创业谷和国内多家创意园合作，像与北京3W咖啡、广州创意谷、羊城创意园等合作以及开展创业谷成果展、创业之星表彰、重点项目签约、产学研落户揭牌、高层人才交流、产业高端研讨等活动，创业谷每天都有新消息。

创业谷始终不停步。

构建"共享+互助+社群"运营机制和"众创空间—孵化器—加速器"全链条的空间载体，营造"创投资本+创业项目+孵化服务+创新协作资源"的创业新生态，实现立体孵化。

有"孵化"就会有收获。

截止至2018年底，创业谷累计孵化项目321个，其中港澳项目181个，23家企业获得风险投资资金，融资额突破4.33亿元。举办活动190多场次，参与人数1.2万多人次。

行走在横琴·澳门青年创业谷，从企业投资到业务往来，从环境氛围到生活细节，这里的港澳味儿越来越浓。

澳门青年为什么选择创业谷？为什么选择横琴？之前，我的脑际一直萦绕着这个挥之不去的问号。

如今答案有了，这是因为澳门年轻一代把自己的梦想和祖国的发展连接在一起啊！

让梦想飞

"开谷啦！"

2015年6月29日上午，横琴岛上的太阳明媚而火辣。与澳门大学一路之隔，横琴精心打造的"横琴澳门青年创业谷"项目启用了。

这一天，对于横琴人来讲，是一个应当被记住并纪念的日子。

创业谷集商务办公、商业服务、人才公寓于一体，占地面积12.8万平方米，建筑面积13.7万平方米。

孵化模式很也新颖：创业载体+创业辅导+创投资金。

这是一个整合政府、高校、企业、社会团体资源和服务，为澳门青年打造的创新创业环境。

这是一个可以做"白日梦"的地方。

这是一个将"梦想孵化成现实"的基地。

当天，首批30个澳门项目入驻创业谷。全众超级管家、安信通科技（澳门）、澳门购、澳门联动数码科技、云上创客咖啡厅、跨境互联网金融平台、POOCU Calendar……其中，互联网类13家，文化创意类7家，高新技术类6家，跨境电商类3家，培训教育类1家。

众创空间—孵化器—加速器……创业谷点燃了澳门青年创业的激情。这让我想起创业谷网站首页卷首语写着的那句话："岁月很容易过滤掉平庸的色彩，梦想和精彩却永远炫耀。"

周运贤，创业谷里的明星人物。

他的跨境说网络科技有限公司频繁见诸媒体。据说在入驻创业谷不久就拿下了一笔高达3000万港币的"天使"投资基金。

后生可畏呀！我决定登门造访。

创业谷有别于传统的、兵营般的工业区，貌似随意架空的连廊、随处可见的草木和咖啡馆让我心旷神怡。我徜徉在花园式的办公环境中，此时此地，一棵棵创业的幼苗正在茁壮成长，我仿佛听到了那"噌噌"拔节的声音。

在一层一间160多平方米的大办公室里，整墙的粉红色，随处可见的粉色顽皮豹，blingbling的灯光下，一步一景都让初来乍到的到访者好奇心爆棚……聚焦外界目光的"跨境说"，青春与活力一如这堵与众不同的创意墙，跳跃而明亮。

每个工作日的早晨，周运贤都会从澳门家中出发，来到位于横琴创业谷的公司上班。

采访之前，我特地在百度上做了一番工夫，了解"跨境说"的神奇：

只要看新闻或浏览网页时点一下插图就可以一键购买相关物品，不需跳转到其他购物网站，就可实现关注力与购买力的转换。

"创业谷真是一块福地啊！"他热情地跟我打招呼、握手。

在他宽敞的产品展示厅，周运贤掩饰不住内心的喜悦："几年间，公司的成长超过预期，目前，公司已有1000多家自媒体，20多万会员。"

周运贤祖籍梅州，35岁，在美国加州理工大学毕业后随父母技术移民到了澳门。一直有着创业梦想的他，几年前就开始谋划跨境电商项目。周运贤说，互联网创业的关键是创新，要做就做不一样的事。

"跨境说"俨然已成为一张创业谷名片，它是全球第二家、国内唯一一家从事Saas云计算的反向电商企业，亦即"电商推手"，业已打通了包括亚马逊等多个美国第三方电商平台。

在与总裁周运贤访谈时，一家厂商正好带着自己的产品来到周运贤的公司，他希望周运贤的团队为产品定制营销方案。

我于是停下采访，示意他客户优先。

周运贤转过身去，热情招呼客户坐下，一边斟茶一边接过相关资料细细阅览。

周运贤："你们主要也是美妆这块嘛，我们有跟很多自媒体合作，包括拥有十万二十万粉丝的公众号，我们的商城已渗入到里面。"

客户甲："是APP版的'欧拉商城'吗？"

周运贤："对。"

客户乙："所以说你们这个就是整个在公众号里面直接就购买了。"

周运贤："对。"

厂商带来的产品是一种新的化妆品，经过讨论，周运贤团队决定把产品加入"跨境说"产品库，利用自身的大数据优势，将产品植入微信公众号和手机软件，用户在阅读文章时就可以看到产品信息并直接购买。

"您刚才说是'欧拉商城'。"客户离开后，我们的访谈继续。

"'欧拉'就是整个葡语系里面'你好'的意思。"

周运贤的智能在线购物车——Bringbuys（宾佰）平台，开发了一款手机软件"阅时即购"，它的不同之处是在新闻客户端或主流媒体网站中的图片里嵌入电商平台，读者阅读新闻，看到图片时点击，图片上的物品就会出现价格，实现无缝智能购物车的功能。

"智能在线购物车？"我试探着问，"我能不能看一看你们的这个APP到底是什么样的，能在线体验一下吗？"

"可以。"周运贤为我演示。

周运贤坦诚告诉我："简单讲就是图片视频加购物车。"他指着我手里的笔记本电脑，"比如说你这个笔记本电脑，拍了照片之后，输入它的名字，就会找到相应的类似的，价格就出来了。"

"是吗？"我把电脑的"SAMSUNG"标识转到他面前。

只见他将电脑拍照截图后，添加到"阅时即购"的各种风格的购物车内，我便看到了这台电脑的价格。

"同传统的消费体验完全不同。"我敬佩之情油然而生。

在他公司办公间的墙壁上，他将国内外知名网站的发展轨迹做成了巨幅海报。显然，周运贤已不满足于做系统软件、做网站APP这种"小不点"了，他的理想，是将大服务提供到海外，覆盖到全球。

巨幅海报便是在宣示自己的雄心。

"我们的目标是要'让全球正品链接中国'。"周运贤兴奋地告诉我,"拉美、葡语系国家是跨境说网络科技服务拓展的重点,巴西、智利这些国家,就是通过我们的技术平台输给他们当地的。"

这家诞生于澳门、成长于横琴的技术型互联网外资企业,从最初的7个人发展到160人。目前,"跨境说"的触角已延伸至非洲国家佛得角共和国,在那里建立的国家数据中心将作为西非的信息技术服务中心服务周边的国家……

"我们准备在横琴扎根!"周运贤坚定地告诉我。

同样是做跨境电商,家族在澳门从事赌场贵宾厅生意的90后林健龙,走的却是与周运贤不同的渠道。

在外人看来,澳门赌厅生意一本万利,可林健龙对这种躺着就把钱挣了的家族生意没有兴趣,他痴迷电脑和互联网,决意和几个志同道合的朋友到横琴澳门青年创业谷创办"信驿跨境电商",主打跨境贸易,帮助中国消费者购买全球特色商品。

当初,林健龙提出这样的想法时,家族里一片反对的声音:"脑子烧得不轻。"是啊!在梦想尚未变成现实之前,存在着无穷变数,谁又能看得到可期的前景呢?

为了说服家人,他甚至在家族会议上"路演",通过PPT等图文并茂的方式,努力说清楚、讲明白他大把砸钱想干些什么。

2015年6月,由林健龙领衔担任CEO的珠海横琴信驿跨境电子商务有限公司,在近200个申请项目中脱颖而出,成为入驻创业谷的第一批30颗"琴澳种子"之一。

这个90后澳门青年组建的创业团队,也是第一家与创业谷签约落户的企业,合同编号:00001。

在创业谷18号楼的信驿工作室,林健龙没有单独开辟一间属于自己的办公室,而是选择了与另外10个同事相邻,他的办公台就在靠右最里面的位置上。除了他和4个澳门青年,信驿还有6个来自内地不同省份的员工。

我如约而至。他踏着稳健的步子,一边伸出右手,一边用独具澳门特色的普通话与我打招呼:"欢迎欢迎。"

19岁就出来"闯世界",澳门社会的烙印在林健龙身上依稀可见:为人精明沉稳,待人大方得体,思维更加国际化。像林健龙这样的澳门青年创业者,成长在国际化的环境里,在潜移默化中拥有了国际化的眼光和视野。

林健龙娓娓而谈。他告诉我,早在4年前,他就注意到当时仍被叫作"全球购"的跨境电商概念，当时他与数位朋友成立了"信义屋进口商城"，利用晚上下班的时间帮助内地消费者进行海外代购。

"信义"，就是"信用"和"道义"的意思。林健龙说，如今的信驿跨境电子商务有限公司，便是由此演变而来。

我对他刮目相看，眼睛瞪得老大。

交谈时，林健龙不时摆出大拇指，表达他对创业谷的肯定，也显露出他对创业的自信。他告诉我，位于创业谷的信驿工作室是他创业以来挪的第三个"窝"了，信驿创业的历史比创业谷的历史更长，在此之前，他就在珠海香洲搬了两次工作室。

在创业谷，信驿的成长不断地打破林健龙的计划。在不到一年的时间里，一举拿下创业谷的数个第一：第一家入创业谷的企业，第一家以跨境电商进行商事登记的企业，第一家获得海关认证的跨境电商企业……

他的专注与执着，起到了"疯狂"的效果：2017年"双十二"一天，信驿在零食类商品中就收获了近3万宗订单。

他兴奋地在朋友圈里向伙伴们分享：这不是高速，是飞速。

是啊！这属于澳门青年创客的"横琴速度"！

林健龙说，跨境电商是新生代，产业链很长，自己创业很痛苦，但是不痛苦就不爽。希望自己能做跨境电商的领跑者，做这个业界的"淘宝"。

"我特别喜欢创业谷的氛围，身边到处都是新想法，到处都有创业伙伴。"林健龙热情地叙述着宏大的梦想，他说从未动摇过对成功的渴望，这份信心，来自澳门身后的内地这个庞大的市场，以及横琴日益升级与增强的制度环境和政策原力。

流年似水，成果将证明一切。

"谁说我们只会发发扑克牌？"1989年出生的麦浩贤，正值如日中天的年纪，属于"不想发扑克牌"的新一代澳门青年。

采访麦浩贤时，他略显得有些疲惫，却给我留下了一个颇深的印象，我看到了这个年轻人身上特有的锐气与乐观，那种因理想而萌生的冲天干劲，和手中那份制作精良的项目计划书一样，直观地浮现在我的眼前。

麦浩贤出生的澳门或许是世界上最理想的就业地点，拥有世界名列前茅的人均GDP，令人艳羡的社会保障和福利体系，哪怕不读大学，高中毕业后去赌场找份荷官的工作，一个月都有近2万元的稳定收入。在内地年轻人看来，澳门人那真是"含着金钥匙出生的呀"!

麦浩贤不甘于此,他希望展现出当代澳门年轻人的全新一面。

和许多当地同龄人一样,麦浩贤曾经拥有过一份不错的工作,高薪、体面、稳定,不出意外,还有机会走到更高层的位置。

如今,坐在创业谷的办公桌前,麦浩贤已经适应了"老板"这个角色。二楼的工作室里,来自港澳台的年轻人讨论声不断,不断回应着这位来自澳门创业者的新想法。

"只要有梦想,并有实践梦想的方案,在创业谷就能找到机会。"麦浩贤说,带着自己的梦想,他将精心设计的智能家居解决方案推广到全国乃至全世界。他接着说,"其实很多澳门年轻人都有创业的想法,但大多被眼前安逸的生活遮蔽了。"

"到了横琴创业谷,才发现梦想仍在,竟然被点亮了。"他颇为动情地说。

这位不到30岁的纤魅科技有限公司首席执行官,依然在与合作伙伴热烈讨论。在他的公司里,有澳门人,有台湾人,也有内地人。港澳台的青年有了更多交流的机会,大家在相识中互相启发,在交谈中产生火花,用年轻人的话说,这是在建立一种"化学反应"。

"相比澳门的土地面积,内地市场简直太巨大了!13亿人,哪怕只有100万人用我们的产品,就已经非常成功了。"麦浩贤笑笑,呷了口茶。

梦想,是有感染力的。

起初亲戚朋友听到麦浩贤要去横琴创业,表情多少都会有点奇怪。麦浩贤说:"现在回到澳门,不少人都来打听,创业谷是怎样的一个概念,拥有怎样的发展空间……我认识的好多澳门年轻人基本都到这里来了。"

"其实澳门的年轻人不都是想着去赌场做事,很多人都想把握不同的机遇,这是我们来到横琴岛的原因。"麦浩贤打趣道,"梦想很多时候就是一种证明,澳门的年轻人不光会发发扑克牌,他们还可以做很多事。"

澳门青年选择创业谷,实际上就是选择把自己的梦想和祖国内地的发展连接在一起。麦浩贤说:"在这里,我们安心做自己想做的梦,做自己想做的事,梦醒时,发现自己不再平庸,说不定已抵达彼岸。"

说这番话时,他略显稚嫩的脸上露出了些许得意的笑容。

与麦浩贤访谈间,我瞥了一眼窗外面。那一刻,窗外的横琴岛,一样是一幅忙碌的景象。获得新区和自贸区双重身份后,这座小岛似乎又重现了改革开放初期特区特有的风貌。

机器人是门高端的科技，代表着技术、自由、创新和理念。

在横琴创业谷，韩子天博士已是"二进谷"了。目前，他的团队正在研发一款叫"小马哥一号"的养老机器人，已经产品化。

公司初创时，创业谷生活设施尚不配套，公司起步时招人十分困难。他清楚记得自己从广州招了三个程序员过来，不到一个星期就全部辞职走人。"其实公司对他们蛮好的，在新家园给他们租了蛮好的住地，但对于年轻人来说，他们没有办法适应离市区那么远。"韩子天说，类似这种软件开发的活，地点远一点，其实不是一个大问题，因为国内有很多大型的IT企业，都不一定是在市中心，一开始都比较远。

后来，通过提高工资，总算招到几个愿意接受这种距离的资深员工。

他带着团队做的项目是主打用户密码管理，自主研发的会展电子签到云平台，广泛应用于会展、票务等多个领域。安信通项目会展注册云平台已成功应用于第二届世界广府人大会和不少具有国际影响力的学术会议。产品已经销售到俄罗斯、澳大利亚、新加坡等国。

"入孵"一年半后，项目逐渐成熟，客户也多了起来，安信通从创业谷"出孵"毕业，公司搬到了珠海市区，专注商务、销售。

有趣的是，2017年，韩子天团队又重新进驻创业谷，申报的项目是服务类型的安防、养老机器人。

"未来澳门的养老将延伸至横琴，养老机器人大有可为，市场也十分广阔。"韩子天说，"我们就想将运营这个事情放在创业谷这边试点，因为初创是很dynamic（充满活力的），是变动的。创业谷离我近，有个想法马上可以跟他们当面沟通，与运营那些已经成熟的项目不同。"

我们谈兴甚浓。如今，安信通的规模已发展到27人，公司提早在粤港澳大湾区做了布局，4个点分工明晰——

横琴验证：把一些很dynamic的创意放在创业谷运营并试点。

澳门研发：澳门高校资源比较多，依托教授和研究生团队开展核心研发。

深圳开发：解决一些控制界面和接口问题，深圳有全国各地来的php、Java、Android开发团队，放在深圳是最适合的。

中山制造：中山离澳门也不远，整个制造生产链也比较齐全，量产的机器人可在中山出品。

创业谷吸引着众多的澳门青年。我相信，创业谷一定有故事。我心里想，走入澳门青年中间，也许就是走进了一个故事的海洋中，随手掬一朵浪花，就是一个动人的传说。

在创业谷东南角的"创咖"，数名年轻人正在进行"头脑风暴"，据说，这个青年创业者的集结地人气一直很旺盛，他们聚集在创业谷，与内地及其他地区的青年创客在这里进行碰撞融合，成为横琴助力澳门经济适度多元发展的一道亮丽风景——

创客一：

欧嘉昌入驻创业谷时年仅31岁，如今已是梵高斯投资（集团）有限公司的董事局主席。2009年，他从清华大学生物医学工程系硕士毕业，理工专业的他一直有创业的想法。2015年3月，在创业谷抛出橄榄枝后，欧嘉昌立即和5位清华大学校友及一家澳门承建商一起投资1000万元注册成立了一家服务于餐饮行业的O2O互联网平台"开店猫"，最终凭借项目独到的创意拿到了创业谷的首批"入场券"。

创客二：

30岁出头的张锋锐在澳门曾一度面临着事业的瓶颈，要人没人，要地没地，听说横琴自贸区专门建立了澳门青年创业谷，服务对象就是像他这样有创业意向和项目的澳门青年。他来到创业谷创办了宇宙盒子游戏有限公司，团队入驻后，张锋锐和他的团队研发了一款名叫《撞击女神》的游戏。借助创业谷联通内地和港澳的独特优势，他在澳门找到了资金渠道，在内地招纳了网络人才，他的项目很快就正式上线了。

创客三：

曹家威是一名80后，一个土生土长的澳门人，2010年毕业于纽约时装学院。在一次创业讲座上，曹家威第一次听到"珠海横琴澳门青年创业谷"。2015年9月，他的沙度服饰有限公司正式入驻创业谷。目前，该团队成员分别来自香港、澳门和广州。沙度的业务分为做制服、量身定做、网上定做三个部分，而创业谷主要发展的是网上定做。

创客四：

许佳峰2012年毕业于华中科技大学，2015年6月创办傲桦科技有限公司并申请入驻横琴创业谷。他进行的是移动互联网产品以及智能家居、物联网等综合设备的创新研究，他为澳门本地市民及政府部门设计的手机应用程序，下载量总计已超过澳门人口总数的2倍。

创客五：

80后陈力光是维思港机器人科技有限公司总经理。在2012年东莞举办的一次科技节上，陈力光见识到外国小朋友在机器人比赛中的超强能力，本来没从事机器人行业的陈力光"脑洞大开"，他找来新加坡、珠海和澳门志同道合的几个核心成员，运筹帷幄，最终凭借新颖的创意和前沿科技理念，维思港机器人成为第三批入驻创业谷的项目，半年间就把"VEX机器人国际课程"开进珠海市内三所学校的"校本办"第二课堂。

…………

怀揣创业梦想，澳门青年都有一个相同的口头禅——"不一样"：做与同龄人不一样的事业，设计与其他人不一样的产品，他们在横琴这片充满活力的土地上，为澳门"不一样"的未来奋斗。

创客常常是孤独的，而创业谷则不孤独。

在创业谷东南角的"创咖"，是梦想分享的大本营。那天我走进宽敞明亮的咖啡厅，三三两两的青年正在组队进行"头脑风暴"，他们互相聊着彼此的创业项目，分享创业过程中的苦辣酸甜，咖啡厅里没有觥筹交错，只有涌动的创业激情。

这里常常会传来令人惊喜的消息：某某的项目进展有眉目，某某的订单同期增长八成，某某通过B轮投资初审，某某的软件开发已经完成。

互不相识的彼此，在这里很快便能坐在一起喝上一杯热茶或咖啡，相谈间什么奇迹都可能发生，比如，澳思智能入谷不到两个月便获得了首个订单，而首个订单就是在"创咖"里不经意间获得的，其客户正是与其只有一墙之隔的伯睿网络。

更多的交流，思想的碰撞，不经意间就会发生许多意想不到的"化学反应"……

创业谷，这是一个属于澳门青年创业者的"朋友圈"，分享需求与心得的人远不止于这些——

室内蓝牙定位大数据应用是岑鸿炳的事业。这个26岁的澳门青年创办的澳思智能科技有限公司在这里风生水起。

80后澳门青年林绮霞认识"深耕"游艇产业多年的王宏进后，对游艇产业前景的共同期待让双方一拍即合，游艇行业的O2O平台——蓝海智艇科技有限公司，在创业谷诞生……

北有中关村创业大街，南有横琴·澳门青年创业谷。

创业谷，或许就是下一个"中关村"？

第四章 濠江注目礼

意大利著名导演费里尼说：梦是唯一的现实。

40年前，没人会相信，深圳在一阵春风过后，由小渔村崛起成为现代化的国际大都市。

20年前，没人敢相信，落后的浦东会取代上海滩百年地位，变成大上海的新地标。

10年前，没人能相信，缄默的横琴会成为澳门经济适度多元化发展平台，特区中的特区。

这，是不是一种宿命？

横琴与澳门，那是数百年的历史渊源呀！

数百年岁月如歌，歌如岁月。

这是一支深情的歌。

这是一支难忘的歌。

如今，横琴不再吟唱那无奈、孤寂、缱绻的海岛疍水歌，他更像一个充满青春激情的现代派歌手，以雄浑的歌喉，激越的旋律和急速的变奏，应和着国家使命的滔天大潮。

综合立体的交通体系、气势如虹的地下管廊、高端智能的电子围网……这个"一国两制"的交汇点和"内外辐射"的接合部，因为拓荒者们的激情演绎，正在被一笔一画地刻上丰碑。

大道通衢

千里之行，始于足下。

宋代叶适在《修路疏》中曰："出门无碍，方是通衢；着脚不牢，未为坦道。"横琴助力澳门，要有自己的底气。

底气何在？

10年前的横琴，106平方公里的岛屿只有一条主干道，只有两座桥，一座横琴大桥连市区，一座莲花大桥连澳门。

"出租车师傅都不愿拉客过来。"时任中国二十冶集团有限公司广东分公司常务副总经理邹树荣2009年就来到横琴"打前站"，他回忆说，当时的横琴没有宽敞的马路，没有林立的高楼，全岛山环水绕，蕉林遍地，分布着大量的鱼塘、沼泽。

道路是一个城市的"血脉"，血路不畅，就会缺乏生机与活力。

我国最早的中医典籍《黄帝内经》中就有"痹论"之说。

痹，泛指气痹阻滞肢体、经脉、脏腑所引起的疾病。那么，阻滞横琴大开发肌体的"痹气"在哪里呢？

诊断的结果是：内外部路径"经脉"不畅，市政设施滞后，其"病灶"已影响到横琴助力澳门经济适度多元化发展的"底气"。

大道通衢，就是路，就是桥，就是隧道……它构成了一个城市的"冠状动脉"，打通横琴的"奇经八脉"，被横琴决策者列为重要事项。

在国务院通过的《横琴总体发展规划》里，横琴有三条对外连接的高速公路：一是京港澳高速公路广澳并行线（京珠高速公路）经横琴大桥接入；二是延长西部沿海高速珠海支线由横琴二桥接入；三是在二井湾南部连接珠海机场的金海高速公路。

行稳致远，需补齐市政基础这一短板。

2009年12月，就在新区成立的挂牌仪式上，投资135亿元的横琴新区市政基础设施建设项目全面启动。其规模之大、覆盖之广，令人叹为观止，也令人忐忑不安。

"以前是几十年修一条路，现在是一年修几十条路，能行吗？"

"同时铺开这么多工程,钱从哪里来?"

"工程管理的能力能胜任吗?"

一时间,质疑纷纷。

在横琴新区的一次干部大会上,刘佳说了一番动情的话:"这都是个打基础的活儿。如同建房子一样,必须先打地基、搭架子,只有四梁八柱稳当了,才能在里面补充其他,服务澳门适度多元发展亦是如此。"

说到这里,她用目光扫视一遍鸦雀无声的会场,将自己的声音调高八度:"不把道路修通了,不把水电接通了,不把网络连上了,澳门企业怎能进得来?又何谈为澳门产业多元化发展提供广阔的空间与优越的条件?"

基础不牢,地动山摇。横琴以高瞻远瞩的规划和决胜千里的气魄,大手笔构建基础设施,正式奏响了夯实市政基础设施的最强音,为加速崛起积蓄磅礴力量。

作为横琴市政基础设施建设的先行军和奠基者,中国中冶集团转轴拨弦,捷足登岛,率先奏响横琴新区大开发第一乐章。

见到李翔的时候,他粗犷的脸上星星点点地布着一层蝉皮样蜂窝状白斑壳,那正是炙阳暴晒后的痕迹。

此刻的时间正是中午十二点过一刻,李翔粗粗的影子浓缩成一个圆润的芒果形正如影随形地踩在自己的脚下,他和搭档正从皮卡车搬卸自己打桩用的工具。

那天是2012年9月初,南方的酷热丝毫没有消退。

李翔是中国二十冶横琴环岛路工程项目的一名外来工。作为城市建设大军中的普通一员,他和同事每天从事的是重复单一的工作:打桩!打桩!

骄阳下,在李翔的周边,最多时数百台打桩机同时发出"哐、哐、哐"的轰鸣,那震耳欲聋的打桩声,连澳门市民都强烈地感觉到地表在颤动。

从澳门的角度看,近在咫尺的横琴已褪去静谧——

这个最贴近澳门的地方刹那间变成了热闹非凡的"大工地":筑路、建楼、开山,挖掘机撕开地表,运送渣土和建筑材料的大卡车来往穿梭,装满沙石等建筑材料的船只24小时不停歇……

澳门的这个籍籍无名的邻居正在改变它原有的运行轨道。

中国二十冶是中国中冶的子公司,市政基础设施BT项目、十字门中央商务区、横琴新家园项目和横琴总部大厦都是他们的杰作。其中,总投资126亿元人民币的横琴市政基础设施项目,是横琴开发的启动工程、重点工程和基础工程,包括市政道路及管网项目和海堤及环境工程项目,也是国内最大的BT项目。

行走在横琴岛上,是另一番熙熙攘攘:高耸的塔吊在头顶的天空做圆周运动,灌满混凝土的泵车怒吼着伸展手臂,挖掘机、运输车等往来穿梭……一派紧张而有序的忙碌景象。

环岛路,这条72.27公里长的大动脉,是横琴最重要的主干道,项目从2011年6月1日开工。我的采访是从环岛东路开始。

"横琴的基础设施建设正在挑战大面积淤泥软基础处理的世界级难题。"一见面,珠海中冶基础设施建设投资公司总经理王占东就向我"开门见山",他戴着眼镜,擦了擦额头上的汗珠,然后告诉我说,一般的滩涂淤泥只有10多米深,而横琴岛滩涂淤泥平均深度超过30米,最深处达40多米,要在420万平方米范围内处理好这样深的软基,是个世界级难题。

沧海横流,方显英雄本色。

攻克施工难题,从施工图纸、施工方案入手。中冶邀请全国知名专家进行技术论证,成立了超厚软土路基处理综合技术研发攻关小组,通过现场检测数据,运用反推断和真空联合堆载预压法、CFG桩、PHC管桩等多种软基综合处理技术,用高大的插板机将塑料真空管插进几十米深的淤泥,再通过真空排水让淤泥固结,有效解决了深厚欠固结软土路基施工难题。

"在横琴修一条环岛路真不容易,完全颠覆了传统意义上的修路架桥。"王占东为我举了一个例子,软基处理需要大量的土石资源,中冶投资公司和二十冶横琴项目部将大芒洲山和小横琴山山体原已爆破的石料,用于施工便道的填筑,他们建起临时码头,采取水、陆并进战术……

万马战犹酣。在横琴的道路施工现场,高峰时有近万人在披荆斩棘,集聚的挖机等设备600余台,雇用的吹沙船就有130多条。这种全面推进的立体化道路施工创造了一周184米的"横琴速度"。

在李翔所在的工地,他正熟练地操纵着打桩机,震耳欲聋的"哐!哐!哐!"声并不影响我们聊天。

他不善言辞,甚至很是腼腆,我一问他一答,他一句多余的话都没有。

"一根桩打下去,有多深?"

"30多米这样。"

"这么深?"

"下面全是软基。"

放眼望去,只见软基桩一根挨着一根往地下"钉"。我疑惑不解:"怎么修路也像盖楼一样，桩间距离是多少？"

"1.2米×1.6米。"

言谈中不知不觉已是傍晚，澳门的灯光逐渐亮起来，与之相映的是横琴岛上挑灯夜战的灯火，场景依然热火朝天。

我向李翔挥手道别。回程路上，起风了，海风吹着海浪，大红的横幅和五颜六色的标语旗子在风中猎猎作响。

"大干100天！"

"决战100天！"

"倒计还有60天！"

这些提心聚气的横幅和标语在工地上随处可见。

管线工程是一个市政工程的神经中枢，而横琴项目的管线施工穿插作业多、系统庞大，施工作业环境特别复杂。

这剪不断、理还乱的管线呀！

市政供水管、架空高压线、埋地高压电缆、中国移动、中国联通……十几家单位的通讯光缆交错。

吴普生在调任大横琴公司总经理之前任横琴公共建设局副局长，作为横琴城市建设的见证人和参与者，他给我讲了这样一个故事——

岛上当时有一条东西走向的天然气管道，这条天然气管道让基础设施工程的软基处理"卡"了好久。

这并非一条普通的天然气管道。

这是一条向澳门输送天然气的管道，从横琴环岛西路直达澳门，如果稍不小心出状况，不仅会使澳门数十万居民的生活受影响，而且会带来不堪设想的灾难性的后果。

道路施工单位和管道管理单位都被"镇"住了。

吴普生到现场了解后，发现棘手的问题远不止天然气管道，还有一条南北走向的国防光缆，正好与天然气管道形成一个"十字"状，将整个横琴岛给"罩住"，导致主干道和管廊工程都难以去实施。

眼看工程将处于停顿状态。

公共建设局的职责既要做好工程审批和现场服务，还要负责质量监管和安全。吴普生说当时单位也就八九个人，工作的压力非常人可以想象，特别是工程的协调推进速度很慢。

"有了。"正当他为此困扰时，一个想法却突然闯入脑际。

市政府不是有一个督办室吗？能不能参照市政府也成立一个督办组呢？

当他把这个想法向书记刘佳汇报后，刘佳马上拍板同意公共建设局代表新区管委会成立一个建设工程类的督办组。

吴普生顺理成章当起了督办组组长，区里共抽掉了十来个人，一班人马整整8个月时间住在长隆工地和中冶施工现场，协调资源配置，解决包括供水、供电、拆迁等一系列"老大难"问题。

经过沟通，政府、业主、产权单位、施工单位等多方协调，得到军方和澳门政府的理解和支持，最终达成停气、迁改共识，安全排除了军方光缆和供澳门的高压燃气管线这颗潜伏在地下的"定时炸弹"，消除了道路建设上的"心头大患"。

在环岛东路，我发现路坑挖得不可思议地深，几个架子工正在忙碌地作业，他们在钢管架上麻利地扣拢扣件，拧紧螺帽，两条钢管被紧紧地扣死在一起。

尤长福从钢管架上下来，满脸胡茬。我看见汗水顺着他的额头流到鼻尖，又滴到脚背上，粗糙的双手长满了茧子。在他周围的工地上，停满了吊车、大货车、水泥搅拌车等建设工程车辆。

我于是乘隙跟他聊。

"今天的进度如何？"

"还行。"他用手抹一把额头，顺手从脖子上扯下一条滴水的毛巾，憨厚地朝我笑笑，"我们今天承担的任务是10米×6米的钢管架，快完工了，过几天，钢管架的上方就会浇混凝土平台。"

架子工，是对工地上专门搭各种架子工人的称呼。尤长福说："工地上是分工种进行流水线作业，每道工序都由不同的工人作业。"

尤长福做架子工已经做了五六年了，像他这样的架子工，大多是从农村出来的打工者，无论是炎炎夏日还是凛冽寒冬，他们都始终坚守自己的岗位，不言苦，不言累。

正在搭建的钢管架是承重架。我看到，路的基坑六七米深，这些架子有一两层楼高，根根钢管横平竖直，与相邻的其他钢管通过扣件紧紧地扣在一起。在钢管架的最外侧，还呈"X"形交叉固定着钢管，以强化整个钢管架群体的稳定性，将这些冷色的钢筋化为暖色的温馨。

汗，还在往下掉，他的衣服就像被雨淋湿一样，湿了又干，干了又湿，一天下来就这样循环着。

"多长时间没回家了？"

"一般就农忙才请假回家帮几天。"

"就几天？"

"最多也就一个周，看看老婆孩子。"

"孩子多大了？"

"三岁。"他笑盈盈地回答我。

后来，尤长福的一位工友私下告诉我，三年前，尤长福家在农村的妻子临盆难产，父母要他回家拿主意，当时正值施工大忙，这位汉子流着泪，在微信给父母留言：送医院保妻吧！

许是老天爷为之动情，不仅保住了妻子，还给他生了个带把的胖小子，喜得他把别人的班顶上了还浑然不知。

不管寒冬酷暑，还是刮风下雨，尤长福总在工地上，他的孩子怎么长他不知道，但工程一寸寸地长，他清楚得很。

他知道，自己不属于这座城市，自己只是这座城市的建设者，他来这里为的是家人的幸福生活，这是他朴素的想法。也许，这个项目完工后，他和他的工友将辗转到另一个尚不为人知的工地……

2012年12月28日，环岛东路及其延伸线通车，比原计划整整提前一年建成。这条长7.6公里的环岛东路，成为横琴基础设施建设的代表，它既是出入横琴的"咽喉要道"，也是检阅横琴开发成果的景观大道。

此时，我在想：李翔们呢？尤长福们呢？

那些普普通通的工人兄弟们呢？

横琴不会忘记！

横琴不要忘记！

环岛路上横亘着一座大横琴山，山峰俊秀，恍如一轴浓墨重彩的丹青画卷，静静地铺放在横琴岛南部。

2016年10月，山下一声隆隆炮响，惊醒了千古沉梦，横琴长湾隧道的建设序幕被拉开。工程北起富祥湾路，南抵环岛南路，为城市次干路，东线全长1072米，西线全长1025米，投入5个亿。

行内人都知道，掘隧最被关注的就是地质状况。长湾隧道工程南北侧洞口开挖面是粉质和沙质黏性土，为软；洞口下部分则是花岗岩，为硬，属典型的"上软下硬"。

工程建设者会不会欺"软"怕"硬"？

当然不会。

打隧道是上海隧道工程公司的强项，无论岩层多么坚硬，长湾隧道对他们来说只能算个"湿湿碎（小意思）"了。

铆上劲的上海隧道工程公司承建这条隧道，确实是他们在华南地区遭遇的首条硬岩隧道，其中，硬岩层——Ⅳ级和Ⅴ级围岩，占线路总长的80%，强度可达60MPa~120MPa。

施工方采用矿山钻爆法进行隧道施工，即依靠人工爆破挖掘，从北洞口单侧掘进。隧道内施工环境甚为复杂，除了噪音、高温，现场作业人员还要面临空气污浊、积水偏多、光线偏弱等问题。

我结识一位来自贵州的工人杨文章，他身材单薄，衣着朴实，35岁已是久经"沙场"的打隧道老将。不过，来到横琴长湾隧道工地后，他还是倒吸了口凉气。作为亲历者，进场初期的苦与累让他记忆深刻，尤其是"没完没了的蝉鸣和烦不胜烦的蚊子"。

杨文章干的是最苦的钻孔，打孔时烟尘四溢，汗水落到眼里又痒又疼，不过他始终充满着乐观主义精神。

"累也乐，苦也甜。"一次摔倒了，膝盖碰出了血，他擦上药膏坚持上工地，并在微信里诙谐地说"今天又拜了一下横琴的土地神"。

杨文章参加工作15年，他用一座座隧道"连通"了自己的履历，用实干书写了自己精彩的"隧道人生"。

长湾隧道双线贯通的那天，我来到正在施工中的隧道工地。临近洞口，就能闻到隧道中那种混合着硝烟和尘灰的味道。摸一把，一片透心的冰冷；呼吸，一口气一股呛鼻的炸药味。

进入洞口，脚下是泥泞。头顶的穹隆和两侧的洞壁上，悬挂着明亮的照明灯盏，让每个初踏者心头一片振奋。

"5、4、3、2、1——起爆！"一阵"电闪雷鸣"过后，在"隧道贯通了！"的欢呼声中，掘隧军团们身着蓝色工服，挥着蓝色旗子，在隧道出口激情相拥，无数双大手，不约而同地紧握在一起……

不断对自己挑战，不断对极限说"不"，上海隧道工程公司用他们的实干和笃行，用他们的匠心和开拓精神，砺剑横琴，鏖战一年，终于将穿越大横琴山的首条隧道一举贯通。

与长湾隧道不同，马骝洲隧道要比长湾隧道"复杂"，这条隧道曾让不少干部牵肠挂肚，也让建设者辗转难眠……

公元2017年11月12日，盾构机"任翱号"穿越海底，回头抵岸，建设工人们欢呼雀跃，纷纷为这个颜值杠杠的大功臣披红挂绿。

马骝隧道是珠海首条海底隧道。

作为大横琴股份有限公司项目管理方，工程二部经理杨小荣在他简陋的板房里为我介绍情况：工程2014年7月开工，隧道全长2335米，分为南引道、北引道和海底隧道三部分。其中敞开段397米，暗埋段721米，盾构段1217米。单管设置单向3车道，两管组合形成双向6车道，隧道外径14.5米……

烈日炎炎，机器轰鸣。走近海底隧道，只见二十多米深的巨大作业井里，混凝土桩柱林立，密密麻麻。暗埋段的地墙一幅连成一幅，大体有一百多幅，施工场面相当壮观，杨小荣说如此壮观的场面已经持续了一年多时间。

"施工难度有多大？"我问杨小荣。

"典型的华南地区复合地层。"

"复合地层是个什么概念？"

"作业点附近陆地是填海而成，土层中有大量抛填物。譬如抛石、塑料排水板、孤石、花岗岩等地下障碍物。"

"技术难题？"

"抛石多、覆土浅、岩面高。"杨小荣脱口而出。

海底隧道采用国内领先的大直径盾构法施工。

承建方是隧道股份上海隧道工程有限公司，施工现场负责人胡天宝告诉我，海底隧道部分穿越整个马骝洲水道，总长约1.2公里，是隧道施工的难点。

从长湾隧道到马骝洲隧道，公司刚刚在长湾"穿山"成功，便又马不停蹄移师马骝洲"过海"。

这一次，他们请来了一个"超级帮手"。

这是一台长125米、高约五层楼、重达三千多吨的"巨无霸"，全名叫泥水气压平衡盾构机。

这个名叫胡天宝的工人告诉我，盾构法施工的难度和成本大于传统的爆破法，仅一台盾构机的价格就是4亿。

我听得直咂舌，竟忘了问他的职务。

在复杂的地质情况下进行超大直径盾构法施工在国内尚属先例，由于工作井底板浇筑体量相当大，底板开挖最深，基坑底部距离下部含水层很近，浇筑过程中极易引起基坑突涌，危险系数相当之高。

这远远不够。

盾构机推进过程中，马骝洲海域岩面变化剧烈，两侧陆域是沉积多年的回填区，大量回填障碍物既无记录又无规则，常规地质勘探手段根本无法精确反应。

经多种探测工艺补勘，发现隧道轴线范围内存在的障碍物远超预期，其中，抛石最大直径达2.2米，盾构切削花岗岩层高达6米，岩体强度高达120MPa。

"怎么办？"工程陡然陷入困境。

上海隧道请来特聘顾问专家组，钱七虎院士亲自担纲，提出"超前预处理、盾构机针对性改制"的解决方案。

地震波反射法、海域SSP探测法、密集排孔探测法……全国最先进的探障手段悉数上场。

全回转清障、海域微差爆破、海底覆盖加固……全国最高效的清障工艺照单全收。

工地24小时施工，300多工人三班倒作业。施工方还采用重型滚刀、加装贝壳刀、仓内增设搅拌棒、提前设置换刀加固区等方式，6个月便完成隧道全线障碍物超前预处理，同时对盾构机进行针对性改制，动态调整控制参数。

于是，盾构机全天候狂飙突进……

我是从南岸保税区进入马骝洲隧道的。那是一个秋高气爽的艳阳天，远远望去，三层隧道尽收眼底：上层舱铺设灯光、通风、照明等弱电制控线路及相关管线；中层舱为三车道通行的交通层，同时预留了有轨电车的线路使用空间；下层舱则主要满足强电管线、供水、排水、应急通道等功能。

出隧道北是南琴路，向南直达横琴中心区域。线路从北至南依次经过珠海保税区、马骝洲水道、滨海次干路海堤、琴海北路、横琴中路北端接环岛北路；往北直达横琴二桥、金海大桥……

"横琴二桥动工了。"

那是2012年2月18日，横琴荷塘社区书记、主任梁玉荣把这个视频消息分享在QQ群里，大家你一言、我一语讨论开了。

梁玉荣1963年出生在横琴岛红旗村一间草棚屋里。说到桥，梁玉荣回忆起小时候进出横琴的艰难："六七岁时跟着父亲摇船去珠海湾仔，村里只有小木船，那年月，从横琴到珠海非常难，划船去得花上3小时，有时遇上前山河放水闸，划船就更难了。"

回忆起横琴无"桥"的日子，家住横琴石山村的梁艳影说，当时到横琴的船一天只有四趟,从珠海湾仔坐船到横琴要45分钟,周五下了班赶到湾仔坐船,回到横琴天都黑了。

梁艳影是1997年从珠海湾仔嫁来横琴的。"我当时结婚都没摆酒,直到两年后横琴大桥通桥才回村里摆酒。"她笑着说。

有趣的是梁艳影的婆婆杨买喜也是从湾仔嫁到横琴的,"1966年坐船嫁过来,当时看见到处都是茅草屋,心都凉了半截。"杨买喜直言后悔了很多年。如今天遂人愿,突如其来的横琴大开发,让杨阿婆反倒觉得嫁到这里其实是一种福分。

横琴有不少桥,横琴大桥、莲花大桥、海贝桥、海鸣桥、海琴桥、海澳桥、海韵桥……每到夜晚,桥上的一排排路灯被点亮,宛如一条蜿蜒的长龙,加上晚霞的衬托显得格外迷人。

我为什么写横琴二桥?

横琴二桥全长6.6公里,耗资16亿元人民币,主线向北延伸连接广珠西线、港珠澳大桥侧接线;向南设双拱肋钢桁拱桥上跨洪湾水道后,高架于环岛西路上,终点设横琴互通与横琴中心南路相连。

2013年夏天,炎热的天气加上直射的阳光,大部分人都"猫"进了阴凉处。但在横琴二桥工地上,钢筋工们却不能停下手中的活计,咄咄逼人的太阳,逼出他们一身透汗。他们要利用这晴朗的天气抓紧施工,为下一步浇筑混凝土做好准备。

李尚坤是二桥建设工地上的钢筋工,除锈、调直、连接、切断、成型和安装钢筋骨架,是他从事的工作。他戴着一顶安全帽,眉头紧锁。

我看见他的脸上好像写着一个大大的字:累!

"扎钢筋是夯实桥体最重要的步骤,虽然钢筋藏在水泥里看不见,但是个良心活儿,一点儿不能马虎。"在桥梁浇筑现场,李师傅一边扎钢筋一边说,周边弥漫着金属的味道。

40多岁的李尚坤来自重庆秀山,他和工友们每天用钢筋"织大桥",钢筋工的生活,简单而又忙碌。

从他那双老茧密布的手上,就知道钢筋工是个粗活儿。但看了他干的活儿,我又不得不叹服,他把粗活儿做得很细。

穿过去,钩过来,用扎丝钩将钢丝快速打个结,看见李师傅灵巧而又飞快地"编织"。钢筋在太阳的暴晒下传热很快,不一会儿就会热得发烫,必须要戴上很厚的手套才能正常工作;而由于工作的特殊性,李师傅和工友们只能蹲着前行在钢筋丛林中绑扎钢筋，时间一长，两条腿都变得酸麻，这时候也只能稍稍站起活动一下膝关节，旋又投入到未完的工作中。一副行囊，一把扎枪，有着10多年扎钢筋经验的李师傅闯荡四方。他告诉我，每个方格绑扎不能跳扣，每次拧三圈，不得少一圈，不能漏绑一个格。因为每根钢筋各司其职，共同肩负着大桥的整体安全。

李师傅气喘吁吁，说："干咱们这行的，没啥技术含量，关键是耐得住寂寞和辛苦；如果不踏踏实实、精益求精，这简单的工作也是干不好的。"

我想，这些普通钢筋工身上体现出来的，不正是我们提倡的"工匠精神"吗？正是他们的勤苦劳作和无私奉献，才为横琴大开发奠定最坚实的基础。下午6时，质检工程师过来巡检。经过比对图纸，给出了"验收合格，可以浇筑混凝土"的质检报告。

"李师傅干的工程，完全按照图纸设计规程操作，每一步骤都精益求精，想挑他的毛病还真难。"检查质量的工程师对我说。

这时，天快黑了，但李师傅和工友们还要加班加点："我们多加点班，工程就能快点，我们的事是横琴的事，横琴的事就是澳门的事，我们是真的无怨无悔。"

我满脸的愕然，争分夺秒、夜以继日、加班加点怎么成了几十年来农民工的"传家宝"？

看着一个个忙碌的身影，新时代的"匠心之道"，在他们身上演绎出多么丰富的内涵啊！

2015年12月30日，时值岁杪，横琴二桥通车了，现场顿时一片欢呼，一片沸腾。

李尚坤参加了通车仪式，他说自己总算松了一口气。

也许他并不知道，这座造型精致、宽阔绵长、吊杆如琴弦斜张、拱肋如琴弓横卧的大桥竟然是国内跨径最大的钢桁拱桥。

横琴二桥跨越马骝分享水道后，在横琴互通处预留了另一座大桥——金海大桥的接口。这个接口，在三年后的2018年7月1日终于等来了"牵手"。

17时18分，在一阵鞭炮声中，全长10.7公里的金海大桥横琴岸引桥22号墩1号孔钻机缓缓启动，金海大桥主体结构施工正式拉开序幕。

金海大桥是珠三角入海口上建设的第一座公、铁两用的特大桥，也是国内首座公、铁同层合建的跨海大桥，其中，横琴岸的引桥长200米，9个桥墩，钻孔桩共50根。

大桥所在的磨刀门水道淤泥深，水下花岗岩岩层硬度大，每个桩基的作业面直径达到3米，施工方中铁大桥局使用针对硬质岩层的大冲反钻机进行打桩施工，仅桩锤就重达9吨，每根桩深达40米，打下后牢牢深入岩层内部。

三年之后，这座金海大桥将如一把神奇的"缩地金尺"，把珠海金湾机场到横琴岛的距离，从50公里的路程缩短到20公里。

在横琴，桥是神奇的节点，它缩短距离；桥是希望的跑道，它穿越时空；桥是理想的彩虹，它连接路网，构成四通八达的康庄大道。

大道如虹踏歌行。至2018年，横琴"两横、一纵、一环"的城市主干路网基本建成，初步形成了综合立体、高效便捷的交通格局。

环岛北路、环岛东路、中心北路、中心南路、环岛西路等一条条崭新的马路打通了全岛经济社会发展的"奇经八脉"。

向东，是连接澳门的莲花大桥。

向北，是相继建成的横琴大桥、横琴二桥以及马骝洲隧道。

向西，是正在建设中的金海大桥和广珠城际轨道。

10年，曾经荒芜的横琴岛出现了27条高标准的市政道路、14公里美观实用的海堤、15公里沟通多个节点的隧道……除了路网，横琴还高标准地建设了绿色电网、供水和排水系统。贯穿全岛的广珠城轨可直达广州乃至全国，广珠城轨延长线还将与澳门轻轨在横琴口岸无缝对接……

10年，3650天，横琴脱胎换骨，筑牢"百年基业"。

这是怎样的大手笔、大气魄啊！

地下"大动脉"

梅雨季节，横琴的天气有点怪异，前几天还一直晴空万里，采访这天却突然狂风骤起。

从横琴大桥驱车由北向南进入横琴东路，我注意到一个细节：眼前的柏油马路，平平整整、干干净净，而架空的铁塔和蜘蛛网般的电线电缆却了无踪迹。

"这些电线电缆都去哪儿了？"我正在纳闷。

"就在您现在位置的地下6.5米处。"陪同我前往的横琴发改局袁超似乎看出了我的狐疑，他对我说，"我先带您到新建的规划展示厅去理性认识一下，让高科技为您揭开谜底。"

当年的旧展厅我曾去过，但现在已经被高楼大厦所覆盖。

走进新规划展厅，"横空出世、琴鸣天下"八个大字给每一个初来乍到者以强烈的视觉冲击。新展示厅融入了更多的高科技元素，这些元素讲述着横琴的过去，同时也展现了这片创新热土的未来。

跟随VR漫游镜头，我看到，一栋栋高楼拔地而起，一条条交通网四通八达，整个城市环绕在绿水青山中，形成"山脉田园、水脉都市"。

当VR漫游镜头切换到地下纳入的一根根城市管线时，袁超压低着声音告诉我：这就是综合管廊，所有的管线都收纳在里面了。

我一边点头回应，一边仔细聆听视频里的同步解说："管廊呈'日'字形，分为一舱式、两舱式和三舱式断面，内部共收纳给水、电力、通信、中水、冷凝水以及真空垃圾管等多达六七种的管线，是目前国内收纳管线种类最多的综合管廊。"

简直太魔幻了，这就像是城市的经络和血脉。

此刻，在我的脑海里，一条长33.4公里的地下综合管廊，宛若盘踞于横琴新区地下的一条"巨龙"，其"腹中"的条条管线，俨然是这座城市的"冠状动脉"，正源源不断向全岛各个角落输送"血液"……

地下综合管廊究竟长啥模样？

百闻不如一见，我决定去探访这条神秘的"地下长城"。

那天，头顶上的太阳像火盆一样，炙烤着横琴。在环岛北路的一座控制室，我沿扶梯进入地下，一处绵延的"地下隧道"让我惊叹不已，尽管地面烈日炎炎，里面却是凉风习习。我发现"隧道"不仅整洁清爽，而且堪称壮观：宽8.3米、高3米。

"果真别有洞天，这像是'地道战'！"我为地下通达的宽阔空间啧啧称奇，自言自语道，"可以跑一辆工程车辆。"

那天是严振茂当班。他每次入廊时，总会重复地进行下面的动作：先打开控制箱，检查是否有跳闸；再摸一下给水管，检查是否有渗水漏水；最后，再检查一下通讯管接口，看看零件是否脱落……

这里就是用于集中铺设各种市政管线的地下综合管廊了。

管廊是一个典型的舱室，一舱式综合管廊7.6公里，两舱式综合管廊19.2公里，三舱式综合管廊6.6公里；另有一舱式电力隧道，长10公里。中水管、给水管、通讯管、冷凝水管、真空垃圾管、220千伏电力电缆各行其道，有序排开，一切安好。

我观察到，管廊一边是一根粗大的黑色管子，另一边则排列着很多根白色的PVC管，从接头处可以看见里面装的是各类线缆。大横琴管廊运管公司总经理全其刚介绍说，黑色的是给水管，白色的里面装的是电缆等各类线缆。

"每根管线为什么都注明着所属单位？"我问全其刚。

"这样万一哪根管线出了故障，只要打开接点处的井盖，便能立即查找到所属管线的所在位置。"他解释道。

"真方便。"我说。

"如果要新增光缆，从过去要6个月缩短至2天就搞定了。"

"这些管线都派上用场了吗？"我有些疑问。

"垃圾真空管和中水管线目前是预留管位，将根据岛上入住人数达到一定规模才投入使用。比如，垃圾真空管只要在楼宇里每层加一个垃圾收集口，人们把垃圾倒入这个口后直接到达垃圾真空管。"

我看到，垃圾真空管直径足有1米。

全其刚告诉我，以后在横琴将看不到垃圾车来回跑。生活垃圾都通过垃圾真空管集中运送到一个处理站去处理。到终端时有专人负责分类回收。运输的动力是靠大气压力，时速可达到100公里，几乎跟小汽车跑得一样快。

"中水管的作用呢？"

"中水管是收集雨水和生活污水，经过简单的处理后用于清洗马路和浇树的。"

"把通电的管道和通水的管道放在一起会不会不安全？"

"那不会，管道破漏无非是三种情况：土壤腐蚀、受到外力破坏、达到使用寿命。这几种情况发生的几率都非常低，就算是出现了轻微漏水，也会通过集水沟流到集水坑，而集水坑达到一定水位会排出去。"全其刚说。

"是不是很智能很安全？"

"管沟内有724个摄像头实时监控，加上温度和湿度控制、有毒有害气体控制、氧气控制、烟感探测等感应器，温度一超过50摄瓦度，管沟内将自动开启智能通风。可以说是装上了安全锁。"

"运行和维护是全智能化控制吗？"

"是的，通过物联网技术与中控平台相连。这个平台以BIM技术以及地理信息系统为基础，将综合管廊监控与各子系统集中接入，通过各种真实的传感设备同虚拟地图环境相结合，实现场景、设备位置、报警等信息的全景呈现与控制管理。"他不厌其烦地回答我的提问，我知其然而不知其所以然。

"我听起来怎么像天书？"我惭愧地笑。

"简单来说有四大特色：一是一体化集成设计，包括界面、数据、信令、业务的集成；二是将GIS地图、三维地图相结合，让操作更为便捷；三是以安防设备和环境探测设备为基础，预案管理、报警管理、运维管理等规范化，数据保存完整化；四是以智能分析、红外线报警、电网监控等为监管手段，实现报警联动控制智能化、业务处理自动化等。"

"哦……"我有些茫然。毕竟，在专业知识面前，我唯有闭嘴。

"往回走吧！"谈话间，我拿起手机看了看时间，不知不觉已走了15分钟，我开玩笑道，"再往前，可能就直通澳门了。"

回程路上，迎面碰上了正在巡检的大横琴管廊运管公司总工程师闫立胜和珠海供电局输电电缆一班班长朱五洲。

我见面就问："运维单位和管线单位是怎么分工的？"

"我们负责的是管廊主体、配套设施（的管理），管线的问题是由他们管线单位负责。"闫立胜指了指朱五洲，然后用"物业"和"业主"之间的关系来类比地下综合管廊运维方和各管线单位的责任分工。

"日常的运管都是这样的吗？"

"我们日常巡检大概一周一次全覆盖，也就是全段管线，重点区域每天会巡检。如果是管廊结构的问题，我们来处理；如果涉及管线问题，我们会通知管线单位来处理。"闫立胜回答道。

朱五洲插话道："以前高空架线，巡线很担心外力破坏，比如树高超标、漂浮物影响……电缆入廊就可以直接避免这些影响。而且管线入廊比直接埋地下还要好，相比直接埋在地里，隧道内主电缆可以看得见，而且视频监测可以更直观地发现问题。"

足足两年半时间，横琴一直在搞"地下工作"。

当时，很多人怨声载道不理解，搞这个"隐蔽工程"费时费钱，几年看不见政绩，还不如尽快把几栋楼先建起来……特别是一些意欲进驻横琴的澳门企业家等不及了：不是说横琴是为澳门经济多元发展提供空间吗？怎么"雷声大雨点小"，迟迟不让"进门"？

为消除误解，横琴还专门开记者会向各界澄清事实。

路、电、气、水、网络……横琴必须先把基础打牢，市政配套做好，为澳门企业的入驻提供优质保障，否则经营的成本会高不可测。

横琴说等等。

再等等……

横琴缘何要投资数以亿计的巨资，费时近3年来修建这样的一个看不见的工程？

当时的新区管委会副主任蔡凌燕在接受媒体采访时曾为记者算了这样一笔账——

记者：横琴的综合管廊投资有多少？

蔡凌燕：20亿！

把20亿元人民币"埋"在地下，这意味着管沟每掘进一米，就得花费人民币6万元，一公里就是6000万元啊！

记者：这么大的投资，划算吗？

蔡凌燕：非常划算。

蔡凌燕为记者扳起手指算：一是消除了马路检修时的麻烦，维护城市景观；二是节约了土地；三是方便包括供水、供电、通信以及冷凝水等所有管线设备的检修、保养。

他把这三笔账讲得"头头是道"——

其一，屏蔽城市顽疾。城市道路重复开挖令人诟病，施工的时候，钩机不知道哪里有管线，有时候一钩，水像喷泉一样喷出来，水的损耗特别大。据《南方周末》的报道，2016年至2017年，全国仅媒体披露的地下管线事故，平均每天就有5.6起，每年由于路面开挖造成的直接经济损失约2000亿元。

其二，横琴寸土寸金，土地资源非常稀缺。地下管廊可以节省约40公顷的城市建设用地，相当于56个足球场，按横琴现在地价及容积率估算，产生直接经济效益超80亿元，我们建管廊花了20个亿，相当于净赚了60个亿。

其三，安全快捷，维养方便。譬如，以前架在空中，风吹日晒和雨淋都会使电缆发热，产生能耗。一旦有极端天气发生故障，维修人员时常需要冒很大风险爬到高处检测，有了综合管廊管线，维护能在地下"静悄悄"地完成。以往供给自来水的管道是直埋地下的，一节节管子相接的插口处便容易受到地基变化的影响。而在管廊里，避免了与土壤和地下水的接触，平均使用寿命从25年提升到50

年，而且安全得很……

这个让横琴不惜砸下重金的综合管廊又是个什么东西呢？

综合管廊，是指将各类公共设施管线集中收纳在公用管沟内，实施统一规划、设计、建设和管理。

这一理念最早起源于法国巴黎。

19世纪末，巴黎曾一度以"臭味之都"著称，政府修建了下水道排水系统，初衷是用于对城市废水和雨水的处理。随后，德国、日本紧随其后，先后修建了收纳给水管、电力、电缆、煤气等管线的地下综合管廊，总长度达到2350公里。

在我国，地下综合管沟到21世纪才进入公众视线。2010年横琴管廊开建前，国内仅上海世博园、广州大学城建设有综合管沟，世博园区的共同管沟宽、高皆2米，全长6.6公里，总投资约17亿元；广州大学城管沟宽7米，高2.8米，总长18公里。

横琴的地下管廊，无论在里程、规模、体系，还是智能化水平上，目前都稳居国内的"NO.1"。

彼时，国内城镇化步伐不断加快，新城、新区如雨后春笋般出现。然而，城市的"面子"好看了，但是有些城市的"里子"却依然如故，"马路拉链""空中蜘蛛网""城市看海"等问题考验着城市管理者和建设者的能力。

开发之前，横琴就决心不再重复城市建设的老路，杜绝反复开挖道路，暴雨来临时不再出现内涝，消灭城市上空密布的电线。

城市综合管廊于是进入了横琴决策者们的视野。

然而，修建综合管沟对横琴来说是个艰难的选择。经多方考察，发现修建综合管沟投资很大，回报周期比较长，建设难度也很高，特别是巨额的投资和绵长的回报周期，对当时财政收入不到4000万的横琴来说无疑是一笔"巨款"。

建设之初，百端待举，自身财政并不宽裕，要花3年时间拿出20个亿修建一个看不见的"地下管廊"，这是哪门子主意？

在一场诸多专家参与的论证会上，讨论十分激烈。

"管廊建设难度大，会影响横琴地面工作的进度。"

"造价这么高，成本怎样收回？"

"入廊管线的业主单位众多，协调难度会很大。"

"建成之后如何管理……"

会场气氛紧张而又沉闷，一时间，各种质疑之声不绝于耳。

搞还是不搞？

如何搞？

最后，横琴新区党委书记刘佳力排众议，顶住压力。她语重心长地表示，横琴开发是国家战略，要高起点规划、高标准建设，要以人为本，地面上要"风光"，地底下要"良心"，基础设施就一定要做到一步到位，百年不落伍。

尽管建设地下综合管廊一次性成本投入巨大，但横琴最终还是选择了综合管廊，因为那是在坚守城市的"良心"。

既然是一劳永逸，搞！

2010年5月，综合管廊伴着争议和质疑艰难上路……

城市尚未成形，地下的故事已经在开始悄悄书写，而握如椽大笔书写故事的，正是世界500强企业中国冶金科工集团有限公司。

中冶，非等闲之辈——

78次荣获中国建筑工程最高奖项——鲁班奖。

9次荣获土木工程权威——詹天佑奖。

荣获459项优质工程奖。

承担中国大型钢铁企业超过90%的设计施工任务……

从鸟巢、凤巢（北京凤凰国际传媒中心）、上海世博会主题馆、上海迪士尼主题公园，再到中国西部国际博览城、新加坡环球影城、新加坡圣淘沙名胜世界、哈尔滨大剧院、武汉琴台大剧院等令人惊叹的城市坐标，中冶集团不断刷新了国人对于筑造的想象力。

从地上转入地下建管廊，中冶跨界了？

当时，国内综合管廊建设尚处于起步摸索阶段，也没有出台相关的设计和施工规范。中冶敢于尝试的原因在于，地下管廊虽然在中国的城市建设中是个新鲜事物，但在冶金行业却不是。

早在20世纪70年代末，中冶集团在上海宝钢建设过程中，便借鉴与引用国外的先进经验与日本新日铁合作，在全国率先引进并兴建了大型地下综合管廊系统以供工业生产专用。时隔近40年，这条长约15公里包含煤油气、电力等危险介质管线的综合管廊依然在厂区地下城内，见证着历史与时代的变迁。

在湖南常德大道上，湖南省首个地下综合管廊项目就是在中冶人的手中诞生的。这也是中冶集团首个将工业化成果转化为民用产品的项目。

"城市还可以这样建？"理念上的突破、技术上的创新，大大震撼了各地的城市管理者。

和常德不同，横琴地下综合管廊工程是国内首个成系统的区域性综合管廊系统。中冶集团不是简单的拍脑袋，他们经过系统的决策分析、多方调研、考察、论证，经过了一番谨慎的考虑。

破天一声挥大斧。2009年6月，中冶集团的先锋部队中国二十冶、二十二冶两支王牌军开进横琴。

二十冶集团李勇董事长兼任珠海中冶投资公司董事长，王占东副总经济师出任总经理，坐镇横琴，亲自督战。

在誓师大会上，李勇为出征的"战士"鼓劲："横琴助力澳门经济适度多元化发展，不仅是横琴的事，广东的事，更是全国人民的事。能够参加横琴的开发建设，你们责任重大，任务艰巨，使命光荣……"

中国二十冶从各地调兵遣将，组织精干力量成立中国二十冶横琴项目部和天津二十冶横琴项目部，市政、电装专业项目部陆续进场，浩浩荡荡地以王牌之师的威武之势开进横琴。

为澳门大学提供完善的市政基础设施保障，为横琴即将迎来的澳门投资置业、跨境生活夯实基础，二十冶在横琴打响了第一枪。

挖基坑、打桩、抽淤泥、架铁管、灌水泥……横琴岛是一片滩涂，淤泥深厚，含水率高，土壤强度低，在这样的软土上搞工程，好比"豆腐上绣花"。

"这里的淤泥特性比较差，在上面有荷载的情况下，更容易产生沉降。"许海岩是中冶二十冶集团广东分公司的总工程师，他参与了横琴地下综合管廊的核心设计和建设工作。

我们在横琴邂逅，许海岩说："33.4公里长的综合管廊，相当于在地下建了一圈环岛路。"谈起这座巨大的混凝土建筑，他的印象十分深刻，说到兴头上时，克制而严谨的脸庞上也会眉飞色舞。

淤泥的高灵敏度让开挖基坑、打桩、做支护的施工过程很艰难。许海岩称："就像在淤泥里插一根棍子，刚开始有一定的阻力，但要是在里面晃一晃，阻力就会下降很多。"

这让建设者们伤透了脑筋。

对此，许海岩他们绞尽脑汁，采用了排水固结法：在淤泥中插入排水板，上面加堆土增加荷载，在抽真空设备的帮助下，将淤泥中的水通过排水板排出，使淤泥逐渐固结，提高强度。

最终，土壤的平均含水率成功地从65%以上降到35%。

"在综合管沟施工过程中，您有印象比较深的经历吗？"我问许海岩。

"有啊！比如基底反涌、板桩滑移就常遇到。"

"你们采取了哪些措施？"

"我们采取的是交替跳仓的施工方法。"许海岩告诉我，二十冶大力开展科技攻关，以技术创新来引领横琴管廊建设，采用自主研发的复杂地貌条件下市政道路及综合管廊建造成套技术，为项目建设提供强大的技术支撑。

匠心独运。"海漫滩复杂地层深基坑综合处理关键技术"等3项技术处于国际先进水平，19项专利、5项部级工法等展示了二十冶在管廊领域的技术优势。

横琴桥头。由于综合管沟施工区域位于横琴岛出入门户，是环岛北路、环岛东路中段综合管沟的交叉部位，作为横琴岛"咽喉要道"，施工期间必须确保交通顺畅。二十冶改进施工工艺，创新施工方法，采用翻交的半幅施工方式，最终确保了工程进度。

"地下管廊建好后，完全可以拍摄电视剧《越狱》的续篇了。"许海岩幽默地说道。

横琴特殊的地质条件决定了管廊基坑容易变形，深基坑支护不敢松懈，半点不能马虎，否则将严重影响后续施工。

二十二冶集团机电公司横琴项目涉及深基坑的部分包括综合管沟深基坑、地下综合管沟和地下电力隧道。

"干就干好，做就做精。"

从项目部成立之初，机电公司就把珠海横琴综合地下管廊项目作为一个精品工程来打造，从各地抽调业务素质精湛的人员组成团队，着手办公生活区建设、项目总体策划、作业队伍落实、现场踏勘、设计文件跟踪等一系列准备工作。项目经理高明军清楚地记得：2011年6月1日，他们的项目正式开工，2013年10月18日正式竣工。

700多天啊！饱含了多少二十二冶建设者的心血与汗水？

综合管沟和电力隧道都是埋于道路管廊带和中央绿化带下，基坑深度达四五米，并且地质情况复杂，既有软弱的淤泥地段，又有山体岩石地段，给基坑开挖和基坑支护带来了重重困难。

烈日当空，太阳炙烤着大地，午时的气温高达38摄氏度。空气闷得让人发慌，稍微动一动，便满身是汗。

我到访二十二冶横琴项目部工地。

工人们正在紧锣密鼓地施工。接访我的是项目总工程师李占闯。一接触，我发现他性格洒脱，直率，大气。

"深基坑工程可以说是横琴项目最大的施工难点。我们在保证工程质量的情况下倒排工期，现在是进入读秒阶段，全天候24小时施工，晚上来也是灯火通明。"李占闯对我说

"工人们真是辛苦了！"我敬佩之情油然而生。

"我们没有一个打退堂鼓，从方案编制到专家论证，从图纸会审到施工交底，从工序安排到基坑监测，一直有条不紊地向前推进。"

土钉墙、钢板桩、灌注桩、放坡开挖……那些日子，项目部每天都安排专人蹲守在基坑观测位移和沉降，巡视观察地表变化，周边还设置安全可靠的防护措施，悬挂警示标识。

李占闯说："基坑就像襁褓中的幼儿一样脆弱，我们都是战战兢兢、如履薄冰。"

从综合管廊现场采访出来，我们俨然已成了"泥猴"，不约而同地相互"噗"的一声笑了。

那天晚上，我在我的微信朋友圈里发了几张工人们施工的实况图片，在图片的上方，我写下了一行字：记住二十二冶的兄弟们！

我的这一小小举动竟获得了150多个"赞"。

在横琴镇上，我采访到一位管廊施工的小"领班"，他叫黄志国，48岁却一头白发，广西桂平人，是一位土建工程师，从事这一行已有25年。

黄志国和老婆租住在横琴镇上一间一房一厅的房子里，老婆为工友们做饭。每天中午，黄志国都要开车去镇上给工人取饭，下午继续围着管廊工地转，晚上有时八九点才收工。

"管廊施工挺快的。"一年前，黄志国来到横琴，在这个环境里过着他工作25年来基本不变的生活。谈起这一年多来的变化，黄志国的第一印象就是"快"。

"刚开始来的时候，周边工地都没有，你看没多长时间，那些楼都冒出地面上来了，整个横琴都在变化。"

黄志国每天早上吃完早餐后就给工人安排工作，泡在基坑工地，协调工程上遇到的各种问题。来横琴虽然已经一年多，但黄志国几乎只往返于工地与横琴镇之间，偶尔陪妻子去珠海华发商都逛一下街。

"搞工程基本都这样，在工地上过活。"黄志国淡淡地说。

采访黄志国是在一间小店里，一摞蒸笼热气腾腾，肉香愈发诱人，一个女人正在揉面团。

"是我老婆。"他"嘿嘿"地向我介绍说。

女人窘在那里，有些腼腆。

时间已到了下午5点，采访结束。黄志国的妻子不知什么时候出门去，回来时手里提着几斤肥硕硕的横琴蚝。望着妻子刚买回来的肥蚝，黄志国暂时将管廊的话题搁置一边，说："这个姜葱炒当下酒菜吃不错，不介意今晚我留您吃饭？"

我看见他粗糙的面部肌肉抽动了一下，用征询的眼神盯着我。

我的确感觉饿了，饿得胃都在抽筋，沉吟了一下，说"好"！

酒的名字叫"老白干"，53度。

客厅狭小，又闷又热，呛人的烟草味也很重。

吃着，说着，那晚，他按捺不住内心的喜悦，说管廊的活很快就完工了，一年下来夫妇俩粗略算了算收入至少6位数……

他一个劲劝我酒，我端起酒碗，和他"哐"地一碰，两个人一仰脖子都干了，再"哐当"放下碗。

"作家你……酒量……我服。"他摆了一下手说着，用力嘬了一口烟，把剩下的半截重重摁灭在桌子上，然后只是摇头，再然后就是什么话也不说了。

工地的生活，黄志国过了25年。25年在工地上驰骋风云，黄志国去过上海、广西、河北、北京、山东、湖北、安徽、浙江、江西、江苏等不少地方。

不管到哪一个地方，他都带着老婆孩子，他说有家多好啊，踏踏实实、安安稳稳，每天温馨如春的柔情与关爱。没有家，自己的心灵都无处安放。

问起这25年来有没有什么难忘的事情，他笑着说："有，就是横琴综合管廊施工了，走南闯北，还从来没有碰到这样艰难的施工条件，土质如同果冻一般。"

在多年的工作中，黄志国一直要求工友做好安全保护措施，一起面对挑战，克服困难，他说，这样的地质条件很担心基坑滑坡。

说起横琴和其他地方的区别，黄志国第一反应就是"挨近澳门"。"没想到离澳门这么近，我们做的工程是为包括澳门人在内的未来横琴市民服务，我们感到很幸运。"黄志国说。

"项目大概什么时候完成？"

"再过两个月。"

"会不会离开横琴？"

"我们都是跟着项目跑的。"黄志国似乎有些遗憾，"不过待一个地方对一个地方总会有感情，横琴我是一定要回来的，这里毕竟有我们洒下的汗水，尽管每天都看到澳门,但说真的我还没去过澳门,希望有一天从这里去一趟澳门。"

这是一个行走中的群体。

他们在行走中感悟着家国情怀。

可爱!

可敬!

自2010年5月横琴环岛北路打下综合管廊的第一根桩,至2013年11月最后一段管廊主体结构浇筑完成,中冶集团站在国际水平的高端,用独占鳌头的核心技术、持续不断的创新能力,先后攻克了深厚淤泥区域软基处理、过河段超深基坑支护、大口径管道安装、远距离监控调试等技术难题。

这是中冶集勘察、设计、施工、监理全产业链优势锻造的中国之"最"——

规模最大。

投入最高。

里程最长。

面积最广。

体系最全……

持续领跑创新,中冶持续打造"管廊品牌"。

2015年,横琴综合管廊项目获得国家住建部"中国人居环境奖"。

4月,住建部组织全国70多个城市的市长及专家学者300余人到现场考察学习,将该项目作为综合管廊的样板工程向全国推广。

2017年12月,横琴综合管廊项目获得被誉为"中国建筑界的奥斯卡奖"——"鲁班奖"。

如今,综合管廊似一条蛟龙静静地卧伏于横琴地下。

它聚焦着众人的目光,无数城市的管理者不辞舟车劳顿,前来取经……

有一种速度叫"横琴"

正午,刺眼的阳光打在一排排的建筑塔吊上,像是为横琴装上了一根根琴弦,乘车从中穿过,我仿佛听到了悠扬的琴声。

环顾四周，依然是热火朝天的"造城"运动。耳边响起的都是机器轰鸣的吼叫。

转入多个项目工地，两边都是被挡板圈住的工地，数十米高的吊塔一个接一个，大大小小的干道上，堆满着各种板材。

与对岸建筑密布、寸土寸金的澳门氹仔岛相比，横琴岛被外媒冠以"全世界规模最大的工地"，全岛几乎被掏了个"底朝天"，取而代之的是一栋栋拔地而起的玻璃幕墙高楼：横琴国际金融中心、紫檀文化中心、中国华融大厦、南方国际传媒金融中心、富盈商务度假中心、莲城印大厦、中大金融大厦、金茂坐标、横琴发展大厦、美丽之冠横琴梧桐树大厦、横琴口岸及综合交通枢纽、神华南方总部大厦、高金集团横琴总部、万象世界、横琴澳门商贸中心……

横琴的天际线不断向上"生长"着。

灏怡财富中心190米、横琴国贸大厦199米、洲际航运中心200米、铁建大厦300米、中交汇通横琴广场310米、横琴国际金融中心337米，横琴总部大厦470米……

这就是横琴崛起的高度。

大项目纷至沓来。据相关资料显示，最多时有超过3000亿元投资额的60多个项目扎堆推进，被誉为建筑中的"建筑博物馆"，其项目亦是"颜值杠杠"的，名副其实的"高富帅"——

高：横琴总部大厦这座"地标式"建筑集5A超甲级写字楼、五星级酒店、国际时尚购物中心、会议中心、云端休闲娱乐观光于一体，400多米高的塔楼与对岸的澳门观光塔遥相呼应。

富：华发首府。华发集团以1.84万元/平方米的"地王"价格拍下，该建筑坐落于横琴新区生活板块中央，刷新横琴乃至珠海地价最高纪录。

帅：梧桐树大厦。整个建筑外立面就是一株梧桐树造型，188米高。工程设计名为"美丽之冠珠海横琴梧桐树大厦"，整整13个字。内部设置超五星级酒店、写字楼及购物中心等。独特的造型在整个珠三角，乃至全球堪称独一无二。

截至2018年，横琴建筑封顶共150多栋，建筑面积约500万平方米，可使用面积约100万平方米。

鳞次栉比的大楼相继破土而出，在坚实的地基上撑起城市的脊梁，展示出横琴的雄心与壮志。

"东方迪拜，衔玉而生。"《环球时报》这样评论。

横琴的城市建筑均由建筑大师们精雕细琢。譬如，后来被珠海华发收购的客商汇莲邦广场就是由世界鼎鼎大名的建筑设计事务所凯达环球Aedas创始人兼主席纪达夫亲自操刀，设计上与各个流线型板块有机连接。纪达夫透露，思路来自于一朵初绽的莲花，并宣称这个项目可以让横琴与世界对话……

名家之手，自然卓尔不凡。

那么，横琴新城是怎样建造起来的？

横琴城市建设的步伐从十字门出发。

十字门中央商务区，这无疑是一个世界级的商务区——珠海南湾、横琴与澳门本岛、氹仔岛构成独特的"两江四岸"格局，构成令人怦然心动的环珠澳海湾景观带。

十字门是横琴的光荣与梦想——

55家国内外规划设计机构参与。

500余名专家和顾问把脉。

引入国际先进CBD经验。

历经数月近百轮的修改……

这是一整套涵盖区域城市空间、城市设计、城市控制性规划、城市设计导则等自上而下的城市建设体系。单城市设计导则，就对每一栋楼的高度、色彩，甚至指示牌的颜色都做了详细的规定。

一名业内人士感慨，聘请如此多的国际专家来"把控"，这种魄力在全国凤毛麟角。

十字门承载着横琴新区实现国家战略的核心使命，也承载着珠海崛起成为世界级城市群一角的宏伟志向。

负责开发十字门的是珠海本土企业华发集团，其中横琴金融产业服务基地则是横琴开发国家战略实施以来的首个项目。

速度！加速度！

三天半完成85%以上青苗补偿，三个月建成11栋花园式办公楼……

你信吗？

我惊愕的瞬间又佩服不已——

第一期从2012年4月18日打地基，8月8日移交使用。其中环节包括拆迁、征地、青苗补偿、填土、设计、打桩、挖基坑、建楼、设备采购、安装、装修……11栋办公楼仅花了110天时间。

第二期从2012年9月18日开工，12月28日完成，9栋办公楼只花了100天……

华发集团常务副总经理郭凌勇这样说:"当时金融街举行开工典礼的时候,工地现场完全无法落脚,一脚下去鞋马上陷进泥地里,可三个月之后,我们金融街一期花园式的漂亮办公楼就落成了。这绝对是一个奇迹。"

多专业、多工种、多班组的集团式千人会战,"5+2""白+黑"模式全面开启,华发集团缔造了大气磅礴的神奇速度。

这个还不算过瘾。

2016年,横琴封顶建成的楼宇80余栋,2017年再封顶32栋,平均下来,每周封顶一栋楼。

哪里是跑?那简直是飞!

如果说,30年前的深圳曾创造"三天一层楼"的"深圳速度",那么,今天的横琴正在创造"每周封顶一栋楼"的"横琴速度"。

十年磨一剑。中央商务区开放、金融产业基地启用、金融岛落成……在这片土地上,崛起了一个集国际级会展中心、高端写字楼、商务服务中心、游艇码头、超五星级酒店等于一体的高端商务区,与对岸金碧辉煌的澳门城交相辉映。

区域共荣、产城融合……澳门的会展、酒店、商务、金融等产业缺乏发展空间,十字门无疑为致力于建设世界级休闲旅游中心的澳门提供了产业适度多元化发展的载体。

我徜徉在十字门,深情感受这条古老濠江历史云烟的同时,也被伫立在江边的现代建筑的全新形象所感动。

2016年5月某一天,磨刀门水道腾起一片朦胧的晨雾,宛如一条乳白的纱巾绕过了脑背山。

45岁的湖南籍菜农杨文帝来到横琴口岸西侧时,吓得哆嗦了一下。

杨文帝满头白发,脸黝黑黝黑。个子瘦小的他其貌不扬。10年前,他曾在这块地上承包了几十亩地种菜,因为家庭变故回家种田几年,他如今想重回故地再操旧业,才发现原来耕作的土地已经变成了一个个楼盘和一条条道路。

"面目全非。"没有了昔日的宁静,点缀在岛上的钓虾场也不见了踪影。杨文帝说,原来这里种了香蕉,旁边还有一口水塘,现在都不见了,举目之处,皆为工地。

当听到旁边的灏怡财富中心的房价一平方米要最少4万元时,杨文帝愣了好久才吐出几个字:"想吓死我啊!"

离开这片地块时,他突然停下脚步,回头望了一眼,眼里尽是依依不舍的疑惑与遗憾。

没错，杨文帝提到的这片荒凉的空地如今成了横琴灏怡财富中心的楼盘工地。此时，咸湿的海风，疾驰而过的车辆满身泥污，公路上尘土飞扬，施工的桩基声正在上空飘荡，那充满节奏感的韵律正震撼着每个人的耳鼓。

项目东临琴海东路，北接港澳大道，西侧为环岛东路，南侧为濠江路。工程总建筑面积23.8860万平方米，占地面积为2.3792万平方米，两栋楼高度分别为150米和190米。

2015年3月9日项目开工，由中建四局承建。

到过灏怡财富中心项目现场的人，都能感受到这项工程巨大的施工难度。中建四局珠海分公司总工程师周贞勇一脸憔悴地对我说："灏怡项目桩基工程受复杂的地质条件影响，有'四个最'必须先克服。"

"哪四个最？"

周贞勇细声细气，向我一一道来：

最烂的泥。项目所在地是人工填海区，淤泥厚度为10.80米～22.30米，平均厚约17米，且性质较差，流塑状，有"妖泥"之称。

最大的坑。与相邻两个项目的基坑联合进行整体支护设计施工，三个基坑占地面积约6.06万平方米，成为横琴名副其实的第一大深基坑。

最难的桩。沙层接近50米，中风化岩层平均厚度10.5米，工程共有306根桩，最短88米，最长126米，单条桩的混凝土量达惊人的900余立方米。

最大的面。在"妖泥"地质条件下，项目使用直径达到2.8米、桩截面6.2平方米、深度达到121米的超深超大直径灌注桩，在国内此类建筑工程上首开先河，未有案例参照。

俗话说，"烂泥扶不上墙"。中建四局要让"烂泥"扛住4000吨重的灌注桩，不能偏，不能移，不能倒。

这让人听起来都"晕了"。

总工程师令狐延集中局、公司、分公司、项目部技术精英，上下齐心克难关。他们改变桩基施工工艺，采用冲击气举反循环钻机进行施工。

有人提醒，地质可能会造成塌孔。

令狐延采纳旋挖桩机施工，并先进行试桩，如果成孔质量不能满足要求，便改用车载型反循环钻机进行施工至岩层面，在冲孔桩机进行冲孔入岩前，先用桩锤在回旋钻机施工成的桩孔内上下来回拖动不少于一个工作日，直至增厚增强桩孔内壁的泥浆护壁后，才进行冲孔入岩施工。

4次终孔，3次钢筋笼下放，8次设计变更，经历361天，承重4240吨的89号桩终于浇筑成功，成功攻破超深超大直径灌注桩的施工技术难点。

6月20日，61号桩顺利通过单桩竖向抗压静载试验。

测试合格的那一瞬间，现场所有人员激动得潸然泪下，这根牵绊着他们近400个日夜的横琴岛"最难桩"，终于不负众望，扛住了4240吨的重量，也卸下了工程建设者们的心头大石。

为了让灌注桩"站稳脚跟"，每天晨曦初露，36名项目员工在项目领导王斌、杨波带领下，穿上塑胶靴，戴好安全帽，忙碌于工地现场；夜晚，与项目毗邻的澳门华灯初上，流光溢彩，他们的身影依然叠印在黄土泥地上。

从1号桩到306号桩，一根桩一步脚印，从80米到126米，整整475天的坚持，每一根桩深深扎进土里，那是城市建设者的汗水浇灌的丰碑啊！

公元2017年，是注定不平凡的一年。

横琴憋足劲头搞大开发的时候，一场突如其来的风灾降临了。

8月23日，"天鸽"台风像打了一针大剂量的兴奋剂，骤然卷起的超强风力达到罕见的14级。

台风呼啸着，越过广阔的海面和红树林，像一座座小山样的波浪，哗啦啦在横琴岛上肆虐作响。

这场百年不遇的台风差点扯了横琴城市建设步伐的"后腿"。

在横琴国际金融中心项目上，中建三局一公司华南公司经理朱词恩急得上火，嘴角上鼓起了两个黄豆大小的泡。

"一个也不能漏。"朱词恩心急火燎地在对讲机中下达死命令，要求所有管理人员和建筑工人必须撤到项目负一层。

"嗓子都哑了。"朱词恩后来说，"项目已多次经历台风袭扰，谁也没有料到这次'天鸽'来得那么猛烈。"

12时50分左右，狂风呼啸，暴雨倾盆，海浪滔天，风力越来越强，通讯中断，噼里啪啦的坠落声、板房被掀翻的尖锐刺耳声不断传来。

工人们有些躁动，原来还谈笑风生的气氛瞬间变得凝重起来，许多从来没有经历过这种场面的工人神情严肃，内心充满了惧怕。

"这里安不安全？"

"台风要刮多久？"

现场气氛笼罩在一片压抑和沉闷之中，不断有人面色紧张地相互询问。

11时许，风力已达到近12级，朱词恩判断风力会继续增大，他想，万一塔吊等设备坠落，砸穿楼板，后果不堪设想。

想到这里，朱词恩脑袋"嗡"地一响，心里默默祈祷，他果断下令："全部转移至负二层！"

13时50分，台风风力急速加强。"啪"的一声，应急电源断掉了，大量浑浊的水涌入地下室。

"不好，海水倒灌！"朱词恩向人群里大声喊道。

情况十分危急，短短十分钟，海水已经有半米深，其中还有600名工人是从其他项目转移过来的，对地下室情况并不熟悉。

气氛骤然紧张，大家内心怦怦跳个不停，手里都捏着一把汗。

"大家不要慌乱，听从指挥撤到筒楼。"朱词恩想，再不撤，后果不言而喻。其焦急、复杂的心情可想而知。

朱词恩、潘孟安、刘涛、胡爱平等项目班子成员立刻行动，组织工人向核心筒楼的楼梯间转移。由于海水没过地面，项目副书记胡爱平一不小心踩进水泥槽，脚上顿时划出十厘米长的口子，鲜血直流。

半小时不到，近千人顺利转移至主楼核心筒一、二层的楼梯间。

16时左右，台风警报终于解除。朱词恩如释重负地松了一口气，项目部开始安排工人有序回撤。天啊！他们走出工地一看，外面一片泽国。

"那是惊心动魄的4小时，想想就后怕。"朱词恩说至今依然心有余悸。

台风过境，留下满目疮痍，施工现场和项目办公区恍如废墟一般。

"我们绝不拖横琴开发的后腿。"朱词恩做灾后复工动员，他说，"越是到了艰难的时候，我们越要团结一心，把灾后的项目建得更好。"

赵经阳、肖建、涂家田、邓建伟、任建平等人一层层地爬，整整爬了45层，用了一个上午时间，确保无一遗漏。

机电部罗武喜和任建平连夜进行电线排查工作。

技术部总工程师程源为项目重建提供技术支持。

王恩群负责图纸及资料统计保管。

李雪松负责协助商务部统计损失情况。

王军负责资产搬运及清理。

文学渊迅速统计损失并进行理赔……

在天灾面前，横琴国际金融中心大厦项目部全体员工，众志成城，抢险救灾，短短两天时间，受损的外架、倒塌的围墙和板房以及现场垃圾全部清理完毕，不到半个月就恢复了施工，金融中心大厦又开始"茁壮成长"了。

"我们为横琴开发尽了责，也间接为助力澳门经济多元发展出了力。"朱词恩难忘那段刻骨铭心的经历。

是啊！倘若没有遭受挫折的心酸与痛楚，成功的滋味还会那么痛快吗？

修建超高层建筑，是中铁一局人的梦想。

耸立在横琴海边一隅的横琴港澳金融中心大楼上，中国中铁的特大企业标识在阳光的照耀下格外地醒目，站在正在施工的36层上，对面澳门城市建筑物一览无余。

2017年金秋十月，鲜红的太阳正从澳门大三巴炮台山上缓缓升起。

横琴金融岛上，港澳金融中心高163.3米，地下4层，地上36层，总建筑面积10.556万平方米。这是中铁一局在国内承建的第一座超高层建筑。

200多名工人，日夜三班倒，流水线作业。

在红顶彩钢房和鲜花、绿树、小桥流水的园林项目部，一股富有激情的青春气息迎面扑来。敢向超高层发起冲击的，是广州分公司一支年轻的团队，项目班子五个人，四个80后，项目管理人员30余人，平均年龄30.6岁。

"核心筒5天施工一层，钢结构6天一层。"人高马大的解振东站在我面前。

帅气的解振东不过30出头，眉宇间写着睿智和经验，思路清晰、善于表达的他根本不像安徽人，倒有几分北方汉子的豪爽热情。

解振东已是第三次当项目经理了。

那是2014年底，深圳联合金融公司要在横琴岛修建一座超高层写字楼，由于写字楼地处珠海横琴填海地段，地质情况异常复杂，岛上先期开工的好几栋超高层的地下基坑出现了坍塌，急于寻找一家在国内深基坑施工水平高的施工企业，确保基础部分安全。

酒香不怕巷子深。在超大深基坑施工领域，中铁一局广州分公司早已从理论到实践淬炼出一套成熟的施工工艺，特别是"盖挖逆作"施工方法，更是安全施工深大基坑的"法宝"。武汉地铁3号线王家墩中心站、深圳前海弘毅深大基坑，都是采用"盖挖逆作"取得成功的。

业主来到中国中铁一局广州分公司考察，对结果非常满意。

这是中国中铁一局广州分公司第一次进入珠海和横琴市场，也是第一次建超高层的地下4层基础，项目经理的人选也格外慎重。充满活力、善于动脑、擅长组织协调的解振东成为幸运儿，被领导选中，成为项目经理。

2015年4月1日，横琴港澳金融中心项目基坑工程开工。

在横琴岛上，桩基施工一直困扰着所有施工单位和业主，隔壁曾有一家单位在工地打了20根桩，其中19根都作废了。

中铁一局项目基坑是横琴岛上最难建的之一。主要原因是海边填海地质非常差，最深有26米。而且正在修建的轻轨从基坑地下8米处经过，风险可想而知。解振东从小就有一股不服输的犟劲，困难只能激起他的斗志，在他的带领下，仅仅7个月时间，桩基工程就完工了。

500多根桩，经广东省质检站检测，一类桩数量竟达到95%以上。

奇迹！

我忍不住问："你们中铁一局的基坑作业为什么那么顺利？"

解振东说："这得益于我们成熟的'盖挖逆作'施工工艺。我们将基坑明挖改为半盖挖，采用'盖挖逆作'的施工方法，安全受控，进度加快，干净整洁。"

中铁一局的项目成为横琴岛上的样板工程。

项目进入上部施工，超高层建筑不是他们的强项，解振东知道选队伍是关键。还在基础施工时，他就考虑如何能选一支有实力、有经验的作业队伍。最终，实力雄厚的深圳钢结构队伍和施工经验丰富的中铁建土建队伍被选定施工。

"听说你们运用了BIM技术、立体技术交底、铝模灌注核心筒等一些前沿的新工艺？"我试探着问他。

解振东于是把项目副经理黄明珍找来，对我笑笑，说："他脑子装的东西多。"

黄明珍业务娴熟，是个专业型人才。他如数家珍，竹筒倒豆子般就为我介绍："我们采用的是内筒为钢骨凝土核心筒结构+外筒钢柱，钢柱与核心筒之间钢梁连接，外筒楼板为组合楼板的形式……"

他的脑子像电脑硬盘储存了无数枯燥但却诱人的专业知识，向我娓娓道来。

"施工难度主要是核心筒头一次使用铝膜，核心筒与钢结构施工之间的协调上升。"黄明珍说，他们控制好了核心筒土建施工和钢结构施工进度节奏，各工序便能流水作业顺利进行。

2017年7月8日，36层、163米高的港澳金融中心大楼核心筒主体封顶了。这个时刻，解振东心情最为激动，这个身高一米八六的汉子眼睛湿了……

如今的横琴岛上，每一栋楼都是建设者辛勤的汗水浇铸而成，都是建设者们矗立的化身，那是一座座创业者的丰碑！

安得广厦千万间。

一栋栋摩天大楼落成，一个个豪华住宅社区竣工，但仍远远满足不了横琴未来人口的需求和他们追逐的目光。

走马横琴岛，新区城市建筑上醒目的广告语比比皆是——

"澳门后花园，横琴聚宝盆！"

"咫尺澳门，一房双城！"

"小投资撬动大横琴！"

面对可期的城市人口，进驻横琴的房地产企业不仅有华融、中海、保利等国内赫赫有名的"大鳄"，还有富力、客商汇等广东本土企业，更有香港、澳门富豪麾下的公司……商务大盘逐鹿横琴，争相拔得头筹。

某琴海湾，是横琴新区的首个开盘住宅项目，一期公寓2013年8月26日开盘，均价2.6万元/平方米，两个月内销售一空；二期11月26日开放认筹，12月2日开盘，短短两天售卖183套单位。至2015年报价4.5万元/平方米，在售毛坯别墅报价到了7万元/平方米起。

某荔枝湾、某首府地产项目如影随形，紧跟其后，住宅销售速度令人咋舌，火爆得不行。

横琴楼市从来不缺乏牛气产品。

位于横琴口岸附近的横琴某大厦2015年9月12日对外宣称，将推出90套行政公馆，其中楼王单元以18万元/平方米的价格刷新珠海楼市纪录。同时，每位业主将获赠一辆百万元以上的顶级豪车——玛莎拉蒂。

该大厦与澳门银河酒店直线距离不到200米，是一个大型高档综合体：里面有商业广场、国际5A行政公馆、七星级酒店、写字楼，在楼顶上还有一个商务停机坪，供直升机降落；站在顶层，澳门风景尽收眼底。

12月5日开盘当天，大厦引来百余位世界顶级模特前来助阵，将一场声势浩大的视觉盛宴放在售楼部上演。

后来得知，18万元只是其中极少数楼王的价格，天价只是个噱头，用来"吸粉"而已。

刘格就职于横琴某传媒中心售楼部，她见证了持续两天的销售火爆场面及汹涌人潮。

"入职6年，从来没有碰到过。"刘格说。

那是2017年7月29日，这家传媒中心在珠海国际会展中心首度开盘，楼盘规定早上11点截止诚意登记，但仍然有买家通过各种渠道涌来，至晚上6时已有上千名诚意登记买家，按开发商原定推出200套公寓推算，平均1套房就有超过5位买家争抢，不到两小时基本售罄，销售速度惊人……

"不少买家都是澳门来的。"刘格告诉我，凌晨四点仍有买家刷卡购房，五点才送走最后一名买家。

"怎么这么晚？"我好奇地问她。

"这个买家是澳门客人，他去内蒙古出差，听说楼盘登记了，打'飞的'过来订房，不想飞机误点6个小时。"

"第二天再卖不行吗？"

"飞到广州再转轻轨后，客户一路打着电话，不等都不行。"刘格说那几天头昏脑涨、筋疲力尽，手里拿着计算器算到深夜，算着算着竟趴在桌上睡着了……

商品住宅项目主要购买力也来自澳门，澳门投资客，看中横琴这块"沃土"。一位投资客提前两天就到了横琴，他说他专门来项目处看过三次，很认可横琴自贸区的升值潜力。

负责预销控区的工作人员查看他身份证时，发现他是从澳门来的买家。为保万无一失，他当天一口气"诚意"了15套。

项目把整盘437套公寓全部推出，买家仍然只有三分之一的机会买得到。8月27日，项目再加推300套智能商务公寓产品，此番正值珠海新"地王"诞生的第二天，销售速度比一个月前更甚。

横琴楼价，怎一个"涨"字了得。

国家级新区、珠澳24小时通关、自贸区试点、单牌车自由出入境……几乎每一个卖点的刺激，横琴的房价就要刷新一次，购房者就要疯狂一回。

一方面是一系列利好政策的推动，一方面更是来自大批澳门置业者的投资。长期关注横琴楼市的市场分析人士对我说，很多澳门人都会将这作为澳门"飞地"到此置业，因为给予澳门更大经济空间，仅从这些来说，横琴的未来是光明的。

据2015年世联行珠海房地产报告显示，横琴楼盘均价为人民币40721元/平方米，而毗邻澳门的拱北楼盘均价"只"为33217元/平方米。

房价，永远是衡量商品贵贱轻重、涨幅起落的一把利器。

横琴房价像打了鸡血，狂飙突进，从2009年仅8000元/平方米起算，10年间翻了5倍有余。

房价达到一个惊人的"速度"，地价自然也"亦步亦趋"。

横琴商住楼开发用地只占横琴新区所能开发面积的2%，可供应的项目少之又少。横琴土地市场的格局，以及纯住宅供地的稀缺，催生了横琴抢地风潮，以致投资者不得不放手一搏，血拼到底。

2013年7月2日，横琴拍卖十字门中央商务区一宗8万多平方米的商住用地，当天吸引了万科、保利、上海齐茂、雅居乐、广东客商汇5家企业参与竞拍，从起拍价5190元/平方米，经过212轮举牌，广东客商汇实业有限公司以楼面地价1.58万元/平方米、总价38.48亿元拍得，晋升珠海单价"地王"。

这样一枚重磅炸弹居然仅仅是个前奏。

11月21日，K2地产、华发前后数分钟先后拍出了1.8万元/平方米、1.84万元/平方米的高价地，这两宗约25万平方米的商住用地，总成交价达到104亿元，相继刷新珠海单价"地王"纪录。

12月最后一天，珠海大横琴投资有限公司以77.75亿元的底价一举将珠海总价"地王"收入囊中……

2013年也是横琴土地成交最风光的一年，登录珠海市国土资源局网站，当年土地收入301.7亿元，占整个珠海市土地出让收入的七成，数字让人惊掉下巴。

这应了"物以稀为贵"的市场法则。

横琴的"地主"也一个更比一个"牛"，据官方公开资料显示的土地储备排行榜便可窥见一斑——

长隆投资发展有限公司：176.7万平方米。

大横琴投资有限公司：81万平方米。

华发集团：80.4万平方米。

华发股份：36万平方米。

华融集团：14万平方米……

从2014年开始，房地产供地戛然而止。

原来，横琴在28平方公里的建设用地中，规划了5平方公里作为房地产开发用地，至此已开发0.375平方公里，还不到5%。

众多房企只能"望地兴叹"。

是啊！土地是横琴开发建设最宝贵的资源。

按照《粤澳合作框架协议》，横琴还规划有5平方公里建设粤澳合作产业园，供地优先面向粤澳合作产业园内的澳门企业。除此之外，横琴还要为澳门预留发展空间。

有横琴官员对我透露，横琴开发节奏是先做基础设施配套，引入高端产业项目，根据横琴的产业发展状况再考虑适时启动新的地产项目土地出让。

毋庸置疑，横琴是在拿捏着一个地产开发的"度"，横琴要走出一条健康可持续发展道路，政府不希望在横琴产业进驻前大搞房地产住宅业，否则很有可能和国内部分新区一样，变成没有产业支撑、无人居住的"空城"。

在横琴奏出的宏大发展曲中，城市建设是一个硕大的音符。

10年前还是一片荒芜的不毛之地，忽然间冒起一座座高楼大厦来，一切都像是梦幻。

不得不承认，这是一个注定诞生神话的地方。

如今驱车横琴岛上，道路宽阔，纵横交错，沿途绿树成荫，娇花缀枝，辽袤的土地上还有座座高楼正在发出"拔节"的吱吱响声。可以预见，当一系列富丽堂皇的建筑群逐渐落成之后，横琴将展示一个世界级城市的魅力——

在470米的珠海第一高楼举办温馨浪漫的云端婚礼。

在打破多项吉尼斯纪录的海洋王国乘坐世界上最高的摩天轮。

在最"土豪"的游艇总部乘坐游艇欣赏珠澳的夜景。

在澳门大学横琴新校区的夕阳里感受《匆匆那年》的青葱岁月。

在投资180亿的文创天地欣赏影视、音乐。

在口岸说走就走，随时背起行囊前往澳门……

中国版"奥兰多"

2017年9月17日。

美国路透社发表一篇《中国正如何在毗邻澳门的岛上打造本国版的奥兰多》，文章说——

就在与世界上最大博彩业中心澳门隔一条狭窄水路相望的地方，一个曾用来养殖牡蛎的岛屿正被转变为中国最新的旅游中心。在面积相当于3个澳门的横琴发生的这种转变，是北京促进港澳地区与珠三角地区9个城市加强联系的努力的一部分。与东京和旧金山等其他充满活力的全球著名湾区一样，如今这个城市群也被称作"粤港澳大湾区"。横琴将成为中国的奥兰多,而澳门和香港分别相当于中国的拉斯维加斯和纽约……

发这篇稿的路透社记者并没有来到横琴,而是站在对面的澳门路环岛上用他的长焦镜头对准了正在如火如荼建设的长隆海洋科学馆。

科学馆建筑设计新颖,整体造型犹如一艘蓄势待发的宇宙飞船,又似一只大鲨鱼匍匐在地,表面形体流畅,充满未来感。

2018年2月8日晚上10点。

刘奇找一块干净的层板,躺下,他太困了。工地上时刻不断的各种噪声,震耳欲聋,满身汗渍和铁锈的他照样能入睡,只是入睡却并不酣然,眯一下眼睛而已。

"加油干,站好节前最后一班岗!"项目部的慰问组来到现场。

"送温暖来了。"工人们蜂拥而上。

寒风中能喝上一碗红糖姜汤水,从心底里感到温暖。再加上天天都能收到100元至200元的"完成任务奖",工人们干劲更足了。

喝过红糖姜汤水,刘奇还有点时间。

此时,他拿着手机看会电影,听会歌,手机成为他最亲密的伙伴,联系亲友、浏览新闻、观看影视都在这方寸之间……

数月未回家,心中都是对妻子和孩子的思念。他连忙利用这个时间空隙给家里老婆孩子视频或打个电话,但却绝不会提半个"累"字……那一刻,似乎什么苦和累,全都抛之脑后。

刘奇的工作是在长隆海洋科学馆狭窄的空间里烧电焊,每次他手握切割机,切割铁条,拉着长长的火焰,格外累人,但他人特别和蔼,总是笑嘻嘻的,工友说从来没有见过他生气。

长隆海洋科学馆项目是省级重点项目,其中最大的看台可容纳5000名观众,建成后将成为世界上最大的海洋科学馆。刘奇是200多名坚持战斗在科学馆建筑一线的普通工人中的一个。他说:"大鱼展览池底部计划在当天完成一次性浇筑,我要在浇筑前再把捆扎的钢筋检查一遍,对伸出来的钢筋切割掉,不留瑕疵。"

虽说是早春二月,但"年"的脚步越来越近,建筑工地上的工友们返程归家心切,一些工人早已提前订好了车票,期盼早日放假返乡。

"农历年前一定要完成浇筑任务!"项目部下达了死命令。

施工技术、质量控制、安全措施、劳动力组织、材料机械供应、交通疏导……项目部提前做出精心部署，管理人员、工人24小时昼夜轮流加班，动用了30台混凝土罐车、4台地泵。

大型混凝土浇筑的是长隆海洋科学馆项目中的大鱼展览池的底部，为项目关键性工程节点。整个大鱼展览池的水池形状类似一条大鱼的身形，其东西长度为100米，南北宽30米。池底面积达2606平方米，池底最大厚度为1米。

浇筑混凝土强度要求很高，等级达到C40P10，节前，人手少，工期紧，建筑材料调配难，施工场地狭小。

项目部使出了不少人性化"招数"：不断改善伙食，节前送温暖，颁发"日完成任务奖"……

工人们劲头十足，他们抬着冰凉的钢筋，迈着沉重的脚步，然后趴下跪着进行钢筋绑扎。混凝土运输车则来往不断，工地上吊机伸着长臂，向各点运送材料。

凌晨2时30分。

横琴岛上天气酷寒，冷风瑟瑟，科学馆内的混凝土浇筑现场依然是灯火通明。

"浇筑成功啦！"

"一次搞定！"

突然，大鱼展览池底板的现场传来了一片欢呼声。

刘奇也冲进人群，与工友们相拥而抱，喜极而泣，他知道，弟兄们已经持续奋战了整整72个小时啊！

这是横琴启动的长隆国际海洋度假区二期新项目工程，投资200亿元，长隆海洋科学馆只是其中的一个项目。

横琴岛四面环水，海湾众多，沙滩绵延，怪石嶙峋，旅游资源十分丰富。

然而，横琴开发前，其旅游产品寥寥无几，除了海滨路一带稍显城市气息外，环岛路两旁道路泥泞，野草萋萋。岛上只有三叠泉、石博园、海洋世界等几个粗放的旅游景点，旅游年接待量仅仅在10多万人次。

然而，这种荒凉的宁谧因为长隆海洋王国的入驻而被彻底打破。

2008年底，有风声传广东长隆集团对横琴"情有独钟"。这让珠海喜出望外，众里寻她千百度，蓦然回首，没想到大金主就在眼前。

不过据说省内还有几个地级市也在向长隆集团抛出"橄榄枝"，给出的条件十分诱人。

机不可失，时不再来。

市长何宁卡、副市长金展扬赶紧风尘仆仆前往广州，他们找到了时任广东省省长黄华华，请省长出面"帮忙"。

黄华华省长于是向长隆集团"推荐"了横琴。

长隆方面实地考察后，觉得横琴还达不到容纳长隆这个休闲旅游业界"巨无霸"的入驻条件，简而言之是：地方太小。

选址待定未定，周边几个行政区坐不住了，纷纷加入"抢夺大战"。

快下锅的鸭子岂能飞？

横琴兵分两路，一路是经济开发区的党委书记邓友天天往市委、市政府主要领导那里蹭，不答应就"赖着不走"；另一路则由横琴的招商团队硬着头皮，挖空了心思，前往广州长隆总部"死缠烂打"。

那边厢，董事长苏志刚心软了。

这边厢，市里同意把长隆项目放在横琴岛。

写到这里，我不得不展开一些，多花点笔墨去写写长隆的掌门人——苏志刚。

40年前，仅有小学文化的广州番禺大石村人苏志刚还是个打着赤脚、连饭都吃不上的地道农民，家中兄弟姐妹有6人。上小学时，他只能看同桌的书本，老师问谁没交学费，只有他一个人怯怯地举手。

如今他身家数十亿。在胡润研究院发布的《两会中的上榜企业家报告2016》中，担任全国政协委员的苏志刚排名69位，身家55亿元。

一个农民如何缔造出中国版"迪士尼"？

是改革开放成就了他。他做了10年的"猪肉佬"，用卖猪肉的钱开酒店，再用开酒店的钱一步步打造出长隆娱乐王国。现在，长隆已跻身世界主题公园前10名，年营收达30亿元，年接待游客超过2358.7万人次，比长城、故宫的游客还要多。

20世纪70年代末，20岁出头的苏志刚带着弟弟来到广州城里打工。他们从泥瓦匠干起，在一次给人建房子时，听说屋主是卖猪肉起家的，他随即也转行卖猪肉。几年间，他天不亮就出门给酒楼送猪肉，全年365天风雨无阻。

酒家出入多了，他又决定关掉猪肉铺把积蓄投入开酒楼。

1989年8月28日，苏志刚的香江酒家开张营业。他从省城的大酒楼挖来大厨，出品地道的广州菜，好味的菜品和精致的装潢，让生意十分兴隆。

一个偶然的机会，一位在政府部门工作的食客谈了对广东旅游业的看法，他对苏志刚说,广东有钱人多,旅游资源却匮乏,何不学习深圳,在广州也搞个野生动物园之类的东西?

说者无心,听者有意。

"旅游是未来大势。"苏志刚想着,就以野生动物园为切入口,效益一定不错。

1997年12月,经过一年多筹建,国内第一家民营国家级野生动物园——广州长隆野生动物世界正式对外营业。

他一口气从国外引进30只长颈鹿,大量引进鳄鱼建设鳄鱼养殖场,率先把白虎与澳洲考拉等珍稀物种引入中国……如今,长隆野生动物世界已是世界上动物种类最多、种群最大的野生动物园。

长隆大马戏、长隆欢乐世界与长隆水上世界等一系列娱乐"组合拳"相继打出。

长隆的"DNA"一直装在苏志刚的脑袋中。广州长隆江山坐稳后,苏志刚"盯"上了珠海一隅的横琴岛。

彼时,这个东邻澳门的珠海最大岛屿还是一片滩涂,岛上基础设施薄弱,几乎没有大型投资项目。

2008年,苏志刚反复权衡后决定选址横琴建设长隆国际海洋度假区。

苏志刚为人低调务实,只是埋头苦干,甚少接受媒体采访。用他自己调侃自己的话是"怕外界听不懂广东普通话"。

我见到他时,是在他的办公室里。我们的话题便是从他早期的创业开始。

"如果没有改革开放,我可能还在种田,连饭都吃不饱。"没读过什么书的他只会写自己的名字和"同意"两个字。

苏志刚说:"毛主席说要发扬愚公移山、小米加步枪精神,我们就是在横琴'愚公移山'啊!"

他竟能大段大段背诵《毛主席语录》和《论持久战》。我被他惊人的记忆力所折服。

我问他:"今天的长隆算是横琴旅游产业的龙头和成功案例了,最初的设想是怎样的?"

"我们有幸赶上了横琴开发的好时机。"苏志刚告诉我,为了建好横琴长隆,他曾和设计师跑遍了世界十几个国家的40多家知名主题公园,目标就是全球最顶尖的水平。这就叫"师夷长技"。

多做少说一贯是苏志刚的宗旨。海洋王国建设期间,他每天4点多起床,驱车两个多小时到横琴,每天泡在工地,脱了鞋和施工队踩在泥地里讨论建设细节。

当然这是后话。

站在横琴岛富祥湾后面的脑背山上,可以看到澳门路环岛南边的黑沙滩。海湾呈半月形,坡度平缓,滩面广阔,黑沙滩的沙子很细很细,沙滩附近有一片松林,苍翠茂密。

冬日的黑沙滩,海浪正由白变黑吐着白沫,不断冲向金色的沙滩,潮涨潮落散发着独特的韵味。

2008年12月18日下午3点,黄语生陪广州来的朋友刚从黑沙滩旅游回来,走进富祥湾新村的家中就赶紧给远在顺德的妻子打电话。

原来,他回到村口时,就看到一张由珠海市国土资源局、珠海市土地储备发展中心和珠海市土地房产交易中心共同发出的有关"珠国土储2008-04地块"的公告。

黄语生把公告拍照后发给妻子,他在微信里说:"半个月前,横琴镇政府和测绘部门就到村里测量了土地,并根据每户人的作物情况现场开具了征地补偿清单。"

"那我们能补多少?"妻子看他火急火燎,急忙问他。

"作物地统一按每亩2500元进行补偿。"于是他又把贴在墙上的几张补偿方案拍摄照片发给妻子。

"我们家的补偿数额和作物类别、种植年份都对。"妻子告诉他。

黄语生这才放下心来。

出让地块位于横琴岛南部,与澳门路环岛西南面隔海对望,原为新村、旧村以及横琴蚝生态养殖场,面积约为132.54万平方米,书面竞买时间为12月12日10时至25日10时。规划土地用途为旅游。

黄语生家被征收的这块地,正是长隆第一期项目用地之一。新村和旧村被圈地后,一个庞大的主题旅游公园计划随之浮出水面。

2010年11月28日,在沉寂千年的海岛上,长隆一期项目悄然开展。一期总投资达100亿元,总占地达5平方公里。

那时,前往工地的人越来越多,各工种加起来有上千人,有钢筋工、木工、架子工、混泥土工、水电工等,有来自四川的、广东的、重庆的、贵州的、湖南的……

王忠翔年近花甲,是云南兴义人,两个孩子都成家立业。老王看起来很精神,一副乐呵呵的样子。他在老家闲不住,告别老伴,跟老乡来长隆做工,在工地做保管员兼零工。

2011年春节本想回家和老伴团聚，但工地需要他看场，他被劝留了。

老伴心疼，毕竟是颐养天年的年纪了，赶忙从老家来工地陪他过年，尽管公司安排住在简陋的仓库里，但年过得特别有滋味，老伴的到来，多少让王忠翔产生了一丝抚慰。

过完正月十五，老伴要回老家的时候，项目部专门送她一个大红包，两个老人眼眶一热，很是开心。

王予杰和赵玉凤夫妻都是湖南常德人，30岁，4岁的儿子随公公和婆婆在老家上幼儿园。2012年5月28日晚，长隆横琴湾酒店准备封顶，原本答应回去陪孩子过"六一节"的赵玉凤告诉儿子回不去了。

儿子一听，突然"哇"地大哭起来。

那一刻，赵玉凤的心都碎了。

赵玉凤心里有点堵，她整了整被风吹乱的头发，又理了理衣服，心头不安地上工地去了。赵玉凤说一整天恍惚得魂不守舍，不时拿出手机，看看儿子的视频。在她旁边，长长的石子砂浆输送管道，犹如苍龙般在夜空中舞动。老公王予杰则脚蹬高腰雨靴，用胶带缠着靴子，用高大的身躯扛着拽着"苍龙"，在绑扎好的钢筋方阵之间浇筑。振动棒在突突地轰鸣，将石子砂浆捣实搅匀。

泥浆溅到他们的身上脸上，没有人在意。

中天集团的阙老板在广州一拨又一拨地招收工人往横琴岛上送。半个月前还在为失业犯愁的小工头江西人黄庆常年跟随阙老板，做过番禺香江野生动物世界、长隆欢乐世界等知名项目，一听说横琴工地有招工，赶紧跑来往身上套一件工服就成了"人力资源招聘主管"。

中天建设集团承接的是珠海长隆居住配套和酒店精装修项目工程。黄庆负责的是长隆办公楼，据说楼内还设有电影院。

装修的框架初现，砌砖和水泥、测量的工人忙忙碌碌地穿梭往来，还动用了多台挖土机、泥头车和吊重机。

工地边上的沙滩属于横琴岛上的新村、旧村。

在一棵象征守护村庄吉祥的绑满红布条的大树下，一群女人在七嘴八舌地议论："工地到处是人，数不清，听说中天工程队的人就有几百人。"

聚在一起的这些女人都是工地工人们的妻子，约有二十多人，每天闲着就蹲守这里等待工地上看有什么小工做。

"有活干吗？我们闲得慌呢。"女人眼尖，看到小工头黄庆走过来就直嚷嚷。

"快来快来！全部都来！"黄庆不断地朝女人这边招手。

女人们蜂拥而起。

在横琴长隆工地，尽管每砌一块砖就有高于广州项目5分钱的收益，但黄庆还是有点不踏实："买菜都要骑车走几公里，去哪里招得到工人啊？"

黄庆不知道，眼前漂浮着零碎竹竿和木头的富祥湾两年前还是千亩蚝塘，数百万的蚝被吊养在插入塘底的蚝桩上。沿途尽是养蚝村民用竹木搭建的棚屋，游客到此可以现场烧烤生蚝，每年吸引万千旅客慕名而来。

长隆马戏酒店是以典型欧洲小镇为蓝本、颜色各异的建筑单体和造型独特的钟塔，充满异国风情。

"这是横琴最大的旅游项目，老板说是配合澳门旅游的，要建得像皇宫一样。"黄庆压低着嗓子告诉我，这个工地位置与澳门路环岛打对面，规模比澳门任何一家酒店都大。

因为工期紧，任务重，长隆项目各工种都组织了很多人。

每天早晨6时正，租住在横琴镇上的老杨准时起床，然后从床头柜上取下烟和打火机，烟在他发黄的指间燃烧，他时而深深地吸上一口，津津有味。

媳妇则忙进忙出，一根烟工夫，面条煮好端上桌，他才胡乱地洗了把脸，匆匆地吃完早餐，简单地收拾一下，穿上工地上沾满砂浆汗渍的脏衣服，拿上安全帽、砖刀、泥铲等"行头"出门。

"走咯！"出门时他朝对面屋的工友吆喝一下，然后将安全帽往脑袋上一扣，拎上橡皮桶，骑着电动车载着老婆在茫茫晨曦中往6公里外的长隆工地上赶去。

老杨今年48岁，一家都是重庆黔江人，带着妻子到广东打工已经20多年了。他告诉我他的两个儿子在重庆建工学院读大学，大儿子在横琴口岸对面一个名叫励峻广场的澳门项目上实习。

我体会到他说话间那份得意，那份欣喜，那份成就感。

天色熹微，老杨便到了工地，坐上施工电梯到了他昨天铺砖的楼层，清理好地面，砖和砂浆在昨晚有人负责送到楼层上的楼梯口处，现在要将砖和砂浆从楼梯口搬到使用的部位准备好，再在地上定好铅线。

此时天已经开始大亮，铺砖工作随即展开，妻子负责用橡皮桶为老王"打下手"，比如打灰、打砖之类的活儿。

中午吃饭时间，老杨收拾好工具，安全帽也不摘，首先给大儿子打电话，叮嘱他在澳门老板的项目上好好干，把澳门的建筑技术也学一点拿回重庆去。

其实，他很是希望儿子毕业后留在横琴发展，做个横琴人，听说以后横琴和澳门都是你中有我，我中有你。

工地外边有专门面向工地民工的快餐饭馆，环境不咋地，但两荤两素加一碗免费的汤，饭管够。

挂了电话，老杨瞅了个空位找了张凳子在桌边坐下，顺手拿起桌上的茶壶倒了一杯茶水，仰头咕嘟咕嘟地连茶叶一起喝了个精光，又再倒了一杯，才去大桶里打了两碗汤。

虽然人不少，但他妻子还是很快端来了两大碗饭，饭上有三个菜：回锅肉、肉炒白菜、炒洋芋丝。

"很实惠的。"老杨说。

在老杨工地的对面是横琴湾酒店，仅一路之隔。

这个即将完工的酒店很是气派，建筑面积近30万平方米，总投资超过200亿，单客房就有1888间，号称国内最大。

走进这座即将完工的酒店，顶部的圆拱上，一排排贝壳密密麻麻，宽阔的大堂高达20米，中间有八条巨型海豚塑像围成一圈，海豚们弯身翘尾伏在蓝色的海浪基座上，鱼尾向上伸展，几乎触到屋顶，像一把大扇子。

在酒店的花园中，几尊雕塑更是栩栩如生。

上三楼的阳台，迎面看到栏杆上的一对企鹅图案，再往外观望，酒店的主体楼尽收眼帘，顶部耸立多座塔楼，塔尖均有红黄交集的火炬，塔座四周环绕着海螺、贝壳，比较显眼的还是背贴着塔身的飞鱼，张开翅膀，大有腾空飞翔的气势。

珍稀的海洋动物、顶级的游乐设备、新奇的大型演艺……长隆刷新7项行业的全球之最。

2014年1月，一股强冷空气在横琴盘旋，天空低云密布，长隆国际海洋度假区对外试业。开业第一年，长隆就接待游客超过1000万人次，一举成为规模最大、游乐设施最丰富、最富有想象力的世界顶级休闲公园。

长隆项目带动横琴旅游业迅速壮大，2014年珠海GDP增速一跃跳升到珠三角第一。

我曾三次到过长隆海洋王国，一次是长隆试业，一次是陪友人游玩，最近一次是去采访。

那是一个冷风萧萧的秋日，我独自驱车从横琴环岛路往南走，路过澳门大学横琴校区，便可看到中国单体规模最大的酒店——长隆横琴湾酒店，它米黄色的外墙，远远看上去像一座欧洲中世纪城堡。与它相隔不远的地方有个以"马戏"为主题的酒店，酒店旁边就是著名的长隆横琴国际马戏城。

马戏，原指人骑在马上所做的表演，现为各种野兽、驯禽表演的统称，是以驯马、马上技艺、大中型动物戏、高空节目为主，包括部分杂技、魔术和滑稽等的综合演出，属于杂技的门类之一。

长隆的马戏堪称一绝。

马戏表演是每晚7点30分进行，白天则是安排每个节目的演员分时段进行训练。

一位身高将近1米9的"巨人"十分抢眼。通过翻译介绍，我知道他的名字叫Sasha，"籍贯"摩尔多瓦，读小丑表演学校之前，他做过体育老师，浑身散发着硬朗和喜感。

训练开始，小丑们依次出场：一个很高，一个很老，一个很胖，一个头发很长，场面极具"仪式感"。

"很高"那个就是Sasha。

Sasha的祖国是一个位于东南欧的内陆国家，与罗马尼亚和乌克兰接壤。比起家乡温带大陆的四季分明，Sasha说他更喜欢这里漫长的夏季。来到珠海时间不长，他却迷恋中国功夫与喝茶。

"为什么选择来中国？"我问他。

"因为中国的女孩好看。"他呵呵一笑，骨子里都是幽默。

在过去的四年多时间里，有两百多位像Sasha一样的异国演员陆续加入了在横琴长隆上演的国际马戏大秀中。来自巴西的Welton的表演让观众"哇哇"尖叫，他穿着蜘蛛人的戏服，在高空灵活地做着危险动作。他的双臂和后背是大片在布达佩斯留下的文身，像一只展翅的鹰。

我惊讶的是，他的表演没有采取保护措施。

翻译给我的解释是，他已经练了30年，太过熟练。Welton则大声地对我说："God is the protection."

演员们身怀的绝技不同，来自的国家不同，但有很多地方共通。

那就是他们都经验丰富，去过很多国家演出。

摩托车手来自澳大利亚的Freestyle Kings组织，平均年龄24岁，以"猴子"自称，充满活力，骑着摩托飞天遁地。

他们掌握的中文还不多，不过，像"您好""我爱你""再见""青岛啤酒"这些汉语词汇却说得字正腔圆。

魔术师Niki和Jim来自荷兰。Niki在经典魔术《nightmare》里演女巫，假睫毛又长又厚。男主角Jim则戴着放大瞳片，他对长隆几年的变化赞不绝口："刚来的时候什么都没有，现在餐馆、超市冒了出来，就像变魔术一样！"

鼓舞舞者Flor和Gonza来自阿根廷。除了常见的踢踏舞和打鼓，他们的拿手好戏是快速挥舞Boleadoras，这是一种系有3个重球的套索，巴塔哥尼亚的游牧民族曾用它们来狩猎，如今用来表演同样精彩纷呈。

罗马尼亚的舞者Tania，她高挑貌美，8岁开始学跳舞，看到印着她照片的公交车驶过，兴奋地用中文大声对我嚷嚷："我，我……"

晚上看马戏，白天看动物。

踏进张开翅膀的"魔鬼鱼"造型的大门，头顶巨型屏幕滚动播出的海底世界奇观令人震撼。穿过大门后，只见过山车正翻来覆去不停地试运行，发出"哗哗哗"的巨大声响。

在珍稀动物展馆，让孩子们兴奋不已的除了中华白海豚，还有从俄罗斯引进的肥嘟嘟的白鲸，缓慢笨拙的企鹅，憨态可掬的北极熊……

孩子们在这里穿越一个个"海洋梦"，观赏可爱的海洋动物，参与童话般的花车巡游，畅游在海洋的世界与各种各样的奇妙生物嬉戏玩耍。

看看孩子们笔下的长隆海洋王国——

篇一

今天，阳光明媚，晴空万里。

7点40分，我们准时向珠海长隆海洋王国进发了。大巴车轮下生风，不知不觉就抵达了珠海长隆海洋王国。

一进海洋王国的大门，我们就看见一个超大屏幕，在天花板上不停地播放着与海洋生物相关的逼真4D动画片，每个人都不时发出赞叹；两旁的柱子上装饰着贝壳、海星、珊瑚，让人觉得自己好像是到了海底世界一般。

我们参观了海象山，看到了海象。它们长着两根长长的獠牙，有着流线型的身体、发达的肌肉以及强有力的鳍状肢。走起路来摇摇晃晃，显得十分笨拙，滑稽可笑，但是一旦进入水中则行动自如，非常机敏，用后肢推进，前肢转弯，据说时速可达24公里，可深入70米的海底。

接着，我们去了企鹅馆，看到了许多形态各异的小企鹅。它们一个个昂首挺胸，精神抖擞，活像一个个刚打完胜仗的大将军，走起路来一摇一摆，可爱极了。

篇二

从海洋大街往里走,我听到了一阵优美的歌声,往湖里看,原来是横琴湖的音乐喷泉正在随着旋律跳舞。第一站我走进鲸鲨馆,正看见一位叔叔在喂小鲸吃饲料。后来我又去看了像海马一样的小动物,像鹏一样的鳐鱼,身上长满刺的狮子鱼,凶猛无比的鲨鱼,慢吞吞的海龟和像海蛇一样的鳗鱼,五彩缤纷的水母……在白鲸馆,看见大水缸里的白鲸一会儿如过山车般俯冲下水底,一会儿又扶摇直上浮出水面,还时不时在水面上转圈圈,好像一个世界游泳冠军刚刚赢得了比赛,在那里举手欢庆……

珠海长隆海洋王国真是个好地方!

篇三

我来到海豚馆,看见了几只海豚在一起玩一个漂浮在水面上的粉红色的大球,这只海豚扔给了另一只海豚,接到球的这只海豚又将球扔给了另一只海豚,好像一群小朋友在水中大战一样。我开心地和海豚们一起拍照留念。

让我印象最深刻的还有企鹅馆,企鹅在冰上一摇一摆地走路,有的企鹅在水里游泳,不过为什么企鹅能在水里游而且眼睛不受水压的影响呢?原来企鹅的视力非常好,能在水中看清一切事物。最大的企鹅是帝企鹅,它在水中游泳的时候眼睛还不时地看向观众,好像在跟大家说:你好!

横琴打造了一个中国版的"奥兰多",每年吸引着两千多万游客前往长隆。长隆已连续创造五项吉尼斯世界纪录,荣获全球"主题公园杰出成就奖",累计接待游客超7000万人次。

横琴全力配合澳门打造国际旅游休闲中心,助推建设国际休闲旅游岛,其缔造的长隆旅游龙头项目在澳门经济适度多元化发展进程中带动了其他旅游项目的落地,香港丽新创新方、澳门励骏庞都广场、星乐度·露营小镇等项目即将开门迎客,琴澳旅游合作共同发展,比翼齐飞……

第五章　横琴何以成为横琴

踏石留印，抓铁有痕。

横琴的一系列变迁背后，是一次次思想解放与观念创新，她没有偏离时间轨道，也不会在某个节点停滞。

血脉同源、人脉共享、经济共生、文化共融。承载促进澳门经济适度多元化发展的国家使命，横琴迈开脚步的那一刻起，生命的苍劲与沉重便已注定。

横琴之所以成为横琴，是因为横琴建设者们不忘初心，不辱使命，在恪尽职守外，多了一份对"不忘初心"的深刻理解。就像一个上紧发条的闹钟，时时提醒和鞭策自己。

投资贸易便利。

政府服务高效。

市场监管有序。

法治保障有力……

大刀阔斧的改革，精雕细琢的创新，让横琴在建设趋同港澳的国际化、市场化、法治化的营商环境中先行先试、一路领跑。

历史从不眷顾因循守旧或满足现状者，展开横琴大开发的徐徐长卷，那粗犷的线条，豪放的勾勒，浓艳的色调，显示了与众不同的强大力量。

在向横琴凝眸的瞬间，我忽然发现，这一方滚烫的热土，翻滚着的巨浪让人屏息。

横琴，是一团火，它因为澳门而燃烧。

你的事就是我的事

濠江在流淌。蜿蜒的江畔，一侧是璀璨精巧的澳门岛，一边是蓬勃生长的横琴岛。

到横琴采访之前，我就知道横琴有一个全国独一无二的机构：澳门事务局。

顾名思义，澳门事务局就是横琴新区专门负责对澳服务的机构。

2013年起，澳门企业开始往横琴"扎堆"。

为做好对接服务，横琴新区专门组织召开了一场座谈会，规格很高，书记刘佳主持，在家的领导悉数参加。

"今天这个会是解决问题的会，大家有什么问题，有什么困难和诉求都可以提出来，我们会认真研究。"刘佳开门见山，直接切入主题。

寂静的会场气氛开始有了一点小小的躁动。

"我们绝大部分澳门人是第一次到内地投资，找了一些中介，钱花了事却没办成。"一位澳门老板率先开了腔。

"是啊！在横琴投资太复杂了，跑规划、跑国土、跑建设，跑来跑去跑断腿都没走完流程。"

"项目上想拉一根电线都好难……"

会上，澳门投资商一口气提了二三十条意见。绝大部分都是反映政出多门，多头管理，澳门投资项目落地效率低。

刘佳沉默了。

第二天，刘佳召开班子会，她说："横琴的使命是助力澳门经济多元发展，现在澳门的企业陆陆续续进来了，却碰到这样或那样的问题，我们要想想办法，怎么样才能为他们提供高效率的服务。"

"横琴的机构已经是小部制了，很多部门合并后都是一个窗口对澳门企业。"也有人认为，横琴已经做得不错了。

"没错，放在内地范围看，横琴确实已经做得不错，媒体也给予一致好评，但放在港澳地区看，我们的营商环境远远不够，昨天澳门企业家提出的问题足以反映这个问题。"刘佳说。

会议讨论成立一个专门服务澳门项目投资的机构，专事负责澳门事务，包括提供投资介绍、项目招商、项目落地等一条龙全程服务。

叫什么名字的机构呢？大家都开动脑子想。

"我看就成立一个澳门事务局吧！"刘佳的意见立即得到大部分成员的认同。

"可行吗？"也有人怀疑，因为这也太"离谱"了。

"横琴敢吃第一只螃蟹，也能够吃下第二只、第三只……"刘佳说，"将散落在多个部门的涉澳职能吸纳在一起，方便澳门企业有什么不好？"

根据设想，澳门事务局将统一负责横琴各项涉澳事务，为澳门社会各界参与横琴开发提供"一站式"高效服务。但在大家酝酿和筹划时，问题来了，在当时的环境下，怎么可能给你横琴增加一个机构呢？

刘佳提出将原来的"交流合作局"改为"澳门事务局"，还是原来的那批人，那些编制。

成立"澳门事务局"的方案报到市里，很快得到积极回应。

"澳门事务局"绝对是中国政府里最特殊的一个机构，横琴的创新达到了一个登峰造极的境界。

澳门事务局一挂牌，便在社会上引起强烈反响。媒体报道出来后，上面来人追责了："怎么可以成立这样的局？"

刘佳做了自我检查后，她说："澳门企业有所呼，我们政府有所应，澳门有诉求，我们做服务，这是横琴责任所在，也是横琴的使命决定的。"

澳门事务局于是保留下来。

正如德国哲学家黑格尔所说的那样："存在即合理。"

澳门事务局推动澳门项目落地"全覆盖"，成为横琴打造服务澳门的"专业队"。

邹桦是首任"队长"。

2017年7月，在横琴新区那间稍显狭窄的会议室里，我见到了已担任新区管委会副主任的邹桦。

"事务局挂牌的时间是什么时候？"

"2014年4月4日。"邹桦不假思索地回答。

"你们的职责主要是什么？"

"就是重点协调解决与澳门的产业合作、通关便利、基建对接、法律互动等各类事务以及在横琴投资企业的问题和诉求。"

"事务局有多少人？"

"当时也就4个人。"邹桦总是轻声细语。

"还记得事务局成立后的第一项工作是什么吗？"

"就是和澳门贸促局那边进行工作层面的对接。当时澳门一下子推荐33个项目过来，需要马上安排会谈。"邹桦说，"澳门很多企业家都是第一次来横琴投资，对横琴开发政策、开发流程不了解，毕竟内地和澳门那边不太一样。"

2011年3月6日，广东省政府跟澳门特区政府在人民大会堂共同签署了《粤澳合作框架协议》。随着粤澳合作产业园的推进，澳门项目招商以及跟澳门的交流越来越频繁，横琴新区为加强合作沟通、政策对接和精准服务，将产业发展局与交流合作局的职能整合成立澳门事务局，以确保所有澳门项目顺利推进。

动脑筋、花心思、下苦功……澳门事务局对澳门项目是"一对一"服务，一跟到底。

澳门项目一落地，横琴新区澳门事务局就制定《推荐项目对接服务分工表》，每一个项目都十分明确。事务局每个月举行一场政企面对面的活动，一直延续至今。项目代表、建设规划、供水供电相关部门都派人参加，有什么问题就在会议上面提出来，管委会的领导甚至直接出面协调解决企业面对的困难和问题。

"那个时候要去澳门企业界推介横琴希望吸引投资，基本上没有企业愿意来，求都不来。"邹桦对此仍记忆犹新。

办事不便利，就很难吸引澳门企业前来投资发展，担当促进澳门经济适度多元发展的重任也就无从谈起。

"澳门企业一开始在横琴投资慎之又慎、长期观望，这两年变得积极踊跃，对横琴发展的信心更足了。"邹桦明显感觉到，虽然沟通协调工作量依然很大，但是实际上变得容易了，有之前长谈不下的项目近些年都能快速落地横琴。

"澳门的事就是我们的事。"邹桦曾在多个场合这样表示。

在澳资企业纷纷前来的同时，横琴促进澳门产业多元化的政策也更加精准多元。2016年，横琴颁布了《横琴新区促进澳门投资项目建设若干措施》和《横琴新区促进澳门中小企业发展办法（试行）》，着力解决澳门中小企业在横琴发展面临的办公、融资、人才招聘、通关以及与内地企业合作等方面的难题，为澳门中小企业优先参与横琴开发建设创造有利条件。

横琴新区澳门事务局在澳门设立了投资咨询点，为澳门投资者提供全程服务指引；在横琴设立了澳门投资绿色通道，专门服务澳门投资者。

优质服务让澳门企业感受"宾至如归"。

澳门施美兰集团主席罗掌权回忆起澳门拱廊广场在横琴的落地过程，对横琴新区澳门事务局的服务竖起了大拇指。

"横琴对我们的项目提供了一对一专人专项的跟踪服务，双方信息能够及时传递，另外还成立绿色通道，为我们在横琴的工商注册提供便利，效率非常高。"罗掌权说，"横琴不断改革创新，以优质便利的服务为澳门企业在横琴发展壮大保驾护航，澳门企业对未来的发展充满信心和期待。"

尽是暖心的话语啊！

杨凯明是一个"澳门通"。我见到他的时候，已经过了下班时间，有同事告诉我，他基本上每天都是这样，很迟才离开办公室。

听我说明来意和需要了解的重点后，杨凯明说："没错，我们开辟了一条绿色通道和一个审批通道……"我们谈兴正酣，他的手机响了起来，他对着我哈哈一笑，然后转过身去，接听电话。

他用一口流利的日语与对方交流。

回到我跟前，杨凯明继续之前的话题："从做方案到跟踪落户，每一个流程、每一个重点都必须熟稔于心。"

"你好像很忙啊！"我对他说。

"是啊！你不了解，在对澳这一块，从立项、环评到报批报建，从工商注册到税务登记，从水电路气讯配套到员工招聘等一系列，我们事务局都要全方位跟进服务。"

"得像保姆一样。"我说。

"严格地讲，事务局更像一个居委会。"杨凯明呵呵一笑，"他们就是我们居委会那些居民嘛，什么事都要管一下。他们有些不熟悉规章，我们就帮他找部门协调。"

访谈间，朱安邦也"插"了进来："像这种澳门公司注册的话，刚开始那段还很麻烦。"

"怎么个麻烦？"

"首先的话我们得要初审，去商务局那边备案审查，看到底是不是符合国家允许的投资目录内容。再说横琴的话，它不是所有的产业都允许进来的。虽然澳门推荐过来，可能后面我们会发现它确实是和横琴招商的产业大相径庭。"

"比如说？"我追问。

"比如有的就是完完全全想做地产性质的，想干一笔捞点钱，卖完就溜，这跟我们产业园区的宗旨显然是不符合的。"

"跟澳门投资人打交道，你印象深刻的是什么？"

"契约精神，这一点我很佩服。"朱安邦说，"澳门比较遵守那种契约精神，他跟你签协议的时候，会反反复复、认认真真地看，包括生产管理，工程期限……甚至政府的服务能力、规划战略，都在他们的考量之中。最后还找法务部门再看一遍，没什么问题才签，他们非常重视这一点。"

澳门项目落了地，事务局的考验才刚刚开始。

越来越多的建设工程服务在等着他们，建设中出现什么问题，跟施工单位产生什么矛盾，相邻地块的两个单位因为施工交叉会产生什么影响。

朱安邦给我说了这样一件事："那是2016年，在中心沟有个澳门项目施工，相关部门批了一个搭建工棚的临时用地，可能是有点远，澳方一看这忒远，不愿意，自己偷偷摸摸在旁边建了一个，几个月之后，那块地要出让了，人家来一份函让他们赶紧搬。"

澳方老板想不明白，不愿意搬，就这么执拗。

朱安邦就去协调。

澳方老板用三分之一的粤语和三分之二的蹩脚普通话讲，朱安邦就用三分之二的普通话和三分之一的蹩脚粤语回答。

大家比画了老半天总算明白了要表达的意思。

澳方老板磨磨蹭蹭一个月终于搬走。结果他们又跑到旁边那块地上面建了一个工棚，住了两三个月，人家那块地又拿到施工许可证了，准备做桩基了，又发函让这个老板赶紧搬，这下老板就不乐意了，说他搬一次上百万，搬一次上百万，你们怎么能把我们赶来赶去的？

"于是我们又得去做解释协调。"朱安邦说，这样的事情初期碰到比较多。其实协调除了问题还是问题，道道难题，逼迫自己去思考、去实践、去解决。

回想起自己的服务经历，朱安邦感慨颇多。从陌生到熟悉这份工作，园区从一无所有到现在渐成气候……期间，尝尽了谈判和服务中的各种酸楚，也获得了满满的成就感。

在横琴采访，我还听到一个"逃跑新郎"的故事。

在横琴岛上的一家小咖啡馆里，新郎一边问我是要蓝山咖啡还是摩卡咖啡，一边叮嘱我不要在书里写他的真名。

他跟女朋友谈了三年，好不容易休假几天才相约到一起去云南丽江拍婚纱照，准备国庆结婚，可刚拍了一天，就接到由他负责的"一对一"跟踪服务对象的电话。当时澳商并不知道他已离开横琴,澳商在微信通话中告诉他,自己的项目准备举办一个开工仪式,打算第二天来横琴约他商讨一些细节。

得到消息后,新郎二话没说,马上收拾起行李。可突然,一个念头闪过,他又犹豫了:婚纱照才拍了一天,自己一走女朋友会不会不高兴?剩下的两天怎么拍?

没想,新娘很理解,马上帮他在携程上订了机票。就这样他把新娘子丢在丽江,自己跑回到横琴陪澳商研究仪式方案,直到方案敲定后他才又飞回丽江继续拍婚纱照……

正是无数类似的真诚服务,激活了横琴一池春水。

对澳合作是横琴的"一号工程"。横琴的开发开放不跟其他新区比地区生产总值,也不比城市发展。

比什么?

比的是服务效率!比的是服务创新!

在横琴,有一个耳熟能详的词语:服务澳门。这种服务事无巨细,渗入到横琴每个部门、每个横琴人的骨子里。

2012年11月1日,澳门人丘玉珍拿到了由横琴产业发展局审批通过的编号为0001号的中华人民共和国港澳台企业批准证书。

这张证书后来被放大影印放在横琴的展示厅里,丘玉珍为此还十分自豪:"我是第一家进来的(外资企业)。"

进横琴投资前,丘玉珍听朋友说到横琴办公司要雇一个专门跑机关的人,办手续起码要几个月。

"没想到登记仅用一天。"拿到了批准证书,丘玉珍十分兴奋。她笑着说:"在横琴注册企业,效率很高,和在澳门没啥太大区别了。"

如果按照以往的审批流程,申请人办理企业的营业执照、组织机构代码证、税务登记证(含国、地税)和刻章业务,需要往返政务大厅约8次,需要9个工作日才能领取上述证照。

在横琴新区服务大厅,我看到工作人员正在做一件"小事"。他们正小心翼翼将企业注册方面的表格内容按照澳门企业的习惯进行修改:

"复印件"正在改为"影印件"。

"身份证"正在改为"回乡证"……

这些微小的细节,凸显的是横琴对澳门投资者的精细服务理念和对国际化法治化营商环境的追求和探索。

建大厅、转职能、简程序、优流程……一系列大刀阔斧的自我革新欣然上路，一系列为澳商"量身定做""澳味十足"的服务举措层出不穷。

在行政服务大厅的显眼位置，设立有"澳门投资企业绿色通道"。从外资审批、工商登记等环节专门服务澳门，让澳门企业在这里找到"家的感觉"。

"现在所有对澳工程事项找一个窗口就搞掂了。"澳门投资商陈志强的体验来自于横琴推出的《横琴新区社会投资类建设工程管理模式创新方案》。

这就是港澳投资商津津乐道的"绿色通道"。

这个方案的推出是在2016年4月，采取并联和集中审批、限时办结等办法，使澳门投资企业办理施工许可手续，对接的政府单位缩减至1个，办理程序数从35个缩减为16个。

其实，有"老横琴"回忆，横琴开发之初，市场准入、审批办照、政务服务等方面依然是传统模式，港澳社会投资类工程的审批也不例外，都是循着传统的串联式审批流程。办个施工许可证，各相关部门互为前提，比如土地使用证、工程规划许可证、环评、节能等，你没批给我，我就没办法批给他，这样串联起来就要200多天。

如何协调解决澳门在横琴投资企业的问题和诉求？

如何匹配港澳的工程建设环境？

如何确保港澳社会投资类工程快速落地并开工建设？

横琴建设环保局局长刘晨光在接受一家媒体采访时说："零敲碎打调整不行，碎片化修补也不行，必须是全面的系统的改革和创新。"

聚焦澳门社会投资类企业反馈强烈的审批环节、建设工期以及投资成本三个方面，横琴组织了近10人的创新团队，历经一年时间调研20多个政府部门，走访港澳10多家社会投资企业，在包括香港发展局、屋宇署、工程师协会等机构调研，最终形成系统社会投资类工程管理创新方案。

这个方案的关键词——报建清单、非土木工程技术性审查、自主选择、立项范围、分阶段、施工许可、市场、资源配置、作用……

这被港澳媒体誉为内地工程建设领域的重大创新成果。

陈志强直言好开心："现在，建设项目可以分下部桩基础、基坑及上部主体结构两阶段发放施工许可证。在签订土地出让合同的同时就拿到了建设用地规划许可证，这在以往，办施工许可证没有一年半载是不可能办成的，而我们拿施工许可证前后仅花了1个月时间，相比过去，整个建设过程可以提前两年完成。"

横琴给澳门一种"不一样"的惊喜。

简化登记手续，降低注册门槛，优化注册流程……登记事项由原来的11项减少到6项，各类申请表格由原来140种缩减到70多种。

横琴在努力营造一个趋同港澳的商事登记和管理环境。

知道我在横琴写这本书，于是有人强烈推荐我写写横琴工商局，说工商局创新力度大，是横琴改革的先锋。

我于是慕名而去。

原局长吴创伟（现任新区管委会副主任）如约而至，人很谦逊。他告诉我，横琴的商事登记是一个不断与时俱进的过程，其中商事制度改革是最大的成果。

吴创伟说，当时的企业注册登记条件非常严格，注册地址必须是有房产证的商用楼宇。横琴有房产证的房屋不过1000户，基本上都是住宅用房，如果等新建的商业楼宇投入使用才予以登记，至少要等3年。

"横琴等不起，招商引资落不了地，怎么办？"他颇有深意地看了看我。

"怎么办？"我还以同样的眼神。

"改革需要破题，倒逼我们转变思路，放宽企业注册登记条件。"他这么一说，我重重地点了点头。

在省工商局和地方政府的支持下，横琴用3个月左右时间，起草了《珠海经济特区横琴新区商事登记管理办法》，并运用珠海经济特区立法权解决了这一困扰企业注册的难题。

2012年5月24日，全国第一个关于商事制度改革的政府规章颁布实施。《珠海经济特区横琴新区商事登记管理办法》探索出一套有中国特色，符合国际惯例，内容覆盖注册资金认缴制、注册地与经营地相分离等7项改革创新措施，大幅降低企业注册登记条件。

横琴的商事登记改革一直没有止步。

从2014年6月开始就推出网上商事登记服务，历经多次更新迭代，网上审批中心实现了"一网通办"，线上线下商事登记全流程系列标准化，网办商事登记业务量占到总体业务量的50%。

"我们的目标就是让企业'零跑动'。"吴创伟说，"至少是让信息多跑动，让企业、群众少跑动。"

同年，横琴再推出商事登记改革2.0版本——澳门企业准入、准营"24证合一"，其中企业工商营业执照、刻制印章、国地税税务登记证、组织机构代码证

"四证联办"。经过网上预审,企业最迟在两个工作日内拿到"四证一章",往返横琴一次即可完成商事登记。

"您给我说说横琴商事主体电子证照卡……"在采访前,我事先做了一番功夫,知道横琴商事主体电子证照卡在全国独树一帜。

"这个是我们跟银行一起搞的。"谈到商事主体电子证照卡,吴创伟兴趣盎然。他转身进到办公室给我拿来两张样卡说:"第一个版本是2015年搞出来的,第二个版本是2016年出来的。"

我接过来打量一番,说:"是有点不一样。"

"你不要小看这张简单的卡,第一它没有磁条,第二它没有签名条……但完全可以提现。"

我拿过样卡端详,发现它跟我们平常使用的银行卡大小没什么两样。一面是银联的标识,一面有庄严的国徽。

"为什么设计成这个样式?"

"作为全国第一张电子证照卡,证照跟金融的功能完美融合。银行设计一边,工商设计一边。既要体现电子证照的身份,又要体现银行卡的功能,我们前前后后搞了半年有余。"

"为什么要搞这个卡?"我不解地问。

"当时我们给企业发了营业执照后,企业到银行办理融资贷款等业务时,为规避一些风险譬如虚假合同等,银行往往要到我们工商部门来核查企业的信用和基本情况:地址注册在哪?开户行是哪家银行?法人是谁?我们就想,能不能合作搞一张卡,信息与银行共享,从技术上解决部门之间的信息孤岛问题,同时解决银行的尽责调查问题。"

横琴中国银行支行觉得这个想法很"拉风",确实很有必要试一试,于是积极推动。

为这张卡,横琴中行将报告打到省中行,然后到中国银行总行,再到中国人民银行,流程走得一路顺畅。

但到中国银联时,这事差点"黄"了。

"怎么回事?"我急切地问道。

"人家问磁条在哪?签名条呢?"

横琴解释说"版面有限"……

这当然是个理由。但没有签名条不符合要求,也违反规定。中国银行广东省分行真不错,派人在北京待了一个月,磨来磨去,终于磨通了。

"也不是取消了，是隐藏了这些功能。"吴创伟说。

于是，一张以营业执照信息为基础，集合企业其他登记、许可、备案、资质认证等证照基础信息的可读写标准电子介质在横琴诞生了。

商事主体电子证照卡加载了金融结算功能，与纸质营业执照和其他证照具有同等效力，具有"证照信息电子化、集成化，信息数据权威性，使用功能广泛性"特点，逐步取代纸质营业执照和其他证照，真正实现企业"一张卡走天下"。

一位前来政务大厅办事的人员告诉我，以往年度审核，审核前需要带上公章、营业执照正副本、税务登记证等许多证件，准备材料较多，需要花费不少时间，现在不用。

有了电子证照卡之后，投资者凭此卡可全天候享受便捷、高效、完整的商事服务，实现"一卡在手、服务全有、政商共用"。所有的信息都在卡内，不用重复递交相同的材料。

"使用的情况怎样？"

"除了中国银行外，目前我们跟七八家银行都有合作，有近4000家企业使用电子证照卡，其中不乏诸多港澳企业。"

传统工商登记模式被颠覆，只是横琴创新改革的一个缩影。

横琴工商局名噪一时的"三单"管理，就是专为澳门量身定制的。一是《市场违法经营行为提示清单》；二是《横琴与香港、澳门差异化市场轻微违法经营行为免罚清单》；三是《横琴新区失信商事主体联合惩戒清单》。

事前违法提示、事中轻微违法免罚、事后失信惩戒组成了三个全链条、闭合式智能监管模式。

"清单"管理模式的创新很有故事。

初期，澳门企业到横琴投资，经常会出现一些在澳门合法而在内地违法的经营行为。比如在澳门，店铺招牌名称可以简化，营业执照无须在醒目位置悬挂等，但在横琴则不行。

"这也不行那也不行，怎样才行？"在召开的座谈会上，澳门的企业家有点"不舒服"。

是呀！相关的法律法规条款内容分散不集中、不便查询，对于一些经营行为是否违法搞不清楚，澳门企业在经营上如何放开手脚？

即便是无心违法也会产生成本。

如何对接港澳监管规则，让澳门企业放胆经营？

2012年初，横琴工商局梳理港澳合法而内地违法的经营行为，将涉及工商部门处罚职能的154部法律、法规和规章中的1810种违法经营行为，按96个国民经济类别及15个市场主体类型进行分类，并开发专门应用软件方便社会大众查询下载，为企业经营"画红线""标雷区"。

"有了这个清单，我们企业经营就不怕踩'地雷'了。"丘玉珍边说边为我打开横琴新区市场违法经营行为提示清单查询系统，选择市场主体类型、行业类型后，不到3秒钟，7大类可能涉及的企业经营"雷区"便一目了然地展现在我面前。

"哪些不能做一清二楚。"丘玉珍高兴地表示。

"画红线标雷区"，地雷还是太多了。当时的市场监管规定带有浓厚的计划经济色彩，管得过细过严。吴创伟用了"绊脚石"三个字来形容。

既然要助力澳门产业多元发展，就要有容错的创新思维。能不能对一些轻微违法经营行为免罚？

吴创伟把这个想法分别向新区领导和省工商局和盘托出。

"很有新意。"横琴新区把这一创新想法当作重大改革来推动。

2013年9月，吴创伟一行来到北京，相关部门非常重视，当听取汇报后，还找了好几个专家来座谈，专家把吴创伟"批"得体无完肤。

"改革创新也还是在内地，横琴不是澳门吧？"

吴创伟一听，心想"完了，这次怕是要犯政治错误了"。

走出会议室，吴创伟再一次向与会的主要领导陈述想法，领导被横琴的创新精神和执着所感动，他将吴创伟拉到一边，说："小吴啊，你们回去以后稳妥推进，我们支持。"

"真干了？"我迫不及待地问。

"干了。"吴创伟说，"当时横琴正要搞自贸区，草拟自贸区建设的促进办法。我们就从对接港澳营商环境方面，通过地方立法，获得了授权。"

"就是运用地方立法权？"

"对。"

2014年，横琴工商局针对市场监管领域内地法律法规与港澳法律差异条款进行了系统梳理，对比分析了部分在港澳合法而在内地违法的监管规定，在全国率先公布《横琴与香港、澳门差异化市场轻微违法经营行为免罚清单》，只要是在横琴登记注册的港澳企业，对首次实施上述轻微违法行为实行免予行政处罚或免予罚款。

在公布的首批共30条的工商行政管理类免罚措施中，对澳门企业首次触犯公布的轻微违法行为、对澳门商事主体店铺招牌简化名称、对未在醒目位置亮照……免予行政处罚或免予罚款。

"事实证明，这个免罚清单很有用。"

"有上面来追究吗？"

"没有。现在都说好，去年还是前年初，我不太记得具体时间了，国务院有一个通报，还表扬了。"吴创伟笑了。

2017年4月21日，横琴新区正式对外发布《横琴新区失信商事主体联合惩戒清单》，以清单形式向社会公开工商行政管理领域首批违法失信行为、惩戒措施，并联合惩戒部门，推动各相关单位共建信用惩戒大格局。

横琴工商局还推动建立了"黑名单"制度，对市场经营中的失信商事主体开展联合惩戒，并推送失信商事主体名单到相关单位。在全省出台《失信联合惩戒实施办法》，明确多个部门在多个领域对失信商事主体共同实施惩戒，拓展惩戒对象范围，构建"横向到边、纵向到底"大惩戒格局。

一处失信，将会处处受限。

商事主体电子证照卡和港澳负面短清单作为政府智能化监管服务新模式入选全国自贸试验区制度创新的"最佳实践案例"。

横琴和澳门紧密度最强、融合度最高就是消费维权。

每一年，澳门消委会会邀请横琴的消委会以"神秘顾客"的身份去澳门参与诚信店评审，"神秘顾客"偷偷来到澳门那些参加评比的诚信店里实地考察，然后打分，评审的结果互认。

澳门的诚信店来到横琴，或者横琴的诚信店到澳门都可以享受相关的优惠，折扣共享。

横琴与澳门建立有一套消费维权体系。

2018年11月，澳门消委会收到一宗投诉，一位澳门消费者反映其因购买珠海房产，向中介公司缴纳了5万元诚意金，但进一步查勘后，这位顾客对房子不满意，他要求公司退还全部诚意金。

根据跨境消费维权合作协议，澳门将该投诉件转到横琴处理。横琴消协调查后发现，中介公司销售人员收取澳门消费者的诚意金后，已经离职，却没有将钱款上报和汇入公司账户，而是个人占用。

中介公司协调后，销售人员退回了2.42万元给澳门消费者，余下欠款销售人员承诺在一年内分十期支付。

但澳门顾客不同意分期退回。

中介公司认为自己没有收取钱款，且已采取了必要手段，故不同意承担余款的退款责任，双方一度僵持不下。

横琴消协现场耐心调解和法律宣传，最终双方达成一致：被投诉方同意由公司先行垫付余下未退还的诚意金2.58万元人民币，并承诺于7个工作日内退还至消费者，再由公司向该员工追讨；而澳门消费者也同意不要求中介公司承担利息费用。

为这事，澳门消费者来来回回折腾了5趟。

这件事让横琴工商局茅塞顿开，怎样消除两地消费维权程序差异，简化消费纠纷处理流程，实现跨境消费维权"零跑动"？怎样消除消费者两地奔波、维权路径不熟的麻烦？

"我们合作建立跨境视频调解机制。"吴创伟特别推崇，他告诉我，这个机制入选2018年度"广东十大消费维权典型案例"。

2018年10月，两地合作建立了跨境视频调解与仲裁机制。澳门和横琴消费者发生跨境消费纠纷后，可直接向所在地消费维权部门投诉，并由澳门和横琴两地的消费维权部门通过跨境视频调解平台，组织纠纷双方进行在线视频调解。内地消费者在澳门发生消费纠纷时，还可在澳门消委会组织下进行视频仲裁。该机制已成功调解2宗跨境消费纠纷，共为澳门消费者挽回经济损失22.58万元人民币。

"接地气，真正是在为澳门服务。"澳门主流媒体这样评说。

2017年8月，横琴商事登记改革再推"证照分离"，不再强制"证""照"办理先后顺序，对企业能够自主决策的经营活动，停止、取消审批或改为备案管理。

吴创伟给我打了个比方，以前企业办"出生证"，需要和"毕业证""驾驶证"一起办，现在取消前置审批，可以在从事许可经营项目时再去办理。

从最初工商登记改革的"先照后证"，到后来的市场违法经营行为提示清单、免罚清单，再到"证照分离"、压减审批、强化监管，横琴的商事登记改革从未止步……

趋同港澳税收环境是横琴的一张"名片"。

2018年7月12日，澳门人陈志豪打开V-Tax手机版，缴纳了上个月在横琴工作的2078.34元个人所得税。他感叹："在澳门家里点点手机就可以生成个人所得税电子税票，下载到电脑随时可以打印，真是太方便了。"

"非常棒！"陈志豪表示。

陈志豪使用的V-Tax远程可视自助办税系统，是横琴新区税务部门在全国首创通过实时音视频远程交互，实现跨境、跨省、跨市、跨区办税，打造"全业务、全天候、面对面、类前台"的新型办税服务模式。

这套由横琴税务局自主研发、全国首创的智能系统用得最多的就是港澳人士，这引起各级领导的关注。

2019年5月，中共中央政治局委员、广东省委书记李希听说借助这套系统，澳门纳税人在家或者企业，就能轻松上网跨境办税，实现"零跑动"，于是慕名来到横琴税务局。

在横琴税务大厅，局长黄勇在向李希书记介绍V-Tax远程可视自助办税系统的功能时，恰巧有一位澳门办税人员在澳门的家里面通过系统向税务部门咨询相关办税的事情。

澳门纳税人：请问下，现在我们公司那个税务信用代码换了，我要怎么办理变更手续？

税务局人员：您好！是这样的，我们办理变更纳税人识别号的话需要提供的资料有以下几项……

澳门纳税人：这些资料我们要到现场提供吗？

税务局人员：不用，您只需要系统上提供就好了。

澳门纳税人：还有，按要求我需要缴纳税费，在系统上怎么操作？

税务局人员：先认证，完了您可以通过微信、支付宝支付或者银行扣款。

澳门纳税人：那我用微信吧！

税务局人员：请您扫屏幕上的二维码……

澳门纳税人：谢谢！

税务局人员：不客气。

很快，这个客户通过微信扫二维码，4万多元税费一下就进了国库。

李希书记饶有兴致地看完整个过程，然后问黄勇："像这样能在网上办的涉税业务有多少项？"

"6大类116项，这些都是企业日常的涉税业务，全部通过V-Tax远程实时办税终端，实施全程网上办理。"黄勇回答道。

"电子申报率能达到多少？"李希书记又问。

"98%以上。"

黄勇还介绍说，广东省电子税务局启用后，横琴把原来V-Tax远程可视自助办税系统跟电子税务局合二为一，也就是现在看到的V-Tax升级版。目前，这套系统不仅澳门、香港纳税人可以使用，内地企业家也可以安坐家中，足不出户就实现和税务人员进行语音和视频交流办税。

正好当天我也在横琴，黄勇送走李希书记后，将我迎进接待室，我们的话题就是从这套自助办税系统开始谈起。

"当时怎么会想起开发这样一套服务港澳的办税系统？"

"这个说来跟工商登记注册有关。"黄勇说，"2012年时，横琴在全国实行商事登记制度改革，其中有一个'一址多照，一照多址'，工商注册在一个地址就有上千家，这样就牵涉到办税问题。"

那时候，横琴还是"蕉林旷野"，绝大部分企业的注册地和生产、经营并不在横琴，远的在北京、上海、长沙这些地方，近的在深圳、广州、香港、澳门等周边，企业涉税老是往横琴这边跑，窗口那里人山人海，企业来回折腾自然增加了办税的成本。

横琴就在想：现在视频那么发达，能不能通过网络把这个办事窗口"放"到那些在外地生产的企业去，延伸到港澳地区去，有图有真相，就跟家里面的视频通话一样，在家里或在办公室登录这个业务系统，足不出户就实现可视化办税？

2016年10月，系统开发完成，1500多家澳门企业中绝大多数都使用了这套系统，两年多来越用越顺畅。

"你们是怎样提高企业知晓率和认同度的？"

"这也是有个认识过程，我们采取了几个途径，比如微信推送短信，对港澳企业办班，新登记企业专门辅导，告诉他们登录V-Tax就可以搞定……"

"实际运作中会不会出现甲公司冒充乙公司？"

"那不会……一开始就采用实名认证，对'四员'，即法人代表、财务负责人、会计、办税员的身份认证储存在后台了。"

"港澳的企业也是这样吗？"

"他们就更便利了，直接用手机自拍，传给我们核对就行，或是对着摄像头，让我们的办事员看到。"

"除此之外，还有别的方式吗？"

"我们推出了一个叫'智税宝'的产品。"他还颇为自豪地告诉我，他们还有一个很好用的就是微信（纳税）……

黄勇说:"港澳地区税制相对简单,纳税较为便利。横琴的纳税便利化指数的指标体系就是参考借鉴了英属国家和地区的指标来构建。"

打破传统,寻求突破和创新,将办税服务区域延伸至境外,为港澳纳税人提供了同城同质的投资便利化服务,这就是"跨境税银智能服务"新模式。

全国首创的创新举措在横琴税务不断刷新,这块试验田里,税收新政出台的密度和频率堪称前所未有。

去横琴采访前,我就听到有"港人港税,澳人澳税"的说法,这激发了我极大的兴趣。

在横琴长隆工作的港澳雇员区志明、文建兴是首批领到港澳居民个人所得税差额补贴的人,我前往找到他们。

"你们都领到了多少补贴?"我十分好奇地问。

"21463.25元。"区志明还清楚记得首次发补贴的那天是2014年3月19日,横琴新区组织了一个发放仪式,自己还上了电视,这辈子"想都没想过"。

"我少点,是16748.74元。"文建兴说。

文建兴原就职于香港迪士尼乐园,现在长隆海洋乐园餐饮部工作,刚来时他很担心,香港税负较低,到横琴工作后,个人所得税税负会比以往大幅增加。

"还担忧吗?"

文建兴高兴地说:"现在这个担忧没了,我打算长期留在这边工作,横琴发展潜力很大。"

2011年7月14日,国务院正式批复在横琴新区实行比经济特区更特殊的优惠政策,明确规定对在横琴工作的港澳居民给以个税补贴。次年12月,广东省财政厅出台《关于在珠海市横琴新区工作的香港澳门居民个人所得税税负差额补贴的暂行管理办法》。2013年,横琴新区港澳居民个税差额补贴政策正式出台。

周运贤,是一位拿到了"澳人澳税"个税差额补贴的澳门青年。横琴对他而言,不仅仅是"两地个税相当"的意义。

"这将大大吸引港澳高精企业和高端人才的集聚。"周运贤说。

"补贴是怎么计算的?"我问他。

"就是实际缴纳的个人所得税税款与其个人所得按照香港、澳门地区税法测算的应纳税款的差额部分。"周运贤说,"以我的亲身体会,横琴完全趋同于澳门的个税环境了。"

截至2018年12月,"港人港税、澳人澳税"优惠政策已经给予在横琴工作的香港、澳门居民个人所得税税费差额补贴达9000万元。

"目前，这个政策已普惠到大湾区所有城市了。"黄勇告诉我。

2016年12月16日，《横琴新区促进澳门中小企业发展办法（试行）》正式实施，对符合《横琴新区企业所得税优惠目录》的澳门投资中小企业，企业所得税按减15%征收。

15%是个不小的优惠。

显然，横琴试图通过税收优惠方式引导高新技术、医药卫生、科教研发、文化创意、商贸服务等产业在横琴发展，这与澳门重点发展的文化创意、科教研发、中医保健等促进经济多元发展的产业定位"同频震动"。

最引人注目的"中药饮片创新技术开发和应用""文化创意设计服务""跨境数据库服务"等税收优惠政策也是为澳门企业量身定做。

横琴新区大胆试、大胆闯、自主改，作为改革的"探路者"在税收领域渐渐走出了"国际范"：

一窗通办、一网通办、一键申报、一次办结……新办企业所需的登记信息确认、发票票种核定等10个涉税事项集成为"新办企业套餐"，最快半天能走完开业到领取发票的全流程，澳门企业跨境办税服务效率整整提速了60%以上。

2018年4月1日起，横琴税务又对5大类258项办税事项实行"最多跑一次"，有效压缩50%的办税环节。

一招鲜，招招鲜。

横琴税务组建了优惠政策专家团队优化政策辅导服务，建立了一对一、点对点的政策落实服务机制，切实为纳税人带来实惠。

冠聚源投资有限公司的财务人员林芹与我谈起办税就赞不绝口。

那是2016年5月25日，林芹按往常到网上"零申报"，她惊讶地发现，公司没有可申报的税种。

"怎么回事？"林芹心里既纳闷又焦急。

按照规定，纳税人如果不定期"零申报"或逾期"零申报"，将会收到税务部门的行政处罚。

她急忙给横琴税务局的工作人员打电话。

很快，工作人员告知她，冠聚源投资有限公司符合"有税申报"的条件。

林芹终于长长舒了一口气。

原来，横琴新区税务部门创新推出了"全税种首次有税申报"，纳税人发生应税收入首次申报或首次申领（代开）发票的行为，税务部门才对纳税人进行税种（基金、费）核定，注册的公司只要还没有开始经营就不用老惦记着"零申报"了。

林芹感叹地说:"现在横琴办税的电子化程度和效率大幅度提升,一些业务的办理体验比港澳还要好。"

作为改革的先行者,横琴办税服务的多个创新做法在广东自贸区酝酿、试点、提升,形成了一批可复制、可推广的自贸区改革经验:"互联网+"税收服务、免费推行CA证书、纳税提示清单、移动缴税等6项创新服务措施入选广东自贸区可复制推广改革创新经验。

从横琴给我提供的报告显示:2018年,横琴税费收入是193亿元,比2009年1.8亿元整整增长了逾100倍,纳税户从2009年的1000多户增长到2018年的54000多户,接近60倍。

"在193亿税收中,产业占比是多少?"

"第一是金融,第二是商业,第三是房地产,房地产占了21%的税收。"

"房地产不是主要收入?"我有些意外,我说我听到外界有不少声音,说横琴主要是房地产。

"那是误读,税收最能反映真实情况。"

我想,原来一片荒地突然冒出那么多高楼,难免让人产生一些错觉,横琴开发又怎能没有城市建设呢?

"真没想到这么快!"

2018年10月26日,在位于横琴濠江路南侧、港澳大道北侧的澳能研究院施工现场,澳能(横琴)能源发展有限公司总经理许国飞兴奋地表示:"之前入园的澳门企业从土建到送电通常要1—2个月,没想到我们只用了17天。"

高效的供用电,得益于横琴实施的《中国(广东)自由贸易试验区珠海横琴新区片区供用电规则》。

2015年以前,横琴的供用电规则仍为原电力工业部20年前发布的供电营业规则,在程序、耗时、成本等方面都存在局限。如果对标世界银行评估指标体系,横琴在"获得电力"方面的总分、排名、耗时、成本等均排在100名之后。

在建设国际化、法治化营商环境方面,横琴显然"落伍"了。

澳门企业到横琴投资都存在"水土不服"的问题,横琴的用电报装与澳门的模式完全不同,程序烦琐、耗时长。

如何建立一套高效的供用电规则?

2016年,珠海供电局市场营销部的副主任蒋道方带领团队多次到港澳地区进行对标交流，同时引入第三方机构对横琴区内的企业客户进行"背靠背"调研，借鉴港澳供用电经验模式，踩准客户的"诉求"，针对性探索建立一套市场反应灵敏、管理决策高效、服务模式灵活、可复制可推广的供用电规则。

很快，一个涵盖用电申请与账户开立、供电设施建设与供电设备安置、受电装置建设、供电与用电等多个方面的《中国（广东）自由贸易试验区珠海横琴新区片区供用电规则》（以下简称"《规则》"）出台了，《规则》包含6章44条，在供用电程序、耗时及成本方面实现突破性改进。

报装审批环节的极大简化是《规则》的一大亮点。

许国飞所在的澳门永同昌集团在粤澳合作产业园的三个项目都赶上了"新规则"。

"之前，澳门投资商与电网企业的交互环节至少有5.5个。"许国飞告诉我说。

"现在呢？"我说我只关注现在。

"现在的交互环节只有两个，供电方案、受电工程设计审查、现场检验环节已经取消了。"

一张身份证明资料，一个在相应地址有权用电的证明。之后，电网公司前来确认用电需求，公司配合提供供配电设施安置地，准备低压部分。

"不出岛就在横琴供电所搞掂，很满意。"许国飞爽朗地笑了。

在横琴，只要一封邮件就能完成供用电申请。

横琴对申请资料要求也做了大量简化，推行电费担保（定金+保函），还原供用电关系电力商品交易特性，延伸电网企业的投资范围，减少客户用电投资成本……

根据世界银行评估体系模拟计算，《规则》实施后，横琴"获得电力"的程序、时间和成本大幅压缩80%以上，评分提升至93分，横琴"获得电力"的评分排名提升至全球前10名，9项创新举措填补了国内空白。

匹配、支撑和服务横琴助力澳门经济适度多元发展，横琴供电服务团队以"未来思维"聚焦智能电网建设，为澳门提供用电保障服务。

220千伏琴韵变电站是南方电网首个3C绿色智能电网重点工程项目，也是粤港澳合作框架协议中的内容之一。

谈到"3C"绿色电网，刘佳津津乐道，她说这是给横琴助力澳门经济适度多元化发展下的一场"及时雨"。

为什么这样说？

时光回到2011年2月初。

齐军睿智从容，如一介儒雅书生坐在我面前，他时任琴韵变电站工程业主项目部的经理。他回忆当时的情形，说："因为横琴开发，对澳门供电量陡然增长，长隆和新家园项目即将启用，BT、中海油等项目陆续展开，岛内仅有的一座110千伏变电站、两台两万千伏安变压器，供电能力明显不足。"

"面临着跟澳门'抢电'的问题。"齐军说。

"对澳供电和新区开发一个也不能少，2011年底工程必须投运。"刘佳下了死命令。

重压之下，齐军团队顶住压力，主动挑起大梁。

琴韵站的建设有两个特点，一是变化多，二是时间紧。采用220千伏直降20千伏技术，这在广东电网系统内尚无先例。

在系统刚搭建时交换机容量速率不够。

"这下坏了。"齐军心想。

为争取交换机容量用到1000兆，齐军主动争取资源，协调相关部门，确保采购符合工程要求。"电网建设不是一个部门的工作，统筹协调，内外联动才能真正搞好电网建设，好'留有一手'。"

220千伏琴韵变电站的建设既是挑战，又是机遇，它探索使用的智能化一次设备及网络化二次设备分层构建技术、全数字化变电站自动化系统，为广东电网建设数字化变电站摸索了经验，其中"智能运行控制关键技术研究与应用成果""不停电检修技术"达到国际领先水平，具有分层分区自治自愈功能的智能电网让国际知名电网运营商都拍案叫好……

琴韵变电站通过通信技术，电网控制技术和计算机的结合，实现技术创新，故障率降低，可靠性提高。

齐军介绍，变电站安装了众多参数传感装置，系统就像人一样"智能"地对设备进行监测，在不停电的情况下，运用数字化技术预判设备可能存在的隐患，将故障消灭于萌芽状态。

他还形象地比喻："如果人眨一次眼睛需要0.2秒，那么我们这里在四分之一眨眼时间内就能切除电网线路故障。"

2015年8月15日，珠海220千伏琴韵站至澳门CT220（莲花）站第三回电缆线路工程（琴莲丙线工程）也如期投运了。

至此，广东电网形成6回220千伏线路向澳门供电、3回110千伏线路备用的供电格局，在满足澳门中长期用电需求的基础上，进一步提高对澳供电的可靠性。

风含情水含笑

澳门是一个崇尚生态环保的城市，举个"芝麻绿豆"的小事情，足以"窥一斑而知全豹"。

在澳门，不少人逢年过节都会收到"利是"（红包）。但年节一过，大多数的"利是封"被当作垃圾而丢弃，既浪费也不环保。澳门每年推出回收"利是封"计划，在全澳各社区设置了超过200个回收点，将完好的"利是封"回收循环再利用。

小小一枚利是封，关涉环保大文章！

路氹城生态保护区是澳门最大的生态保护区，它处于横琴岛对面，天沐河就像一根"脐带"将澳门的路氹湿地和横琴的二井湿地连起来，路氹在东，二井在西。

作为澳门首个生态保护区，路氹城生态保护区由封闭式管理的生态一区和开放式管理的生态二区组成。保护区建了一条长320米的袖珍植物带，咨询生物专家后种植了多种类的适宜生长的植物，以便让澳门学生亲身感受到课堂上看不到的植物和珍稀鸟类，生态宣传教育从孩子抓起。开放区设有4个观鸟台，选址非常有讲究。譬如每年10月踏入候鸟季，各种机构会组织公众前来观鸟，为了把对鸟类的干扰降到最低，他们细致到要求参观者须着便鞋，同时避免穿着颜色鲜艳的衣服等。

观鸟时对穿着都有规定，这恰恰是澳门人的环保理念。

据统计，路氹城生态保护区生态一区中昆虫有100多种，鸟类达到140多种，包括珍稀的黑脸琵鹭，这种鸟目前全世界只有2000多只，澳门就有50多只。

横琴开发牵动澳门的环保神经。

在澳门，我采访澳门土木工程实验室主席区秉光时，他就十分担心横琴自然生态可能因众多工程同时进行而受到冲击。

他以澳门金光大道发展经验来判断短时间内横琴变成一个"大地盘"。他说："众多建筑工程同时进行，会给生态等各方面带来冲击。自然生态可在短时间内受到影响，但却要长时间才得以恢复。"

区秉光担忧的情景会在横琴出现吗？

一个周六的下午，我驾车去"横琴公社"餐厅吃那久负盛名的生蚝，一看时间尚早，便在横琴岛周围转转，就这样一不小心便转到了横琴西北角的横琴芒洲湿地公园。

那边厢是沸腾的工地，这边厢则是静谧的多风光。碧波荡漾中，落霞与千鸟齐飞，城市与自然共美，大片的芦苇荡和12万多株真红树、半红树及红树林，单红树林植物就有6科8属8种，还有秋茄、桐花树、海桑、老鼠簕、银叶树、黄槿……

进入芒洲湿地公园，远远望去，只见数只白鹭翱翔天际，飞累了就集体休憩在一片绿洲上，留下了一份田园旷达。

横琴四面环水，海湾众多，沙滩绵延，怪石嶙峋，碧水涟漪。是一个风光旖旎，物种繁多，原始植被保存完好、鸥鹭翔集的湿地。据相关资料，岛上植物种类896种，除了红树林外，还有无瓣海桑、桐花树、木榄等，陆生野生动物108种，其中鱼类有花鲈、黄鳍鲷、青鱼、鲮鱼等81种，还有最珍稀的数量比大熊猫还要少的粤溪蟹。

真可谓"茫海浮绿，长湾聚灵"。徜徉在木栈道、亲水平台、观景台，俯视湿地公园，碧海蓝天映在水中，湿地阡陌，水塘与植被摆放得纵横规整，那旺盛的植被，入眼满是碧绿。我在想：这不是一幅虚构的画面吧？山盘绕，波荡漾，已修葺好的观景栈道，设有专门的观景凉亭，我随意坐下，纵情地呼吸着新鲜空气。仿佛在这里得到了灵魂的休憩，身心都要跟自然融为一体了。远离城市的纷扰，此时我的心境舒适又惬意。踏上弯曲的浮桥，穿过河道，迎面看到各类珍稀鸟类扑棱飞过，几个摄影爱好者赶紧抬起"长枪短炮"，那"咔嚓、咔嚓"的快门声此起彼伏，他们显然不想错失这个"鸟的天堂"。春看鸟，夏听瀑，秋观日，冬品蚝。横琴美不美，鸟儿告诉你。这片生长着红树林和大片芦苇荡的湿地具有极高的生态价值，大量鸟类越冬在此栖息、繁衍。

在芒洲湿地公园内，建有广东省首个海洋生态修复展示厅——横琴海洋生态修复展示厅，总面积2000平方米，是长期科普教育和生态教育的基地。

展示厅里，解说员一边解说一边回答我的问题——

问：这岛上的鸟类有多少种？

答：约60种，其中11种为国家Ⅱ级重点保护鸟类，比如黑鸢、黑翅鸢等，被列入CITES全球濒危物种的黑脸琵鹭有在横琴出没。

问：横琴怎么会有这么多鸟类？

答：从生态区位的角度来看，横琴处于一个非常特殊的位置。以30多平方公里的大横琴山为中心，在珠江口构成了一个规模不大，但功能齐全的海洋湿地区域，是东亚和澳大利亚候鸟迁徙的主要驿站。

问：怎样让这些珍稀的候鸟留下来？

答：横琴10年来一直致力于保护和修复，目的是致力把这里打造成为粤港澳区域珍稀的红树林湿地资源区、横琴和澳门地区最宝贵的海岸湿地生态系统。

问：让鸟类成为这块湿地的主人？

答：是啊！这里有白鹭、中白鹭、池鹭、绿鹭、夜鹭、苍鹭、黄斑苇、黑水鸡等鸟类……每年都吸引了不少国际观鸟人士前来观鸟。

所言不虚。在由珠海市湿地环境监测科提供的一份数据显示，横琴的60多种鸟类中，有东洋界15种，古北界7种，广布种8种。居留型方面，11月有留鸟21种，夏候鸟1种，冬候鸟8种，候鸟占比已从2013年前的15%提高到了35%。

有鸟鸣相伴的环境真好，它们灵动婉转，鸣叫声像是一节一节的旋律。

那么，横琴独特的生态环境是怎样炼成的呢？褪去工作日的匆忙与浮躁，我披着愉悦的心情将都市喧嚣抛之脑后，冥冥中，似乎有一种无形的力量牵引着我。车沿着环岛路行驶，沿途一线湛蓝冲去了心中扰攘。那苍茫的红树林随风摇曳，一畦畦平地往海的那边漫去。我走进了横琴新区环保局。

刘勇是横琴新区环保局的局长助理，2011年初来到横琴工作，属局里的"元老"级人物之一。

在那间稍显狭窄的办公室里，穿白色衬衫、黑色西裤的刘勇温文尔雅，彬彬有礼，倾听我说明来意。

短暂寒暄后，我开门见山："据我所知，澳门对生态的保护非常执着，横琴在大开发中如何树立与澳门相通的生态理念？琴澳在环境方面有合作吗？"

"有，有合作。"刘勇将身子转过来，面对我微笑着说，"我们两地还很热络。"

"是吗？"我将信将疑。

"澳门每一年的环保展，我们都派人去参加。"刘勇似乎看出我脸上的疑惑，说，"我们的合作是双向的，我可以给您举两个例子。"

刘勇告诉我，2013年7月，横琴举办了一个大型的"横琴绿色城市之路"分论坛，特别邀请了澳门环保局的专家做主旨演讲，专门来谈路氹生态保护区。2014

年3月，澳门牵头完成"澳门路环—横琴生态保护区调研报告"后，函请横琴环保局提出宝贵建议。横琴环保局专程登门造访，交流意见……

"你来我往，我们两地就像走亲戚。"刘勇笑言。

澳门面积不大，但有一批鼎鼎有名的生态环保专家学者，比如澳门生态保育资深研究员梁华博士，澳门环境工程博士李金平等。前者以在澳门度冬的黑脸琵鹭种群为研究主题，长期研究这一濒危鸟类的特性和迁徙习性；后者数十年以澳门路氹湿地作为实例分析，研究湿地鸟类生境管理……

2009年，在国务院批复《横琴总体发展规划》中，赋予横琴新区的发展定位之一为资源节约、环保友好的"生态岛"。绿色。低碳。环保。生态优先、规划先行、基础快上、政策快批、项目慎选、科学发展……横琴着力打造一个绿色发展、低碳发展、可持续发展的"横琴样本"。

从2010年底，横琴相继制定了《横琴新区生态岛建设总体规划》，包含《横琴生态岛区域能源规划》《横琴生态岛绿色产业体系建设规划》《横琴生态岛绿色市政与环卫体系建设规划》《横琴生态岛绿色交通建设规划》《横琴生态岛生态环境建设规划》《横琴生态岛建设生态功能区划及污染物控制规划》《横琴生态岛水体及近岸海域生态建设规划》《横琴生态岛绿色建筑建设规划》《横琴生态岛绿色社区建设规划》9个专题研究，涵盖能源利用、环境保护、绿色建筑、绿色社区、绿色交通等内容，制定单位GDP能耗和碳排放量全国"双最低"的生态管理目标。

横琴就是这样用大脑思考自然，用心灵感知自然，用眼睛观看自然，这一系列眼花缭乱的专题，为横琴生态岛建设提供全方位指引。

禁建区、限建区、适建区、可建区四大空间管制区被划定生态"红线"——

禁建区：除了少量的景观设施外，禁止或控制其他一切建设开发活动，原始生态被严格保护。

限建区：严格控制过量开发，进行适度的设施建设。

适建区：严格控制发展规模，保护和恢复多样性生态景观。

可建区：统一规划、合理分布、分片开发、分布实施。保持城市和自然环境的协调发展。

横琴全岛不过区区106平方公里，却将近七成的土地被列入禁建区或限建区的范围，而禁建区达57.90平方公里，超过横琴面积的一半。

横琴和澳门是一个候鸟活动的区域，共建生态横琴，这种生态观念从规划设计的起点就有着澳门的影子。

刘勇一边与我交谈，一边打开电脑为我调取一份《横琴海洋生态修复（芒洲片区）二期工程设计方案》，说："您看，我们还请李金平博士作为专家出具专家意见。"

刘勇把电脑屏幕转过来，我定睛一看，这是一份非常严谨的"专家意见书"：

生态保育与生态旅游之间需要取得平衡，这种平衡需要在空间分布上得到体现，部分区域（相当于核心区）是动物和水鸟活动的地方，严禁游人进入。部分区域（相当于缓冲区）是游人与水鸟并存的地方，以提供游人在一定的距离观赏动物……建议将西堤的部分或全部规划为核心区，该区向西自然联结磨刀门，水鸟可随时进入芒洲。而西堤之部分或全部禁止游人进入，以保证该区有较多的稀有或濒危野生水鸟的出现。因濒危水鸟对人的警戒性极高。同时，取消游船码头的设计，以减少对湿地动物必定产生的影响……

刘勇兴奋地告诉我：2017年12月，横琴获批国家湿地公园（试点），以二井湾湿地为重点区域正在稳步推进。

曾几何时，在横琴的"土地账本"上记录着两笔被划掉的生意。有投资商看中横琴西南一块地，希望在此建工业区和煤电厂。如果同意这个项目，电厂的黑烟将随着东南风覆盖整个澳门。

另一个很有来头的项目是投资8亿美元，在东南部建纺织城，包括印染和漂染厂，如果同意这个项目，污水废水将环绕整个澳门。不过，那时的当政者经受住了"诱惑"，守住了"底线"，横琴才有了今日生态立岛的"本钱"。

横琴湿地，一处浑然天成的所在。

刘勇将不同的展板在我眼前呈现，拿起、放下，再拿起、再放下。他为他口中的"湿地公园"津津乐道。

回到市区，我在百度上搜索"湿地公园"，其条目是这样表述的：以湿地良好生态环境和多样化湿地景观资源为基础，以湿地的科普宣教、湿地功能利用、弘扬湿地文化等为主题，并建有一定规模的旅游休闲设施，可供人们旅游观光、休闲娱乐的生态型主题公园。

地球有三大生态系统：湿地、森林和海洋。湿地因为强大的沉积净化功能，被称为"地球之肾"。它就像天然海绵能够吸收雨水，减缓洪水，预防干旱，保护人类的河岸线,被誉为自然界最富生物多样性的生态景观。湿地有着许多美称:动物的乐园、水的银行、天然空调、天然污水处理厂、人类心灵栖息地……

横琴湿地是"横琴之肾"。刘勇说:"为了呵护好大自然赋予横琴的宝藏,我们一直以来把湿地生态保护作为生态建设工作的重中之重,修复以红树林为代表的湿地生态系统和生物资源,建设滨海湿地公园。"

刘勇告诉我:横琴湿地是与外海接触最大的生态敏感面,是整个生态系统的发源地,他们通过先进的生态技术和国际理念,对横琴整个湿地的生态建设进行有效和高效的建设,力求打造国际一流的精品湿地公园和鸟类生态家园。通过全球性的国际招标,最终确定了法国AMA建筑设计事务所为设计单位。

横琴湿地的修复是横琴生态建设的一个缩影。从收集回来的一大沓资料中,我查阅得知,横琴湿地公园总面积392公顷,由两片湿地组成,一片是332公顷的二井湾湿地,将蕉基鱼塘改造为湿地静态游览活动区,主要功能是红树林重点保育和观鸟游览活动;另一片是60公顷的芒洲湿地,结合不同深度的水塘种植各类高度层次渐变的耐湿林木,向公众展示湿地动植物的组成、结构、特征,以及和谐共存的关系,起到直观的湿地生态展示宣教作用。整个湿地公园分为生态宣传展示区、湿地原生态保育区、湿地生态展示区、湿地休闲体验区、海堤原生态植物观赏区以及管理服务区六大功能区。

2000米木栈道、浮桥,600平方米亲水平台、观景台,2.94公里生态海堤,60公顷红树林……三台揽月、栖霞观鹭、渔歌唱晚、九曲莲桥让人流连忘返。

曲径通幽处,我碰上一个叫刘嫣涵的小姑娘,在和她聊天的时候,谈起这块湿地公园时,她也一脸惊讶地表示想不到这里竟藏着一片世外桃源。她告诉我,她和男朋友的第一次约会就是在这里。"那个时候他还不是我男朋友。"刘嫣涵幸福得一脸陶醉,她还清楚记得那天是傍晚五点左右到公园,太阳刚刚躲进大横琴山,感觉空气特别甜,生态很好,水边还有几只鸭子。她特地穿上新买的衣服和裙子。"好看吗?"她问。"好看。"他有些怯怯地回答。"哈哈哈哈哈……"她开心的笑声惊飞一对鸥鸟。刘嫣涵说,那天就认定了文绉绉的他。之后,她和男朋友又来了几次芒洲湿地公园,他们漫步在河岸边,感受海风,看云卷云舒,相依相偎地坐在海边吹风看海,听海鸥和海浪的声音。"这里的落日美极了,就像在爱琴海和恋人一起看夕阳,最让人难以忘怀的那束阳光。"刘嫣涵说。

告别刘嫣涵,我来到湿地规划展示厅,这是广东省首个湿地规划展示厅,建筑面积约为1950平方米,其建筑结构一下就吸引了我的眼球:轻质混凝土墙面,原生黄竹作立面装饰，建筑与环境相得益彰，突出了生态、低碳的建筑理念和内涵。

展示厅设置了序厅、海洋厅、湿地厅、鸟类长廊、休息厅和4D体验厅，据展厅讲解员介绍，这里可以全面展现横琴湿地风采风貌，并演示未来滨海湿地公园建成后的美景。

"展示厅将作为长期科普教育和生态教育的基地。"负责人告诉我。

从展厅出来，正好碰上这里正在举办一个大型活动，足足有200多人，熙熙攘攘的仪式正在进行。

我走近过去，只见横幅上打着"世界水日·中国水周"的宣传标语，一位领导模样的人正在为志愿者进行"横琴滨海湿地公园保护队"授旗。一位小姑娘跑过来塞给我一沓宣传资料，我定睛一看，内容尽是水资源、水环境方面基本知识和生态保护的政策。

小姑娘穿着蓝衣蓝裙，是名澳门学生，葡人后裔，她笑容明媚，头发漆黑，有点微微自然卷，大眼睛。她告诉我，这是当地政府联合澳门的环保组织、中小学校以及社区志愿者在这里开展主题为"爱水惜水·生态保护·绿色发展"的活动。

在这样美妙的湿地公园，琴澳一起关注水生态和海洋生态建设，一起树立水资源及环境保护理念，一起亲近自然，共同放飞心灵……

我的心霎时涌起一串遐想：2700多年前，中国著名思想家管仲不是说过"水者，万物之本源也，诸生之宗室也"吗？阿拉伯文学的奠基人纪伯伦不是说过"大自然，那里原本就是我们的起源"吗？

"开展水治理、节约水资源，保护生态环境从我做起！"突然，随风飘来一阵悦耳的宣誓戛然打断我的遐想。只见孩子们放下举起的拳头，然后排着队向步行栈道上走去，喧闹沉寂下来了，一行人长长的身影渐渐淹没在"海上森林"之中。

此时，太阳要下山了，被层层厚云遮住。

殊不知，这也是一种美景：红树繁绿碧水，鹭鸟群集蓝天，一幅人与自然和谐相处的美景久久定格在我的瞳孔里……

芒洲湿地就像一个美丽的守护者，守护着横琴这片冉冉升起的发展热土。随着湿地公园建设的完善，这个生态绿洲将惠及粤港澳三地民众。

物竞天择，适者生存，横琴深谙此理。

除了湿地修复外，横琴在绿色能源建设上也可谓"高瞻远瞩"。

譬如全岛构建集中供冷供热系统，这是中国第一个区域性的燃气多联供项目——电厂发电的余热通过管道供应给全岛暖气和热水；余热可以通过溴化锂装置将热水变成蒸汽和冷水，为全岛供应冷气和蒸气；蒸汽又可被利用进行海水淡化，这些水可以达到医用纯净水标准。

多联供燃气能源站项目由中国电力投资集团公司下属企业中电投南方电力有限公司独立投资，总规划建设8台F级（390万千瓦）燃气-蒸汽联合循环机组，总投资120亿元，首期建设2台。

横琴为什么对这个项目如此"上心"？

"倒不是投资额诱人。"管理区一位负责人告诉我说，"这个项目可以作为绿色可持续发展理念实现的基础，更好地服务于横琴'生态岛'建设，避免环境堕入先污染后治理的'魔咒'。"

与同等装机容量的火电相比，多联供燃气项目兼具节能和环保优点，完全无硫，氮排放只是火电的一半，二氧化碳排放是火电的40%，热效率则可达到66%，火电只有35%。

2014年11月3日，多联供燃气—蒸汽联合循环机组投入运行。

横琴多联供燃气项目为区内相关产业的发展提供电源、热源、冷源保证，降低单位GDP能耗，减少总体能源的消耗，达到节能减排的目的，是横琴成为"生态岛、低碳岛"的保证。

"到2020年，整个横琴岛不需要锅炉，不需要空调和暖气了。"这位负责人笑言，"届时，横琴任何一栋建筑都不用挂空调机，横琴没有弗里昂。"

横琴的生态理念，不仅体现在对环境的呵护上，也体现在城市建设的每一个细节，无处不在……工程建设也同样考虑到这个因素。

在横琴新区，新建的建筑必须按绿色建筑一星以上等级设计和建设，并达到绿色建筑标准。为了实现所有新建建筑都达到绿色建筑标准的要求，对所有项目从设计阶段就开始把关，如果一个项目的设计没有达到绿色建筑设计标准，将不允许进行施工。

华融横琴大厦、蓝琴国际金融大厦、美丽之冠横琴梧桐树大厦、洲际航运中心、横琴总部大厦……所有这些工程项目环保申报率达100%，应批复环评项目100%实行环境影响评价。

绿色交通：打造"通达有序、安全舒适、低能耗、低污染、高品质"的绿色交通系统。建立包括超级电容巴士、电动出租车、无轨电车、水上公交、自行车和步行等零污染出行方式。

绿色社区：从节能减排、健康舒适、社区机能和社区意识等着手。制定单位GDP能耗和碳排量全国"双最低"的生态管理目标，严控污染物入海，建设截污工程、市政污水管网和南区水质净化厂，城市生活垃圾无害化处理率达到100%，社区照明设备全部采用LED节能灯。

绿色城市：合理规划沿河绿道、滨海绿道和环山绿道，建设"百里绿廊，十里花海"的城市公园，使用绿色科技和环保低碳材料。骨干树种选择黄葛树，最终形成以榕树为背景的基底颜色与景观；城区绿地达到国际先进水平，覆盖率达到40%以上。

绿色产业：全力构建绿色产业体系。在产业引进方面，横琴新区选择商务服务、金融服务、休闲旅游、文化创意、中医保健、科技研发和高新技术七大产业，禁止传统的制造业和加工业项目上岛进区，并严格落实环境影响评价、水土保持的方案审查。

著名作家冰心说："绿色象征着浓郁的春光，蓬勃的青春，崇高的思想，热切的希望。"

横琴咬定"绿色"不放松：海岛土地资源集约开发，海洋资源保护利用，海洋生态保护建设，海洋防污染源头管理……

如今，横琴在城市基调上，建筑以"蓝、白、绿"为主，在城市尺度上，构建"山、水、林、湖、湿地"一体化的"生命共同体"，城市亮点纷呈。

各项指标如自然岸线保有率、海洋保护区占管辖海域面积比率、城镇生活污水处理率、工业废水入海排污口污水排放达标率、围填海利用率、近岸受损海域修复率扶摇直上。

每个城市都有一条河流，它承载着城市的历史，与城市一起成长，丈量着城市的光荣和梦想、传奇与绚丽……长约7公里的天沐河水系纵贯海岛南北，天沐河对于横琴来说，就如同泰晤士河对于伦敦，塞纳河对于巴黎，黄浦江对于上海，珠江对于广州。天沐河位于琴乐二路与环岛西堤水闸之间，西连现存湿地，东连横琴口岸，总绿地面积达492691平方米。它的设计是依托现有资源及地形地貌，以海上丝绸之路为主题，将港澳文化，岭南风情，生态平衡等理念贯穿其中，并引入"海绵城市"的元素。充分发挥建筑、道路、绿化、水系等生态系统对雨水的吸纳作用，从而实现自然积存、自然渗透、自然净化的生态发展模式，达到了自然和谐的统一。

十年前，这里还是满眼的朴实和荒凉，那时候，天沐河并不是它的称谓，它的名字叫"中心沟"。我曾专程到访天沐河，只见南北两岸的木棉、凤凰木郁郁葱葱，紫薇、黄槐、鸡蛋花、黄花风铃竞相开放，让天沐河极具韵律节奏感，水带与桥带相伴、绿带与路带相邻，人文雕塑、石景雕刻、亲水绿化……天沐河也迎来了华丽的蜕变。如今的横琴，天沐河从一南一北大小横琴山之间流淌而过，一座座景观桥横亘在河道上，它们造型轻盈，姿态万千。我惬意地走在林荫道上，映入眼帘的是沙滩，花朵，绿树和喷泉。几只飞鸟在凤凰木的枝头上"喳喳"鸣叫，我的心情也如同眼前这般景色欢快了起来。为了让城市舒展美丽的容颜，横琴正在塑造一个由自然到人工相辅相成的生态循环，环境保护与建设的行动，每一年都会在横琴上演。

记得2016年3月18日，阴冷带雨，横琴天湖牛角坑水库附近却是热火朝天。植树现场一派繁忙景象：扶苗、填土、夯实、浇水……一株株树苗被植入围堰中。志愿者们配合熟练默契，每一道工序都仔细认真，不到一小时，在约400平方米的土地上，就栽下了夹竹桃、大红花等240多棵树木。种好的一株株苗木错落有致，铺满了整片山坡，放眼望去，一排排新栽的苗木"英姿飒爽"，微风拂面，浓浓春意。

参加植树活动的横琴新区管委会副主任蔡凌燕说："生态与经济并不冲突，GDP不是衡量经济的唯一指标，很多先污染后治理的城市现在就开始花重金为环境买单，而好的环境则为经济的可持续发展提供支撑。'绿水青山就是金山银山'的理念渗透在横琴开发的每一寸土地上。"

落日，流水，白鹭。

金沙，碧海，蓝天。

在微波荡漾的大海边，横琴的产业发展完美地镶嵌在森林、湿地与海洋的生态环境中，水网和路网交错，田园风光与产业发展融合。

诗一般的氛围，画一般的景致。

城市，不只是一堆钢筋水泥，它凝聚文明，也装满印记，有自己的内涵，也有自己的沉淀。历经10年的开发建设，横琴新区牢牢守住了生态底线，一个宜居、宜游、宜业的生态岛正一点一滴地从蓝图变成现实。

首批国家级海洋生态文明示范区。首批国家级生态保护与建设示范区。城市绿地覆盖率达到40%以上。森林覆盖率达到32%以上。横琴怎样善待自然，自然就怎样对待横琴。时至今日，一个既有经济活力又充满生态魅力的横琴正款款向世人走来！

金融桥

濠江之上，穿梭巴士在彩虹般的莲花大桥川流不息。

莲花大桥是一座"回归桥"，1999年澳门回归时落成启用。迄今为止，这座桥仍然是连接澳门与横琴的唯一大桥。

澳门人尹志华急匆匆走出横琴口岸，闪身跨上一辆穿梭巴士，将双肩包挪到胸前作掏物状。

他掏出的是一张IC卡。只见他将IC卡放在车载POS机上，"嘀"一声，屏幕显示他完成了车费闪付。

尹志华在横琴粤澳合作产业园工作，之前乘坐穿梭巴士通过莲花大桥，每次都是以现金支付乘车费用。

"有时没有零钱就特别不方便。"尹志华说。好几次因为没有零钱，他只好将20元或50元的钞票往里塞，现在穿梭巴士可以受理金融IC卡了，琴澳两地金融卡互联互通，超级棒！

尹志华所说的金融IC卡是横琴推出的全国首个跨境公交受理金融卡项目，在琴澳两地金融合作中，金融IC卡在跨境公交领域的使用极具代表性。

别小看这张小小IC卡，那可是粤澳金融支付合作的一项重大突破。

时间回溯到2014年12月。

那是在第18届粤澳金融合作例会上，澳门方面提出，琴澳两地人员往来密切，莲花大桥高峰日均客流量接近3万人次，现金购票难以满足快捷支付的需求，急需整合资源，加快粤澳支付同城化。

也是在这次会议上，双方就粤澳两地共同推动在莲花大桥穿梭巴士上装载车载POS机具，共同推动莲花大桥穿梭巴士受理金融IC卡项目的问题上达成共识。

2016年6月26日，莲花大桥穿梭巴士受理金融IC卡支付乘车费用项目得以落实，两地居民以及各地通过横琴口岸往来澳门的游客，只要手持一张金融IC卡，就可以闪付穿梭巴士的费用。

从此，尹志华再不用为零钱烦恼了。

随着业务的增大，尹志华的公司申请获批一台黑色粤澳两地牌车，往来琴澳或珠海市区，每天都要"刷"好几次，于是新的烦恼又来了，因为使用的是内地银行卡缴纳停车费和通行费，需要到内地充值。

2016年底，工商银行横琴分行与澳门工商银行再推"琴澳粤通卡"，澳门车主也可以在澳门充值，不仅便利停车费、通行费缴费，也为两地个人资金跨境使用提供便利。

金融支付、结算的两地制度衔接，让尹志华这个小小的心愿又实现了。

"琴澳粤通卡"看起来只是制张卡而已，区区一件民生小事，但这张卡的背后却是琴澳两地工行卡系统的整合创新，具有标志性意义。

谈起这张卡，杨秋向我伸出一个大拇指。

杨秋应聘横琴一家澳门企业，但外派在澳门上班。之前，他在工商银行横琴分行开了一张"琴澳粤通卡"（信用卡），主要用于在广东省内高速公路通行缴费和平常在境内项目的消费开支，卡的使用模式为先刷卡透支再还款。因自己是内地居民，按政策要求，他不能从澳门同名账户汇入人民币资金。

让杨秋困扰的是，他在横琴买了房，每月不仅要按时偿还住房贷款，还要寄钱赡养远在四川老家的父母，因此每月需将部分境外收入汇往境内。

此前，杨秋的做法是先汇入澳门币，再使用本人及父母额度兑换成人民币，需承担一定的汇兑差价及人民币汇率浮动损益。

2018年初，杨秋听说在横琴可以为个人办理其他经常项目人民币跨境收付业务了，他第一时间联系银行咨询相关政策，很快，杨秋办了张"琴澳粤通卡"，并通过中银澳门网上银行向境内中国银行横琴分行账户发起一笔10万人民币的跨境汇款，中午时分即到账。

"太便利了！"杨秋极力称赞。

金融跨境流动和深度融合，资本助力澳门产业多元化，仅仅是横琴澳门金融合作的冰山一角。

横琴，一个最接近"钱"的地方。

这并非杜撰或臆造。

首先看香港，这里是人民币离岸业务中心，人民币存款超过1万亿；再来看澳门，人民币存款1200亿元，每天的资金流动超过15亿元。如果能让两地资金加速流动，必将有利于澳门的产业多元化。

钱，不受地域限制，却受法律制约。诸如两种制度、两种司法、两种货币、两种税制……澳门的离岸人民币市场与内地的人民币市场在濠江两岸间流动滞阻。

能不能在这濠江上架道"金融桥"？

金融上的合作是最难啃的"骨头"。而啃下这块"骨头"对横琴助力澳门经济多元化发展有着"四两拨千斤"的作用。

2010年12月，跨境金融的需求，终于碰到了横琴这块最适合孕育生长的创新土壤。

国务院批复同意了横琴新区金融创新：

允许区内金融机构开办外币离岸业务；允许区内企业参加跨境人民币结算；允许筹建或引进信托机构，发行多币种的产业投资基金，开展多币种的土地信托基金（计划）试点；下放部分涉及金融机构和业务准入、货币交易以及外汇市场方面的审批事项和监管权限……

横琴对标世界银行评价体系，迅速出台了《横琴新区关于支持澳门发展特色金融业的若干措施》，措施鼓励两地金融机构互设、跨境投融资便利化，推动两地金融市场双向开放，大力支持澳门发展融资租赁业，探索推动建设澳门特色金融产业园，支持两地旅游、消费金融合作，全力支持和配合澳门发展特色金融产业。

政策创新充满诱惑也充满曲折，但横琴一步步艰难跨越。

2011年，横琴在全国率先启动个人本外币兑换特许机构刷卡兑换业务，珠海欧亚通汇货币兑换有限公司等3家企业获得个人本外币兑换特许业务经营资格。

2013年9月25日，横琴见证了中国金融发展史上一个非常重要的时刻——中国银联携手中国银行、中国光大银行、广发银行等多家银行，在珠海横琴首发包括港元、澳门元在内的首张银联多币卡。

这些在全国均属首创。

从广西来横琴往澳门旅行的游客陈小姐发现，横琴的外币兑换店不仅能用现金兑换外币，还可以持银联卡刷卡兑换外币。

"好方便！"没有出门带现金习惯的陈小姐连连称赞。

银联多币卡是针对横琴新区等跨境合作平台所推出的金融创新支付产品，粤澳首次实现多币种同城支付，同时构建了横琴新区银行机构直接加入澳门同城清算系统。持卡人能在港澳地区及境外直接使用美元等外币账户结算。

跨境转让、跨境并购、跨境租赁、跨境直贷、跨境按揭等跨境金融业务频频冲破"红线"，基金产品、保险服务市场互联互通相继取得新突破，不断摸索、实践的横琴跨境金融合作成为一道赏心悦目的风景线。

2014年9月，广东省保监局和澳门金融管理局协商一致，横琴在全国率先开展跨境单牌车辆保险业务。

2016年4月，澳资企业澳漾融资租赁有限公司办理了广东自贸区内首笔跨境融资资金意愿结汇业务。

2017年2月，国家外汇管理局批复同意横琴新区试行资本项目外汇管理改革创新，允许区内企业向境外与其具有股权关联关系的企业放款，其累计境外放款额度上限由其所有者权益的30%提升到50%……

跨境融资在过去貌似不可能，但在横琴成了可能。

2018年4月初，澳门华人银行与横琴华通金融租赁有限公司在澳门成功签署跨境融资协议并完成签约备案。18日，首笔7000万元跨境人民币外债资金成功入账。

能拿到跨境融资"牌照"不容易。

在此之前，进行跨境融资，需要担保或质押，有了"牌照"就可以直接进行境外合作了。

"听到银监会批复同意筹建华通金租的消息后，我确实相当高兴，因为这是横琴首家金融租赁公司！"华通金租的董事长谢伟说他们取得"牌照"后，让国内金融业内人士"眼红不已"。

华通金租2015年筹建，一直在摸索非银行金融机构跨境融资业务操作流程。直到2017年7月才成功获批跨境融资资格，额度为20亿元人民币。

"澳门华人银行成为我们的第一个客户。"谢伟告诉我，至今他们已储备完成香港、澳门、台湾及新加坡近45亿元人民币跨境融资额度，初步架起了濠江两岸的"金融桥"。

跨境融资打通后，横琴企业可更便利地对澳门及葡语系地区投资，促进其打造"葡语系国家商贸平台"；在横琴发展的澳门企业亦可获得境外低成本资金，有利于澳门经济适度多元化发展。

在金融领域，好消息总是不断从横琴传来。

2017年7月13日，中国人民银行广州分行批准横琴新区跨境人民币贷款业务试点，政策落地，横琴澳门居民跨境住房按揭业务应声"火爆"，澳门居民在珠海购房业务量激增，跨境按揭业务累计收款已超过4.3亿美元。

一年之后，大横琴投资有限公司2.747亿元的跨境贷款资金"落袋"，成为横琴单笔金额最大、期限最长的跨境人民币贷款。

横琴以跨境金融创新为突破口，用资本力量助力粤港澳的深度合作。我的手

上有这样一组数字:

从2010年业务试点到2018年,横琴累计办理跨境人民币结算业务已超过4387亿元,跨境人民币贷款备案企业35家,区内备案跨境人民币资金池个数达8个,备案金额达510亿元。港澳居民跨境住房跨境按揭业务累计收汇已超过6.63亿美元。

这组数字传递着怎样的信息?

横琴"金融岛",内河水波澹澹。

海琴、海韵、海鸣、海贝、海翼5座桥梁舒展双翼,飞架于"金融岛"上,流水的澎湃赋予它们生命的力量。

对面,是澳门高达338米的旅游塔和清晰可见的葡京娱乐场,它们外观奇特,近在咫尺,仿佛触手可及。

在这个1平方公里的财富岛上,横琴国际金融中心大厦(IFC)、南方金融传媒大厦、中大金融大厦、中交南方金融投资大厦、横琴金融谷、新三联现代金融创新基地广场、横琴国金金融租赁大厦、横琴国际交易广场……共有10多个项目建设得热火朝天。

与金融岛毗邻的是金融街,映入眼帘的是一栋栋新颖别致的两层办公楼,整整齐齐就像列队的士兵:工行、农行、中行、建行、华润银行……不同的logo就像不同士兵的闪闪帽徽。

然而,2014年1月,横琴岛破天荒来了个"澳门兵"。

24日上午,澳门国际银行正式设立横琴代表处。这是2012年7月《内地与澳门关于建立更紧密经贸关系的安排补充协议》框架下第一家进驻内地的澳资银行。

当时的补充协议明确:允许澳门银行在横琴设立机构,资产规模从60亿美元降至40亿美元……

率先降低澳门金融机构的准入门槛,横琴喝了"头啖汤"。

也是2014年,《粤澳服务贸易自由化协议》签署,其中确定的"准入前国民待遇加负面清单"管理模式,被业内认为是我国银行业开放力度最大的政策安排。

澳门国际银行横琴"试水",澳门大西洋银行则捷足先登。

澳门大西洋银行的实力不可小觑。它的母公司葡萄牙储蓄信贷银行集团是欧洲最大的金融机构之一,拥有庞大的全球金融网络,遍布欧洲、亚洲、非洲和美洲共23个国家,其中包括7个葡语系国家。

2017年1月18日上午,大西洋银行横琴分行在横琴总部大厦举行开业典礼并随即开展人民币业务。这是第一间受惠于CEPA及其框架下的《粤澳服务贸易自由化协议》而进驻内地的澳门本土银行，填补澳门金融机构筹建内地分行的空白。作为跨境金融从业者，大西洋银行横琴分行行长冯国增当天表示，期待金融领域更多开放。

金融机构政策一旦"破冰"，粤港澳金融合作驶上"快车道"：港资东亚银行、创兴银行、工银国际、KKR（亚洲）、六福金融接踵而至……

到2018年底，横琴注册的港澳金融企业达133家，其中港资金融企业109家，注册资金501.26亿元，澳资金融类企业24家，注册资本115.27亿元。

2018年10月17日，澳门特色金融服务基地筹备办公室在横琴揭牌，为澳门发展特色金融提供人才、场所、技术支持和提供全方位基础设施和配套服务。

澳门金融业开拓内地市场的综合能力扶摇直上……

亮眼的数据和成就值得我去关注背后的"推手"。

走进横琴新区管委会展览大厅，大型电子屏上不断闪烁着一排大字："一国两制下探索粤港澳合作新模式的示范区"。

横琴新区管委会主任杨川告诉我说："新区设立以来，横琴承担着探索金融改革、先行先试的任务。国务院以及'一行三会'等金融监管部门对横琴相继发布了29项金融创新政策。"

他给我举了两个例子。

2011年7月，国务院《关于横琴开发政策有关批复》明确将金融业作为横琴七大产业发展方向之一。

2012年3月，广东省人民政府发布《关于加快横琴开发建设的若干意见》，明确提出支持横琴开展金融创新，包括支持粤港澳三地在横琴共建金融创新实验区，在金融机构准入、金融市场、金融业务、金融产品、金融监管等方面进行改革创新等七项内容。

横琴砥砺前行，多么需要理念和决策的智慧之光。只要政策对路，观念改变，横琴什么干不成干不好呢？

横琴立足于国家战略定位，奋起直追，从跨境金融服务、总部金融运营、区域要素交易和服务、财富管理、创业创新金融服务等"五大重点"同步发力。

私募投资基金、融资租赁、商业保理、互联网金融、互联网小贷、融资性担保等一系列扶持政策陆续出台。

各类金融要素快速集聚。

如今，在传统金融机构中，经省政府、"一行三会"批准设立的持牌金融机构达96家，其中银行24家，证券期货12家，保险机构36家。

早春三月，横琴草长莺飞，天空湛蓝湛蓝。晨曦下的脑背山，鸟语花香，青山叠翠，天沐河雾霭升起。

那是一个春风和煦的上午，我揣着笔走进了横琴金融服务局。

局长池腾辉热情接待了我，他腰板笔挺，颀长清瘦。

除了传统的金融机构，我知道横琴的新兴金融业态最具特色，它们共同构成了多层次金融服务组织的体系。

坐毕，没有寒暄，我开门见山，直奔主题："横琴的新兴金融业为什么特别发达？"

"在横琴，传统金融业务已经无法'解渴'，金融必须创新！不做新兴业务没有竞争力。"池腾辉应答如流。

新区初创，无金融产业、无金融人才，珠海市本身僧多粥少，金融产业不强，辐射横琴不容易。如果一个地方含着"金钥匙"出生，后期成长顺风顺水，这似乎理所当然，但横琴不是。

"在横琴的金融环境上，最初只能说是一名'新生儿'。"池腾辉回忆当年，唏嘘不已，他给我说了一组数据：

2009年，横琴金融类机构1家，注册资金0.3亿元。

2018年，横琴金融类机构7000家，注册资本9875亿元，区内财富管理机构资产管理规模超2.4万亿元人民币。

简直是匪夷所思！

"一手烂牌怎样打出如此高分？"

"横琴独辟蹊径，走更加个性化、更加创新的路。"池腾辉说。

池腾辉为我答疑解惑，他对金融的熟悉，语言表述的清晰、中肯，每每使我豁然开朗。

2013年，横琴在全国率先颁布了《横琴新区促进私募投资基金发展实施办法》《珠海经济特区横琴新区特殊人才奖励办法》，以及融资租赁、商业保理、互联网金融、互联网小贷、融资性担保等一系列金融扶持政策，一下子便形成了聚集效应。

"做产业必须要有金融的引领。"池腾辉说，"特别是私募基金资金量大，投入都是上亿的项目。我们希望通过聚集私募基金，将资金与投向这两端往珠海带。即使是流量资金，过路钱，也可以活跃起横琴的生态圈。"

事实上，私募基金带到横琴的何止是过路钱。

数据枯燥，但数据最有说服力：

中国工商银行横琴分行托管的私募资金等实缴金额超过350亿元人民币，澳门金管局储备资金为有限合伙人的200亿元粤澳基金选择工商银行横琴分行作为服务银行之一。

广发证券引荐广发资管、广发基金、信德投资、易方达基金等多家企业在横琴注册资本44.5亿元，管理资产规模超1.5万亿元……

新兴金融机构亦纷纷抢滩横琴：公募基金、私募投资基金、融资租赁、保理等的20种细分金融类企业纷至沓来……

民商网络、中科沃土、恒健集团、粤财控股、工银国际、格力集团、中科招商、粤科金融等知名企业在横琴设立新兴金融机构，横琴资本所占的比重越来越大：

投资类公司5013家。

资产管理类公司1093家。

融资租赁类公司349家。

在金融界，言基金必称横琴。

迄今，在中国证券投资基金业协会登记的私募基金进入横琴的已达518家，注册且备案的私募基金进入横琴的1549家。包括全球最大的信息技术风险投资公司IDG、全球历史最悠久的私募股权投资机构之一KKR……

王雅洁来自澳门。

在横琴稀贵商品交易中心，王雅洁坐在我面前，一颦一笑尽显庄重典雅。

我问她："作为一名澳门人，你为什么会选择离开澳门来横琴工作？"

"'金融+服务'这个岗位很符合自己的口味呀！"王雅洁的普通话说得很溜。

王雅洁是"85后""海归"，毕业于加拿大维多利亚大学经济学专业，曾供职于澳门中国电信，现任横琴稀贵商品交易中心会员服务部的经理，主要负责部门整体运营规划、服务质量监管、客户服务策略的建设和客户信息数据管理维护。

横琴的金融创新衍生五大交易平台，稀贵商品交易平台只是其中之一，这些交易平台涵盖金融、产权、商品、知识产权等多种要素。

王雅洁微笑着告诉我，稀贵商品交易中心是国内领先的规范、高效、优质的现货交易和现货电子交易服务平台，自己特别愿意学一些新的金融知识。

在横琴从事稀贵商品会员服务，王雅洁面对的人群相当国际化，内地的，港澳的，世界各地的……在与我交流时，不时有电话打进来，我听见她一会普通话，一会粤语，一会英语……语言运用娴熟自如。

王雅洁对横琴金融创新十分关注。她说："横琴金融创新目不暇接，所以要倒逼自己必须自我学习，适应更加专业和细分的交易平台运行知识。"

生活就是一个7天接着一个7天，周末的时候她都回澳门看望亲人，王雅洁说她回到澳门也不间断利用业余时间"充电"，可以让自己永远充盈着一种激情。

从稀贵商品交易中心出来，我随意转悠着，刚走了一会，全身便是汗涔涔的。我钻进了横琴国际知识产权交易中心的大厅，在这里，我碰到了英格尔特种钻探设备有限公司总经理邓光宏。

邓光宏略显疲惫，眼睛却炯炯有神。一聊，原来他是来咨询知识产权质押融资的。

攀谈中，他告诉我，他们公司是生产轻便型全液压岩芯钻机的技术导向型企业，但不断扩大的生产规模，使得公司面临着不小的资金压力。

"没钱犯愁啊！"邓光宏忧心忡忡。

"可以贷款。"我建议他。

"商业贷款对固定资产、厂房抵押等相关贷款条件门槛很高。"邓光宏摇了摇头，一个劲叹气。

困顿之下，他听说横琴国际知识产权交易中心可以进行知识产权质押融资，于是他内心有些忐忑直奔这里来了。

"我们拥有48项专利技术。"从中心咨询出来，邓光宏满面愁容一扫而光，脸也熠熠生辉起来。

"知识产权竟然可以交易？"

"是呀是呀！这可解决我们公司贷款的大难题了。"邓光宏难掩喜悦之情。

和邓光宏公司一样，只有知识产权，没有固定资产的中小企业融资难问题被横琴创新性地解决掉了。

作为广东省中小企业公共服务示范平台，交易方式由政府风险补偿基金承担40%的风险，另外40%风险由保险机构来承担，剩下20%的风险由银行和担保机构承担。

4∶4∶2的"横琴模式"，破解了知识产权质押融资的大难题。

广东金融资产交易中心、珠海产权交易中心、国家知识产权运营公共服务平台……肩负金融改革试验区使命，横琴的一举一动都受到关注。

金融成就了"不一样"的横琴——

6项金融改革创新措施先后成为广东省四批21项金融可复制推广经验的重要组成部分；8项金融改革创新纳入中国人民银行广州分行发布的广东自贸试验区9个金融创新案例。

充沛的资本动能和金融力量赋予横琴这片热土坚实的后盾。横琴金融板块初步形成了以科技金融、高端金融培训、产学研一体发展的金融产业链，形成了以创业谷、金融产业园为主体的一整套金融生态闭环，金融业迄今已成为横琴最大的产业。

10年蛹变，破茧成蝶，金融业跨越发展。

10年磨剑，剑走偏锋，金融业渐入佳境。

智慧的证明

天沐河，是横琴的纤绳，横琴人拉着它朝一个智慧的梦想奋然前行。

在国务院批准实施的《横琴总体发展规划》中，横琴要建设成为知识密集、信息发达的"智能岛"。

10年过去，横琴岛"智能"了吗？

从横琴给我提供的一份材料里，我看到这样一份"电子作品"清单：口岸通关智能管理系统，横琴首个大数据、云计算中心，全国第一套环岛电子围网监控系统，琴澳商事主体电子证照银行卡，跨境远程可视化办税ATM机，全国首个城市智能管家"横琴管家"APP，广东首个数字城管执法系统，横琴首个跨境电商平台，首创税收遵从指数、商事主体"失信榜单"……

电子围网是智能横琴建设的重点项目。

30多年前，深圳设立经济特区时，为了对出入特区的货物和人员进行检查，打击走私偷渡行为，"一线"和"二线"之间被一条东起大鹏湾畔、西到珠江口东侧的全长84.6公里的铁丝围网隔断，在很长一段时间里，内地人进入深圳都需要先到户籍所在地公安部门办理"边境通行证"。

珠海依样画葫芦，也建起了数十公里长的物理围栏。

在那个时代，只能这样粗放地管理。

依据国务院《关于横琴开发有关政策的批复》，"横琴环岛不设置隔离围网，代之以设置环岛巡查及监控设施，确保有效监管"。

"如果修建物理围栏，不仅让人感觉每天走进铁丝网中，也将大大疏远横琴与澳门与内地的心理距离。"一位澳门人这样告诉我。

按照国务院的批复，横琴与澳门之间的口岸将设定为"一线"，横琴与内地之间设定为"二线"，并按"一线"放宽、"二线"管住、人货分离、分类管理的原则实施分线管理。

不设置物理围网，没有了传统水泥围墙或铁栅栏，那么，如何才能实现有效监管？

最开始大家心里都没有底。

不设置隔离围网，那又用什么技术手段？

在不断地讨论和沟通过程中，"电子围网"的概念逐渐清晰起来——在没有物理围网的情况下，综合应用各种信息化技术手段，及时发现未获得授权的人、交通工具及其他物体进入控制区域的行为并进行干预，达到对控制区域进行有效管控的一种非可视、非可触、非可感的基于电子信息技术的围网监控体系。

2012年初，横琴新区最终确定电子围网这个"叫法"。

2013年11月27日，在珠海度假村酒店召开的会议上，拱北海关以及新区党委书记刘佳、管委会主任牛敬悉数参加，会上正式宣布启动全国首个"电子围网"开建。

邓练兵时任大横琴投资公司副总裁，他被通知参加会议。会议结束后，管委会主任牛敬将他拉到一边，对他说："这个任务就交给你来落实了。"

"多长时间完成？"

"3个月。"

"3个月？"邓练兵一下就蒙了，工程都还没有招标，而且他看过工程设计，标明是3年工期，忙不迭对牛敬说："主任，不是说3年吗？"

"谁说的3年？"牛敬紧锁着眉头问。

"设计院出的图纸是3年工期……"邓练兵望着牛敬，发现牛敬正以不容置疑的眼神望着自己。

邓练兵赶紧将要说出口的话又咽了回去，说："那……好吧！"

刚一接手，邓练兵发现电子围网的工程量十分巨大，涵盖土建、供电、巡逻车、无人机、有线传输、4G无线网络和软件开发部署等多个专业系统。项目采用的光电跟踪仪、雷达、无人机、网络摄像机、热成像仪等多类监控设备都要集成到统一的平台。

"不是一般的复杂。"邓练兵说。

横琴岛是环岛监控，电子围网取代物理围墙，需要视频，视频传输要有电，要有光纤，因此要在横琴各制高点建立基站，可脑背山上原始植被覆盖，怪石嶙峋，基站施工连一条简易的道路都没有。

邓练兵带人扛着几把大砍刀上山开路，有同事还差点摔下了悬崖。羊肠小路开出来了，但基站施工用的材料包括水泥、钢筋又如何运上山去？"一桶水我们请人背要80元人工费，结果都没人干，更不用说工程材料了。"邓练兵回忆说，没有路没有车，山这么高，怎么弄上去？

望着高高的脑背山，邓练兵感到人都快崩溃了。

正当走投无路之时，一天，正在发愁的邓练兵突然看到一队骡子，当时他就在心里琢磨，这骡子到这里来干什么？

他觉得很奇怪。

有时候，人保持一点好奇也会有意外收获。

邓练兵于是走过去看，跟赶骡子的老乡聊。

"这个骡子是做什么用的？"邓练兵问。

"帮通信部门运输器材和建筑材料上山的。"老乡回答道。

邓练兵脑子仿佛一下过了电：哎呀！莫非是老天开了眼？大喜过望的他忙问："珠海还有别的骡子队吗？"

"这边有三个骡子队。"

"好，你赶快把联系方式留给我。"

谈起往事，邓练兵依然对那些骡子念念不忘，他说，如果不是这些骡子，别说脑背山，建设在小横琴山以及那些人迹罕见礁石上的基站施工，靠人挑肩扛几乎是不可能完成的事情。

"要感谢这些骡子。"邓练兵道。

环岛电子围网是横琴的第一个信息化建设BT项目，项目的合作方是兵器装备集团，整个项目需要建立11个子系统：海关监控多级联网平台、有线传输网络系统、无线传输网络系统、监控指挥中心及机房、前端智能视频监控信息采集系统、周界防范及报警系统、移动巡查及监管系统、数字集群通信系统、人机巡查系统、海关巡逻站建设、供电系统……涵盖了138个监控点、243路监控信号、1300T后台存储。

"采购的设备繁杂，成本控制非常严格，而工期又极为紧张。"邓练兵说。双方建立了环岛电子围网系统项目路线图，设定了600多项详细工期计划。

一般来说，在BT项目建设过程中，对材料的定价是甲乙方产生分歧的焦点问题。过往的行业常规是"先定价，后采购"，为了加快进度，大横琴公司和兵器装备集团项目部实行"合署办公，联合采购"，两家把办公室挪到了一起，组成"联合采购小组"合署办公，所有需要在定价文件上签字的审批人员，都成为小组的成员，定价信息完全透明。

"对于时间的节省更是不言而喻的了。"邓练兵称。

高效BT项目创造"奇迹"，原设计3年的工期仅用了3个月。一个覆盖环岛总长约53千米的数字化、智能化、多层次、多种检测技术叠加的闭合式电子信息围网在横琴竣工落成。

2014年6月28日，中国第一个电子围网正式实施封关运作，它由"环岛电子围网系统"和"海关电子联网系统"两大部分组成。是国内智能化水平最高、防范最为严密、视觉观感最人性化的监控系统。

一个秋风瑟瑟、秋雨绵绵的时节，我走进位于横琴大桥二线通道内部的环岛监控项目指挥中心，一块硕大的LED高清显示屏随即跃入眼帘。

"哇！这块大屏有多大？"我被这块超大屏幕镇住了。

"14.4米×3.6米。"大横琴公司环岛监控项目部总监韩晓光告诉我，他说在国内民用领域，这是同等技术规格中最大的一块，有1401万个LED灯管，其显示效果相当于8块全高清屏幕，就算在国际上也是凤毛麟角。

工作人员轻触鼠标，横琴环岛270个前端高清视频信息就可随意切换传输到这块大屏上，53公里长的闭合电子信息围网，区域内的任何"风吹草动"都在国内面积最大的监控中心高清显示屏上"纤毫俱现"。

在这块高清大屏的背后，融汇了智能视频监控、红外监控、移动通信、无人机巡查、车载巡查、卫星定位、雷达监测、地理信息系统等高新技术，除了270个高清视频头，还有8套智能光电跟踪仪、2部雷达和3架无人机。

"对环岛监控是多层次、全覆盖。"韩晓光笑言，"谁从澳门大学围墙上扔过来一个小包裹，监测系统马上能够识别得到，即便是夜间也逃不过。"

"你们是如何统筹运用这些高新技术的？"

"对人类肉眼无法看到的几十公里外的可疑船只，我们运用海事雷达做到'可知'；当肉眼可以看到船只但又看不清楚时，我们运用智能光电一体化跟踪仪，辨识出船只的大小以及人员的数量，做到'可视'；当船只或者人员即将越界时,我们运用视频智能分析检测技术,及时识别出'非法越界''隔空抛物''异常滞留'等行为,做到'可控';最后当确定其非法行为后,及时启动应急预案,实现联动处置,做到技防和人防相结合……"

韩晓光口若悬河,兴致勃勃地说。

横琴电子围网真的有那么管用吗?

真实的效果又如何呢?

在横琴大桥头,有两栋3层高蓝白相间的主体建筑,它与查验平台、出入卡口构成海关"分线管理"模式的一部分,总占地面积14.73万平方米。

在这里,中央电视台记者曾有一则现场报道,我后来找到了这则采访视频,播音员是这样播报的——

突然,警报大作,尖利的叫声在环岛中心回荡。显示屏上,一艘不明船只越过了警戒线在横琴码头靠岸。

科长刘舰从监控视频迅速做出判断:这是一艘没有备案的船只。

根据应急方案,刘舰和他的同事迅速赶往横琴码头查看触线船只是否违规作业,我随同前往。

刘舰:"请问你们的船是什么时候到达横琴码头的?"

被检查人:"刚刚靠岸的。"

刘舰:"我们是来例行检查,有没有装载违禁货物?"

被检查人:"没有,我们的船只是载客人。"

刘舰走入船舱,他仔细查看每一个角落,然后拿起随身携带的对讲机:"环岛中心,环岛中心,我们是巡查人员,已经对可疑船只进行了巡查,没有发现异常。"

"中心收到!"

从船上走下来,记者迎了上去。

记者:"您刚刚已经检查完,有什么情况吗?"

刘舰:"是的,我们对船只进行了例行检查,没有装载违反规定的货物和异常情况。"

记者:"这个警戒线是怎样设置的?"

刘舰:"电子围网在53公里海岸线设置了两条,一条是离岸50米的预警线,一条是离岸0米的告警线,船只触碰到告警线时产生的就是告警提示,然后我们就按照刚才的流程进行相应的处置。"

记者："什么情况下您需要前去处置？"

刘舰："船只或车辆越过设定的界线时，系统除了通过现场的喇叭告知对方不得越界，还通过智能雷达向指挥中心发出预警，并由自动光电跟踪系统锁定越界的船只，将该船只的行动情况传回指挥中心，指挥中心接到报警后立即派人出动进行处置……"

借助环岛智能视频监控以及物联网监控、智能卡口控制、电子联网账册监管等监管方式，海关实现了对全岛区域的全天候、全方位、智能化管理。

2018年9月，广东正式发布《电子围网通用技术条件》地方标准，填补了中国乃至国际关于电子围网总体架构和系统建设标准的空白。

这个标准就来自横琴！

2017年冬至，落日余晖映照下的澳门威尼斯酒店像披上了一件金黄色的衣袍。在它的"对门"，横琴这小岛上开发的热度丝毫不减，这个冬天似乎来得有些晚。

走在横琴新区的街头，我不时看到挂着澳门牌照的车辆从身边疾驶而过。我心里纳闷：这些澳门单牌车是怎样便利通关、快速往返横琴和澳门的？

邓练兵告诉我，他们建立了一套跨部门跨琴澳的多系统联动技术支撑系统。这套通关申报、审批的核心系统的设计和实施以及网络通信基础设施的建设，就是由大横琴科技发展有限公司来承担的。

"一开始碰到两大难题。"邓练兵所说的难题，一个是跨区域单牌车辆通行是全国首例，系统的设计方案需要多部门共同摸索，没有先例可以参考；另一个是协调多部门多系统的联动，打通政府、各口岸联检单位、交警等多部门八九套系统之间的壁垒。

作为"一国两制"的一种重要尝试，横琴多方协调、调试，最终实现了澳门机动车辆申报、验车、审批、备案等业务"一条龙"服务，缩短了澳门车主办理业务等候时间。这套综合管理系统的搭建，为澳门机动车出入横琴提供了核心保障，使得澳门和横琴两地联系越来越紧密，是粤澳合作的一项重大成果。

"单牌车现在过口岸要多长时间？"

"一辆澳门单牌车首次进入横琴从填表、签字到申领临时车牌，只需不到半个小时。"说到这里，我发现邓练兵的眉心一下子舒展开来。

"有这么快？"我满脸疑惑地问。

"是啊！这得益于信息化快速通道的构建和横琴大数据的建设。"邓练兵说。建设粤澳信息港，整合粤澳各类信息资源是横琴建设"智能岛"的基础保障。

我们的谈话渐入佳境，他的话匣子一打开便发而不收，更不需要提示。他给我讲述了横琴"智能岛"建设的前世今生——

一开始，整个横琴岛只有5公里长的通信管道和光缆，在信息和通信领域更是一张白纸。到2018年底，横琴共完成260公里的通信光缆敷设和40公里的通信管道建设，整个横琴岛实现数据100%通过光纤传输。全岛铺设了视频监控系统，市政、交通、生态等无线感知系统，实现物与物、物与人、人与人的互联互通和相互感知。

之前，光纤通过杆路，不仅影响城市景观，也存在一定的安全风险。现在，主干道全部铺设了主干光纤环，并逐步部署地下的配线光缆和末端接入光缆。

"万兆到企业，千兆到桌面。"

在横琴，时空大数据成了城市管理者对各类政务数据资源全面整合的基础，为政府决策、城市管理和服务澳门等提供辅助支撑。

大横琴科技发展有限公司工程师李赟鹏说："时空大数据的理念已在全国形成共识，但要实现多源时空信息的真正意义上的融合，最有可能得以实现的地方就是横琴。"

横琴为什么这样有自信？

这是因为横琴建立了一个统一的大数据平台，也就是数据湖，消弭了行政和技术的壁垒，并且在地理信息相关系统建设前期的规划阶段，就融入了时空大数据的理念。

横琴以世界最先进的标准和技术来谋划智能发展。

2014年7月，横琴启动了大数据云计算中心的规划建设，采用国际竞争的方式邀请了IBM、埃森哲、微软、戴尔、华为等国际顶级IT公司参与规划设计和建设。最终由埃森哲公司负责整体设计和总集成，IBM、华为等公司参与建设，于次年7月建成投产。中心拥有PB级数据存储能力和千核计算能力，完成了"互联网+"横琴时空大数据智慧云平台顶层规划设计。

这是一个真正意义上的大数据云计算中心——首创政务信息系统和数据的集中，实现了智能分析和展现环境、集成与交换平台以及数据仓库应用。

李德仁是中国科学院、中国工程院双院院士，在中国智慧城市领域是泰斗级人物，他高度评价横琴的时空大数据在全国"引领政务服务之先"。

作为这项技术的推动者，横琴为人工智能提供高质量的、统一标准的数据资源。数据中心以天地一体化城域物联网为触角，以下一代互联网为神经，以云技术为骨架，以时空大数据为大脑，以"互联网＋"促创新……

数据中心是支撑横琴所有公共信息系统的"中枢神经"，也是横琴政务环境对接港澳、与国际接轨互联网思维的重要载体。

"全岛免费Wi-Fi计划"就是一个大数据支撑的智慧应用案例。

"我们的网速比普通的Wi-Fi要快，基本达到港澳的水平。"高级无线通信运维工程师史坚惠说，"用岛内Wi-Fi在线观看高清电影非常流畅，而且对使用者没有任何数据流量的限制。"

"这个计划实施了多长时间？"

"两年多三年吧！"史坚惠略作沉思，说，"横琴希望用最好的无线网络质量来让居民们和游客们有最好的用户体验。"

Wi-Fi信号覆盖了环岛东路片区所有公共区域，包括长隆检票口、码头、医院、一线口岸、二线口岸、创意谷、美食街、金融基地、商业步行街……

对所有用户开放！

所有用户免费使用！

——这就是"任性"的横琴。

在一个信息高度发达的时代，任何一点闪失，只需指尖一点瞬间便可传遍世界，如何确保用户的信息安全和隐私不受侵犯？

我一直没找到答案。

史坚惠似乎洞察到我的顾虑，他给了我一个明确的答案："尽可放心。"史坚惠告诉我，他们使用的是无线入侵检测等技术，在防范非法IP和保护用户信息方面具备强有力的保障：

在网络方面，对主机服务器存储进行设备安全培训和加固；部署主机防火墙、IDS、IPS及恶意代码防护，确保主机持续提供稳定服务。

在应用层方面，部署Web应用防火墙、Web网页防篡改、网站安全监控等安全防护措施保证特定应用的安全。

在数据层方面，采用数据隔离、数据加密、数据防泄漏、剩余数据防护、文档权限管理、数据库审计等加强数据保护……

史坚惠不断感叹技术变化之快，他说，作为横琴新区智能岛的推动者，横琴正在接入国家高速骨干网和国际通信专用通道，打造领先的互联网环境，支撑整个智慧横琴的建设。

用智能化思维解决传统的城市和社会治理问题，横琴发挥到了极致。

2018年6月的一天中午，晴朗炎热的天空突然乌云密布，一场滂沱大雨接踵而至。

杨宏亮开着澳门单牌车路过永兴路二巷时，他发现一个垃圾桶倒在了地上，桶里的生活垃圾洒落了一地。他慢慢地停下车来，摇下车窗，拿出手机，登录横琴管家APP，对准垃圾桶拍摄照片，然后上传系统，准确定位之后点击"上报"，之后摇上车窗，驾车而去。

不一会儿，我就在APP手机端看见两位穿着雨衣、戴着小黄帽的志愿者骑着自行车过来，只见他们将倾倒的垃圾桶扶正，将洒落的生活垃圾清扫并倒回到垃圾桶里⋯⋯

杨宏亮使用的是一款以"互联网+"为手段的新型互动式手机应用软件，名为"横琴管家"。

当然，杨宏亮的这一举动也将获得"回报"：获得30–50积分，按照10分折合人民币1元的换算标准，即可获得3—5元的奖励。他可以换算成人民币立即提现，也可以到与横琴管家APP合作的商家进行消费。如果他下车参与解决了问题，再拍照上传、定位的话，获得的积分将会更多。

杨宏亮后来对媒体说，自己虽然是澳门人，但在横琴有房产，横琴把这个"家"管得很好，爱护家园，人人有责任。

横琴新区综合执法局局长赵振武向我透露："横琴大胆创新，执法模式实现颠覆性再造，职能深整合，执法全覆盖，综合执法模式获得深度拓展，城市治理的整体效果获得了广泛认可。"

其中，通过智能化打造线上与线下互动的全新社会治理新模式就是横琴综合执法深改革的最大亮点。

2017年4月上线的横琴管家APP是全国首个城市智能管家平台。通过APP平台，市民时刻进行"巡查"，不断为城市发现问题、解决问题，市民成为城市建设、管理和维护的主人。

"用互联网+来解决城市治理和社会管理正获得普遍关注，前来取经的各个城市同行络绎不绝。"赵振武说。

作为"特区中的特区"，横琴借助"互联网+"技术，城市治理和社会管理可以实现问题上报、抢单处理、积分奖励与兑换、评价以及信息发布的全网络实时在线模式。

好奇心驱使我去参与体验一番。

横琴管家APP初体验：我下载横琴管家APP，前端共有市民、专业志愿者、商家、执法人员等四个模块，其中"市民"板块需实名注册，填写完整的个人信息后，通过手机验证码验证后我便成了用户。

刚注册完毕，我就发现在横琴管家APP即时案件栏弹出这样一条消息："横琴红旗村永兴一巷附近有乱张贴小广告。"

赵振武告诉我，附近市民只要通过APP进行实时定位，使用"抢单"功能就可以接单处理了。

"接单率有多少？"

"抢单接单处理率达80%。"

借助大数据，横琴管家APP推动城市治理从"政府全包"向"市民治理"转变。市民不仅可以通过横琴管家APP进行案件"投诉"，还可通过"抢单"模式随手做好事、赢奖励。

简直太梦幻了，其智能程度令人咋舌。

"背后支撑是横琴新区智慧城市平台。这个平台实现了综合执行核实、派单、指挥调度、统计分析、奖励支付、系统维护等功能。"赵振武侃侃而谈。

"有些案件市民和志愿者处理不了怎么办？"

"系统移交至12345市民服务热线或由政府的执法队伍来解决。"赵振武说。APP依托"智慧横琴"指挥中心的统筹调度，协调公安、工商、建设部门等多部门联动实现城市综合执法。

横琴管家APP向市民开放了市政设施类、市容市貌类、交通运输类、规划国土类、生态环境类、治安辅助类、工商管理类以及其他类共9大类20小类的城市治理参与性工作，基本上老百姓的所有问题都可以在这个平台上反映和处理。

建筑施工噪音、随处张贴小广告、公共设施损坏……通过手机端以拍照、录像、语音等形式上传证据，轻轻一点，案件即刻形成。

"万一有人报假案呢？"

"对弄虚作假的行为，系统建立了惩戒机制。"

横琴管家APP实现在线奖励、瞬间支付，大大提高市民参与社会治理的积极性。横琴管家APP上线以来，由市民及志愿者处理的案件，占总量约80%。

2018年初，横琴管家APP再升级，通过智慧停车系统整合横琴口岸周边10多个停车场资源，共计提供5378个有效停车位，缓解了居民"停车难"问题。

改版后的"智慧停车"功能上线不到半个月，用户关注量累计5838人，增长速度日均达458.5人。

查询车位、停车预约、地图导航、停车缴费……如今，可以打开横琴管家APP，通过"智慧停车"板块一键搞掂。

横琴管家APP践行"市民治理"理念取得一定成绩后，横琴又提出了"物业城市"的新理念，就是将横琴新区作为一个高档物业小区，聘请一家专业的公司，作为城市"大管家"，参与到横琴公共资源的服务、管理与运营工作中，APP的功能不断扩展，以更加智慧化、精细化和人性化的模式治理城市。

2018年6月13日，横琴管家APP全面升级为2.0版本，更名为"物业城市"并正式对外发布。

物业城市APP把城市公共空间与公共资源作为一个整体，一个"大物业"，引进高水平的物业公司进行统筹，基于大数据进行智慧管控，对整个城市进行专业化、精细化、智能化、社会化的管理，实现"管理+服务+运营"的高效统一。

线上APP让市民参与城市治理，线下物业公司把城市当成小区来管理，真正实现"一键上报、一键办事、一键服务、一键督办、一键咨询"等应用服务。城市治理和政务服务的一站式综合服务平台，为破解全国社会治理难题探索出了一条新路。

"物业城市APP功能正在不断集聚，这项创新举措已经成为横琴综合执法改革的一大亮点。"赵振武说。

如今，有7万多名市民和600多名志愿者在注册使用这个软件。

深化城市治理模式的基础是大数据。

横琴通过统一的大数据平台，打造政府、社会组织、企业、市民多元联动模式，这成为独具特色的"横琴名片"。

"我们的理念是以大数据为引擎的'五位一体'全覆盖。"邓练兵以大数据云计算中心为例，向我直言智能岛建设走过的路并不平坦。

2014年底，横琴决定要建大数据云计算中心，为此组织了国内一批专家前来论证。为了让与会者畅所欲言，邓练兵没有与会，而是派自己的助手钟欢参加。

会议开了一整天，也争论了一整日。

下午的会议刚结束，钟欢就急匆匆地闯进邓练兵办公室，说："邓总，情况不妙。"

"别急。"邓练兵倒了一杯水，招呼钟欢坐下，"你慢慢说。"

"专家的结论是没必要建。"钟欢喝了口水，接着说，"有专家说横琴有一间机房，两台服务器就够了。"

专家基本否定了横琴的方案。

当时有一个教授非常激烈地反对，他说你横琴的需求在哪里？现在是一片工地，三五年内也看不出来。再说要实现政府的数据统一，就要拆政府部门的机房，各单位的机房是可以想拆就拆的吗？

邓练兵听完后，沉思了许久。

晚上，他找到专家组成员，问了同一个问题："如果我们坚持做这件事，会不会带来什么风险？"

专家们都微笑着回答说："那倒没有什么风险。"

邓练兵想了想，内心打定了主意：既然没风险，那么我们就干。

第二年，横琴的大数据云计算中心建设完工了，新区又组织一批专家前来验收。去年激烈反对的那位教授也来了，在看完横琴的大数据云计算中心后，他向邓练兵举起了大拇指，真心佩服地说："没想到发展这么快，当初误判了。"

"一不小心就在全国领先了。"邓练兵的自豪感溢于言表，他说，"国家倡导大数据建设，我们提早了两年，现在横琴只有一个机房，一个数据中心，这在全国都非常罕见，目前也没有找到先例。"

横琴的弯道超车绝非偶然。

除了理念超前，横琴的智能岛建设并非零敲碎打，而是从顶层进行统一规划，通信和计算机基础设施也比较先进。比如通信管网，比如全岛光纤，比如宽带网速……全岛一个城市级平台就解决信息化的"烟囱"问题。

邓练兵笑言，横琴的智能岛建设就像一个孩子，尽管走路的姿势不怎么好看，甚至有些跟跟跄跄，但回过头来一看，还走得蛮远，方向也走对了。

他向我透露，横琴新区与阿里巴巴正在合作做一件很有意思的事情，就是建中国的第一个人工智能超算中心和做高性能计算机器人……

横琴智能岛的发展速度，如时代弯弓上的一支响箭，迅疾如飞：大数据、云计算、物联网、移动互联网、人工智能……这些时髦的科技前沿词汇和新型智慧城市的"标配"，已经由一个个抽象而炫酷的概念，变成横琴发展进程中的一个个新标签。

非常道

2016年10月18日。

横琴来了一位不速之客,他的身份很特别——澳门廉政公署专员。

张永春专员一行先看电子围网,然后到澳门青年创业谷和粤澳合作产业园,这些都是澳门企业比较集中的地方。

张永春到访横琴,其实是来考察横琴法治化、国际化营商环境的。

澳门廉政公署是借鉴香港的经验设立的。

众所周知,20世纪60年代至70年代初,香港的市民饱受公共部门腐败之苦:邮差送一封海外来信会要求收件人给红包才完成送达,消防员救火前向苦主索贿,为香港经济社会治安服务的警察部门问题频发……

在当时,高级警察葛柏的腐败案件最为典型。葛柏曾因工作表现受到英女王嘉奖,此后有人发现他事实上拥有大量不法财富。滑稽的是,葛柏在接受调查期间运用职权调用飞机逃回英国。社会舆论一片哗然,民众发起反腐败的大游行。时任港督麦理浩抓住此机遇成立专门处理腐败案件的廉政公署。葛柏案成为公署打"老虎"的第一案,此役之后廉政公署的威信大增。

横琴廉政办的酝酿和筹划,就借鉴了港澳特别是香港成熟的运行机制,并结合了横琴实际。

2011年初,香港一家媒体赫然刊载一篇由评论员"铁君"撰写的题为《广东省珠海市横琴新区打算借鉴香港廉政公署的做法和经验》的文章,文章说:"据当地一位官员介绍,为了提高政府服务水平,打造清廉、高效的行政队伍,横琴打算借鉴香港,引入廉政公署的一些做法,组建内地的'廉政公署'……"

在宝兴路119号,一层简易板房显得很低调,横琴廉政办的牌子就挂在这个毫不显眼的地方。

2012年9月8日揭牌那天,时任广东省委常委、省纪委书记黄先耀,珠海市委副书记、市纪委书记王衍诗都参加了。

这个全国独一无二的机构集纪检、监察、反贪、审计四大职能于一体,为国内首个突破现有体制整合反腐防腐各项职能的专门机构,用官方对外的口径叫作

"一个平台办公,多双手抓落实""一体化防腐新格局"。

这是在省纪委的直接指导下,由珠海市纪委牵头完成的重大创新。将纪律检查、党风廉政、行政监察、反贪反腐和审计等五大核心职能进行整合,组成一个惩治预防腐败的廉政"拳头"。

在全国率先探索成立廉政办,形式上的整合只是第一步,更重要的是实现职能、机制以及实践的有效协调配合,联合惩腐。这种不同部门治理腐败的力量结合到一块,为全省乃至全国的反腐倡廉体制机制创新探索提供经验。

阳光、透明。这是横琴构建趋于港澳法治环境的主题词,廉政办聘任港澳籍人员担任人民监督员,开创了全流程全领域的预防惩治腐败体制。

廉政办成立不久,省委常委、省纪委书记黄先耀到横琴调研,他试探性地问刘佳:"刘佳,省纪委要开展探索领导干部家庭财产申报公示工作试点活动,这个任务交给横琴新区,你们敢接吗?"

刘佳心想:这不是与横琴打造"廉洁岛"的初衷不谋而合吗?

她当即毫不犹豫向黄先耀书记表态:"只要省里把这个任务交给横琴,横琴就一定能够高质量、高水平完成。"

财产公示是一把遏制腐败的利剑,当时在国内还是新生事物,试点可能会引起一些是非争议,招惹一些评头论足。

横琴就这么干了。

工资、奖金、津贴、补贴、劳务所得、家庭房产、股票基金、有价证券、家庭汽车……

先三层级公示,后二层级公示。

这一年是公元2012年。

三年后,广东省纪委、省监察厅在横琴创建廉洁示范区,全方位瞄准权力监督,梳理和公布了新区政府部门权力清单1457项,将自由裁量权降至最低,并在新区政府网公布,划设权力边界,推动权力运行公开。

防止权力滥用,强化权力监督,把权力关进制度的笼子里。2016年11月30日,珠海市八届人大常委会第四十次会议高票通过了《珠海市人民代表大会常务委员会关于促进中国(广东)自由贸易试验区珠海横琴新区片区廉洁示范区建设的决定》。

这是全国自贸试验区中首部针对廉洁示范区建设的法规。

编制横琴新区党委、纪委和领导班子成员党风廉政建设主体责任和监督责任"两清单",形成责任到人、权责明晰、问责有力的责任体系。构建党风廉政建设主体责任评估"一系统",及时发现并整改问题,层层压实"两个责任"……

横琴开发,工程项目动辄上亿,资金大、涉及广、专业性强。

如何防范可能出现的腐败问题?

为防止利益冲突,新区发布领导干部配偶子女经商办企业负面清单和公务人员决策、执行、监督工作职务回避清单。

公开透明、过程留痕、责任明确……建立工程变更审批监管平台,实施政府投资工程变更在线申请,加强国有资金项目审批制度。

目标导向只有一个:监督!

横琴知道,单靠传统手段已不能完全有效防止工程领域腐败问题,必需引入"互联网+"思维。他们运用科技和信息化手段开展廉政建设制度设计,对重大工程项目从立项、竣工到验收全生命周期实施有效监督,立体式构建工程廉情和效能预警评估系统。

权力监督又有了新途径。

靠前监督,跟踪审计,同步预防、同步纠正……104个建设项目,228项工程审批实行在线监督,系统根据问题严重程度设置了四个预警等级,分别用红色、橙色、黄色、蓝色预警表示。

零跑动、零收费、零罚款……如今这些耳熟能详的名词就是横琴"发明创造"出来的。

横琴的廉政办被澳门视为"内地版"的廉政公署,外媒给予高度期许,难怪引来澳门廉政公署专员张永春的关注。

他心里清楚:横琴有1000多家澳门企业,有数以千计的澳门员工。

2015年11月25日上午。

一位男子步履匆匆走进横琴法院,他背着个双肩包,在跟工作人员轻声细语交流后径直来到审判席,坐在打着自己铭牌的位置上。这位男子名叫胡景光,是一名澳门籍的人民陪审员。

当天陪审的案子是这样的——

原告系珠海一位女士,为了移民与美籍华人肖某某登记结婚,不料肖某某没有为她办理移民手续,并且下落不明。原告遂向横琴法院起诉要求与被告肖某某离婚,并由肖某某返还收取的款项60万元……

澳门人怎么会以人民陪审员的身份和横琴法院的法官坐在一起共同审理案件?

没错！这是真的。

作为一名"不穿法袍的法官"，胡景光说："澳门没有陪审员制度，在横琴这里，法官会征询我的意见，自己有满满的参与感。"

在横琴法院，像胡景光一样的港澳籍陪审员有10名，他们接受过相关培训，并对内地法律有一定了解，成为法官的"左膀右臂"。

横琴法院院长蔡美鸿告诉我，聘请澳门籍居民担任人民陪审员开始很有争议。

"主要是什么分歧？"

"法理基础不同。"蔡美鸿说，"澳门与内地的法律制度不一样，他们是资本主义法律制度，我们是社会主义法律制度。"

在当年的专家咨询小组会上，有的法律专家持不同见解："怎么能让澳门的人过来跟你横琴的法官坐在一起审案子？"

"争论比较激烈。"蔡美鸿对此记忆犹新。

"你们还是坚持？"

"最高法院还是支持我们做。"蔡美鸿说，"选任港澳籍陪审员制度，可以向港澳同胞展示内地的司法公开、公正，并为法官审判个案提供参考依据，强化了司法公信，现在看来效果非常好。"

作为最高人民法院指定集中管辖珠海市辖区内的一审涉外、涉港澳台民商事案件的自贸区法院，横琴法院全方位打造涉澳审判特色品牌：选任7名港澳籍人民调解员、吸收7名澳门研究生担任法官助理、在全国率先推出开辟区际司法协助便捷通道、深化涉澳民商事纠纷化解联动机制、邀请澳门社团联合总会等参与涉澳案件调解。

横琴法院是全国综合改革示范法院，一直致力于打造趋同港澳的法治环境。

专职法官制度在业内早已是名噪一时。

让时间回到2014年3月21日。

上午9时许，第一位当事人蔡某和他的代理律师黄思悦走进了横琴法院。书记员黄明莉简单地看了一下起诉材料后，便通过审查并确定可以立案，当事人缴纳了相关诉讼费后，黄思悦拿到了"（2014）珠横法民初字第1号"的案件受理通知书。

从递交材料、法官审查、缴纳费用到决定立案，前后花费不到30分钟。

几分钟后，黄思悦在立案大厅门口的法院电脑信息查询中，查询到了此案的审判法官信息，他的名字叫谢伟东。

谢伟东是我国不设审判庭法院的第一名专职法官。而这桩标的为840万元的股权转让纠纷案，也成了横琴法院开门迎诉后的第一案。

两个月后，专职法官谢伟东披着法袍再次走进第一审判室，这天开审的是首宗涉澳民事案件，原告林某、黄某等3人均为澳门居民，被告为珠海居民李某及珠海某投资公司，案由为房屋买卖纠纷……

来横琴法院前，谢伟东是珠海市斗门区人民法院副院长，有着24年审判经验。2003年开始出任斗门区人民法院副院长，主管民商事案件的审判，横琴法院建立后，他成为首位专职法官。

法官无官位之虞。

在横琴法院，专职法官不隶属于法院内任何一个行政机构。从一个主管副院长变成了专职法官，谢伟东一直在适应角色的变化。

正在适应角色变化的还有院长蔡美鸿。

"我是全国法院里权力最小的院长啦！"蔡美鸿院长目光炯炯，睿智精明，一张口便笑逐颜开。

我们就此打开了话匣子。

"民一庭""民二庭""刑事庭""行政庭"……说起各地基层法院的庭室设置，法律人都能如数家珍，传统基层法院至少有15个部门。

在传统法院里，庭长、副庭长等是科级或处级的级别，院长权力在法官之上，院长管庭长、庭长管法官也是天经地义的事情。

可横琴不行！横琴的法官由上级人大任命，工作任务的分配则是由法官会议来决定的。

在传统法院里，立案决定权在立案庭，合议庭法官负责审理和判决，执行则由执行局法官负责。一个案件全程走完至少需要三个部门参与。除了法官审判外，还要经过主管审判庭的庭长、副庭长审批，有的甚至要主管副院长审批。

在横琴，法院取消了立案、刑事、民事、行政等审判庭建制，把这些传统的行政阶梯也给"抽掉"了，从制度设计开始就终结院长干扰案件的可能。

独任审理的案件，裁判文书由承办法官审批；合议庭审理的案件，裁判文书由合议庭成员签发。院长、副院长无权过问其不参与审理的案件。

院长被"夺权"了。

横琴岛宝兴路118号，一栋两层白色小楼紧邻横琴码头，与澳门隔海相望，楼不高大气派，却不失整洁庄重，它是租赁当地一家公司的临时建筑改建而成的。

曹如波是横琴法院副院长，有着法学博士学位。此前他是珠海中级人民法院审判委员会委员、立案一庭庭长。这位"学者型"法官见证了横琴法院的"诞生"。

2012年11月，最高人民法院同意设立横琴新区法院。在广东省高院的支持下，2013年初，珠海中院立即成立横琴法院筹备调研小组。珠海中院从院内抽调7位骨干法官，曹如波就是其中之一。

7位骨干法官被同事们称为"7人小组"，当中有4名博士、3名硕士，其中4人有国外留学或访问学者经历。

"7人小组"对境内外法院的司法运行机制做了大量研究，并专门赴澳门、台湾法院调研学习，历经半年时间，最终形成了关于横琴法院筹建的两套方案。

两套方案中，第一套：法院不设立审判庭，由专职法官专门负责审判，以法官委员会代替审委会。经过论证，认为这套方案颇具颠覆性，部分条例和现行法律有冲突。第二套：保留审判庭设置，根据横琴靠近澳门的特点，设立涉澳民商事审判庭和金融专业审判庭，精简司法行政机构。

两套方案"出炉"后，珠海中院立即向广东省高院和珠海市委汇报。随后，广东省高院、珠海市委、珠海市人大、珠海市中院等部门联合成立了横琴法院筹备领导小组。领导小组对两个方案进行了全方位的研究，反复修改和论证。最终，两个方案各取所长，合并为一个方案。

"实际上，最终方案是两个方案的综合和补充。"曹如波说，"最终方案吸纳了第一套方案中不设审判庭设立专职法官，第二套方案设立司法政务管理办公室、精简司法行政机构等内容。"

2013年11月，赶在十八届三中全会前夕，方案最终定稿。

"当时我们也觉得方案改革力度过大，有点超乎想象，心里有点打鼓。"就在曹如波他们犹豫之时，十八届三中全会专门提及司法改革的新要求。"看到报告中的内容，我们觉得方案是符合中央要求的，信心反而增强了。"

果不其然，最后心想事成。

2013年11月下旬，最高法院院长周强到广东参加全国司法公开会议，第一站专门来到珠海横琴，了解横琴法院的筹备进展后，公开表达了对横琴法院司法改革的支持。

12月上旬，横琴法院"三定"方案正式获批。

横琴法院是我国探索建立法院工作新模式的一块试验田，也是全国唯一一个没有审判庭的法院。这里只有"三办一局一队"。"三办"是指审判管理办公室、人事监察办公室、司法政务办公室,"一局"为执行局,"一队"为司法警察大队。

横琴司法改革的另一大亮点是废除了法官判案的领导审批制,将裁判权交给办案法官。

院长蔡美鸿说:"比如谢伟东专职法官办理的案件,按以往流程,涉及查封、扣押及诉讼保全的案件,都需庭长、院长逐级审批签字,如今都由审案法官依法自行处理。"

他还给我讲了这样一件事。

谢伟东独立办第一个刑事案件时,给被告人判处的是缓刑,按照法律要求,判缓刑当场就得把人给放了。

人是放了,可谢伟东当天晚上却辗转反侧,一夜难眠。按照传统流程,案件审批都是要层层签字,这会自己独自把人放了,是不是违反法律和操作规定?

谢伟东心中没底。

第二天一早,谢伟东找到院长蔡美鸿,对他说:"你说我会不会错了,这个人已经放了,但是没经过你审批。"

"没有错啊,按照操作规程就是你负责。"蔡美鸿知道他的传统思维还没转过来,按照以往做法需要主管副院长或院长审批。

蔡美鸿给他吃定心丸:"肯定行,没有问题,就是应该这样做的。"

取消案件审批制这一改革很彻底,真正落实"让审理者裁判,由裁判者负责"的司法改革精神,也为中国司法改革提供了标本性的借鉴意义。

横琴还有一个亮点是首创法官会议制度,实现民主决策、自我管理。法官审理案件类型,与哪些法官组成合议庭,每年办案任务多少,由专职法官们在法官会议上投票决定。

"法官会议实际上是'革了院长的命'。"蔡美鸿如是说。

对一些新型案件,专职法官认为把握不准的情况,横琴法院法官会议又设立有专业会议,其主要职能之一就是对新型疑难案件采用"专家会诊",讨论意见也只供专职法官参考。

可能很多人并不知道,横琴法院在全国最早将法官"员额制"落实到位。

这一制度是横琴在全国率先推出的,实行"法官少而精、辅助人员专而足"的人员配备模式。

少而精:根据横琴司法实践,确定了配备8名法官这一"员额"。选拔的法官除具备基本条件外,还必须从事法律工作10年以上,业务要精湛,将从珠海市两级法院和面向全社会的法律人士招录，招录过程接受社会监督。

专而足：每名法官配备三名助理和一名书记员，增强职业保障，配足辅助人员，使法官专心从事审判业务。如果案件量增加，为保证每名专职法官的办案量适度，法院将调整法官数量，给法官"定额"，防止出现审判的瑕疵，影响审判质量。

甫一推出，名闻遐迩。

在横琴法院，曹如波的"出镜"率很高，他在建院初期一直担负着新闻发言人的角色。

在横琴法院会议室，蔡美鸿对我坦言："横琴法院只有8名专职法官，算上院长和两名副院长兼任法官，总共也才11位法官，而案量逐年递增，2016年1844件，2017年达2289件案件，2018年达到2947件，有的法官每年要办300件以上的案件。"

"这么多案如何了断？"

"每名法官配备两名助理和一名书记员。"

"这个案件量依据什么来参考的？"

"依据管辖区域近3年的案件量。"蔡美鸿告诉我，"横琴承担了珠海市所有涉及港澳台的案件，一年平均有3000件左右，专职法官异常忙碌。"

专职法官独立判案，他们的审判水平和道德水准怎样把握？

蔡美鸿说，法官的好坏直接决定着横琴改革的声誉。因此，选任、监督和法官本人廉洁与否便显得尤为重要。

对专职法官的选任十分"苛刻"，除了10年以上的法律工作资历外，还要熟悉各类案件的审理，从业期间没有任何审判瑕疵和不良记录……

当然，有"权"的专职法官也不是好当的，每办完一件案子，这件案子的档案将跟随法官一生，实行错案责任终身追究制。一旦专职法官审理案件出现错案，将立即启动追究程序，即使专职法官退休，以前审判的错案也将会追究责任。

在香港和澳门，如果法官在任职期间完全清廉，退休后可以拿到一笔可观的廉政保证金。

这个廉政保证金制度也被横琴新区列为可探索的举措。

2014年2月28日。

横琴检察院专职主任检察官张雁收到珠海市公安局横琴分局对一起拒不支付劳动报酬案件的侦结报告。报告提请逮捕的犯罪嫌疑人叫谭某某。案卷为"故意拒不支付46名工人劳动报酬"。

收到案卷后，张雁提审、阅卷。

3月3号，她做出决定：批捕！

首宗审查批准逮捕案件由主任检察官张雁独立做出。

张雁是第一批经珠海市人大常委会任命的横琴检察院专职主任检察官，来到横琴之前，她担任香洲区检察院反贪局长。

"我原来管5个部门和40多号人，也都没有现在这么忙。"张雁感叹，"工作节奏变化太大了。"

过去检察院批捕、起诉，每一个阶段都需要三级审批，无论捕还是不捕，首先是批捕科的科长批，然后是主管逮捕的副检察长批，最后是检察长批。

一个普通程序走完三级审批怎么也得三四天。

横琴检察院没了三级审批，主任检察官的权力是不是就没了制约呢？

"签了自己的名字，就意味自己将对这个案子终生负责。"张雁说，"权力大了、责任大了，压力就会更大。"

"责任够大吧？"她反问我。

来横琴之前，张雁已经有10多年没进看守所提审嫌疑人了，现在都要自己亲自到看守所提审，所有的案件卷宗都要自己阅读。

"压力够大吧？"她朝我笑了笑。

约莫一周后，张雁接手了第二起案件，这一次，她根据案件情况做出了不批捕的决定。

"不批捕的决定，您就可以决定？"我满脸狐疑。

"案件是我来负责的，我只向领导汇报办案情况和我的建议。"

"最后还是由您来决定？"

"是！"张雁肯定地回答。

一个检察官真有这么大的权力？

于是，我揣着录音笔走进了位于宝兴路189号的横琴检察院，期望解开我心头的困惑。

"毋庸置疑。"在周利人检察长办公室，温文尔雅的他与我交谈，他说，"主任检察官制度是横琴检察院营造港澳法治环境的最大成果，制度效率更高，责任更明。"

从他的叙述中，我知道横琴检察院是在2013年12月20日挂牌。

作为创新型检察院，横琴承载着为全国检察改革探路的重大使命，同时也成为广东省人民检察院指定开展主任检察官办案责任制和检察人员分类管理的试点单位。

主任检察官制度甫一推出便名闻遐迩、震惊四座，在全国检察系统有着标杆意义。

当我问到开展这一创新改革的初衷和过程时，周利人向我推荐了他的前任向少良。

"台前幕后他知根知底。"周利人说。

可惜我一直没有约到已调任珠海市人民检察院副检察长的向少良。不过我从一份报纸上看到了时任横琴检察院检察长的向少良在接受媒体采访时有这样一段访谈。

问：据说横琴检察院参考了澳门检察院一些分类管理的做法？

答：我们借鉴了澳门检察院设立检察官委员会的经验，改变按一般公务员管理检察人员的模式。

问：具体来说？

答：就是将检察人员分成检察官、检察辅助人员和检察行政人员3类进行管理。①

问：检察管理行政色彩被淡化了？

答：对，更趋于职业化和专业化方向。

问：这跟一般公务员的管理大不一样？

答：是。

问：分类管理有什么好处？

答：专职检察官能够有精力钻研业务，而不是盯着官位，检察辅助人员和检察行政人员也有自己的上升通道，不用必须变成检察官。

问：内设机构有什么特点？

答：由传统的20多个大幅精简到"三办一局一队"，即检察长办公室、组织与检务保障办公室、预防犯罪与公共关系办公室、反贪污贿赂渎职侵权局和司法警察大队。

---

① 1.检察官（检察长、副检察长、检察委员会委员、检察员和助理检察员）；2.检察辅助人员（检察官助理、书记员、司法警察、检察技术人员等）；3.检察行政人员（政工党务、行政事务、后勤管理等工作人员）。

问：原来的三级审批办案取消了？

答：是的，从根本上摒弃了过去的办案模式，包括侦查监督、公诉、民事行政检察等业务部门。

问：这样设置有什么好处？

答：减少了审批环节，明晰了办案责任，提升了办案效率。

问：人员也少了？

答：专项编制只有25名，其中主任检察官设定为8名，检察长只设一正两副，每个人都满负荷工作。

回过头重温向少良的这篇访谈，让我对主任检察官制度的来龙去脉有了一个感性的认识。

翻开《主任检察官制度》，我发现里面在公诉、侦查监督、职务犯罪侦查等业务中，除极少数法定事项或重大复杂疑难案件需经检察长审批或检察委员会研究决定外，大部分事项都授权给了主任检察官独立行使决定权。

譬如，单公诉这一业务，主任检察官可以独立处理的事项多达24项，而需经检察长或检察委员会决定的只有7项。

横琴检察院突出主任检察官执法办案的亲历性：

在全国率先探索建立主任检察官主导侦查取证工作新机制，在横琴公安分局设立了主任检察官联络办公室。及时介入公安机关的侦查取证活动，确保刑事案件侦查取证质量符合法庭审判要求。

规定主任检察官必须亲自参与审阅案卷、出庭支持公诉、讯问犯罪嫌疑人、询问证人等重要活动。主任检察官个人承办的案件，除一些事务性工作由检察官辅助人员完成外，其他正常的办案活动均须自己亲自完成……

主任检察官身兼侦查监督、公诉、刑事申诉和民事行政检察四项检察业务和职务犯罪侦查业务，那么，如何防止检察官滥用职权呢？

周利人坦承，外界对此比较关注，他说："我们主要在外部和内部监督机制上完善。"

在外部监督上，借鉴澳门检察院设立检察官委员会的做法，率先在全国创建了检察官惩戒（监督）委员会制度，加强对检察官职业操守和执法作风的监督，制定了与该制度相配套的《惩戒（监督）委员会工作规则》。首届检察官惩戒（监督）委员会委员由9名委员组成，既有本地人员，又有港澳籍人士，体现了广泛的社会代表性和较高的监督制约性。他们可以查阅案件资料、收集群众意见、参与执法检查、提出违纪调查处理意见等。

在内部监督上，设有监察室、纪检室这些人事监察机构进行内部监督，还采取设立主任检察官业务工作考评委员会的方式，由上级检察机关侦查监督、公诉、民事行政检察、反贪污贿赂、反渎职侵权等部门业务专家、业务骨干组成，对主任检察官所办案件质量和规范执法等问题进行每年一次综合测评，促进主任检察官严格规范执法、提高办案质量。

横琴检察院的监督手段还有很多：

建立"主任检察官会议"定期交流平台，力求在交流中发挥主任检察官互相监督的作用。

终结性文书终身网上公开……

下放权限与加强监督并重，结果控制与程序控制、事中监督与事后监督、内部监督与外部监督并行，横琴检察院构建了完备的主任检察官执法办案监督制约制度体系。

横琴还为每位主任检察官建立了执法档案，详细记录主任检察官办案数量、质量、效率、效果及职业道德、检察纪律和执法规范等情况。

2014年初，珠海市人民检察院考评委员会对横琴新区人民检察院全面试行主任检察官办案责任制一周年综合考评，考评结果令人欣喜——

100%无错案发生。

100%无因复议复核改变原决定。

100%无违反法定程序。

考评结果显示，主任检察官办案责任制具有科学性、严密性和生命力，改革试点工作效果出乎意料地好，真正体现了"让审理者决定，让决定者负责"的精神。

周利人检察长说："严密制度保障办案，经得起考评委员会考评，实现3个100%一点都不稀奇。"

与横琴定位和发展需相匹配、相适应，横琴检察院应运而生，它营造与港澳法治环境趋同的创新举措为后来全省乃至全国检察体制改革提供了可复制的经验和模式……

横琴在构建趋同港澳的法治环境方面蹄疾步稳：

对接港澳调解机制，成立横琴珠港澳商事调解合作中心。

对接国际仲裁环境，成立横琴国际仲裁院，适用港澳法律或者内地法律进行仲裁。

对接港澳知识产权环境，成立横琴新区知识产权巡回法庭和国际知识产权保护联盟，在全国范围内率先探索知识产权侵权惩罚机制改革。

对接港澳法律服务，试点粤港澳联营律师事务所，成立中银–力图–方氏律师事务所、人和启邦（横琴）联营律师事务所。

对接跨境消费维权，实现跨境消费维权"零跑动"……

所有这些创新和尝试，让人推崇备至，心悦诚服。

第六章 我家大门常打开

横琴像一部史诗，读来荡气回肠。

横琴像一把名琴，曲终余音环响。

远见、激情、胆识、机遇……

横琴是一个"来了就不想离开的地方"，她恰到好处地诱惑着你，牵扯着你，挽留着你的脚步。

澳门香港元素的对接，国际国内企业的加盟，让横琴注定无法沉寂。

对梦想的追逐，过程已经变成交响。

对激情的追逐，结果将会变成华章。

正是这种激情与梦想的交织，横琴在闭门酣睡中被悄然叫醒——

> 我家大门常打开
> 开放怀抱等你
> 拥抱过后就有默契
> 你会爱上这里
> ……

我陡然想起10年前北京"鸟巢"里那首家喻户晓的奥运歌曲，其耳熟能详的旋律重新萦绕在我的脑际。

雄浑的美，瑰丽的美，鼓舞我走近横琴。我在横琴的字里行间捕捉大时代的韵脚，在它深邃的内涵中寻找追梦人的痕迹。那一串串由浅入深的足印就像电影映像，一帧帧、一幕幕在我的眼前切换……

一起去横琴

丘玉珍曾被N个记者问过同一个问题:"为什么要去横琴?"

她不置可否,粲然一笑,露出一口白白的牙齿。

她想,商人选择外出投资或创业,不是一件新鲜事,但为什么选择去横琴就成了一件新鲜事?

曾经,在澳门人的眼里,横琴只是繁华澳门的一个旁观者,是蕉林绿野,农庄寥落的代名词,与对面澳门的流金溢彩、灯光璀璨比较,横琴就是一个"穷小子"。

从英国留学归澳后,已有多家企业高管经历的丘玉珍,正在寻找创业机会。彼时,国家开发横琴以及惠澳政策让她心动不已,从发布的总体规划来看,横琴要着力营造趋同港澳的国际化法治化便利化营商环境,成为促进澳门经济适度多元发展的新平台。

2012年初,丘玉珍一个非常要好的朋友无意间透了口风:横琴新区已获得部分省级外资审批权,外资到横琴投资将会更加开放。

说者无意,听者有心,丘玉珍觉得机不可失,失将不再。

她马上只身赴横琴考察。

从拱北口岸入境,打车用了45分钟,这是她第一次来到横琴,尽管只隔着一条200米的浅浅水道。

丘玉珍印象深刻,那时横琴刚刚起步,眼前还是一片烂泥地和脏兮兮的工地小路,车辆驶过,飞扬起的尘土让路人退避三分。站在一片荒地之中,想象自己的事业将要从这里平地而起时,冒险的刺激让她心潮澎湃。

"就是这里了!"她心里笃定。

想到这里,丘玉珍心境如水荡漾,轻松而惬意。

在丘玉珍看来,澳门商人创业,像北京、广州这些商业环境已很成熟的城市反而不适合,她说:"对内地的商业文化和营商规则不熟悉,短期内要融入、要适应非常困难。横琴是个全新的地方,国家开发的目的又有针对性,就是为澳门经济适度多元化提供载体,政策方向上也与澳门紧密合作,我们有时间从头去学习。"

丘玉珍注册的公司主要业务是为想到横琴投资的境外企业提供中介、咨询服务，用她的话是"相邀去横琴，甘当搭桥人"。

一开始，"搭桥"并非一帆风顺。2012年公司成立不久，丘玉珍一次性带了200多个澳门企业家到横琴考察，尽管丘玉珍满腔热情，但企业家们来到横琴看到一片荒地后个个拧头摆手，给出的反馈大多是"再看看吧！"

她先是一愣，随后就明白了。

丘玉珍理解他们的顾虑，澳门人比较务实，当他们看到一片荒地，当然很难想象它未来会怎样。作为粤澳合作的主阵地，横琴必须了解澳门，澳门自然也要了解横琴，双方需要共同设计彼此的未来。

"现在的情况怎样？"

丘玉珍说："现在不一样了，澳门人一天天看着横琴的变化，现在不是我带他们，是他们主动来找我带他们去。"

公司成立迄今，已有数十个澳门企业经丘玉珍引荐落户横琴。

尽管横琴仍有待完善之处，但看到它的飞速发展，丘玉珍觉得这里对于企业来说，确实是个幸福的起点。

对于众多澳门企业家来说，对横琴持续的投资热情，不仅仅是因为它与生俱来的区位优势，更是因为它所呈现出来的发展活力和潜力，横琴成为澳门企业实现产业多元的首选之地。

2012年6月，首个澳门中小企业投资项目励骏庞都广场落户。

2014年4月，澳门政府推荐33个项目上岛入园。

2016年11月，澳门政府与横琴新区50个项目对接。

2019年1月，2.7平方公里土地启动向澳门招商。

横琴"火"了。

横琴国际生科城、大昌行物流中心、金源国际广场、应来科创广场、港澳智慧城、金汇国际广场、钜星汇商业广场……

好消息不断从横琴传来：

金源国际广场竣工！

励骏庞都广场落成！

臻林山庄主体工程封顶！

一个个亮眼地标接连崛起。

臻林山庄是一个医疗旅游项目，2014年落户横琴。

澳门殷理基集团的主席李佳鸣对我说："臻林山庄项目是《粤澳合作框架协议》首批落地项目之一。"

娇小玲珑、温文尔雅。这是李佳鸣留给我的第一印象。

1993年，毕业于斯坦福大学的李佳鸣从美国来到澳门殷理基就任副总经理。她清楚记得，那是3月的一个下午，春雾朦胧，她拖着箱子风尘仆仆走出澳门港澳码头，细细打量眼前这个自己初来乍到的陌生城市时，内心有点忐忑。

李佳鸣开始在澳门接班创业。

殷理基有限公司始创于1920年，原属澳门著名土生葡人Nolasco家族的企业，后被香港实力雄厚的永新集团收购，又经过多年锐意拓展，成为澳门举足轻重的集团性企业。

在李佳鸣整洁舒适的办公室里，一幅"鸣"字长条条幅映入我的眼帘。身穿黑色行政套装的她笑容亲切，让每一个见过她的人印象深刻，过目不忘。

"没想到澳门成就了我与横琴今天的缘分。"当年的黄毛丫头已历练成为殷理基有限公司主席，并蝉联三届澳门全国政协委员。

因为采写这本书的缘故，我自然关注她在全国两会上的提案，每一年，她都积极建言献策，关注的领域也很广泛：青少年教育、海归创业、城市可持续发展……

2018年的全国两会，李佳鸣关注的是横琴。

李佳鸣建言，横琴可利用自贸区和粤港澳合作示范区的优势，探索扩大医疗健康领域的对外开放，打造高端医疗健康产业试验区。

我注意到，殷理基的横琴项目正是朝着这个方向。

她不仅仅是在呼吁，而是以实际行动去横琴践行。

"我要把国外好的东西带到横琴去。"李佳鸣说到这里，有些唏嘘，"很多对（健康）这方面有需求的人士，初衷是从养生预防的角度出发，但人家宁愿跑到国外去了。"

"所以您一直倡议？"

"喺呀（是呀），现在提倡健康中国……休闲旅游、医疗养生将是一个亮点。"李佳鸣捋了捋额头上的一缕发丝，说，"因为横琴正好有5平方公里的粤澳合作产业园，殷理基是希望可以在里面做个示范、做一个引领。"

"看得出，殷理基对横琴的前景有信心？"

她略作沉思，语调沉稳而平缓："澳门要推动经济适度多元发展，横琴有非常好的基础设施，发展的潜力非常巨大，特别是横琴发展旅游休闲健康产业的定位，更符合殷理基的口味。"

"殷理基投资的臻林山庄医疗旅游项目进展情况怎样？"

"很顺利，一期已经封顶竣工，我们希望在2020年底前投入服务，我们很有信心。"李佳鸣说，"只要琴澳联手，利用好港澳的国际医疗渠道和经验，完全可以打造蜚声国际的医疗旅游目的地。"

2016年11月22日。珠海度假村。

这一天，澳门特区政府推荐50个项目与珠海对接，主办方还"搬"来了一位神秘人物。

这位神秘人物就是前面曾经写到过的陈志强。

作为第一批投资横琴的澳门商人，陈志强在会上分享他企业入驻过程中的体验：横琴规划局帮他在很短时间内拿到了规划用地；横琴环保局指导他把地下建筑和地上建筑分开报建，缩短了报建审批时间；横琴澳门事务局专人全程跟进，提供一站式的保姆服务……

会场里鸦雀无声，大家在静心地倾听。

"讲实在，来横琴之前还有些担心，因为听说在内地投资手续非常麻烦，需要一年半载才能办完公司注册流程……"陈志强顿了一下，说，"没想到，在横琴从准备投资到办完所有手续只花了3个月。"

陈志强的金源国际广场项目2014年首批获推荐进入横琴，2015年取得项目用地。项目落地后，遇到的都是一个个具体又琐碎的问题。

从搞贸易到搞基建，隔行如隔山啊！

每当这时候，他就去找管委会，找澳门事务局寻求帮助，总是能够得到最好最快的解决方案。

他还在会上分享了两个例证。

一个是办施工许可证。拿到这个施工许可证，仅花了1个月时间，如果在其他地方做项目，办施工许可证前后至少需要花上1年时间。

另一个是深基坑处理。横琴安排了很多专家团来帮评审，3个月左右就把这个基坑的方案解决了。

陈志强说，横琴政府很帮忙，有求必应，自己搞的话，"谂都冇谂（想都别想）啦！"

陈志强"现身说法"令与会的澳门投资商"怦然心动"。此时此刻，横琴像一束强光，照亮了澳门中小企业的创业之路，大家有点按捺不住，跃跃欲试。

按捺不住的还有澳门的投资人。

2017年4月23日中午时分，天气有点闷，暮春的阳光照在身上，竟有点热辣的感觉。在横琴37个项目的签约启动仪式上，人们看到了澳门银河娱乐集团和信德集团的身影。

银河娱乐集团创始人吕志和是新晋的"赌王"，2016年的亚洲第二富豪。

吕志和家族虽然低调，但其掌控的银河娱乐却雄心不小。2017年初，吕志和旗下公司与横琴签订框架合作协议，涉及金额达到100亿元人民币。

这么大手笔投资想在横琴干什么？

吕志和之子、银娱副主席吕耀东透露，将在横琴岛西南部区域建设体育休闲度假中心，主要以陆地和海上的休闲旅游项目为主，突出特点是具有长海岸线，目标是打造横琴版"马尔代夫"。

横琴睁大眼睛看。

信德集团来头不小，系"赌王"何鸿燊家族企业，由其女儿何超琼掌舵。

何鸿燊家族在横琴"潜伏"已久，数年前其子何猷龙在接受《南方都市报》的采访时就表示横琴开发"绝对不会缺席"。

2013年8月1日，何氏家族持有的信德集团发布公告宣称：以7.21亿元人民币，投得横琴口岸与澳门口岸之间的一块黄金地块。

何超琼坦言，澳门每年入境旅客人次超3000万，加上与多个即将落成的新景点和游乐设施相邻，横琴项目将"受惠于预期未来旅游业的庞大增长"。

当日启动的信德横琴口岸服务区项目占地2.38万平方米，总建筑面积19.37万平方米，其中地上建筑面积13.11万平方米。

何超琼透露，此番投资横琴口岸服务区项目，将建成集办公、酒店、商业、商务公寓等多种功能于一体的综合体项目，地下二层及地上二层南面与口岸联检大楼相连通，地下二层西侧部分与广珠城际及澳门轻轨相连接，项目完成后澳门轻轨及广珠城际均可直达，交通非常方便。

精明的澳门商家，窥伺到其中暗藏的商机，于是扎堆抢滩横琴：

澳门施美兰集团拟投资10亿元人民币建设澳门拱廊广场。

澳门应来投资（国际）有限公司拟投资总额13.5亿元人民币建设应来科创广场。

澳门来来集团拟投资5亿元人民币建设来来梦幻世界。

澳门天汇星国际拟投资8亿元人民币建设天汇星影视综合城。

港澳智慧城投资发展有限公司拟投资20亿元人民币建设港澳智慧城。

澳门金龙集团拟投资6亿元人民币建设金汇国际广场。

新丰乐置业发展有限公司拟投资450亿元人民币建设万象世界。

澳门泊车管理股份有限公司拟投资16亿元人民币建设中葡商贸中心。

彩虹集团拟投资10亿元人民币建设彩虹生活广场……

有媒体惊呼：横琴的热度达到96摄氏度了！

澳门企业纷纷登陆横琴，传递出澳门哪些产业多元化信号？

Sport land钜星汇是澳门钜联国际投资有限公司在横琴投资的项目。总额13.5亿元，规划用地面积3.48万平方米，总建筑面积14.5万平方米，包括Sport land主题酒店、Sport land智能办公楼、四层商场、梦远书城、三层地库以及大型体育设施、剧院等，这个项目富含体育竞技和文化创意元素，集运动、演艺、酒店、餐饮及创意孵化产业于一体。

一句话，这是一个与《横琴总体发展规划》产业定位相契合，而且专注于澳门中小微企业的综合体。

投资方执行董事兼总经理吴国寿告诉我，Sport land钜星汇主要是为澳门中小微企业搭建一个全新的国际化商业平台。

"这是你们的初衷吗？"

"是的，因为澳门的中小微企业和创业者普遍存在缩小办公楼单位面积的情况。"

"为什么？"

"毕竟他们自身累积和发展的资金有限。"

原来，项目启动前，吴国寿专门到澳门中小微企业和青年创业者中间去摸过底。

有一回，他路过一间艺术公司，说是公司，其实也就一间工作室，他走进门去，逼仄的空间堆满了展板和一些材料。

"这么小的空间能创作吗？"他有些惊讶地问。

"不需要太大的空间，能放下一张画台就足够了。"

他后来了解到，由于中小微企业和创业者能用于发展的资金有限，都希望有一个较小面积的办公楼单位，以减轻压力。

"Sport land钜星汇项目就是要回应这一诉求。"他告诉我，他去横琴投资的项目就是创造机会支持这些青年创业人士，带动澳门中小企业共同参与，促进澳门居民在横琴就业。

文化创意,是横琴的七大产业之一。

助力澳门经济多元,澳门的文化创意是不是一片沙漠?

2015年12月4日,一个名为"ARTMO艺术澳门"的活动从往届的室内酒店挪到了室外公众空间:澳门博物馆、民政总署、塔石艺文馆、婆仔屋……没有星级酒店的人造光,没有白色展板隔成的格子间,一路人马在澳门半岛的老街巷中穿行。

别开生面的情景吸引着公众和游客一起来体验这场独具特色的艺术之旅。

机缘巧合,我有幸采访到了"ARTMO艺术澳门"的总监何健宇先生。

何健宇年轻帅气,尽管他"周游"内地多年,但本土澳门的身份还是让我从他的普通话里听到些许"澳门味"。

"为什么去横琴?"我开门见山问他。

"为什么?你说为什么?"他与我对视一笑,反问我后又忙谦逊地说,"开玩笑啦!"

何健宇现任澳门文化艺术行业协会会长,澳门人文投资有限公司总经理。他谈到他的三个追求:推动澳门的文化发展、促进澳门旅游业的多元化发展、培育澳门艺术文化产业。

"我的出发点不是我想做什么,是澳门的文化艺术产业需要什么。"他的站位比我想象的高。

为寻找问题的答案,他携澳门中寓艺文发展有限公司的"人文天地"去到横琴岛。

"为什么取名叫'人文天地'?"这个问题一直在我的脑海里萦绕,我希望他能为我解开这个谜底。

"艺术、文化、旅游。这就是横琴'人文天地'项目的全部内容。"对艺术痴迷的何健宇说,"传统的艺术博览会在澳门水土不服了。"

何健宇投资横琴的"人文天地"项目更强调澳门特色。为实现这一构想,他在横琴岛上筹备和打造新的艺术产业园区,建设中的园区将旅游、艺术、人文等多重内容及功能相融合,在人文功能融合的基础上有针对性地运营与开发。

我说,我找到您去横琴的理由了。

何健宇的横琴"人文天地"项目北接横琴二桥,东临东方高尔夫球场,南面是海洋王国,周边临近中拉经贸园,位置极佳。

他兴致勃勃地摊开一本《投资项目》图册如数家珍地向我介绍:项目占地面积

近8万平方米,包括文化创意产业交易平台、艺术动漫文化旅游、艺术动漫文化培训等。

"我知道'人文天地'项目是首批推荐入园的项目,怎么现在才进来?"

何健宇坦言"没经验",他说,第一次到横琴投资,对盖房搞建筑从来就没有接触过,一年多都还没有想好,特别是在土地开发方面,为此十分"郁闷",无从下手。

"我们一直在找合作伙伴。"何健宇说,"这个伙伴必须是熟悉土地开发,盖房有经验,市场产品理念相同。期间找了几家,人家兴趣不大,最后找到一家名叫'新方胜'的公司。"

"一起去横琴?"

"对,一起去横琴。"

"项目现在进展顺利吗?"

"非常顺利!"他依然是那个招牌式的微笑。

在横琴奏出的宏大发展进行曲中,"人文天地"只是一个小小的音符。

天下熙熙,皆为利来;天下攘攘,皆为利往。

横琴恍如一壶老酒,它不仅醉了大千世界芸芸众生,也醉了有血有肉的真情汉子——除了独具特色的港澳企业,全球知名企业、总部企业纷至沓来,成为横琴投资榜单上的"天王"。

2014年,中国铁建投资集团挥军南下,将注册地从北京迁至横琴,彰显央企践行国家使命,以实际行动助力澳门经济适度多元化发展的决心和意志,大手笔投资30亿元在横琴打造综合运营体——中国铁建大厦,迄今在珠海基础设施建设领域总投资超过255亿元。

八仙过海,各显神通,横琴俨然成了一个小"联合国":

拥有全球最大搜索引擎的跨国科技企业谷歌,宣布在横琴建设和运营Google Adwords体验中心。

德国保时捷公司在横琴建设汽车主题文化体验馆;西门子公司建造智能楼宇和智能交通停车场管理系统;徕卡相机建造全球光学技术研发中心。

日本Hello Kitty Land开发动漫主题综合商务旅游……

"中"字头接踵而至:中国华融、中国交建、中国神华、中国中冶、中海油踏足横琴。

外资和国企不会迟到,民营也不会缺席。

华彬集团通过位于横琴的南方总部，在珠海成立了7家公司，涵盖通用航空、医疗健康、快消品、文化创意等业态，其中快消品营收累计已达100多亿元。

三一集团依托横琴南方总部成立了全国首家装备制造类专业财险公司，通过产业资本和金融资本的融合，提升装备制造产品附加值，促进珠海先进装备制造产业发展。

背靠内地、对接港澳、走向世界，横琴成为众多企业总部引进来和走出去的重要平台。

国家电投来了。

中信集团来了。

保利集团来了。

固生堂中医集团来了……

光大、海航、久隆财险、国机区域总部纷至沓来，根植横琴。

来横琴"凑热闹"的还有跨境电商。

2018年初，Smarcle（智循）将销售运营总部从北京搬到横琴。

Smarcle还真不能小瞧。

这是一家业务版图横跨中国、日本和美国的品牌管理公司，擅长跨境电商的运营及销售。

2017年底，Smarcle与来自日本四大化妆品集团之一POLA旗下的疗愈化妆品牌THREE签订战略合作协议，成为中国市场唯一的合作方。

"借横琴之'道'将海外品牌带入粤港澳大湾区的零售市场。"

Smarcle创始人兼CEO李夏川说，从仓储物流、销售运营、渠道分析、政策咨询、市场战略到营销公关，Smarcle致力于帮助海外品牌快速精准地进入瞬息万变的中国市场，并为外国品牌快速立足于中国市场提供"一站式"服务。

横琴成为企业争相竞逐的投资热土。

数据显示，至2018年底，在横琴注册的企业已突破5.85万家，其中，港资企业1324家，澳资企业1388家，还有众多世界500强企业，落地项目总投资超过5000亿元。涉及商务服务、休闲旅游、文化创意、医药卫生保健、特色金融、科教研发、仓储物流等产业领域。

追梦

夕阳下的脑背山像一幅图,粗犷豪放的线条,显示出力的雄壮;似一幅画,浓墨重彩的色调,展现出肌的健美。

脑背山下,斜阳在横琴创意谷的外墙上映着一个大大的英文标识:Imstem。

Imstem,这不是爱姆斯坦生物科技有限公司的名称吗?

爱姆斯坦来到横琴,这里面有点"不经意"的味道。

话得从2010年说起——

彼时,王小方在美国求学,他师从于徐仁和教授,期间王小方发明了胚胎来源的间充质干细胞生产方法,即T-MSC技术,这个技术全面克服了现有成体干细胞的缺点。

2012年6月,王小方博士在美国获得专利,并以此为基础在美国法明顿创立了Imstem Biotechnology。

不久,徐仁和教授来到横琴的隔壁澳门大学执教。

在徐仁和教授的引荐下,王小方博士受邀参加"海外赤子为国服务行动计划暨广东省第七届海外专家南粤行珠海专场活动"。在这次活动上,王小方博士了解到横琴的创业机会以及政府对人才的支持和服务,了解到澳门大学搬到横琴后对生物研究人才的渴望。

徐仁和教授对王小方说:你何不把Imstem放到横琴来,既整合中美技术及人才优势,实现琴澳资源共享,又实现对澳门大学人才储备的支撑?

王小方对横琴一番考察后,做出了一个明智的选择。

2016年10月20日,爱姆斯坦与横琴新区管理委员会、澳门大学正式签署生物科技项目合作、共建孵化基地的协议。

内容包括:横琴提供研发、细胞制备的办公场地和科技研发项目专项扶持资金以及关键技术人才、孵化基地生活配套保障;澳门大学发挥生物技术和医学科学优势,对孵化基地给予技术研发协助和智力支持;王小方的孵化基地接收澳门大学学生实习和学者科研,为其提供科研成果产业化培训和服务……

仅仅8个月,王小方博士便完成了高端实验室和标准GMP超净间装修,设备购置安装到位，项目孵化器也具备干细胞制备和试验条件。

2017年6月，Imstem与澳门大学共建的生物医学产业孵化基地正式挂牌。

Imstem组建了由顶尖科学家牵头，高校、科研机构和自有技术团队参与的多中心研发网络，汇聚一批干细胞研发和临床应用领域的高端专业人才：

培养干细胞保持干细胞多能分化性的理论奠基人应其龙来了。由其领衔的科研成果——胚胎干细胞全能性机理研究获评McEwen Award，该奖项被誉为世界干细胞研究领域的最高级别奖。

全世界第一个完成自体干细胞核移植的郑永基教授来了，他率先用成年男性组织细胞成功克隆出胚胎干细胞。

在横琴这片热土上，上演着各不相同的追梦故事。

他们或从邻近的港澳跨境而来。

他们或从遥远的海外归国而来。

他们或是本土精英扎根数十载……

在横琴创意谷领翌技术（横琴）有限公司的实验室内，一个体积近30立方米、形似太空舱的庞然大物引人注目。这是用于检测无线产品性能的微波测量暗室，核心组件由领翌自主研发。

领翌的合伙人是漆一宏、于伟、朱宇。

这三个"牛人"原本"八竿子打不着"。彼时，作为加拿大工程院院士的漆一宏尚未归国，中国移动子公司高管朱宇还在体制内"混"，信维通信的联合创始人于伟正干得风生水起。

没有想到的是，数年后，他们会在一个叫横琴的地方上演一段"桃园三结义"的合作故事。

漆一宏是加拿大工程院院士、黑莓创始团队成员、现代智能手机天线的发明者、拥有全球超过500项专利及论文……这些荣誉随便拎一个出来都很耀眼。

漆一宏与朱宇的初次见面是在2008年。

当时，在加拿大工作的漆一宏受邀回北京参加"核高基国家科技重大专项"技术讨论会。朱宇所在的中国移动集团公司在其中牵头承担了部分课题，这便是相遇的契机。

"一宏是个接地气的科学家，他的想法很有商业潜力。"这次会面让朱宇关注到漆一宏。

正是这次讨论会让朱宇"打开了眼界"——国内互联网风起云涌，传统通信行业正面临冲击。他开始思考通信产品如何自我革新。

2015年，朱宇决定跳出体制，尝试创业。

相比朱宇，于伟早早就有了创业的念头，他参与初创的深圳市信维通信股份有限公司成了国内手机天线行业的佼佼者。

那年，漆一宏、于伟与朱宇携手加入江苏省东方世纪网络信息有限公司，于伟任CEO，漆一宏主攻研发，朱宇开拓市场。

无线通信领域创业门槛颇高，没有核心技术走不远。有了核心技术的加持，东方世纪脱胎换骨，次年即在海外敲钟上市……

"我们还在拼命奔跑，努力追梦。"朱宇说，"横琴，就是下一个追梦之地。"

2018年6月，领翌在横琴创意谷注册成立。

"领翌"二字是0和1的谐音，寓意着把过往归零，创造从0到1的技术革新。

为何领翌选择落地横琴？

时至今日，漆一宏仍清晰地记得一年前他参观横琴新区展厅时解说员的话语："按照规划，横琴将有完善的基础设施配套和金融服务体系，加之政府对科技创新的重视，以及大湾区生产制造业的支持，未来这里将会成为中国科技创新的重要一极……"

"我们一定要来横琴！"漆一宏暗下决心。

梅开二度。创业团队延续了此前在东方世纪的分工，分别负责研发、运作和市场三大板块。

落地之初，场地问题没有解决，科技人才匮乏，加上创意谷入驻企业不多，氛围尚未形成。

横琴很快帮助他们解决了场地装修等细碎问题，创意谷则组织企业到外地招聘。注册后仅2个月，领翌就"开张大吉"，如今已有60多位员工，其中不乏港澳优秀人才。

"目前，领翌已有44项专利落在横琴，预计2019年将达到五六十项。"朱宇对此信心十足。

这里不妨给你描述一下"领翌"产品的应用场景。

一个城市的管理，车位秩序维护常常是个难题。

领翌的无线赋能可以解决这一难题，它给每个车位装上车检器，车主们只需打开手机APP，就能实时掌握附近车库的车位停靠信息，给"爱车"找个"栖息地"。这款基于5G物联网及NB-IoT技术的双模车位检测器，目前已经在烟台、南京、无锡等地投入试点。

2018年11月，在首届中国横琴科技创业大赛上，三人面对媒体侃侃而谈："领翌在无线收发机领域有着颠覆教科书公式的理论突破，基于这些突破，我们可以提供世界上性能最优的无线产品。"

除了智慧停车，领翌的核心产品还包括高性能Wi-Fi路由系统，以及可监测高铁地基、楼宇沉降、港口物流的高精度定位解决方案等。领翌为网易游戏打造的UU加速器，预售上线仅3天，一万台便已售罄。

"无线赋能，无限可能。"朱宇表示，无线赋能技术的应用领域十分广泛，除了研发更多性能优异的产品，领翌还希望能提供一个无线赋能平台，服务横琴以及大湾区更多的创新型企业，更远来说，助力电子信息、人工智能等产业提质升级，让他们从80分变成99分、100分……

横琴像个"大磁场"，吸引着来自世界各地的逐梦者，也吸引着来自内地和港澳的追梦人。

蒋昕是横琴澳门青年创业谷创新拓展部的经理，她发现了一个让她很"惊异"的现象。

2016年8月，创业谷引进了第一位国家"千人计划"特聘专家鲍学元博士，以及他的"微波地面干馏技术用于页岩油的工业化生产"项目。没过多久，鲍学元博士又介绍了第二位"千人计划"专家来到创业谷，第二位专家又介绍了第三位……就这样，口口相传，在短短半年多时间里，创业谷竟然有14位"千人计划"专家的项目落户。

"真的没有想到。"蒋昕说。

见到蒋昕时，她正准备带一位"千人计划"专家欧阳博士去参观鲍学元博士位于洪湾的实验基地。

蒋昕在创业谷专门负责海外人才和海外项目，其中便包括引进"千人计划"专家等海外高层次人才。

她回忆道，2015年年底，鲍学元博士作为第十一批国家"千人计划"创新类特聘专家，在应邀参加珠海市第三届留学生节暨2015海外学人回国创业周活动时认识了横琴，并选择将其倾心研发的"微波地面干馏技术用于页岩油的工业化生产"项目落户横琴，并在横琴开展研发、在洪湾进行试验和产业化生产。

2016年8月，鲍博士的公司在横琴注册，成为创业谷第一个"千人计划"专家项目。

"为了打造一个示范效应，除了办公场地、实验场地的优惠外，我们还为鲍博士争取到了100万元落户资金，以减轻鲍博士实验室器材进口的资金压力，"蒋昕说，"鲍博士很满意横琴和创业谷对其项目的支持和帮助，便主动介绍其他'千人计划'专家来到横琴创业。"

蒋昕告诉我，创业谷除了已经引进来的14位"千人计划"专家外，又有3位"千人计划"专家有意落户。

山不在高，有仙则名。

创新型、复合型、战略型、国际型的高素质"千人计划"专家齐聚。景建平博士创办珠海凯蒂亚（KTI）智能装备有限公司，李勇博士创办珠海瑞百适生物科技有限公司……这些专家创办的企业或创新的项目涉及电子信息、新材料技术、航空航天技术、生物与新药技术、新能源及节能技术等多个领域。

让人惊愕的是，3年前整个横琴仅有一位"千人计划"专家。

人们不禁要问：人才为什么纷纷到横琴？

2018年4月，春寒料峭。

一众媒体记者来到横琴高级人才公寓，走进样板房，如同走进了一间豪华的酒店客房：大屏幕液晶电视、简洁温馨的软装饰、铺着洁白床单的大床、可移动书柜后面隐藏的小厨房……

公寓位于环岛东路西侧和横琴大道北侧，这里环境绿色友好、居住功能齐全、配套充分、智能技术先进。

"这是一个综合公寓小区。"横琴新区党委副书记李伟辉指着公寓对媒体说，"这就是为专门在横琴工作的高级人才提供的。"

"整个公寓有多大？"有记者问。

"占地面积25600多平方米，规划总居住户数920多户，总居住人口可达2400多人。"李伟辉说。横琴重金打造高级人才公寓，就是通过完善人才配套，为助力澳门经济多元发展提供人才支撑。

横琴大手笔注入智力资本。

大国角逐，比拼的是人才；地方发展，人才同样是制胜之棋。横琴围绕国家定位和澳门入驻产业全方位招才引智，鲜明地表现出一个地区对人才的重视和渴求以及助力澳门的坚定初心。

"人才和澳门产业多元结构相匹配，园区澳门产业项目和人才引进相互动。"李伟辉说，"助力澳门经济多元化发展，人才资源是第一要素，我们是从全球视野揽各方才俊，通过为其提供广阔的发展平台、创新的人才政策和优惠的税收环境，让他们在横琴安心创业创造。"

在横琴，蓬勃发展的热土急需将才，科学研究急需专才，一大批科技含量高且涉及高新技术领域的项目，需要强大的智力支持。横琴立足毗邻港澳的独特优势，先行先试，全力打造体制机制最创新、人才智力最密集、创新创业最活跃的"国际人才岛"。

横琴成立高层次人才服务中心，探索一套具有琴澳特色的人才引进模式，培养模式，使用模式，管理模式和激励模式。从项目落地、待遇兑现、扶持政策等方面，为海内外高层次人才提供广泛、细致的全方位服务，一系列配套政策横空出世：

2015年，横琴新区《珠海经济特区横琴新区特殊人才奖励办法》落地，高额度鼓励人才。

2017年，横琴颁布出台《横琴自贸片区促进人才优先发展实施意见》，优化对国家"千人计划"专家和两院院士领军的团队在横琴创新创业专项扶持政策的兑现方式。

2018年，横琴再出"杀手锏"，《横琴新区引进人才租房和生活补贴暂行办法》出台，给予人才36个月的住房和生活补贴，最高6000元/月/人，特别突出的还可以"面谈"……

政策开放、唯才是用、真情实意。

横琴绝不是玩虚的。

采访对象一：横琴党群部部长助理穆柏军，负责横琴特殊人才奖励政策牵头推进工作。

《珠海经济特区横琴新区特殊人才奖励办法》是以用人主体的市场化薪酬标准评价为核心，实施特殊人才奖励，不唯学历、不唯职称、不唯地域评价和激励人才。即符合横琴人才开发目录且个人年度财税贡献超过5000元，在国内依法参加社会保险，便可申请特殊人才奖励，最高可奖励个人所得的40%。

问：多少年评一次？有名额限制吗？

穆柏军：横琴特殊人才每年评选一次，奖励不设名额限制。

问：特殊人才奖条件是不是很苛刻？

穆柏军：只要年纳税5000元以上，所在企业或机构对横琴发展有贡献，人人都可以申报人才奖。

问：怎么重奖的人才名单里有驯兽师和饲养员？

穆柏军：他们没有高学历高职称，但对企业非常重要，在业内也享有很高声誉。

问：邬达明和刘英林是中专学历？

穆柏军：邬达明从一个实习生做到了公司高管，是长隆助理总经理；刘英林是长隆驯演的副经理，2015年荣获"全国优秀农民工"称号。

问：如果按传统认定方式，中专学历可能不被认为是高端人才？

穆柏军：我们尊重市场认定的人才，企业选择且重用的人才，当然是市场需要的人才。

问：只要是企业认可的人才，对助力澳门经济多元发展做出贡献，就一样可以享受财政奖励？

穆柏军：对，这就是特殊人才奖励政策创新和特别的地方。

采访对象二：韩永飞博士，"千人计划"专家，横琴密达科技有限责任公司总经理。

《横琴自贸片区促进人才优先发展实施意见》从评价和激励机制、通关居留环境、创新创业政策、载体平台建设、综合服务保障等5大方面提出了30条措施。由"千人计划"人才领衔的专家团队在横琴创业发展，横琴将给予一次性200万元专项扶持，"两院"院士领衔的创业团队，将给予一次性500万元专项扶持，并且"由原来需每年工作不少于6个月，注册公司满一年后才能申报，调整为注册公司后即可申报"。

问：你们公司什么时候注册的？主要的业务有哪些？

韩永飞：2018年4月上旬注册并开始运营，主要进行关于"AI+区块链+大数据"的融合研究、产品开发和销售，就是网络空间安全和区块链产品。

问：你们团队申报专项扶持资金是什么时候？

韩永飞：7月初。

问：拿到专项扶持资金时间？

韩永飞：8月7日。就1个月，我们也没想到。

问：据我所知，以前要1年之后才能申报奖励？

韩永飞：这是政策调整前，政策调整后，我们是获得扶持资金历时最短的第一家。

问：现在的业务开展顺利吗？

韩永飞：密达科技的产品在澳门、珠海均有合作，签订了销售合同。

问：政策调整后给你们企业带来哪些好处？

韩永飞：奖励的快速兑现，对初创企业来说就是及时雨和雪中送炭。时间成本、等待成本就是影响因素。

横琴有两块亮铮铮的金字招牌：一块是粤港澳人才合作示范区；另一块是全国人才管理改革试验区。

有了这两块"招牌"，横琴建立了综合财政、企业管理、社会服务、旅游休闲、科技金融、口岸通关等政策联动的人才制度体系。创新驱动团队落户扶持，重大人才工程配套扶持，外籍人才出入境便利，博士后专项资助，人才引进核准入户一系列"组合拳"让外界眼花缭乱，人才成为横琴新区的智力资本，为横琴助力澳门经济适度多元发展源源不断注入新动力。

2015年12月，横琴获批全国首个设在自贸区的博士后工作站——横琴新区博士后科研工作站。

这个工作站的设立，里面还有一段不为人知的故事。

2013年底，横琴环岛电子围网的建设进入尾声，通过这个项目临时聚集的一批人才很快就要离开横琴，邓练兵就想：电子围网后期的维护谁来负责？

邓练兵建议成立一个科技公司来做这个事。

领导觉得这个建议"接地气"。2014年春节刚过，邓练兵就开始起草报告，3月3日报新区管委会，4月4日获批准，5月5日公司注册成立，6月6日就开张了。

资本金注册一个亿，公司却找不到一个立足的地方。邓练兵到处搜罗，终于在横琴后面一个施工单位发现一间板房，当时没人用。

邓练兵找到老板："你能不能把这个会议室给我用一下？"

老板很干脆地表示"可以"。

开张那天，就邓练兵一个人，他拎着一桶水来到会议室，用抹布将桌上厚厚的灰尘擦去，场面有点寥落。几个环岛监控的技术员听说后赶来，当时他们的关系都还没有转过来。

开张后尴尬了，招人很困难，根本没有人愿意来。

邓练兵脑子真的好用。

"何不搞一个博士后工作站？"他知道，博士后工作站是个资格，它是流动的，博士来到站里2到4年就要出站，对博士来说就是一个工作的经历，很多博士就是想要这个经历，出站后他去找别的单位，我就招第二批进来，留得下来就留，留不下来没关系，再找，而且不受地域的限制。

大概是2015年3月份，他到市里找相关部门咨询，想法刚说了一半，科长就说："不可能，绝对不可能！"

科长告诉他，整个珠海就高新区一个工作站，实在太难了，太难申请，两年才一次。横琴岛啥也没有，都是建筑工地，博士后是高新技术企业，你那里没有条件。

确实，申请成功的概率非常的低，试想，市里面淘汰40%，省里面再砍掉60%，国家又再砍掉60%……

邓练兵走出门口想了好久，又折转身走了进去，问："你帮我评估一下，如果没有选上，有什么风险没有？有什么问题没有？或者产生什么成本？"

"这个就没有。"科长说。

"那我们试一下，看行不行，你给我们支持。"

回到横琴后，邓练兵就写报告，自己写，还有一个博士收集相关资料，一切准备就绪后，他又找到市里相关部门。

还是那位科长，邓练兵一直在观察他的面部表情，只见他认真翻看申报材料，脸庞舒展，眼睛光亮，然后很有经验地说："嗯，我帮你修改一下。"

结果呢？结果北京批了，国家博士后管理办公室还来到横琴为博士后工作站揭牌。

马云曾经讲过一句经典的话："万一成功了呢？"

邓练兵说，他争取的好几件事情都应验了这句话。

随后，横琴迅速建立起"152"三级博士后工作站体系，即1家区域性工作站、5家企业分站和2家创新实验基地，吸引了众多博士后的青睐，成功打造博士后人才聚集的"洼地"。

不过，最让邓练兵觉得美中不足的是，横琴博士后工作站还不能"独立招收"博士后。

国家批准设立的博士后站有两类，一类是博士后科研流动站，另一类是博士后科研工作站。前者指在高等院校或科研院所具有博士授予权的一级学科内，经批准可以招收博士后研究人员的组织；后者指在具备独立法人资格的企业等机构内，经批准可以招收博士后研究人员的组织。

横琴博士后站属于后者。

按国家规定，博士后科研工作站一般应与博士后科研流动站联合招收、培养博士后人员，只有经国家批准的少数学术技术实力强，具备独立培养博士后人员能力的博士后科研工作站才可以和博士后科研流动站一样单独招收博士后人员。

最让他忧心的是，港澳地区未与内地博士后政策有效对接，横琴助力澳门经济多元发展受法律制度等因素的制约，联合培养高端人才迟迟无法落地。

港澳博士后如何进站？

与港澳博士后导师如何合作？

外籍博士后如何引进？

横琴需要做出新的探索。

2017年，横琴获批"独立招收"博士后人员资格，邓练兵的担忧迎刃而解。

这在全国自贸区属"首个"。

国家将独立招收博士后的资格赋予毗邻港澳的横琴，在一定程度上表明国家有意在内地与港澳博士人才的交流培养上探索直接引进港澳博士进站工作的模式。

邓练兵非常激动："横琴高层次人才的选择空间得到了拓展。我们将整合资源，加强港澳地区的优秀导师与内地博士后之间的交流，促进内地与港澳人才的深度融合。"

"怎样善用这个平台？"

"我们将研究如何与境外博士后政策衔接，探索境内外博士人才交流合作、联合培养等方面的新途径，打造博士后工作的'横琴品牌'。"

横琴迅速做出反应。

2017年11月至12月，连续5场"智汇横琴"系列活动重磅登场，来自中国、美国、英国、法国等国家逾600名博士及博士后管理人才齐聚横琴。

中外博士后制度研讨会、全国博士后网球大赛、全国博士后学术论坛、中国博士后科技服务团、博士后创新人才支持计划座谈会等一系列活动有条不紊徐徐展开，吸引了澳大利亚新南威尔士大学教授约翰·特林德、纽约州立大学布法罗分校教授尹力、内华达大学教授陈颖涵、加州大学默塞德分校工学院教授肖恩·纽萨姆等共同聚焦横琴博士后研究……

高端人才的集聚、思想碰撞的火花、口口相传的好评，使得横琴在全国博士后群体内风生水起，知晓度节节攀升。

邓练兵告诉我，为推动博士后工作的开展，横琴新区出台了《横琴新区博士后管理工作暂行办法》，并在引进、培养、出站、留在横琴等每个环节都对博士后人员予以扶持，聘请了李德仁、方滨兴、辜胜阻、倪明选、周成虎、刘韵洁、赵伟、刘良、张曙光、蔡智明、孟建民、吴尧等一众各领域的"大咖"担任博士后导师。

横琴从建站启动经费、科研经费、安家费等方面加大了对博士后工作的扶持力度，设站即可获最高50万元人民币奖励，科研成果单项最高奖金达人民币500万元等。

扎根横琴大平台，人才满满获得感。

2016年，在横琴博士后工作站进行科研攻关的武剑博士就获得了博士后科学基金面上资助二等，得到国家、市、区三级补贴。2018年，安乐博士也获得广东省珠江人才计划（博士后资助项目）100万元的资助。

2018年11月7日。中星电子博士后分站。

中星电子是中星微电子集团在横琴设立的全资子公司，致力于安防监控物联网芯片和系统的研发、应用及产业化工作，在核心技术领域拥有众多的发明专利。

早在2014年年底，周文博和中星微电子一起来到横琴。他告诉我，中星微电子是2017年3月获批博士后工作站企业分站，像这样的博士后科研工作分站在横琴共有8家。

踏入公司大门，我就被门口设置的一台人脸识别系统吸引住。我驻足问道："这套人脸识别系统识别率有多高？"

"90%以上。"

"是高清摄像头吗？"

"是，安装了中星电子芯片的摄像头可以清晰地观测到大约17公里以外的事物，对低照度环境的拍摄尤其清晰。"周文博对此津津乐道。他为我介绍说，在夜晚或逆光状态下拍摄车道，普通摄像头拍摄的图像一般是看不到车牌的，而中星电子芯片不但能让摄像头清晰地拍下车牌，还能通过摄像头看清司机的脸。

"哦？"我有些惊异，"这达到一个什么样的水平？"

"可以说是世界级了。"周文博一边说一边拿出一台安装了星光传感器的摄像机、一台外国知名品牌摄像机、一台普通摄像机作对比为我展示。

只见他摁下拍摄按钮，在黑暗的光线下，普通摄像机什么也拍不出来，外国品牌的摄像机只能拍出一个模糊的轮廓，而安装星光传感器的摄像机拍出的图像竟然有细节表现。

"这有很强的技术优势了。"

"我们在这个领域已经耕耘了十几年，博士后站为企业和尖端人才搭建了

'高速路'，我们将吸引海内外顶级人才进站深造。"

"作为自己的人才储备？"

"是的，人才是创新的核心要素，除了总部基地，集团的研发重心也将放在横琴，将来中星微电子在横琴的研发团队将会达到一两千人。"

在横琴，每一个追梦人都有着一份属于自己的收藏。

在横琴，每一位参与者都有着一份属于自己的记忆。

他们不是一个人，是一群人。

他们来自五湖四海，他们的知、情、意、性，他们的激情热血，他们的人生标杆，都如同火一般燃烧着。

他们怀揣一种情怀，又或一种追求。他们不乏IBM、惠普、华为、中兴通讯、中软等大企业工作的经历，远道奔波，从天南海北来到横琴，将妻儿放在电话或者网络的那一头，一门心思扎进横琴的开发建设。他们迫切地希望凭借一技之长，在横琴新区这个无限的舞台上施展自己的才华。

他们累并快乐着——

李大铭：我2016年5月从澳门城市大学博士毕业后来到横琴，我的导师就是澳门大学的首席副校长倪明选，国际一流大数据科学家。2017年12月转成在站博士后，我成为横琴新区"智能岛"规划、建设与运维大军中的一员，我的职业选择很大程度上得益于粤港澳合作，横琴就是三地合作的一个平台，有这样一个好的平台，就有机会接触与大数据、智慧城市有关的项目。这里个人成长很快，比较有成就感。

杨振宇：2016年9月，我辞去了在广州已经有十六年工龄的IBM职位来到横琴。横琴新区是一个非常大的平台，肩负着非常重大的国家使命。在这个平台上，我不仅可以发挥以前的技术专长和技术积累，还能接触到很多有实力的高端人才带来的新想法、新思路，这么好的一个舞台，在其他地区是没法获得的，所以我来啦！

赵志海：我1994年毕业于北京大学，后在美国南加州大学攻读硕士和博士学位，2003年入选广东省"千人计划"来到中山大学任教，之后转战央企，直到2015年从南方电网辞职来到横琴。我常调侃自己不是一个安分的人。如果不离开南方电网,我能看到未来退休是什么样,在那边很轻松。而横琴这边,工作节奏基本接近广州,人会觉得累,但是这里是一个创新的试验田,有很多机会。我在国外生活了9年,有些想法在很多地方是没法实现的,横琴给了我更多的机会来发挥。

姚祥:我是1985年生人。原来在武汉惠普工作,听人介绍说这里平台很大,可以做很多创新。于是,2015年6月,我就义无反顾地来到横琴参加了面试,7月17日就正式入职了。现在我主要负责的一个项目是欧盟智慧城市云平台搭建,服务的对象包括政府、中小企业和生活在这个城市的居民,最终要达到一个生态圈,因为是统一的架构,统一的基础,借助这个平台,中国的企业进入欧洲,或者欧洲的企业进入中国,都能迅速平滑地进行迁移。

朱林浪:我毕业于清华大学国际会计专业,2016年4月来到横琴,此前5年一直在天津中兴的一家子公司工作。我看中的是横琴新区的成长环境。来到横琴工作不久,我就将全家从天津搬了过来,现在珠海市区置了业,横琴真正成了我的第二故乡。这里对外合作的企业也都是国内外知名企业,整体接触面很广,个人成长很快,也比较有成就感。

陈飞:我家在深圳,之前在中兴通讯工作了12年,2016年辞去中兴通讯的职位转战横琴。选择横琴,是因为它的定位立足于国家级新区,这里有很多政策是开放性的。我以前在中兴负责企业内部的安全,范围比较窄,而我现在的岗位正是我最感兴趣的,包括云计算、大数据、智慧城市。这边的平台范围更宽广,能够发挥的余地很大……

横琴新区是一个梦想之地,是一个成就企业家梦想的摇篮,也是很多有志者梦想起航的天堂。

如今,横琴引进院士2名,国家"千人计划"专家70名,在站博士后5名。覆盖了计算机软件、电子、智慧城市、中医保健、金融投资等行业和领域。

大通关

2016年12月20日。

虽然是初冬，但海岛上的风不一样，嗖嗖地在澳门氹仔岛与横琴岛之间掠过，让人感到一阵阵寒意。

上午11时，澳门单牌车入出横琴的启动仪式就在口岸车辆入境通道举行。

9辆澳门单牌车呈"一"字形排开，打头的是一辆黑色奔驰S400，澳门车主麦建华根据车道上方的提醒标志缓缓驶入规定通道，将车暂停在进境车道的闸杆前方，然后主动打开车尾厢和车窗玻璃接受口岸查验人员候检。

11点18分，随着澳门特别行政区保安司和珠海市政府领导为澳门机动车进入横琴启动金钥匙，口岸通行的提示灯变绿，闸杆迅速抬起，麦建华驾驶车辆冲开红丝带，驶出车道，进入横琴。

其他车辆依次缓缓驶入横琴。

车开出入境通道后，喝"头啖汤"的麦建华打开车门，手拿着崭新的黄色司机簿让各路媒体记者"咔嚓咔嚓"拍照。

"像我这样同时在澳门和横琴有工作有事业的澳门人不在少数。实施澳门单牌车政策后，我们驾驶自己的澳门车辆往来横琴方便多了。"麦建华与记者们聊起，喜悦之情溢于言表。

现在每个工作日，麦建华都会自驾车直接从澳门家里开到横琴的办公室，平时从澳门过关到横琴公司至少花费40分钟，麦建华说："现在可以直接开车过来，10分钟就可到达办公室了。"

我在澳门采访得知，单牌车出入横琴政策在澳门坊间的"朋友圈"里广泛转发，十分火爆，拥有"粉丝"众多，获得超级多的点赞。

其实，这个惠澳政策得从2016年10月份说起。10日那天，国务院总理李克强到澳门出席中国—葡语国家经贸合作论坛第五届部长级会议前，在听取澳门特区行政长官崔世安的工作汇报后宣布中央支持澳门19项措施，其中一项就是实施澳门单牌机动车入出横琴政策。

"年底前一定要落地实施！"会上，总理掷地有声地表示。

毋庸置疑，这一政策对降低澳门横琴通关成本、促进琴澳便利往来、拓展澳门经济发展空间起到积极的促进作用。

那么，符合怎样条件的澳门车辆才能在横琴106平方公里的土地上畅行？

怎样进？

如何管？

出了事故怎么办？

时间只有短短两个月，粤澳、珠澳、琴澳围绕澳门单牌车辆入出横琴展开一次又一次的调研，反复研究论证，最终凝聚共识。

于是便有了本节开头的"分镜头"。

紧随其后，《澳门机动车入出横琴管理暂行办法》《澳门机动车入出横琴管理细则》《澳门机动车入出横琴申请条件》三份配套规章制度先后发布，澳门单牌车入出横琴政策落地实施不断放宽申请条件：

1. 持有澳门特别行政区商业及动产登记局颁发的机动车所有权登记凭证，且在有效期内。

2. 已购买机动车交通事故责任强制保险，且保险期限不少于临时入境牌证有效期。

3. 境内外道路交通违法行为和交通事故均处理完毕。

4. 安装电子车牌识别标签。

5. 机动车所有人、驾驶人及机动车3年内无超出批准行驶范围行驶交通违法行为。

6. 机动车所有人、驾驶人及机动车5年内无超出临时入境机动车牌证有效期滞留境内交通违法行为。

7. 机动车所有人及驾驶人5年内无利用入出横琴的澳门机动车参与走私、偷越边境、携带危害国家安全和社会秩序的违禁物品、携带国家禁止进境的动植物及其产品或超范围非法营运等违法行为。

……

此外，备案管理、分类担保，数据自动采集、车辆自动辨别、卡口自动核放……

谈起这一政策在澳门落地并实施，澳门媒体的朋友向我推荐了一个人物：吴国庆。吴国庆是澳门海关的助理关长。媒体朋友告诉我说，他曾采访过吴国庆，吴国庆能把这一政策在横琴落地的前前后后"讲清讲楚"。

问：来之前我做了些功课，知道澳门大约有23万辆车子，总不可能都放进横琴来吧？这样横琴不挤爆去？

吴国庆：当然是要实行总量控制，要合乎三方约定的条件的。像第一批100辆，是在横琴注册设立至少一家独立法人公司，在横琴纳税额达前100名，要承诺五年内不迁出横琴，还有就是取得横琴新区土地的澳门公司及其法人也可申请。第二批才将在横琴新区工作、购置房地产以及人才引进的澳门居民纳入可申请范围。

问：这样的条件好像比粤澳双牌车来得严苛？

吴国庆：这是澳门与珠海、横琴以及广东省政府多次讨论的结果。

问：比较保守谨慎，当时是怎么想的？

吴国庆：没搞过，当时主要还是为积累经验，避免一开始就让大量车辆涌进来，避免交通拥堵。一开始条件可能会比较严格，试验过后逐步放开，这是比较稳妥的做法。

问：现在有多少辆澳门单牌车可以进入横琴？

吴国庆：首期是100辆，第二阶段增加到800辆，第三阶段配额将新增到1700辆，总量达到2500辆。每台车最多可申请2个备案驾驶人。

问：澳门海关与横琴这边的海关如何为单牌车提供便利？

吴国庆：我们分别在莲花口岸与横琴口岸启动了"粤澳两地牌小客车检查结果参考互认"新模式。通关耗时缩短30%左右……

澳门单牌车入出横琴是两地加速融合的里程碑事件。政策方便澳门居民在横琴投资、就业，促进澳门与横琴协同、创新发展。

横琴口岸，是国家批准的客货运综合性口岸，也是横琴与澳门之间唯一的陆路通道。在《横琴总体发展规划》中，明确提到将横琴建设成为连通港澳的"开放岛"。

但凡澳门回归纪念日，横琴口岸总有些"大动作"。

2014年澳门回归15周年那一次，横琴口岸24小时通关，我作为亲历者和见证者就在现场。

12月18日凌晨时分，旅检大厅内熙熙攘攘，灯火通明，不少澳门居民听到消息后特意赶来过关，人们都在等待这个历史性的时刻……

随着零点的钟声逼近，大厅内的气氛骤然升温，港澳记者们纷纷举起"长枪短炮"，聚焦在旅检入境通道——人群正簇拥着澳门第一位入境的旅客曾文惠。

此刻，横琴边检站的两位"警花"走上前去，齐刷刷立正敬礼，然后微笑着向她送上一束祝福的鲜花。

"太激动了！"曾文惠说。她家住澳门氹仔，平时经常从横琴过关，她说："没想到自己能成为24小时通关后第一个入境的旅客，口岸实行新的通关安排，对于我们澳门人而言，再不用赶时间过关了。"

也就是从这一天起，横琴口岸向澳门开启了永不关闭的大门。

"24小时通关，太方便了。"冯国增非常满意。

冯国增是土生土长的澳门人，现任大西洋银行横琴分行的行长。每个工作日，他都准时出现在横琴，两地顺畅的交通以及便利的口岸通关过境，加上横琴务实的政务环境，丝毫没有让他这个"外来者"感到不适应。

作为往来澳门和珠海横琴的"常客"，冯国增形象地告诉我，下班后自己回到了澳门市区的家里"饮茶"，而珠海的同事还堵在上下班高峰期的横琴大桥上。

他说，24小时通关后，从横琴回到澳门，比从横琴回到珠海市区更快，到澳门市区也就半小时。

在冯国增看来，毗邻澳门的横琴确实能够成为澳门经济多元发展的有效补充。单从通关而言，无缝连接为澳门人解决"最后一公里"。横琴口岸24小时通关是其中的标志性事件。

在横琴口岸旅检大厅，通关的游客络绎不绝。

与24小时通关同步实施的，是自助通关通道。澳门居民持港澳居民来往内地通行证卡在机子上刷一刷，然后进行指纹、脸部识别，就可以过关了。

这个自助通关其实是采用生物识别技术来取代传统人工验放的口岸智能化应用。即通过将持有人的生物特征与证件存储备案信息进行比对，直接完成身份识别及证件查验，最快不用10秒即可完成过关，可大大提高通关效率。

不过，许多首次使用自助通关系统的澳门旅客操作不熟悉，常常会发生一些窘事儿。

一位70多岁的澳门大爷进入通道后茫然站立，左看看右看看，显然是对自助通关还不熟悉。

"大爷您按指示看着镜头，伸出大拇指按指纹。"女警刘盛楠热情走上前说。大爷依旧迷茫地看了看镜头，不知所措。她再次上前，伸出手指引他说："请这边按指纹。"

大爷愣了一下，他按照民警指引将拇指放到系统上，绿灯亮了。

"谢谢你们，多谢！"大爷走过通道，转身向她挥挥手。

一位澳门阿姨进入通道后，前后左右转了个圈，第二道门就是不打开。刘盛楠说："阿姨，请您按照脚印标识的位置踩在上面，这样就能对准镜头了。"阿姨笑了："哦，好的。"

阿姨退回身子，再次将脚踩在脚印标志上，绿灯亮了。

还有一次，一位带小孩的澳门母亲在自助查验通道口徘徊。原来，母女俩都换了新版往来内地通行证，却不知道是否可以使用自助通道。刘盛楠告诉她："小孩必须年满七周岁且身高一米二以上，在办证机关采过指纹才能通行！"

这位母亲怔在那儿，似乎在回味边检民警的一席话。刘盛楠二话不说，赶忙让同事把母女俩带到了人工优先查验通道……

热情的态度，最及时的帮助，每一位澳门通关旅客的需求，都是边检人的职责所在。但也有一些想钻24小时通关"空隙"之人。

检查员马丹给我讲述了这样一个故事。那是2015年2月4日凌晨3时左右，一位赵姓旅客将一本破损的护照递给她。

"怎么会缺页？"马丹接过护照问，两眼却直视着这位旅客。

"不小心放洗衣机里洗了，我老婆就把烂的那页给撕了，有什么问题吗？"赵姓旅客装得若无其事。

马丹没有回应，只是仔细地翻查证件，这下赵某有点不耐烦了："哎呀您能不能快点，我还要赶到澳门中转飞机。"

"非常抱歉，按照相关规定，您所持的护照不能出境。"马丹将破损护照拿在手里，然后耐心细致地向赵某解释出入境法规对于持用破损证件的处理规定。最后，这位赵先生终于心悦诚服地说："你们的服务态度太好了，那我下次再出境吧！"

边检查证碰到的问题在海关那里也有不少的案例。

2014年某日凌晨2时，海关关员刘光前在旅检大厅来回巡视，已年过半百的他跟小伙子一样神采奕奕"巡更"。

这时，一个年轻人从澳门入境，此人身上没带什么行李，形容枯槁，神情恍惚。凭借多年的经验，刘光前直觉判断，此人很有可能是个"瘾君子"。

刘光前上前拦住了这个萎靡不振的年轻人,说:"请你将身上携带的物件取出来接受例行检查。"

年轻人倒也十分配合,手机、钱包、小手袋、香烟、随意揉成的纸巾……全掏了出来。刘光前细细查看,在香烟盒里,几支不起眼的小香烟引起他的注意,凭经验,他初步判断其成分是大麻。后经检测,这几支小香烟确为大麻。

还有一次,同样是一个年轻人,从外貌看像是"瘾君子"。可当刘光前盘问他时,此人神态自若,对答如流。刘光前挥手放行,就在年轻人即将离去的时候,他突然多问了一句:"你经常来横琴和珠海吗?主要去哪里呢?"

"××村。"

"××村?"刘光前心中顿生警惕,他知道,该村的吸毒人员较多。

"你过来!"刘光前再次将这个年轻人拦下。他从该年轻人运动外套的衣领顺势往袖口摸,当摸至衣服内袋的时候,刘光前发现其中有一小袋东西,掏出一看,是两克多的大麻。

时间来到2018年暖冬,阳光洒满大地,横琴被涂上了一抹金色。

春节前夕,我再次来到横琴口岸旅检通道,只见澳门过关旅客拖家带口过关,熙熙攘攘,节日气氛渐浓。海关关员赖向阳不时地与过关的澳门旅客打招呼。

"你对过关的旅客那么熟悉?"我有些惊愕。

赖向阳笑了笑,他指着那位老先生的背影对我说:"您看,老先生是澳门人,在横琴开了一家网红猪扒包,生意好得很,每天凌晨五时入境到横琴,下午五点回澳门,雷打不动,我上勤经常碰见他,渐渐就熟了!"

"很好的一个人,从来遵纪守法,每天往来口岸连个猪扒包都不曾带过。"与我谈话间,他轻轻地对旁边的搭档说:"那个男的有问题,把他叫过来。"

赖向阳站在通道上静静地听搭档和男旅客的对话,突然张口来了一句:"不用隐瞒了!"

那位男旅客犹豫了一下,抬头看见赖向阳正用一双锐利的眼睛盯着他,然后低下头弱弱地承认:"是有50万元港币。"

"哇!你身怀绝技,火眼金睛呀!"我抱拳行礼,直呼佩服。

后来我才知道,眼前这位有点平常的海关关员20多年前就曾亲手制服过携带炸弹闯关的旅客,如今到横琴口岸依然宝刀不老,成为查获记录最高的保持者,据说2018年他就查获货币类案件700多宗,毒品案件2宗。

赖向阳说:"横琴过口岸的群体中,总有那么一些人有小心思坏动作,想败坏便利通关的口岸环境,我们就是要辨别出这些小心思坏动作。"

"我看你们也就五六平方米的查验台,一天几万人过境怎么监管得过来?"我问。

"现在CT机一过,清楚明白,异常图像还能自动报警提示。"赖向阳告诉我,他30年前就干旅检了,那时候都是一个一个手工查,现在的科技手段层出不穷,那时想都不敢想。

赖向阳嘴里说的科技手段除了行李物品CT机外,还有机器人、毫米波、太赫兹等设备为现场关员精确判图、精准查缉提供助力。而以CS1000T顶照式小客车查验设备、H986查验设备等大型科技监管设备为代表的查验信息电子化和非侵入式的查验方式,更是让澳门车辆通关更顺畅。

走出旅检大厅,夜幕已经降临,横琴口岸通关人员依然川流不息,对岸的澳门路氹城更是灯火通明,一派热闹繁华。

人畅其行,货也畅其流。

在横琴口岸采访,我听到"辉哥"和"老陈"的故事。

"辉哥"名叫李昶辉,1998年入职海关,2010年调到横琴海关,任通关科副科长。

横琴海关的工作非常繁忙,李昶辉来横琴后,负责货物监管,长隆建设物资验放、澳门大学横琴校区建设物资监管、第一届国际马戏节海关监管、横琴新区二线通道封关运作、横琴口岸转场搬迁……横琴开发开放的每个重要节点基本都有他的身影。

"忙"是从李昶辉嘴里吐出来频率最高的一个字。

他常常用好几个形象的词语来形容这种忙碌——五加二、白加黑、24小时全天候、365天无休日……

提起澳门大学横琴校区的建设,李昶辉感触颇深。

因建设海底隧道的需要,澳大横琴校区与澳门氹仔岛之间的一段内河被临时填上,人员、物资可以在上面随意走动、运输,这对横琴海关监管是非常大的挑战。再说,因为随时都可能有物资运入,不知道什么时候货物会到,所以他们都是24小时全天候服务,一旦有物资进来,就要赶到现场。

辉哥说校区移交那天,就好像看着自己的小孩出生,当要把它移交出去时,心情难以割舍。如今,从办公室出来,刚好可以看到澳门大学的标志牌。"每次看到那个标志牌的时候,内心就会有一种自豪感和成就感。"

辉哥还有一件好玩的趣事。

那是长隆建设期间，李昶辉参与长隆进口物资的验放工作，为了便利企业，他常常蹲在长隆实地监管。

"爸爸您在哪儿？"小孩想爸爸了，于是给他打电话喊要视频。

"在长隆哩！"李昶辉说。

"昶辉你在哪儿？"妻子有事找他商量。

"在长隆哩！"李昶辉回答。

就这样每次跟家里通电话被问在哪的时候，他都说在长隆。久而久之，孩子以为自己爸爸是长隆里面的动物管理员哩！

"我的爸爸在横琴长隆工作。"一次，学校组织孩子们去长隆游玩时，孩子吵着要去找"在长隆工作"的爸爸……

说到这里，李昶辉突然变得有些激动。他说，加班加点的工作必定会占用和家人相处的时间，自己无法抽出精力照顾家庭，看着妻子一个人带着年幼的孩子，为小家庭忙里忙外，内心感到非常愧疚。

李昶辉和大多数工作繁忙的人一样，常常不得不缺席孩子的家长会、演出等，和孩子相处的时间被挤占。

"一直没有和孩子一起去长隆玩过。"此时，李昶辉的眼睛有点红润，声音也有点哽咽，"实在是……没有时间。"

再来讲讲"老陈"。

"老陈"名叫陈启津，高高的个子，挺直腰，昂起头，一看轮廓就知道他年轻时必定是一个标准的帅哥。

陈启津是横琴边检站的一名老民警，同事们习惯叫他老陈。

助力澳门经济适度多元化发展带来的海岛大开发，让横琴成为一个大工地，光缆损坏就成了边检部门最担心的问题，那十余股粗粗的光缆是口岸警用和岛上民用的通信命脉啊！

光缆安全成为边检部门牵肠挂肚的事，一旦被挖断，横琴口岸的边防检查旅检验放系统和货检验放系统都会全线瘫痪，影响到24小时通关，整个口岸就会瘫痪，后果不堪设想。

老陈的任务就是保护这些光缆。

那天气温特别高，还下点毛毛雨，我决定去看看陈启津。远远看到他擦一把汗后又把帽檐压低到额头，我们打过招呼后，他抬起头，浑身湿淋淋的，分不清是汗水还是雨水，古铜色的皮肤，一双大眼炯炯有神。多年的工作积劳早就磨去了昔日帅哥的棱角,现在,他就是个踏踏实实的老民警,脸上多了几条十分明显的皱纹。

老陈已经记不清这是第几次抢修光缆了。

"这段日子,珠海天气阴雨多,对岛上施工和交通都有很大影响,我们的巡检和光缆割接施工难度也就更大了。"老陈扬起头看了一眼对面的澳门,高耸的澳门观光塔像一把利剑直插云霄,蔚为壮观。他说着,将收回的视线再次放在眼前严重破损的光缆上。

"一次要多长时间?"

"一般我们的光缆割接施工需要四个多小时。"老陈说。

"怎么都在晚上进行?"

"既要确保口岸各网络、数据传输系统安全稳定,又要配合岛上各项建设,因此边检的光缆割接施工就得放在口岸闭关后进行。"

那时横琴口岸还没有延关,晚上8时10分口岸关闭后,他就和同事驾车沿路线缆进行巡检,并对线缆割接工作的前期准备工作跟进指导、数据核对、系统调试。

正是有了精确到每一分、每一秒、每一个环节的周密部署,每次线缆光纤施工都圆满完成。

"边检部门现在的目标就是全力配合横琴新区助力澳门经济多元化发展,为建设'一国两制'下探索粤港澳合作新模式示范区做出应有的贡献。"老陈有很高的政治站位。

"那要经常熬夜啊!"

"熬夜倒是不怕,只要光缆不出问题。"老陈说。各项建设施工带来的破坏都是潜在的,稍有不慎,整个光缆系统又要重新调试。

在横琴海关业务大厅内,我碰到一名报关员正在为一批来自台湾的货物办理进口通关手续。

一聊,他名叫陈伟东,供职于珠海市南光报关有限公司,货主是一名澳门老板。

我问他报的是什么货物,他笑着答:"纯胶。"

"纯胶?"我说我知道,进口纯胶经过澳门时,须先拿到澳门海关确认书后才允许通关。

"那是以前的老黄历啦!"陈伟东一边向窗口递文件,一边扭过头来回应我,"现今只要在横琴直接办理通关手续,货物就可运往全国各地,至少少花一天时间。"

同样是口岸,横琴口岸为何速度不一样?

原来,2016年5月间,澳门海关与海关总署签订《关于自由贸易协定项下经澳门中转货物原产地管理的合作备忘录》,这份《备忘录》简化了经澳门中转货物的单证提交要求,将澳门海关签发中转确认书的范围,由《海峡两岸经济合作框架协议》扩展至所有内地已实施的优惠贸易协定,并可通过"中转确认书"电子签发系统进行网上申请和签发,随后打印纸质单证进行通关,借以简化处理和提升效率。

这项举措被澳门人形象地称为"中转易"。

琴澳海关良性互动、同频共振。2016年12月28日,横琴海关与澳门海关首次通过"中转确认书"签发系统为企业货物办理的"中转确认书"手续。首批由泰国曼谷启运,经澳门中转至横琴的泰国原产水果共49箱新鲜山竹仅用了十多分钟就办完了享受中国—东盟自贸协定优惠税率的通关手续。

之前,货物经澳门中转至横琴最快也要一天的时间。

每天早上,产自深圳的蛋糕都会通过横琴口岸按时送往澳门的各销售点。代理深圳这家蛋糕企业的报检员说:"三通两直好,没有三通两直,深圳的蛋糕哪有那么准时。"

报检员说的"三通两直"指的是为提升进出口货物通关效率、减低进出口企业经营成本,货物检验检疫探索大通关机制而实施在珠海辖区通报、通检、通放,在珠海与其他区域之间实施出口直放、进口直通改革措施。

检验检疫一体化为每批进出口货物平均缩短通关时间约0.5—2天,有效降低企业的通关成本。

澳门的一砖一瓦、一草一树等许多物品都是通过横琴口岸运过去的,横琴海关一项重要工作就是促进琴澳跨境要素大通关,保障澳门的民生和社会发展。

迄今,横琴海关已累计推出支持项目144项,首推创新举措61项。

——建立粤澳海关定期会晤机制,琴澳陆路口岸小客车机检检查结果参考互认,推动大型集装箱机检设备(H986)珠澳两地设备共用、图像共享、结果互认。经澳门中转货物在横琴口岸实现"无纸化"通关,每票货物通关时间减少约1个小时。

——实行ECFA项下货物通关免交澳门海关确认书,无论是集装箱还是空运,经澳门中转耗时缩减0.5—2天。首创供澳建材"一次申报、分批出境"通关模式,单批次货物海关通关时间从20分钟缩短至5分钟。

——设立"一检通"信息化智能平台,实现从境外到境内全链条全物流过程监管。对澳门小食品实施"进口食品检验前置"、采信第三方机构检验结果、允许澳门小商品采用合并归类的简便申报方式。

——创新会展检验监管模式,提供"驻场监管""预约通关""专用通道""集中查验"等便捷服务,支持澳门企业跨境会展服务。

——支持粤澳合作中医药科技产业园等重大创新载体建设,实行"一次审批、分次核销",缩短特殊物品检疫审批流程,便利生物医药特殊物品在横琴口岸进境通关。

——启动全国首创"知识产权易保护"8项合作机制。

——实施"入境查验、出境监控"卫生检疫模式改革和供澳货物检验检疫证书联网核查,通关效率提升30%。

——对横琴新区内进口用于流转,且不在区内消费使用的货物实施保税监管……

此外,便捷担保,快速维权,风险预警……横琴口岸人紧贴澳门元素,筚路蓝缕,先行先试,闯出了一条特色的便利通关之路。

漂洋过海来看你

到澳门,你会深切感受到中西文化碰撞的魅力。

这在官也街集中体现。

官也街位于澳门施督宪正街与告利雅施利华街之间,至消防局前地。从拱北口岸入境澳门,我在关闸马路站坐34路车到濠江中学站,走约350米便到达官也街。走在这条短窄清幽的小路上,两边的建筑是葡萄牙统治时期所建,古树荫护着淡粉、淡黄、淡绿色的小楼,充满着澳门老街的特色,兼有葡萄牙和广东风情。

这里还有葡式建筑博物馆、庙宇,还有氹仔唯一的天主教堂——嘉谟圣母教堂……

官也街的每一栋房屋、每一块砖石都仿佛叠印着澳门400年间那段说不清道不明的历史留下的痕迹。

1999年回归后，澳门成为内地与葡语系国家沟通联系的桥梁，但受制于地域空间、市场规模以及资源配置等多方面要素，澳门仍然是一个以服务业为主体的微型经济体，博彩一业独大。

澳门如何转型？向何处转？

2014年，澳门特区政府根据自身的特点和优势，制定了符合经济适度多元的发展目标：构建"世界旅游休闲中心"和"中国与葡语国家的商贸服务平台"。

这个定位恰如其分，满满的智慧啊！

资料显示，2014年，中国已成为拉美第二大贸易伙伴国，是仅次于亚洲的中国海外投资第二大目的地。中拉双方在投资、金融、产能、基础设施建设等新兴领域的合作渐入佳境，中拉合作注入了新的强劲动力。

在中拉经贸合作的大趋势下，澳门不失时机地找准了自身的角色。

澳门要做中国和拉美、葡语系国家合作的"精准联系人"，横琴如何"帮"？

作为国家自由贸易试验区，横琴具备要素资源和市场渠道共享、配套和产业互通共享的基础条件。

2017年11月初，横琴人阿健突然发现大街上多了许多国际友人，他们肤色较深，操着西班牙或葡萄牙语。

没错，这波客人正在赶赴一场横跨整个太平洋的国际约会。

9日这一天，就是激动人心的相见时刻，由中国国际商会主办，珠海市人民政府、广东省商务厅、广东省贸促会及横琴新区承办的"中国—拉美国际博览会"拉开帷幕。

500多年前，哥伦布发现了美洲新大陆，人类历史进入新的发展纪元；500多年后，因为澳门与拉美和加勒比地区国家联系紧密之缘，横琴跨越上万公里，与热情的拉美牵手……

为了迎接漂洋过海、远道而来的朋友，在珠澳第一高楼——珠海中心湛蓝色的楼体上，汉语、英语、西班牙语、葡语都说着同一句话：欢迎来到中拉国际博览会！

璀璨之夜，琴鸣天下。

这栋超高层建筑变身超大荧幕，化身珠澳两地最耀眼的明珠，以盛大亮灯传递来自东道主浓浓的情谊，向来自五湖四海的友人们致以最真挚的问候。

横琴盛情邀请，这满满的诚意，隔着屏幕都能感受到。

悬挂在主会场正中的logo，是一个中国和拉美陆地版图构成的旋转地球，由红、黄、绿、蓝四种颜色为主色调，红色象征中国的热情与好客、黄色代表"一带一路"倡议、绿色代表拉美的生命力、蓝色代表海洋与科技。若干个彩色方块既体现出产业多元、内容丰富的特点，又明确了此次大会是一个促进中拉经贸发展、科技人文交流的重要平台。

"相知无远近，万里尚为邻。"中拉国际博览会体现中拉携手相聚横琴，密切协作、互利共赢、共建中拉经济共同体的主旨，传达出中拉跨境合作，共同带动澳门的蓬勃发展。

"闪耀中拉，琴澳联手。"澳门有报纸在头版套红，大篇幅报道了发生在隔壁的这一令世界瞩目的国际盛会。

商品贸易、服务贸易、技术合作、投资金融、文化体育、旅游合作……展会占地面积达3万平方米，中拉合作展区、粤港澳大湾区展区和拉美特色展区三大展区吸引了523家企业参展。参展商名录中，不乏智利化工、巴拿马航空这些世界知名的企业，也不乏数十家来自香港和澳门本土的企业。

拉美风情，魅力零距离。走进拉美特色展区，热情奔放的拉丁舞中透着浓浓的拉美风，来自巴西、哥斯达黎加、巴哈马、乌拉圭、特立尼达和多巴哥等国家的演出团体在展馆现场进行桑巴、探戈、歌唱、钢鼓等表演。

除了拉美特色的美食、美酒外，牛油果、可可豆、红酒、浆果以及牛肉、猪肉等优质产品在展会上一一亮相。

帮助澳门强化"平台"作用，横琴坚信能使澳门的转口贸易、航空、物流、金融、管理咨询等行业拥有更大的辐射潜力。

走出拉美展区，我来到大湾区展位入口，看到了一个"星乐度横琴露营乐园"模型。

星乐度怎么跑到中拉国际博览会来了？

我知道，星乐度横琴露营乐园是横琴的特色休闲旅游项目，它首创了"自驾+露园+乐园"的度假模式，拥有房车、集装箱、帐篷、木屋等多种高品质露营设备，还有海盗船、私人Party、户外烧烤、沙坑遗迹、泰迪熊游乐场等多样的活动，加上"鲁滨孙"漂流奇遇记等主题活动吊足了旅行者的胃口。

一个名为"智读横琴"的可视系统吊足了人们的胃口，这里的人气可以用"爆棚"来形容。

全岛实时人流统计、全岛游客来源分析、全岛游客过夜分析、景区口碑分析、媒体舆情监测、游客群体分析、澳门综合分析、游客轨迹分析……别具一格的主题数据在视屏上集中展示。

智在旅途,慧游琴澳。

解说员将一沓资料送到我手上,我倚在展柱上细细浏览。原来,这是大横琴泛旅游公司用"旅游+""互联网+"新思维、新理念建成的融合大数据、云计算、物联网等新兴科技的大数据中心——横琴全域智慧旅游平台。平台整合政府、企业、游客三方面的数据信息,与国内三大电信运营商和知名数据服务商合作,全面呈现横琴旅游业的发展动态,为澳门和横琴两地政府精准决策,两地企业精准营销,两地游客精准消费提供大数据信息支撑。

为到场来宾留下珍贵留影而准备的互动摄影装置——子弹摄影吸引了众多眼光,这不是普通的平面拍摄,而是一种应用在电影、电视广告或电脑游戏中的180°特效动态摄影装置。

我顿时来了兴趣,尝试着过把"摄瘾"。在互动拍照区排队拍摄完成后,现场打印了照片并扫描二维码。

呵呵,自己原来"如此"。

此次博览会,国外展商339家,国内展商184家,国外展商占比64%,其中以巴西、秘鲁、智利和阿根廷为代表的26个拉美国家就有252家企业参展。

大咖云集,高峰对话。期间,共举办主论坛或主题会议14场,安排各种会见、洽谈530场。中拉两地多个政府部门代表、知名专家学者和企业家齐聚首,展开一场场"头脑风暴",奉上一幕幕"思想盛会"。

当天,中拉国际博览会的重头戏——横琴中拉经贸合作园开园,首批15个项目签约,签约总金额达32.5亿元。

横琴与拉美的不解之缘通过澳门开启新航程。

在横琴岛西北,芒洲湿地以南,一座占地8.7公顷的园区正在崛起,9栋主体建筑整齐排列。不远处,珠江从磨刀门水道奔向浩瀚的南海,而园区的触角则延伸到了遥远的大洋彼岸。

2019年3月,在中拉经贸合作园开园一周年之际,我决定到园区去"转转",看看建设中的合作园长得咋样。

9栋主体建筑中,1号楼中拉经贸合作园主楼启用;2号楼希尔顿酒店已开业;3号至8号楼主体结构进入标准层施工;9号楼外墙已完成,室内装修基本完成。

"前景可期。"大横琴创新发展有限公司总经理张大庆告诉我说,"开园一年多,合作园共签约项目56个,签约总金额达32.5亿元人民币,项目涉及拉美、澳门等多个重要国家和地区，涵盖电子商务、经贸、文化交流、平台合作等内容。"

合作园总投资达40亿元人民币，总建筑面积24.4万平方米。园区信心"爆棚"打造中拉合作"三平台三中心"。

三平台：中拉商品国际交易平台、中拉跨境电商合作平台、中拉金融合作服务平台。

三中心：中拉休闲旅游文化交流中心、中拉企业法律服务中心和中拉政策研究与创新中心。

张大庆为我回忆起3个月前刚刚在横琴落幕的第十二届中国—拉美企业家高峰会。这个高峰会在2007年11月由中国贸促会倡导创立，是中国首个针对拉美地区的经贸合作促进机制性平台。2015年初，高峰会被列入《中国与拉美和加勒比国家合作规划（2015—2019）》，成为中国—拉美共体论坛项下经贸领域分论坛。

高峰会每年一届，轮流在中国和拉美国家举办，2018年落在横琴。那天，中拉经贸合作园人声鼎沸，吸引了23个拉美国家代表来访，约60家拉美企业前来考察交流：

哥伦比亚中国投资贸易商。

墨西哥外贸委员会。

墨西哥中国商业科技商会。

墨西哥中国商会。

……

这一明星阵容中包括了乌拉圭ZONAMERICA（迅美亚）。

ZONAMERICA园区位于乌拉圭首都蒙得维的亚市附近，成立于1990年，距离市中心30多公里，是乌拉圭和拉美第一个私营自贸区，拥有拉美地区一流的园区配套和服务，主要业务包括物流、分发和服务。占地近100万平方米，入驻企业超过350家，为乌拉圭贡献近2%的GDP。

乌拉圭与所有南美国家签订了优惠贸易协定，并与墨西哥签订了自由贸易协定，再加上乌拉圭是南方共同市场成员，这使得在乌拉圭生产的商品能方便进入南美各国市场。

峰会前夕，中拉跨境电商合作平台和中拉经贸合作网上线，以中、英、葡、西四种语言为中拉商家提供信息发布、产品发布、商品交易服务，以互联网打破两地地域上的隔阂，减轻两地信息不对等的问题。其中，中拉商城覆盖了巴西、阿根廷、墨西哥、智利等拉美14个国家，均开设了相应的产品展馆。

"乌拉圭ZONAMERICA集团铁定入驻中拉合作园了。"中国—拉美企业家高峰会刚结束，张大庆就兴奋地告诉我这个消息。

子曰：有朋自远方来，不亦乐乎！

横琴端出的是一桌"满汉全席"：一套《横琴新区促进中拉经贸合作的若干措施》，将拉美企业在横琴投资贸易便利、财税资金扶持、平台服务保障等各方面的红利"倾情奉献"。它整合了法律、金融、政策研究、跨境商品交易等要素，设立了"横琴中拉合作贡献奖"等颇具诱惑力的福利：

首次落户横琴、以拉美经贸为主业的，且在横琴营业收入超过10亿元的电商企业，当年给予一次性最高200万元专项奖励。

每年从在横琴注册的企业中遴选对推动横琴中拉经贸合作平台建设做出突出贡献、产业带动性强、关联度大的代表性企业给予最高100万元人民币资金奖励。

对进驻横琴中拉经贸合作园的拉美企业以及从事中拉经贸、旅游、文化、法律、服务等领域的国内企业提供最多不超过三年的办公场地租金补贴。

支持拉美符合条件的检验检疫机构在横琴成立进出口商品第三方检验鉴定机构和强制性产品认证指定机构，为拉美的食品、商品进入广东省提供便利。

鼓励拉美企业参与横琴要素交易平台建设运营，为拉美特色商品交易提供便捷服务……

对于澳门来说，中拉经贸合作园的作用非常明显，是连接中国市场与拉美市场经贸合作的窗口。横琴可以有效利用政策、贸易和金融优势，实现对澳门和横琴产业的全面带动，满足中拉日益扩展和升级的合作需求。

目前，中拉经贸合作园主要是以新兴技术产业为基础，比如生物医药、人工智能、大数据、云计算等。当我问到企业的入驻情况时，张大庆说："我们吸引了8个国家，有30多家拉美企业有意向来园区入驻，包括LYNK链知公司、Travel Flan香港自乐游有限公司、中国墨西哥商会、珠海中联拉美信息科技有限公司、中拉联合（珠海）投资有限公司等都已签署与产业园的合作协议。"

中拉经贸合作园将全面完工，横琴与澳门如何携手互动？

张大庆告诉我，横琴将与澳门特区政府、行业协会开展交流推介活动，通过澳门与葡语国家的固有联系和参加中国—葡语国家经贸合作论坛（澳门）等各类投资洽谈会议，稳步推进与拉美企业的对接工作。澳门特区政府推荐的与拉美合作有关项目，将优先入驻横琴中拉经贸合作园、优先参与在横琴举办的各类经贸交流活动，并享受相关扶持政策。

国之相交在于民相亲，民相亲在于心相通。与中拉经贸合作相向而行的是文化、体育、艺术交流，它跨越时空的障碍和语言的藩篱，漂洋过海来到横琴，为横琴和拉美的文化交流和人文合作增添亮色。

一系列冠以国际字眼的大型活动在横琴精彩上演，魅力横琴吸引世界目光，声名鹊起。

首当其冲的是拉美舞蹈。

"一场舞蹈之后，你会发现地板上有被爱灼伤的痕迹。"这是拉美人对拉丁舞的描述。

伦巴（Rumba）、恰恰（Chacha）、捷舞（Jive）、桑巴（Samba）、斗牛（PasoDoble）……拉丁舞的起源追溯起来相当复杂，它的每一个舞种都起源于不同的国家，有着不同的背景、历史和发展历程，不过其中绝大多数都来源于美洲地区。

融体育、艺术于一身的拉丁舞蹈，以其独有的艺术魅力首先成为中拉建立友谊、陶冶情操、锻炼身体、提高技艺的最好形式。

以舞为媒。自2016年以来，横琴连续主办了两届中国横琴标准舞和拉丁舞国际锦标赛，不同肤色的世界顶级"舞林高手"汇聚横琴，成为全球舞坛的新磁力中心。

第二次世界大战后，美国人将这些舞蹈传播到世界各地，在欧洲尤其流行。拉丁舞最高赛事WDC每年固定在英国的黑池举办舞蹈节。

同样，融汇澳门与拉丁世界的中西文化交流，横琴同样无法抗拒拉丁舞的魅力，它向全球发出镌刻着珠海横琴专属浪漫标签的"舞林之约"。

舞蹈随着中拉文化的交融发展而频频造访。

2017年11月18日，适逢冷空气南下，横琴国际网球中心却掀起火热的劲舞狂潮，它用满满的活力点燃了中国横琴中拉标准舞/拉丁舞国际锦标赛的激情。形象而巧妙地展现标准舞和拉丁舞的文化沉淀与独有韵味。

韶华之梦，星动横琴。

炫舞青春，花香满路。

不同肤色的世界顶级高手来自45个国家和地区，逾6000对次舞者在横琴极富创意地"舞林对决"。

由WDC世界舞蹈总会派出的80多位评审组成豪华阵容。担任大赛评审长的是ISTD英国皇家舞蹈教师协会荣誉主席Michael Stylianos、WDC世界舞蹈总会秘书长Hannes Emrich和知名英国黑池评审Carol Macraild，担任大赛执行评审长的是来自中国台湾的世界知名评审叶荣元。

典雅飘逸的华尔兹、行如流水的狐步、热情奔放的探戈、俏皮活泼的恰恰、狂野热辣的桑巴、舒展强劲的斗牛……世界职业摩登赛排名第一选手、欧洲职业拉丁舞冠军、俄罗斯职业摩登舞冠军等在横琴上演了一场场巅峰对决。

高水平的赛事为观众奉献了一场视觉盛宴，比赛现场掌声、欢呼声不断，赛事也得到业界的点赞。

这项被誉为国标舞界的"舞林大会"的赛事，为何连续两度落户横琴？

龙卫红参与了横琴两届赛事的组织筹备，她最具发言权："横琴有今天的地位，绝非一日之功。"

20世纪80年代，内地许多人还不知道国标舞为何物，香港和澳门的富人阶层将其引进，占据地缘优势的广东最先接受和流行起了国标舞。

那时的龙卫红就是国标舞的超级"拥趸"。

2000年的时候，龙卫红第一次参加英国黑池舞蹈节，裙角飞扬，舞动出艺术的魅力；眼波流转，传递出浪漫的风情。她被眼前的赛事所震撼：在黑池，舞者哪里是在用脚跳舞，分明是在用灵魂跳舞！

黑池是英国北部小镇，1950年，黑池因举办首个世界性舞蹈盛会而名扬世界。迄今成为全球舞蹈爱好者心中的圣地，是国标舞金字塔的最顶端。

如何跳出富有灵魂的舞蹈？

当时有舞蹈权威这样预言："要跳到黑池这样的水平，中国起码要花30年。"

30年？

这个数字一直在龙卫红的脑际里挥之不去，她说："黑池舞蹈大赛历经80届的磨炼才举世闻名，横琴的体育舞蹈起步很晚，但通过政府支持和举办两届中拉国际大赛，比赛的组织规模、参赛人数和影响力已经崭露头角了。"

举办舞蹈节不仅让黑池成为全球知名的旅游城市，还带动了当地及周边的政治、经济、文化的发展。对标黑池舞蹈节，横琴作为同类比赛的后起之秀，一直将打造"东方黑池"作为重要目标，从首届赛事起，大赛就专门邀请了专业现场乐队演奏，同时搭配豪华的舞美场景，赛场氛围向"黑池"看齐。

借鉴"黑池"模式，在中拉文化深度交流的战略背景下，横琴离"东方黑池"渐行渐近。

厉害了，我的横琴！

说到拉美，怎么能少了足球？

说到足球，怎么能少了巴西？

在珠海大镜山社区公园散步时，我被足球场内的一群外籍教练所吸引，他们皮肤黝黑，身材健硕，球技很棒。

一打听，原来他们都是来自横琴黑豹拉丁足球俱乐部格雷米奥青少年足球培训基地的巴西教练，他们是利用业余时间专程来这儿训练社区的小球迷们。

巴西足球是怎样"踢"进横琴的？

这里面有个人物不得不提，他的名字叫Hugo Manzanilla（雨果）。雨果说他原本是一名商人，把中国产品销往拉美市场。

谈起自己与珠海的邂逅，雨果显得有些兴奋，他说："那天我从深圳乘船到珠海，海岸线让我惊讶，蓝天白云搭配起来的画面也让人十分舒服，身在城市里就能看到开阔的大海。"

雨果也没想到，在中国走过这么多城市的自己，会突然对珠海一见钟情，而且十分着迷。

"珠海临近澳门，经常会碰见来自拉美的友人，并不觉得自己身在一个遥远的国度。"雨果回忆说，那时真切地感受到自己和珠海的缘分。

雨果决定在珠海住下来。

"如何让这座城市的人能够记起自己？自己适合在这座城市做些什么？"怀着拉美人深入骨髓的足球情愫，雨果决定在横琴创办黑豹拉丁足球俱乐部。

他说："在拉美人的心里，足球是永远抹不去的情怀。"

2015年，黑豹拉丁足球俱乐部正式成立。雨果圆了"足球梦"，他决定把巴西专业足球教练请到横琴来。

机会来了。2016年3月，当时，中国（广东）与墨西哥经贸合作交流会在广州召开，横琴发展有限责任公司与珠海黑豹拉丁足球培训有限公司签署了一份战略合作框架协议，这份协议的核心内容就是引进巴西足球教练及训练体系，为中国培训未来的足球运动员。

于是，雨果找上了巴西最知名的足球俱乐部格雷米奥。这个声名显赫的俱乐部成立于1903年，在1969年成立了巴西第一个专业的足球培训学校——格雷米奥足球学校，多年来为俱乐部及巴西国家队输送了大量优秀的运动员。

最终，随着格雷米奥足球学校的加盟，雨果的青少年足球培训基地项目落户在了横琴·澳门青年创业谷。

黑豹成立后，小学员也从最初的3名发展到现在的超过100名。

在大镜山社区公园，我"逮"到了一位黑豹拉丁足球俱乐部的小学员。

"你在球队里打的什么位置？"

"守门员。"小孩子满头大汗。

"你很喜欢踢足球吗？"

"嗯。"小孩子羞涩地回答。

"在这里跟巴西教练学了多长时间了？"

"学了半年多了。"

"你喜欢他们吗？"

"喜欢。"

"为什么呢？"

"因为他们都是全能的，射门厉害，守门也很厉害，带球也很厉害。"

看到一个个孩子走出球场，脸上带着欢乐，享受着足球运动，我心想：足球太神奇了。

目前，俱乐部的小球员已超过百人，带着拉美基因的"足球种子"正在横琴破土、发芽。雨果说："俱乐部会对每一个学员进行评估，将他们分为1到10不同的级别。我们定下了一个目标，就是10年内，要为中国国家队输送至少1名队员。10年的时间听上去很长，但是就培养人才而言其实不长。"

足球，成为中拉深化合作在横琴的一个缩影。

2017年，横琴举办了一场赛事："中拉杯"国际足球邀请赛。

这场赛事给俱乐部的小球员们带来惊喜，他们心心念念的巴西格雷米奥俱乐部和桑托斯俱乐部都来到了横琴。

桑托斯俱乐部8次获得巴西顶级联赛桂冠，3次取得南美解放者杯冠军，球王贝利、内马尔就是桑托斯培养打造出来的。而格雷米奥俱乐部培养出了世界顶级足球教练斯科拉里和世界顶级足球巨星罗纳尔迪尼奥。

最吸引孩子们眼球的还数名叫OLE（奥拉）的吉祥物，那是百鸟之王——凤凰和南美丛林里最美丽的金刚鹦鹉的化身。OLE眼神友善且坚定，象征着中拉协作与交流；坚硬无比的喙，象征着中拉克服一切困难的决心；五彩缤纷的尾羽，象征着中拉人民之间热烈而深厚的友谊。

重磅球星亮相珠海，亮相横琴。

孩子们亲眼欣赏了桑托斯预备队、格雷米奥预备队与广州恒大淘宝、广州富力队的精彩对决。

飞越千山万水

心心相连中国拉美

热情相约走来

因足球更加精彩

你我不同肤色

时刻都会激情澎湃……

随着中拉合作的升温，雨果表示，珠海靠近澳门，有着多元化的文化基础，国际化程度日益提升，希望这座美丽的海滨城市成为中拉深化合作的大舞台。

马戏，从未如此接近横琴。

精彩在夜色中开启，四面八方的游客乘兴而来，欣赏来自世界各地、身怀绝技的马戏团在长隆大剧院的表演……

这是发生在横琴中国国际马戏节上的场景。

场景一

差使："谁喜欢音乐，向前走三步！"班长发出命令。

这时，六名士兵举起手，争先恐后迈着夸张的脚步走了出来。

"很好，现在请你们把这架钢琴抬到三楼会议厅去。"班长说完，六名士兵面面相觑，现场瞬间爆发出一阵阵笑声。

场景二

狭小的空间内，与狮共舞，不是一头狮子，而是一群凶猛的非洲狮子，令人心惊胆战。不过，随着音乐响起，平时凶猛的狮子们在驯兽师的指挥下竟如小猫一般温顺，还会做出"恭喜发财"等动作，观众又是爆发出一阵欢笑……

场景三

一位女士去监狱看望自己的恋人，但是时空突然静止，两人得以喜悦重逢。当时空再度正常化，恋人再度被捕……无论哪种残酷的抓捕和惩罚，何种"刑具"，主角都能在极短时间内脱逃成功，令人目瞪口呆。

舞蹈与魔术的融合，更像是一场扣人心弦的舞台剧。

Matwos Menda只有12岁，来自埃塞俄比亚，他从4岁就开始练习杂技，已经是个"老手"了。

埃塞俄比亚的演员们表演了精彩的"抖轿子"。那个在空中经常被甩来甩去的小伙子，就是Matwos Menda。

Matwos Menda心心念念的就是"英吉拉"了。

开始我还以为"英吉拉"是他的一个什么人，后来才知道是他们家乡的一道美食，Matwos Menda想家乡的味道了。

这是一种什么食物呢？长隆的大厨们想一试身手，但演员们比画了半天也没说清楚，只知道它是用一种叫"teff"的阿比西尼亚茅草做的，很"sweet"。

贝洛有一头足足一英尺高的金黄色头发，走到哪儿头发就竖到哪儿，他被《时代周刊》称为"美国最好的小丑"。

"你是用发胶吗？"走出马戏场馆的贝洛来到横琴小镇观看珠海非物质文化汇演，我有幸与他交谈。

"哦，不。"贝洛说了一种我听不懂的物质，他告诉我，除了表演，在生活中他也始终保持这个标志性的发型。

贝洛很骄傲地说："做发型可是有诀窍的，在我很小很小的时候，我就顶着这一头头发了，认识我的人都认识我的头发。"

贝洛从6岁开始学习，已经当了35年"小丑"。他的家族连续7代人都从事小丑表演。贝洛足迹遍布世界各地，曾在著名的"大苹果马戏团"演出多年，《纽约时报》《时代周刊》等多次对他进行报道。

"第一次到横琴表演吗？"

"Yes！"他自始至终高举着相机录像或拍照。舞狮队、客家竹板山歌、凤鸡舞、鹤歌鹤舞、沙田民歌、编花袖……

此刻，川剧变脸表演者正走下舞台，来到贝洛旁边，请他用手指"摁"住自己的脸，贝洛饶有兴致地伸手摁住演员的脸谱，谁知表演者一甩头瞬间变换成了另一脸谱。

这让身怀绝技的世界顶尖小丑贝洛张大了嘴。

谈起法国的戛纳，人们会想起电影节；说起德国的慕尼黑，人们会想到慕尼黑啤酒节；提起横琴的长隆，人们自然会想到马戏节……

杂技和马戏，古老而充满趣味的艺术形式。在此前，马戏与横琴的交集并不多，举办马戏节有何意义，横琴也未必知道。

萌芽于周，形成于汉，盛行于唐，中国拥有历史悠久的中国杂技，但具有国际影响力的杂技节却为数甚少，尤其是马戏类节目，更是整个杂技大类中的"短板"。

马戏节的举行则可有效弥补这一短板。

2012年4月，广东长隆集团提出举办国际马戏节。

长隆的想法与横琴"不谋而合"。

成瑜荣时任珠海市旅游局副局长，他告诉我，当月底，珠海就着手启动马戏节的申办。

但珠海的申办却"生不逢时"。当时，全国范围内正清理规范各类庆典、论坛，凡是带有"中国""国际"头衔的活动都需经专门的小组审批。

如何说服国家有关部门同意珠海办这场国际性的马戏节？

成瑜荣说，光靠热情、诚意显然不够。珠海制定了翔实的可行性分析报告、总体工作方案、赛事方案，从必要性、可行性、独特性等方面反复印证珠海有实力、有能力、有决心办好这场国际性盛会。

9月下旬，这份经过无数次修改的方案获得省政府、文化部两家主办单位同意后，正式上报全国清理和规范庆典研讨会论坛活动工作领导小组。这个名称超长的领导小组由16个国家部委组成。

"一个星期之内，这份方案获得16个部委一致通过！"回忆往事，成瑜荣难掩兴奋。11月23日，他接到全国清理和规范庆典研讨会论坛活动工作领导小组办公室的通知：中国国际马戏节已经获批，正准备发文。

"来之不易。"事后他才得知，这是全国清理和规范庆典研讨会论坛活动工作领导小组成立后批准举办的第一个节庆活动。

如今，每到一年一度的马戏节，因为马戏节而改变的城市细节在横琴处处可见，营造出迎接马戏节的热烈氛围，马戏节成为众多市民交谈的话题。

从2013年开始，中国国际马戏节已经连续举办了5届，堪称全球超大规模的国际马戏盛会，吸引了全球43个国家的顶尖马戏表演团队同台竞技，累计观看演出人数达到35万人次。

惊心动魄的《蹬人》，浪漫唯美的《春之韵》，上下翻飞、惊艳四座的《顶坛》……俄罗斯、乌克兰、白俄罗斯、澳大利亚、德国、美国、意大利、加拿大、荷兰等国家的节目涵盖极限运动、空中杂技、舞台杂技、特技表演、滑稽小丑、大型魔术等，每届参演人员超过200人。技术难度之高、规模阵容之强大、表演之精彩程度令人惊叹。

随着马戏节永久落户横琴，珠海这座浪漫之城从此增添了马戏杂技的欢乐基因，与中国航展，一柔一刚，一起成为珠海最为靓丽的城市名片。

孖城记

记得有一部热播电视剧叫《双城生活》，男女主角奔波在北京和上海两个城市，生活里有诸多的不便和矛盾。

但这种情况在横琴和澳门之间并不会出现。

因为它们离得太近，就像一对"孖宝"。

横琴开发后，"琴澳同城"这个词频频出现。事实上，虽然横琴和澳门两地居民不说"同城"二字，但同城生活早已开启。

每天，两地居民就像串门一样频繁进出横琴口岸，上班上学或公务活动，每天，如鲫的车辆满载着生活用品经由莲花大桥源源不断地运往澳门的街市、酒楼、食肆等每一个角落。

杨冰家住澳门路环岛，是一名绿道骑行爱好者。丈夫是广西籍，在横琴粤澳合作产业园一家澳门企业担任中层领导。

他们是在跨境骑行中结缘的。

2015年，因为骑行这一共同爱好，横琴不少地方都留下他们共同骑行的身影，他们越"骑"越近，最后走在了一起。

多少次，他们在驿道上采撷爱的花瓣，在海滩上写下爱的誓言，然后相视而笑，相伴同行……

横琴上演着这样一个缠绵悱恻的跨境爱情故事。

杨冰的婚姻故事是横琴与澳门关系的一个极佳的隐喻，也成为琴澳融合发展的一个夹带私家记忆的有趣注脚。

如今，杨冰的工作还在澳门，夫妻俩在横琴买了房，他们工作生活横跨两地，每天都要穿梭于两地之间，24小时通关解决了这个问题。

在杨冰看来，横琴与澳门交流合作密切，人员往来便利，从通关上讲，琴澳往来甚至比去珠海许多地方还要方便快捷。

在澳门工作，在横琴生活，正在成为一种时尚。

我有一对澳门夫妇朋友，做教师的Crystal和他的全职太太司徒。2016年初，他们在紧挨天沐河的一个小区里买下一套100平方米3居室的房子，和不到4岁的孩子一起开始了"工作在澳门，居住在横琴"的两地生活。

Crystal大学毕业后在澳门一家中学做教师。早上8点，准时过关到澳门工作，晚上6点多再过关回到横琴的家里，工作日每天都往返，几年来风雨不改，周末则猫在横琴度过悠闲假期……

住天沐河边，育澳门子弟。Crystal热爱他的教育工作，也享受他在横琴的幸福生活。

在横琴口岸，我就看到出入境边防检查站的工作人员已经对这些经常往返的澳门市民很熟悉了，Crystal属于这类高频率往来横琴口岸的人群，工作人员经常一边查验证件，一边微笑着互相问候。

Crystal对现在的生活津津乐道："其实我上下班所用的时间跟在澳门住的同事差别不大。"Crystal说，工作的学校就在氹仔岛，有些同事还住在澳门半岛那边。现在口岸的便利通关为两地人的同城生活提供了可能，无论是从横琴去澳门还是从澳门回横琴都快捷惬意。

Crystal的太太司徒祖籍中山，但在澳门出生长大读书，毕业后在澳门做化妆品零售员，嫁给了Crystal后，夫妻俩决定移居横琴。

司徒说，澳门回归那年，她才9岁，当时只记得爸爸妈妈开心地带自己出去看烟花，烟花很美，但当时并不知道"回归"是什么。而她现在能深切体会到这种情感了。

"以前只知道自己是澳门人，现在才深深体会自己是中国人。"她愉快地告诉我说。

我惊讶于她流利的普通话，因为在我接触的澳门人中，很多人的普通话并不标准。

她似乎看出我的疑惑，她告诉我现在澳门很多学校都设立了普通话课程，大家会聚在一起刻意用普通话来谈论内地的旅游和美食，移居横琴后，自己身边也出现了越来越多的内地人。"很多人问我为什么要这样'奔波'，其实澳门有不少人跟我一样的啦，通关这么方便，横琴往返澳门也就'一抬脚'的事，跟在一个城市没区别。"

"会不会与澳门的生活脱节……"

她哈哈一笑："不会不会，我经常嘴馋时忍不住跑去澳门吃一顿。有时周末我们会去澳门欣赏一场世界高水平的音乐会，并在澳门的家住上一两天，逛逛名牌店……"

再次见到丘玉珍时是在横琴政府服务中心,她正好带着朋友去递交材料、填写表格,注册公司,程序很快完成,她说:"几天后,朋友就能拿到一张牌照开始在横琴经营。"

前面说过,丘玉珍是最早到横琴投资创业的澳门女企业家之一,她的港澳台企业批准证书编号就是"0001号",也是从那时开始,她在横琴、澳门之间开启了"双城生活"模式。

横琴加快落实促进澳门经济多元发展的各项措施,琴澳两地之间的人员往来、要素流动更加便捷,丘玉珍说"有了家的感觉,就像在同一座城市里一样"。

2016年12月20日,丘玉珍成为第一批拿到横琴临时入境车牌的澳门单牌车车主之一。

"等这一天等了5年。"她感慨地说。

短短不到10年,她亲眼见证了横琴口岸24小时通关,澳门单牌车进出横琴,从澳门的家到横琴公司的距离,也从45分钟变成30分钟,现在变成了15分钟。从澳门的家到澳门公司和从澳门的家到横琴公司时间差不多,就像同一个城市。

丘玉珍在澳门有个幸福的5口之家,还有两间公司,每周至少有三天她要过关来横琴处理公司事务。

看着横琴"长大"的丘玉珍对这里的感情也非比寻常,见证每一条路的开辟、每一棵树的成长,横琴早已不仅仅是个投资地,而更像是自己的第二故乡。

"我真的把横琴当家。"丘玉珍读书时数学最好,大学又念的是法律,习惯了精准而规律的生活。她说横琴这个地方,谁都猜不到下一秒会发生怎样的奇迹,这就是它迷人的地方。

如今,原来很"港澳味"的丘玉珍开始看内地的电视剧,追《快乐大本营》《天天向上》,还是热播电视剧《人民的名义》里"达康书记"的迷妹。

"我现在八成时间都在讲普通话。"来横琴才开始学习普通话的丘玉珍,现在说着一口流利的普通话。

"双城生活"要如何更优质,丘玉珍坦言"很不容易,还有很多生活配套设施需要完善,还有一个就是制度和文化上的适应"。

在澳门上班,在横琴生活;或是在珠海上班,在澳门生活越来越成为一种常态。阿丽和小辉跟我讲述"琴澳同城"的便利生活。

人物小档案一

人物：阿丽

性别：女

年龄：28岁

户籍：横琴

职业：留学咨询

爱好：购物、炒股

阿丽是地道横琴人，生于斯长于斯工作于斯。

阿丽："我老公是澳门人，每天下班回来都会偷偷带一两个我爱吃的进口水果。后来我让他不用拎着大包小包了，省得贼一样过口岸时被查。因为横琴有了跨境电商O2O展销体验中心，一个正品LV包比澳门还便宜一两成。至于爱吃的进口水果比如智利车厘子、泰国榴莲……我对比曾经在超市里买过的进口车厘子，价格还便宜了两成哩！"

日用品、护肤品、保健品等进口物品，阿丽都喜欢在朋友圈里晒，好东西一起分享嘛！好些葡语系国家和拉美国家的产品朋友们根本没见过，譬如巴西可可、葡国海鲜……

阿丽："在进口商品直营店，有大把东西供你淘。"

之前经常往返澳门，阿丽发现在货币兑换上很吃亏，货币兑换点吃的"点数"太多，去银行兑换又要排队。现在，横琴新增了很多兑换点，可随时随地换钱，且吃的"点数"也少了些。

阿丽："两地生活日趋同城化。"

阿丽是一名留学咨询师，之前，有小孩要出国留学找她咨询，她都是通过澳门的中介机构跑业务，因为资源更广泛的澳门中介机构不被允许在横琴设分支机构，阿丽经常要"过关"。

阿丽："这两年陆续有港澳大型出国留学中介机构进驻横琴。这些港澳中介提供更多选学校、选专业等咨询服务，有些还提供申请一些难度较大的国家和学校的服务。"

工作并不忙碌时，阿丽也玩股票，但A股"T+1"的交易模式不如港股不设涨跌停板且可"当天买当天卖"（"T+0"）来得自如。可是沪港通50万元的开户门槛把阿丽拦在了外面，每当她收到"内幕消息"或"情况不妙"时，需要到澳门去"处理"。随着"允许自贸区金融机构按规定为自贸区内个人投资者投资香港资本市场的股票、债券及其他有价证券提供服务"政策落实，阿珠找了一家自贸区的券商开户炒港股。

阿丽："当天买卖港股'T+0'，感到好HAPPY！"

人物小档案二

人物：阿辉
性别：男
年龄：33岁
户籍：澳门
职业：店主
爱好：单车自由骑行

阿辉是澳门人，正筹划创业，想开个创意手信店。在澳门首次创业可获得30万澳门元无息贷款，但租金高，在大三巴附近租个几十平方米的店铺，每月要20多万澳门元。看着对岸横琴飞速发展，阿辉越来越觉得"心痒"：那边的世界很精彩，想去找找机会！

一打听，横琴有个澳门青年创业谷，可以提供一条龙创业服务，进驻减免至少一年租金。还有好多风投机构，好项目可获得风投资金，公司壮大后，还可在内地新三板上市。阿辉于是在创业谷注了册，开始创业。

阿辉："澳门特区政府正在将青年创业政策优惠延伸到横琴，让两地扶持政策叠加。"

以前，阿辉在横琴往澳门打电话、用澳门手机上网是国际长途，费用不是一般的贵。2015年，珠海电信与澳门电信联合推出"横琴卡"，通信话费、上网流量资费"双同城化"，阿辉第一时间买了一张，费用低，网速也快。

阿辉："我妈不用唠叨我的话费和流量了。"

横琴买房澳门贷款，是不是真的？

是真的！

阿辉5年前买房结婚，那时他对女朋友说，我们去横琴买房吧，横琴房价比澳门便宜一半不止，生活环境不知好到哪去。跨境贷款也放开了，阿辉在横琴买房还可以在澳门按揭，享受低利率。

如今，阿辉的儿子也3岁了，准备上幼儿园。不过在澳门上学好"心塞"，幼儿园、小学、中学要派学位，家长要通宵排队报名，孩子要参加面试，最终也不一定能找到"心水"学校。

横琴正在引进私立学校和国际学校,一方面横琴将对在横琴工作生活的澳门居民子女提供义务教育。另一方面,澳门免费教育福利也将延伸至横琴,未来孩子在横琴上学,也可能享受和在澳门一样的福利了。

阿辉:"不用通宵排队报名,享免费教育。"

以前,阿辉开车从澳门去横琴,好不容易才弄到个粤澳两地车牌,这个车牌要经广东省公安厅审批,符合条件才能申领。实行澳门单牌车可进出横琴政策后,阿辉很快就申请到了单牌车指标,他开着澳门便宜的进口车,轻松往返两地。

阿辉最放心不下的是自己的妈妈,毕竟她快70岁了,自己在横琴时间比较多,他想把妈妈接到横琴一起住,但又担心离开澳门享受不到澳门特区政府的敬老金等福利和补贴。因为根据最新标准,凡满65岁的澳门长者居民每月可领取养老金3450元,敬老金每年9000元,永久居民现金分享每年9000元,而特区政府现金分享政策也要求居民在澳门待满一定的天数。不过,好消息来了:澳门特区政府正与内地方面协商,探讨澳门人在横琴养老问题,横琴也正在筹划,很快就要建起澳门新街坊,盖养老院,对接澳门的医疗、养老等相关服务。

阿辉:"如果这样,我一定会把妈妈接到横琴一起住。"

新葡京、永利、金沙、美高梅、威尼斯人……在这些豪华酒店的另一面,却是中国传统文化与老欧洲的交融:牛杂、牛腩、甜品和蚝仔粉,这是原汁原味的地道澳门;葡式猪扒包、葡式蛋挞和圣地亚哥下午茶则遗留着老欧洲淡淡的滋味。

我在澳门坊间旧区的小斜巷行走,在路环岛上的小径漫步,在社区的小广场上驻足歇息……

"去澳门一定要去威尼斯人!"之前,好友叮嘱我不到威尼斯人不算到澳门。此威尼斯人非彼威尼斯,它是一间因模拟威尼斯水系而闻名遐迩,集酒店、免税购物、会议展览等服务设施为一体的大酒店。

那天,我在威尼斯人酒店购物街漫步,陶醉于购物的各国游客摩肩接踵,川流不息。一家门头装饰高端的意大利名牌服装店吸引了我,我多扫了几眼。

"您好,欢迎到店里看一看。"一个操着内地口音的小伙微笑着对我说。

"哦,听口音你是内地来的啊!"

"对啊,我老家是广西的。"

"我们老乡。"我说。

他乡遇故知。攀谈起来,原来小伙子名叫张雨生。他淡淡一笑,补充道:"不是那个台湾歌星张雨生哦!"

从广西桂林来澳门打工的张雨生个子不高,却干净利落,落落大方,头脑聪明活络,加上会待人会处事,又说得一口流利广东话,很快便担任这家品牌店的店长。

"来澳门工作几年了?"

"已经三年了。"谈到工作,他和我聊了起来,"澳门现在发展很快,工作机会也多,在这里也能享受到完整的假期,还不错。"

"住在澳门吗?"

"不,横琴啊!"

"横琴?为什么不住在澳门?"

"澳门房租很贵啊!"言语间他一声叹息,"一张床都要2000元。"

"每天横琴澳门两地来回跑?"我说。

"是啊!白天在酒店工作,晚上回横琴住。我的居住证都是横琴的派出所办的。"

对于跨境工作生活的辛苦,张雨生表示自己已经适应了:"每天回到横琴的租房还是开心的,这边收入高一点,销售好的话每个月加提成有差不多两万元。"

张雨生属于琴澳双城生活里的"另类"。

澳门回归后,内地各省与澳门之间也以合作等多种形式促进劳务资源的对接。张雨生是数万在澳门从事服务业的内地人中一员。澳门酒店业的发展,需要越来越多的从业者加入,澳门的国际酒店也提供了不错的薪资和福利,吸引了大量内地人来澳门就业。

谈到未来的打算,张雨生扬了扬头,眼睛闪着亮光,胸有成竹地说:"买房!打算在横琴买房,让居住证变身份证。"

白天,他们奔波去澳门,出境插卡、按指模、看镜头;傍晚,他们接踵而归,入境插卡、按指模、看镜头……夜里,他们栖息于一衣带水的横琴,双城生活怡然自得。

这样周而复始,宛如潮汐。

横琴与澳门一步之遥,生活在横琴的澳门人对同城生活的信心,每每表现在他们当中越来越多人愿意在横琴置业。

30岁的杨书是广州人，高个方脸，浓眉大眼。大学毕业后留在澳门发展，现供职于一家会计师事务所，同事都是澳门人，朋友基本上也都是澳门人。

在澳门，杨书还觅得幸福婚姻，娶了澳门姑娘小娥。

"我成倒插门了。"杨书侃侃而谈的脸上，现出些许得意之色。

坐在我对面的他身着一件蓝色竖条纹衬衫，搭配一条得体的黑色西裤，脚穿一双干净的黑色皮鞋，衬衫还规规矩矩地别进腰间。

如果时间倒回去两年，当时的他绝对不会想到，自己会交一位澳门的女友。能认识小娥，这其实和买房有关。

澳门是高福利社会，澳门人幸福满满，只是房价三四年间狂蹿10倍，这让许多刚需阶层"真的伤不起"。杨书身边几个澳门同事早过起了双城生活，一个在珠海的华发新城买了一套江景豪宅。一位更早一些到珠海的唐家湾买了栋别墅，每天澳门和珠海两边跑，过着双城生活。

"澳门房价实在太贵，动辄要上万澳门元一尺，我们刚工作的根本买不起，我的同事大多和父母住在一起。"杨书说，他和其他几个同事一年前就打定主意在横琴买房，相邀一起去横琴看看。闲暇之余他一直通过网络关注横琴的新房。

在一次坐某楼盘看楼车的时候，杨书认识了同车邻座的姑娘小娥，就这么一坐就被"电"着了。

两人一见倾心，几次接触下来，很自然地成为恋人。

一次看楼的经历倒成了牵线"红娘"，房没买成，女朋友到手了。

澳门是名副其实的"小"呀！你想想，19世纪的澳门土地面积才10.28平方公里，400年间通过填海造地扩张到今日的32.8平方公里，60万居民就拥挤在如此狭小的土地上，用地不紧张才怪，大规模小区难觅踪影，带庭院的小区更是少之又少。

毋庸置疑，澳门人是横琴买房的绝对主力。

价格洼地、生活品质、政策利好……澳门人选择在横琴买房的理由很多，房价差只是吸引澳门客垂青横琴楼市的一方面。由于澳门地域狭小，寸土寸金，当地人居住品质普遍不高，握手楼林立，不少楼宇紧邻马路，十分嘈杂。再加上楼龄较长，设计早已落伍，在澳门，没有窗户的黑厨黑厕十分常见，当地人已经习以为常。

横琴置业动辄数十米的楼间距，优良的采光和私密性，不用配套高级会所、餐厅、学校等设施，仅仅凭实用率，就足够让澳门客点赞。

难怪澳门客纷至沓来。

横琴楼市曾一度被打上了浓重的澳门标签，不少楼盘过半甚至九成买家都是澳门人，几个屈指可数的楼盘更是一夜之间成为澳门刚需和炒家阶层争抢的香饽饽。

杨书和女友的婚房一直没有搞定。

这让他犯难发愁。

2016年春夏之交，澳门和横琴碧绿葱茏，两地的天气时而艳阳高照，时而暴雨如注，充分表现春夏之交的季节特征。

杨书再一次踏上横琴看房。

跟着看房团，杨书和女友一天就考察了华发·悦府、中海名钻花园、华发首府、K2·荔枝湾四个楼盘。默默跟在队伍后面，听售楼员讲解、参观样板间。

此时，横琴的新房均价在41000元/㎡左右。

最终，中海名钻成为首选，无论是建筑的外观设计还是整体规划，都让他们不约而同地觉得"值"。

该出手时就出手，杨书一锤定音。

我问他："这么执着地在横琴购房对你来说意味着什么？"

杨书回答我："人生算是圆满一半了。"

从此，杨书开始享受更为丰富的琴澳"双城"生活。接下来的时间里，他的生活轨迹改变很大。"以前只是偶尔来一次横琴，现在天天要过关。"

"对我来说，双城生活的最大好处，就是能够和女友甜蜜相处，因为横琴有我们的爱巢。"

根在澳门，枝展横琴。

再次见到杨书是在2019年2月，他挽着太太，手里还牵着一个小男孩，咿呀咿呀叫我"伯伯"。

我问他："对这种双城生活你适应了吗？""那当然，横琴让我过上休闲的生活，澳门帮我实现梦想。"杨书说，双城的融合使横琴与澳门的人员往来更加紧密，双方有更多的机会了解与交流。他相信双城的融合度会不断提升，两者能够更加互相包容，澳门和横琴的明天一定会更好！

告别杨书，我陡然想起20世纪歌手苏芮演唱的那首家喻户晓的《酒干倘卖无》——

> 没有天哪有地
> 没有地哪有家
> 没有家哪有你

没有你哪有我……

没有一套房，双城生活就是"浮云"。

根据横琴一家楼盘的统计数据，购房的客户中，澳门人占70%，香港人占9%，珠海本地人占15%，其余6%为其他内地客户。

"用澳门贷款在横琴买房比在澳门买房便宜了一半多。"2016年4月23日，澳门人刘冰在刚刚更名的中国银行横琴自由贸易区分行办理了150万元人民币的跨境购房款结汇业务。

刘冰英俊潇洒，脸上戴着一副度数不浅的近视眼镜，镜片后面闪动着一双明亮的眸子。他说，刚到横琴的时候，每个工作日的晚上都会经横琴口岸回家，有时通宵达旦，有时加班，晚一点下班过不了关口就只能住在公司宿舍。

"不加班不行吗？"

"不行，工作量实在太大。"

刘冰每次往返琴澳，至少要转车三次，回去又是三次，很不方便，于是便萌生了买房的念头。

那时候，横琴方面正积极争取协调推进国家有关部门进一步出台对澳门扩大开放的政策措施，破解和减少两地生产要素便捷流动的障碍。

后来，横琴口岸24小时通关了。

再后来，刘冰的单牌车也可以开进横琴了。

每天一路畅通地往返于澳门家里和横琴公司，单程可以节省大概半个小时的时间。

"那为何还要在横琴买房？"

"有归属感啊！"刘冰说。

随着一系列改革创新措施的落地，珠港澳三地之间要素流通越来越方便，横琴在全国率先开展跨境住房按揭贷款试点。

刘冰就是通过澳门银行办理按揭，再由澳门银行按汇率转账到横琴的中国银行，让自己在横琴买房变得轻而易举。

后来我从中国银行横琴自由贸易区分行得知，港澳居民可以在港澳地区将人民币汇入开立在该行的同名账户，香港居民每人每天限额8万元人民币，澳门居民每人每天限额5万元人民币。这些业务都是为横琴助力澳门经济多元化和琴澳生活同城一体化提供最根本的金融支持。

"没有家，任何人的心灵都无处安放。"刘冰说。

2018年2月5日，在阴沉沉的天气中，我先后来到横琴龙光玖龙玺、华发广场、金汇国际广场、天庆·粤凯广场等多个楼盘销售中心，一辆持有澳门和粤Z的双牌照轿车正从我的身边驶离。见我有些惊诧，保安人员向我透露："像这样的两地牌车每天都有十几辆，澳门客户一茬又一茬。"

澳门居民王若曦女士带着家人过来看房，她告诉我，自己在澳门有一套120平方米的房，儿子正在澳门大学读书。澳门这套房子是准备留给儿子结婚用，自己跟老伴商量好退休后到横琴居住，于是趁假日来"睇楼"（看房）。

我问她，澳门人对横琴的住房为何情有独钟？

她扳起手指为我一口气点了好几个"赞"：

好近。

24小时通关。

房价不足澳门一半。

首付贷款享受澳门的低利率……

横琴住宅风格多样，西班牙风情、地中海旖旎、高大上的钢化玻璃、稳重的花岗岩石块……每一种建筑形式都竭尽全力地"投其所好"。

到横琴采访之前，我十分好奇澳门人前呼后拥来横琴购房，他们到底喜欢什么样的房子？

我为此设计了一份调查问卷并在口岸发放了500份，这份问卷包括了3大项共20个小项：

1. 您计划购买的面积多大？
2. 您倾向的楼层是？
3. 您最关注的是什么？
4. 您购房是自住还是投资？
5. 您对小区的配套有什么要求？
6. 您购买的住房总价在多少可以接受？

……

在收回的360份问卷中，接受问卷调查的男女比例分别为43%和57%，其中，两代同堂占38%，情侣占31%，单身占19%，统计结果显示：

计划购买的面积：70—100平方米是澳门人最爱，占49%；60平方米以下占21%。只有8%的人士考虑购买120平方米以上的户型。

倾向的楼层是：10到30层，占79%。

最关注的是：治安和消防，占49%；家政服务，占27%。

自住还是投资：自住，占61%；投资，占32%；均可，占33%。

对小区的配套：学校和商业超市，占比分别为29%和20%；医疗保健机构，27%（这点和内地人何其相似）。

住房总价：300万，占38%；350万，占47%；500万，占17%。

王若曦买的房子总价是350万，17层。那是一套80平方米的两房一厅的公寓。

买房那天她在微信朋友圈晒了一张粉红色的定金单，写了这样一段话：爱上横琴，两边都是家。

突然有一天，她给我发来一条微信，后边只是三个号啕大哭的表情。

我大吃一惊，连忙用微信语音与她通话，她有点六神无主地告诉我："我的购房资格没有通过审查。"

"你可能被不良地产商坑了。"我告诉她。

原来，那天在一家楼盘售楼部前，一个年轻的小伙子对她宣称内部认购，还向她展示一张"购房VIP卡"，只要交点"介绍费"就可以买到更便宜的房子。信以为真的她稀里糊涂地跟小伙子来到另一个楼盘，精美宣传册上打着"LOFT""SOHO""酒店式公寓""70年产权公寓"的噱头，其实根本就没有商品房预售许可证。

糟了，她心凉了半截，一夜躺在床上翻来覆去，老是做噩梦。

"脑子突然间就像进水了。"她并不隐讳。当时没有查看那家机构的营业执照、房地产经纪机构备案证书和经纪人证书资料，就鬼使神差地下了定金。

据说在澳门消委会的协助下，王女士远程与横琴消费争议远程视频调解及仲裁平台的调解员进行过视频沟通。

后来，通过政府居中协调，这家被投诉的楼盘开发商无条件向王女士退回全部款项。

涉嫌以内部销售、内部认购方式违规对澳门预售楼花的开发商被政府约谈，还受到了处罚。

吃一堑长一智，这回王若曦看准了一家口碑好的开发商，全款一次性买下了一套两居室，她的脸上终于露出了难以形容的喜悦。

"我在横琴买到'家'了！"王女士还把小区图片发在朋友圈里分享，获得了140多个赞。

第七章　横琴没有休止符

到过横琴的人，总会被这里的大自然景观所吸引：山峦起伏，树影婆娑，草色泛青。早间明媚灿烂的晨曦初照，黄昏血红斑斓的海天一色，总是那样的宏阔与邃远。

700年前，横琴岛上演的宋人"忠、义、节、烈"的大传奇，消逝的壮怀激烈，曾经的大浪淘沙，已化作丰厚的历史积淀。

时光如白驹过隙，今日之横琴沉实、从容与大气。

它让我联想到首任澳门同知印光任先生泛舟大小横琴山时发出的由衷咏叹："有曲仙应谱，无弦籁自鸣。"

琴，乃韵通天下之正乐。

《琴论》云："伏羲氏削桐为琴，面圆法天，底方象地，龙池八寸通八风，凤池四寸合四气。"

横琴远幸于伏羲氏，它成为粤港澳三地间一个无与伦比的"龙池"，琴音洪亮圆润，盼响天下。

一拨一弹琴澳情，古往今来尽和声。

琴声袅袅，琴音袅袅……

"霭霭春风细，琅琅环佩音。"如今的横琴不仅调好了琴弦，更有了新曲谱，是弹奏"横琴新曲"的时候了。

它有"一带一路"的高亢旋律。

它有粤港澳大湾区的浑厚和声。

它有琴澳深度合作的激情诗韵。

《山海经·大荒北经》曰："大荒之中……有人珥两黄蛇，把两黄蛇，名曰夸父。后土生信，信生夸父，夸父不量力，欲追日景，逮之于禺谷，将饮河而不足……"为了承载国家使命，横琴的"夸父"们纷纷行走在逐日的行列。

我驻足遥望，朝日染红的横琴岛上，大海又一次潮起……

关注就是力量

"我们始终要不忘初心，让这里充满创新发展活力，促进澳门经济适度多元化发展。"①习总书记的嘱托直抵每一个横琴人的灵魂深处。

这是横琴永恒的精神动力！

2019年是农历己亥年，岭南这个春节不算冷，2月13日是节后上班的第二天，珠海许多机关单位的门口张灯结彩，还洋溢着一派喜迎新年的气氛。

中共中央政治局委员、广东省委书记李希来到珠海。

选择这个日子，难道别有一番深意？

在听取珠海市委、市政府的工作汇报后，李希书记要求珠海深入学习贯彻习近平总书记对广东重要讲话和重要指示批示精神，多算长远账、大局账，不忘初心，把横琴开发开放作为一把手工程抓紧抓实，加强与澳门合作，在全面深化改革、扩大开放中展现特区、自贸区应有的担当作为。他的讲话让在座的每一个人隐隐感到某种压力和紧迫感……

3个月后的5月15日，李希书记又来到珠海。

这一次，李希书记实地调研横琴新区办税服务厅、横琴口岸及综合交通枢纽项目建设现场和创新创业园区。在位于横琴·澳门青年创业谷园区的中银—力图—方氏（横琴）联营律师事务所和横琴跨境说网络科技有限公司，李希书记深入了解创新创业园区、法律服务机构和企业运营情况。他强调，要致力打造法治化国际化便利化营商环境，强化服务意识，帮助解决企业生产经营和青年创新创业中的困难和问题，让企业和人才与横琴共同成长。

细细地看，静静地听，谆谆教诲……

他说，横琴开发开放是习近平总书记、党中央立足丰富"一国两制"实践、促进港澳长期繁荣稳定做出的重大决策部署，是推进粤港澳大湾区建设的重大举措。要牢记总书记嘱托，不忘党中央开发开放横琴初心，切实提高政治站位，深

---

① 《习近平强调自主创新：要有骨气和志气，加快增强自主创新能力和实力》，新华社2018年10月23日报道。

入落实《粤港澳大湾区发展规划纲要》，坚定贯彻新发展理念，对标国内国际最高最好最优，举广东全省、珠海全市之力，既只争朝夕，又久久为功，多谋长远、全局之策，扎扎实实推动横琴开发建设。

"切实扛起横琴开发建设的重大政治责任。"李希书记语重心长的一席话，振聋发聩，饱怀着对横琴的殷殷挚情和期望。

澳门所需，广东所能。

在2019年5月27日粤澳合作联席会上，广东省省长马兴瑞与澳门特别行政区行政长官崔世安在澳门一口气签署了9份合作协议，这其中包括：发挥澳门联系葡语系国家和"一国两制"的优势，共同参与"一带一路"建设；扎实推进创新创业合作，共同打造国际科技创新中心，抓好首批粤澳青年创新创业基地建设……

澳门所需，珠海所及。

2019年北京"两会"期间，珠海市委书记、市人大常委会主任郭永航在接受《南方日报》记者的采访就说："珠海经济特区因澳门而生，横琴新区因澳门而兴，自设立以来就担负着服务'一国两制'和服务澳门的使命。珠海将切实履行好习近平总书记、党中央赋予的政治责任，在服务澳门产业多元发展、支持澳门融入国家发展大局上发挥应有作用……"

如何做好珠澳合作这篇文章？郭永航回答了记者提问，共讲了四个方面：

一是探索政策创新。

学习借鉴国际和港澳通行做法，实行高水平的贸易和投资自由化便利化政策，逐步在出入境、内外贸、投融资、财政税务、金融创新等领域构建更加灵活的政策体系，打造开放层次更高、营商环境更优、辐射作用更强的开放新高地。优化拓展"分线管理"政策，在横琴实现"一线基本放开、二线高效管住、人货分离、分类管理"，进一步促进人员、货物的便捷流动。研究扩大澳门单牌机动车的内地行驶范围，全面放开澳门单牌车便利进出横琴。

二是丰富珠澳合作内涵。

加快基础设施互联互通，完善港珠澳大桥的运营管理机制，加快推进横琴口岸、青茂口岸、澳门第四供水管道等建设。发挥澳门"精准联系人"作用，积极参与"一带一路"建设，打造葡语系国家商贸合作服务载体，推动葡语国家产品经澳门更加便捷进入内地市场。落实CEPA系列协议，探索取消或放宽澳门的资质要求、持股比例、行业准入等限制，共同打造高水平对外开放门户枢纽。支持澳门企业在珠海设立研发机构和创新孵化基地，加强澳珠国际科技创新合作。发挥横琴·澳门青年创业谷载体作用,开发建设"一站式""一网式"服务平台,助力澳门青年更便利在珠创新创业。推动跨境公共服务和社会保障有效衔接,加快"琴澳新街坊"综合民生项目建设,为澳门居民在珠海学习、就业、创业、生活提供更加便利的条件。

三是拓展珠澳合作空间。

以横琴及周边地区为主平台,打造趋同港澳的发展环境,重点支持港澳高端服务业特别是澳门医疗健康、特色金融、高新科技、文化创意等新兴产业发展。在此基础上,推动横琴自贸试验片区政策延伸覆盖保税、十字门、洪湾片区等一体化发展区域,以及向金湾区(高栏港区)、鹤洲片区拓展,逐步形成集约高效、宜居适度、山清水秀的珠港澳合作新空间。

四是共同发展新兴产业。

以粤澳合作产业园、粤澳合作中医药科技产业园、横琴·澳门青年创业谷等平台为重点,推动两地共同在特色金融、高新科技、生物医药、现代服务等新兴产业领域加快发展步伐……

短短半年时间,珠海市委常委会会议、书记专题会、市政府党组会共11次专题研究横琴工作……

是什么东西让日理万机的领导者深情关注?

是什么东西让夙夜不懈的为政者寝食难安?

是这方热土所承载的特殊使命!

站在老式的横琴码头上,眺望着波平浪静的濠江,不时有驳船"突突突"地驶过,水面蒸腾起一片片云翳雾霭。

在横琴行走,每一次回望,总会让我感叹什么叫"万千宠爱于一身",什么叫"人努力天帮忙"……有地缘的优势,有机遇的垂青,也有人为的勤奋。

——国家级新区。

——广东自由贸易试验区横琴片区。

——粤港澳深度合作示范区。

——国际休闲旅游岛。

……

回首往事,光阴漫漶中,横琴总是被高层频频关注。横琴自由贸易试验区、粤港澳大湾区、国际休闲旅游岛等国家政策优势交汇叠加,历史机遇扑面而来。

咀嚼历史，总是一件饶有意味的事情。

那是2014年底的一天，横琴新区党委书记刘佳带着各职能部门的领导前往上海考察自由贸易试验区。

傍晚时分，黄浦江两岸华灯初上。中巴穿过霓虹闪烁、流晶逸彩的浦东，在驶近上海自由贸易区试验区时，刘佳看到一个大大的拱门，拱门上面还画着两只栩栩如生的海鸥。

"上海这个拱门很有特色，我们横琴也要搞一个，做成将来横琴自由贸易试验区的一个形象。"刘佳说，然后突然提高嗓门问道，"你们谁来完成这个事？"

坐在中巴上的人一愣，然后所有人都把目光投向了吴普生。

吴普生当时主持横琴新区公共建设局的工作，只见他倏地站了起来，不假思索地说："我来完成。"

当天晚上，吴普生就去拜访上海建工设计院，了解上海自贸区这个拱门是怎么设计出来的。两天后，上海建工设计院就带着方案来到横琴。方案报到广东省自贸办后，省里又请广州美院设计了一个统一的自贸区大门样式。

2015年大年初一晚上11点，天空中下着蒙蒙细雨，横琴大桥上冷飕飕的，桥面上空无一人。

此时，一台500吨重的大吊车和两台小吊车正吊着一个近300吨重的钢构拱门缓缓升起，然后稳稳落在了基座上，现场很寂静，也没有掌声和放飞的气球。

第二天一早，一座蔚蓝色的拱门就像变魔术一样呈现在往来横琴岛的一众游客的眼前。

组织这次施工的正是吴普生。

这个新年跨年，吴普生将太太和刚刚从英国留学回来看他的儿子吴冠希一起带到了工地现场，他说想让家人一起见证横琴新区是怎样开"新门"，是怎样"把新桃换旧符"的。

横琴新区管委会副主任叶真也来到现场，看着高高耸立的大拱门，"中国（广东）自由贸易试验区珠海横琴新区片区"几个大字把叶真的思绪拉回到两年前——

叶真是2012年到横琴担任新区副主任的，到任不久，他带着几个人"混"在北京，就这么来回在国家发改委、商务部、海关总署等国家部委之间跑政策。

北京跑多了，自然就熟悉一批人物。有一天，他在某部门拜访时，人家告诉他："还跑什么跑啊？人家上海都申报自由贸易试验区了，自贸区的政策比你们这个还好。"

叶真心里"咯噔"一下。

"自贸区是一个什么东西?"回到酒店,他立即上网搜索相关资料。叶真坦言,在此之前,他对"自贸区"这个概念知其然不知其所以然。

"上海已经动作啦!"从北京回到横琴,叶真立即向新区领导班子成员做了汇报,书记刘佳觉得这个消息很重要。

2013年9月18日,国务院批准《中国(上海)自由贸易试验区总体方案》,随即自贸区正式挂牌。

刘佳立即找到市长何宁卡,何宁卡说,自贸试验区既然让上海带了个头,口子被打开,那么横琴就有机会。

"你们去省里面打听打听。"市长交代。

不打听不知道,一打听吓一跳。广州先知先觉,已启动自贸区申报半年有余,初步方案正在征求专家意见。

"横琴掉队了。"叶真去到广州,多方打听找到其中一位专家,好不容易从专家的嘴里抠到一点点消息。

选址:南沙。

定位:粤港澳全面合作区。

既然前海服务香港,横琴服务澳门,粤港澳全面合作前海和横琴怎么能缺席?

叶真一个电话打到深圳前海那边,他们也不知道这个事。

叶真说:"那我们两边能不能一起来做这个事,争取赶上第二批自贸区的申报?"

前海那边回答:"好!"

2014年上半年的一天,叶真陪刘佳来到广东省商务厅,向厅长郭元强汇报工作,提出将横琴申报为自由贸易区的意向。

"那你们赶快起草方案往省里报啊!"郭元强很爽快地表示支持帮助。

为了确保万无一失,横琴还成立专职小组,刘佳、叶真、闫卫民、邹桦与商务部国际贸易经济合作研究院的专家学者一道"闭门研讨",用了整整半个月的时间,撰写《申报设立广东粤港澳自由贸易园区(横琴)可行性研究报告》。

报告正式提交后,他们四处登门拜访,逐章解读推介,为横琴最终纳入广东自贸区范畴加了"高分",在高层决策时起到了"临门一脚"的作用。

2014年12月,国务院决定设立中国(广东)自由贸易试验区,广东自贸区涵盖三个片区，其中横琴片区赫然在列。

"如果再晚一点，横琴就可能与自贸区失之交臂了。"现在叶真谈起此事仍唏嘘不已，错过了将会被甩在别人身后十万八千里。

公元2019年2月18日。

北方寒风凛冽，连续几日大雪纷飞，而地处南方一隅的横琴岛上温暖如春，小雨淅淅。

这天，国务院正式发布《粤港澳大湾区发展规划纲要》，引发万众瞩目，粤港澳大湾区迅速刷爆各大媒体和朋友圈……

众所周知，湾区经济是具有开放的经济结构、高效的资源配置能力、强大的集聚和外溢功能的重要经济形态，往往成为所在国家的经济增长极和发动机。与目前世界著名的"三大湾区"（东京湾区、纽约湾区、旧金山湾区）相比，粤港澳大湾区是中国开放程度最高的增长引擎之一，无论是经济总量还是经济活力都完全可以与其相提并论。

以0.6%的国土面积，创造10%以上的GDP，粤港澳大湾区怎能不引人注目？

建设粤港澳大湾区，是习近平总书记亲自谋划、亲自部署、亲自推动的重大国家战略。在总共2.7万字的《粤港澳大湾区发展规划纲要》中，"珠海"被提及20次，"横琴"被提及22次，"澳门"被提及90次。

在这一战略布局中，澳门、珠海、横琴都面临前所未有的发展机遇，珠澳一极可谓"火炎焱燚"，热度不减。

横琴，成为粤港澳深度合作示范区。

2019年3月21日，横琴再掀波澜。

这天，国务院批复《横琴国际休闲旅游岛建设方案》，将构建横琴"一带一廊一区"全域发展布局。4月18日上午，国家发改委官方网站正式公布了《横琴国际休闲旅游岛建设方案》详细内容。

领域更宽。

层次更深。

水平更高……

横琴热如同地下岩浆，炽热滚滚。

作为继海南和福建平潭之后，国内批准的第三个国际性旅游岛，横琴助力支持服务澳门建设世界旅游休闲中心又有重大创新举措。

好风凭借力，送我上青天。《横琴国际休闲旅游岛建设方案》开宗明义为横琴定位：促进澳门经济适度多元发展新载体。旨在实现两地产业互补、市场错位、协同发展，促进澳门经济发展更具活力。

其中的建设目标是到2020年，配合澳门世界旅游休闲中心建设初见成效。2025年，携手港澳打造"一程多站"旅游线路基本成形，配合澳门世界旅游休闲中心建设取得明显进展。

琴澳合作被一次次放在聚光灯下。

冥冥之中，一切仿佛早有安排。

这让我想起中国儒家经典《礼记·大学》里讲述的这样一个故事。商朝的开国君主成汤在器皿上铭刻箴言曰："苟日新，日日新，又日新。"

横琴随之涌起的，则是一种新的激动与梦想，新的豪迈与荣耀。

行走中的横琴

何为初心？

横琴一直在思考这个巨大的政治问题。

这种初心从现实的层面来讲，就是定下目标，以坚忍不拔之毅力，攻坚克难，高质量完成助力澳门经济适度多元化发展的任务。

使命当前，重任在肩。

古人说："作始也简，将毕也钜。"意思是指事情开始的时候总是相对简单和容易，发展到后面就会越来越复杂和困难。

不忘初心，方得始终。历史从不等待犹豫者、观望者、懈怠者、软弱者。谁与历史同步伐，谁与时代共振，谁就赢得未来。

习总书记视察横琴后，横琴焕发改革激情，迅速统筹35项重点工作任务，遴选了23个重大项目，总投资1045亿，全部明确了路线图、任务书、时间表和责任主体，逐项抓好落实。

正所谓初心如磐石。

行走中的横琴一旦发现路径稍有偏差，便立即校准发展的"准心"，这个准心就是助力澳门经济适度多元化发展。

方向既明，行动必疾。坚持澳门需求导向，横琴高擎"初心"的火炬，动作频繁。

2019年3月26日，全国首个澳门跨境办公试点楼宇横琴总部大厦挂牌，首批10家澳门企业入驻。

横琴总部大厦是横琴最好的楼宇之一。四面都是落地窗，玻璃幕墙在阳光照射之下熠熠生辉，站在33楼的云端观光厅，视野广阔，濠江对岸的澳门威尼斯人、银河酒店近在眼前，莲花大桥上川流不息的车辆正往返于琴澳之间。在它的旁边，一栋大楼顶上矗立着繁体字的"澳门大学"，旁边则是一行葡萄牙文"Universidade de Macau"。

"手续十分简便。"入驻企业代表盛泽（澳门）文化科技有限公司董事长朱海生说，"这个政策对澳门企业帮助很大，到横琴办公一方面解决了企业招人难的问题，另一方面也越来越感受到珠澳同城的便利。"

与此同时，横琴新区正式出台实施《关于鼓励澳门企业在横琴跨境办公的暂行办法》，无须办理工商登记注册和税务登记手续，仅向横琴新区澳门事务局备案，便可与楼宇管理方签署办公场地租赁合同入驻，还享受每月每平方米70元的租金补贴。

"这样的安排我们很满意。"朱海生说，"这是一个双赢的举措。"

澳门企业入驻，将对接港澳与横琴在资本、市场、技术和管理要素方面的资源，将成为促进两地融合尤其是促进澳门产业多元化发展的重要力量。

为了方便澳门企业员工往返琴澳，同一天，"横琴—澳门跨境通勤专线"也延伸过来了。

这条专线开通后，每日往返澳门、横琴共计24个班次，从澳门葡京酒店始发，途经氹仔新濠锋酒店、澳门莲花口岸、横琴口岸、横琴总部大厦、保利国际广场，终点为横琴粤澳合作中医药科技产业园，班车运行范围覆盖了澳门半岛、氹仔岛和横琴新区。

琴澳通勤专线主要面向横琴的澳资企业员工和在横琴工作生活的澳门居民。跨境办公一挂牌，由岐关公司营运的通勤专线随即就增设了创意谷、臻林山庄两个上落点。

横琴竭尽全力打造促进澳门经济适度多元发展新载体。2019年5月，"澳门产业多元十字门中央商务区服务基地"揭牌。

澳门华记环球集团、卓科数码、康业医药、永新科技、微科大数据、栢利勤科技、APM供应链、凤凰天空文创经济协会、澳门未来智慧城市研究会等纷纷在澳门产业服务基地挂牌。

打造珠澳合作重要平台，完善公共服务配套，横琴准备好了。

横琴满怀鸿鹄之壮志，而基建高效对接，是横琴正在落子的两盘大"棋"。

先来看第一盘棋：澳门莲花口岸搬到横琴口岸"合体"。

但凡从横琴口岸过关的人，都有过叶姨的经历。

由于生意上的往来，叶姨在澳门和横琴两边跑，从横琴口岸、莲花口岸通关往返必须先在拱北、横琴口岸各查验一次，然后再坐穿梭巴士过桥到莲花口岸再查验一次，俗称"两地两检"。

"通个关真叫人精疲力竭。"叶姨很是感慨，"穿梭巴士在莲花大桥上来回'摆渡'，倒腾来倒腾去耗时长，烦得要命。"

叶姨的"遭遇"在澳门有广泛代表性。

供职于横琴商务局负责口岸工作的张军深有体会，他说，每年横琴做营商环境或口岸通关便利化问卷调查，总被拿通关来说事，这个问题始终排到前列。

有什么办法能解决好过境摆渡这个"啰唆"事？

"我们其实在2016年初就有想法了。"张军说，"当时口岸枢纽要建设，我们就想，能不能让澳门的口岸过来一起'合体'，就不用折腾了。"

那时，深圳湾口岸搞"两地一检"，我们想学深圳和香港，让澳门搬过来也照葫芦画瓢干。

这是个皆大欢喜的事，澳门莲花口岸搬迁到横琴后，原来那片用地还可以拿出来做城市更新。

也许是认知问题，此事一直是停留在概念上，毕竟太复杂，涉及太多的部门，事权在中央。

王彦是横琴法规室副主任、自贸办副主任，许多重大政策草拟就是出自他的手，是公认的"大手笔"。

王彦说，事实上，在横琴新口岸开建前，规划图纸上就预留了空间给澳门，因为搬迁和查验机制创新都涉及用地，需要一并考虑，只是还处在"保密"阶段，横琴并没有声张。

当时分管领导是闫卫民，他听了几次汇报后问："澳门莲花口岸为什么要搬过来，合作查验是个什么样子？你们得做一个细化的方案。"

王彦清楚记得那是2017年的9月份，闫卫民在协调会上指定由区自贸办来牵头做这个论证。

一边与查验单位协调，一边与澳门沟通，前前后后与澳门开了二十几次会。

王彦笑称好像做"地下"工作一样，双方都不发会议纪要，靠的是君子协定。

"为什么不大张旗鼓地做？"

"中央没有要求我们做这件事，是我们主动做这个事，也不知道合不合适，因为这涉及法律授权问题。"王彦说。

时间来到2018年3月份，一份洋洋洒洒两万字的论证报告出笼，报告中还加入了两个演示视频。

论证报告送达澳门后，澳门方十分认同。5月，澳门把论证报告最核心的部分提炼出来，以特区政府的名义向国务院港澳办提交了《关于推动澳门路氹城边境站（莲花口岸）搬迁横琴初步分析报告》，希望借横琴口岸规划建设契机，将莲花口岸整体搬迁到横琴，提高通关便利化程度。

中间有点小曲折。

由于澳门方提交的是分析报告，不是以请示的形式来报，并不符合内地上文规范，所以被退了回来。

7月，澳门特区政府将分析报告作为附件，又给国务院港澳办重新上了一个请示。

10月，国务院港澳事务办公室副主任黄柳权一行来到横琴新区，就横琴口岸查验机制创新事宜进行专题调研，并召开工作座谈会。

"有戏！"澳门最先报道这个消息。

"座谈会后不久，国家就批了。"王彦说。

"批给横琴？"

"不是，是批给澳门。"王彦说。

"你们是怎么知道这个消息的？"

王彦告诉我，12月14日，在第2届横琴新区发展咨询委员会上，横琴新区党委书记牛敬在会上披露：澳门莲花口岸将搬迁至横琴口岸已获得国务院的批复同意，并实行"合作查验、一次放行"的通关模式。

传闻多时的"靴子"终于落地。

听到这个消息，叶姨喜上眉梢，直言"没想到这么快，好开心"。

原则性和大框架定下来后，王彦说他们正在与澳门协同解决4个问题：一是全国人大授权；二是国务院批准横琴口岸启用日期和租赁面积、具体坐标等；三是口岸查验单位与澳门查验单位形成"三互大通关"协议；四是澳门口岸搬过横琴来需要澳门立法会批准。

"现在的进展怎样？"

"2019年5月14日，珠海跟澳门刚开了会，并签订了会议纪要，我们马上就分头向中央汇报，总共有6块土地需要全国人大授权。"

"面积确定下来了？"

"共167720平方米。"

其实在澳门全国人大代表和政协委员里，将莲花口岸搬迁至横琴"合作查验"早有呼声。

2015年3月5日全国"两会"上，全国政协常委杨俊文、政协委员吴立胜等32名澳门全国政协委员直言澳门与横琴之间存在阻碍跨境人士使用横琴通关的重大因素：口岸通关仍需"两地两检"，横琴口岸与澳门莲花口岸之间还隔一座莲花大桥，澳门人需要搭乘穿梭巴士在莲花大桥来回"摆渡"，等候穿梭巴士耗时长，通关效率不高。

提案开宗明义，就是建议让澳门莲花口岸"搬家"。

2018年3月，再有澳门全国人大代表刘艺良提案。随着粤澳合作开发横琴深入推进，愈来愈多澳门项目落地横琴，澳门人在横琴投资、工作、生活群体逐步扩大等，横琴口岸创新通关模式极具必要性和紧迫性。他提议称，以租赁形式将莲花桥区域划澳管辖，在横琴口岸设定澳方管辖区域作为执法空间……

看似寻常最奇崛，成如容易却艰辛。澳门莲花口岸"搬"到横琴，在横琴地块上兴建两地共享的新口岸，琴澳口岸合作迎来4.0版本。

再来看第二盘棋：澳门轻轨与横琴城轨在横琴口岸"牵手"。

2019年5月16日。

雨后天晴，空气湿润。蓝蓝的天上白云飘，但这飘的是薄薄的状云，染的是湿漉漉的阳光，有点像彩带。

虽然还是早晨，但直射的阳光也让人感觉有点灼热。我来到建设中的口岸交通枢纽工程现场，这个口岸中的"巨无霸"一下使我怔住了。

投资168亿元，面积131万平方米，单通关区域的桩基就有6500根，平均长度超过100米，基坑施工面积达13.5万平方米，相当于19个标准足球场大小。

此时，吊机的马达声和搅拌机的轰鸣声在混响，一抬头，只见吊机伸长着"臂膀"正来回搬运一捆捆钢筋，数十名工人正在绑扎焊接钢筋笼，他们把每一根钢筋仔细地绑扎后焊接在一起。

新口岸建成后，无疑是直通澳门的最大口岸和名副其实的口岸"流量王"，因为它的建成将满足旅客年通关量8000万人次，车辆年通关量265万辆次，货物年通关量533万吨。

"我们争取在澳门回归20周年前旅检部分具备通关条件。"给我介绍情况的口岸项目总规划设计师高海波告诉我，项目涵盖口岸功能区、综合交通枢纽功能区、口岸综合开发及配套三大功能体系，将加快琴澳之间交通无缝衔接、同城化进程与产业高效对接，促进国际服务贸易要素在两地之间便捷自由流动。

项目离海近，施工地质条件非常复杂。

建设方中建二局介绍，当时碰到最大的难题有两个，一个是桩基成孔难，另一个是钢筋笼转运。

后来，在项目部看播放的视频，他们采用了高频免共振锤下超长护筒解决了成孔难问题。所谓高频免共振锤下超长护筒其实就是一个"金钟罩"，工人们挖土、钢筋笼吊装、混凝土浇筑都在"金钟罩"里进行，安全又高效。

聪明的建设者利用卷扬机拉动钢筋笼，通过摩擦力作用带动钢管绕轴旋转，使钢筋笼在钢管上可以快速移动，犹如"轻功"一般"飞"起来。6500根桩，钢筋总重量高达70800吨，每个钢筋笼长达十几米，重达数吨。如果采用汽车吊或履带吊转运钢筋笼，既费时又费力。

横琴定位是国家决策，横琴开发是国家战略，横琴承担国家使命刻不容缓：拓展珠澳合作空间，丰富珠澳合作内涵，共同发展新兴产业……

打破利益藩篱，以刮骨疗毒、猛药去疴的决心和勇气付诸行动，横琴一系列政策和措施齐头并进：

全面暂缓非澳门项目的用地审批。

梳理未开工项目或建设进度缓慢项目。

调整1.3平方公里的住宅用地为产业用地……

琴澳合作空间还有"重磅"！

横琴新区规划国土局《横琴南部填海区控制性详细规划》批后公告透露了诸多细节。

填海区总用地25平方公里，位于横琴新区南部浅海海域，北距横琴本岛岸线1公里。整个区域由四个部分组成，分别为：水琴岛、木琴岛、金琴岛、火琴岛。

"寸土寸金"的横琴岛七成以上土地属禁建区或限建区，可开发土地仅余28平方公里，而此次南部填海计划就达25平方公里！

整个填海区将拥有1.843平方公里居住面积，住宅建筑规模310万平方米，未来可容纳居住人口8.11万。

相当于半个澳门的填海区，给了澳门无限的遐想，因为我从官方上看到有媒体报道：这块区域将探索管理模式创新。

2018年12月28日。

澳门宋玉生广场263号中土大厦。

这一天，横琴与澳门在19楼共同举行联合记者会，宣布重启横琴粤澳合作产业园剩余2.57平方公里地的新一轮招商。

境内外媒体和澳门企业代表将发布厅围得水泄不通。

有记者注意到，这一轮招商与前两次招商在评审机制上迥然不同。

譬如，本次项目招商由澳门特区政府牵头，横琴新区全力配合，琴澳双方共同参与。

而在此之前，项目由澳门征集、评审、推荐，横琴主导筛选入园。

再譬如，在产业选择上也发生了微妙的变化。此次聚焦高新技术、新兴产业、高端服务业等，横琴主要负责政策配套。

而在此之前，产业以旅游休闲、物流商贸、科教研发、文化创意为主。

澳琴双方政府还联合制定新的项目评审标准、准入条件和申请指引，决定各派出6名代表，以及3名澳门业界代表，共15人组成横琴发展澳门项目评审委员会。

参会的横琴管委会主任杨川在回答媒体的提问时表示：本次粤澳合作产业园重启招商，实施项目评审落地新机制是琴澳双方践行和落实习近平总书记指示的具体行动，横琴将不忘初心，牢记使命，把促进澳门产业多元化发展当作头等大事来推动。

澳门商人梁启贤参加了这一轮招商发布会，他说前两次也参加了，但此前横琴对所选项目必须符合横琴发展定位；项目进入粤澳合作产业园，企业股东51%以上必须是澳门居民；且项目发展方向亦需要与横琴方面沟通。

"说是合作产业园，但我们这种澳门小企业根本进不去。"梁启贤谈起项目招商心里还有点儿"气"。

我们是在创业谷里的一家咖啡店里见的面。

他说两次申请都不符合条件，第一次说是项目定位不符合横琴整体规划不能进园，第二次又因为澳门股东的股份比例不符合横琴要求。

"之前，横琴的产业项目进驻'门槛'太高了，除财大气粗的财团够资格进驻外，我们中小企业想要占有一席之地真的不容易。"梁启贤说着叹了一口气，他笑称是"望琴兴叹"。

"12月31日就开始接受申请了，这次由澳门主导了，希望你能如愿。"我说。

梁启贤说："不过，政策也很重要。"

他特别激动地提到："粤澳合作协议签署时订明'一线放宽、二线管住'，政策针对的是生产类企业，但横琴现时根本不能设立工厂及生产基地，商务服务、高科技、旅游休闲、文化创意产业才是可发展行业，不符政策的原意。"

"是吧？"他反问我。

我笑笑，不予置评。

梁启贤是我采访的澳门企业家里比较"敢讲"的一个，他坦言横琴人气仍然不足，生活设施配套不够完善，学校、医院、街市、超市……澳门需要吸引力。

"还有……买房子的问题。"他欲言又止。

"什么房子问题？"

"应该鼓励境外银行支持澳企申请跨境人民币融资或按揭，澳门居民在横琴置业时，首期付款后应可申请人民币银行按揭，如政策不落地，会影响澳门人过来居住……"

梁启贤几次看时间，他说他只接受我一个小时的采访，临出门的时候，他转过身来对我笑了笑："讲真，横琴要多考虑澳门企业的特性，倘若一味要求澳门企业发展高科技产业，当下确实有一定困难，产业基础和人才都是个问题，横琴要认真琢磨澳门人的想法。"

我告诉他，粤澳合作产业园重启招商并以澳门特区政府为主导，就是考虑到从澳门的实际需求出发，更加精准地选择产业，赶快准备好资料申报。

"这次一定成功。"我与他握手告别。

送走梁启贤，我独自思索良久。

我想，横琴还有很多事要做。

活力与内涵还需提升。

公共服务配套尚不完备。

产城融合确实需要进一步提速。

对澳门居民和投资者的吸引力有待增强……

横琴一系列的大事、要事、喜事，无一不展现出促进澳门经济适度多元发展的"横琴初心"。

这种初心，在于坚守助力澳门经济适度多元化发展的定位，矢志不渝。

这种初心，在于坚守特色发展，有所为有所不为。

这种初心，在于保持开放姿态，海纳百川。

"咬定青山不放松"，一步一个脚印的担当，再远的路，也要奋力前行。

初心如磐

"多少事,从来急,天地转,光阴迫,一万年太久,只争朝夕。"毛主席在《满江红·和郭沫若同志》中有这样的名句。

澳门事,从来急。

从启动开发建设起,横琴始终坚守初心,把"促进澳门经济适度多元发展"作为自觉追求,沉淀为城市基因,以"澳"为重、倾"琴"所能。

出台专项政策扶持澳资大型商业综合体开业运营。

试行相关先试先行医疗及养老政策。

加强与澳门在物流发展战略合作。

构建珠澳共商共建共管共享合作新机制……

初心是根,使命是魂。横琴努力探索与澳门深度合作新模式,搭建促进澳门经济适度多元发展的新平台。

2019年3月15日,这是一个风和日丽,春暖花开的日子。横琴与澳门大学共建横琴·澳门大学产学研示范基地正式签约。

这边厢——

横琴为澳门大学免租提供10000平方米科技创新载体和1亿元重大研发机构扶持资金及天使投资基金,协助澳门大学加速融入大湾区并优化创新科研布局,推动澳门大学研究服务和知识成果转移转化。

据横琴新区管委会主任杨川透露,10000平方米的科技创新载体将分3期投入,其中首期的2300平方米即将落地;1亿元资金中包含7000万元的重大研发机构扶持资金及3000万元的风险投资基金。

"一期项目将在下半年落成并投入使用。"杨川说。

那边厢——

澳门大学依托该校3个国家重点实验室及优势学科院所,在横琴新区建设产学研示范基地,包括五大研发中心:微电子研发中心、中华医药研发中心、智慧城市科技研发中心、医学研发中心和先进材料研发中心。

"还将包括一个高级培训中心。"澳门大学校长宋永华说,喜悦之情溢于言表。

2019年6月27日，从横琴新区环岛西路传来一个重磅消息：澳门大昌行横琴物流中心启用！

全国政协副主席何厚铧，澳门特别行政区行政长官崔世安，中央人民政府驻澳门特别行政区联络办公室主任傅自应，珠海市委副书记、市长姚奕生等重量级人物均前往"道贺"。

大昌行有何来头？

成立逾70年，总部设于香港，业务拓展至亚洲多个地区，这家从服务香港市民起步的企业，多年来在发展香港、澳门和内地的业务上积累了丰富的经验并建立了广泛的物流网络，是2014年在横琴立项并获选为粤澳合作产业园的首批准入项目。

《粤港澳大湾区发展规划纲要》提出："推进粤港澳物流合作发展，大力发展第三方物流和冷链物流，提高供应链管理水平，建设国际物流枢纽。"

春江水暖鸭先知。

大湾区物流新格局初显，大昌行便抢占先机。

澳门大昌行物流中心是大湾区供应链网络的重中之重，为澳门和珠海地区提供包括常温仓、冷链仓储、保税物流、流通性增值服务等方面的一站式物流仓储解决方案，更配置零下18至零下25摄氏度及零下40摄氏度超低温冷库。

横琴新区党工委书记牛敬对这个项目赞不绝口："大昌行物流中心是澳门企业借助横琴载体拓展发展空间的成功尝试！"

粤澳合作渐入佳境。

一个名叫"澳门新街坊"的综合性民生项目正在横琴悄然上路。这是横琴重点打造的集养老、居住、教育、医疗等功能于一体，趋同澳门公共服务和社会环境的重点项目。

澳门陈阿婆听说隔壁老邻居横琴要与澳门合作，打造"澳门新街坊"，自言"梦到笑醒"。

"好到极。"陈丽华阿婆逢人便说。澳门的福利有望延伸到横琴了，这才是澳门普通老百姓最想要的。

众所周知，澳门人的福利放在全球那可都是"棒棒哒"：

15年免费教育：附设4000—9000元不等的学费援助、3000元的膳食津贴，以及2000—2500元的学习用品津贴。

结婚派利是：政府专设生育津贴和结婚津贴，两项津贴均为1800元，人人都可申请。

残疾津贴：澳门残疾人士每年可领取8000元，最高达16000元，还有临时性残疾补助，聘用残疾人士的企业也能有所获益。

每年派钱：自2008年开始，澳门连年派钱，以澳门永久性居民为例，8年来获发的现金合计58000元/人。

澳门还设有敬老金，2016年的敬老金调整到8000元，不用供款也不用收入审查，按年发放……

澳门的教育、医疗、养老等福利一旦对接到横琴来，现在横琴工作、生活、养老的澳门居民都可以享受到与澳门本土相当的各种社会福利，为像陈阿婆这样的老年人带来更多"着数"。

不仅福利，横琴还探索澳门医疗及社会保险体系，研究设立为澳门居民在横琴治病就医提供保障的医疗基金，吸引更多的澳门居民到横琴居住、就业、生活。

回程路上，我专程转到横琴口岸西边，约5分钟车程便到了"澳门新街坊"选址地，这块地的面积约有19万平方米。

横琴新区管理委员会主任杨川说："年底前澳门新街坊一定会开工，建成后将借鉴澳门好的成熟社区的经验，将其建设、管理等模式'复制'过来，将是一个趋同港澳生活环境，融教育、医疗、养老等服务功能于一体的综合社区。"

"有了爱就有了一切。"我陡然想起了冰心老人说过的这句话。

濠江奔涌见证，梦想在此升腾。《横琴粤澳深度合作区建设总体方案》（以下简称"《方案》"）的印发，为横琴顶层设计勾勒出"三步走"蓝图——

到2024年，粤澳共商共建共管共享体制机制运作顺畅，创新要素明显集聚，特色产业加快发展，公共服务和社会保障体系与澳门有序衔接，在合作区居住、就业的澳门居民大幅增加，琴澳一体化发展格局初步建立，促进澳门经济适度多元发展的支撑作用初步显现。

到2029年，合作区与澳门经济高度协同、规则深度衔接的制度体系全面确立，各类要素跨境流动高效便捷，特色产业发展形成规模，公共服务和社会保障体系更加完善，琴澳一体化发展水平进一步提升，促进澳门经济适度多元发展取得显著成效。

到2035年，"一国两制"强大生命力和优越性全面彰显，合作区经济实力和科技竞争力大幅提升，公共服务和社会保障体系高效运转，琴澳一体化发展体制机制更加完善，促进澳门经济适度多元发展的目标基本实现。

《方案》为横琴缔造良好新机遇。

凡是过往，皆为序章。

一份份答卷刚刚交出，接踵而来的是一份份新的答卷，横琴像一个勤奋的中学生，不求满分，但求高分。

横琴从《方案》中灵活的政策体系、监管模式、管理体制以及澳门实际需求出发，重新谋划助力澳门经济多元发展的路径，胸怀和视野将更加开阔，方法和路径将更加成熟。

领导小组、专责小组、工作小组……横琴走得稳健而从容，尽管压力不断，甚至有紧迫感。

对横琴来说，困难或挫折只是一个顿号；成功或喜悦只是一个逗号，与暂时的成功或胜利告别，那是因为前面的路还很长。正如屈原于《离骚》中说的那样："路漫漫其修远兮，吾将上下而求索。"

明确了合作区"一条主线""四个战略定位"和"四项主要任务"，横琴开发进入粤澳全面合作共商共建共管共享的新阶段——

"一线"放开：对合作区与澳门之间经"一线"进出的货物（过境合作区货物除外）继续实施备案管理，进一步简化申报程序和要素。研究调整横琴不予免（保）税货物清单政策，除国家法律、行政法规明确规定不予免（保）税的货物及物品外，其他货物及物品免（保）税进入。

"二线"管住：对合作区内企业生产的不含进口料件或者含进口料件在合作区加工增值达到或超过30%的货物，经"二线"进入内地免征进口关税。从内地经"二线"进入合作区的有关货物视同出口，按现行税收政策规定实行增值税和消费税退税……

横琴粤澳合作的"四梁八柱"在《方案》里清晰呈现：发展科技研发和高端制造产业和中医药等澳门品牌工业；发展文旅会展商贸产业和现代金融产业；完善企业所得税优惠政策……

踏上新征程，书写新答卷。

横琴这把古琴弹奏了千百年，也沉默了千百年。如今，它日夜激荡的已不仅仅是山水海风之歌。在逐梦大湾区的改革创新中，横琴正在注入粤澳深度合作的新元素、新内涵，正在演奏"助力澳门、共荣发展"的瑰丽乐章。

横琴深知，唯有不忘对澳初心，牢记对澳使命，与澳门守望相助，休戚与共，携手并进，才能书写新时代发展新篇章，才能不愧于国家的重托。

浩浩珠江，南流入海。

晚霞暮影，夜幕在缓缓铺陈，淡紫色的氤氲正从天沐河里袅袅升起，脑背山在夕阳的映照下展露出她美丽的轮廓。

我驾车驶出横琴岛。此时，濠江两岸灯火初上，澳门和珠海仿佛同时被涂抹上一层浓浓的艳妆。我拧开车载收音机，音响里传来一首节奏明快的广东音乐——《步步高》！

不远处，落日染红的十字门水道潮起汐落，喷着"哗——哗——"的鼻息，它接纳着四面八方的船和桨，我仿佛看到，横琴又站在了全面建设社会主义现代化国家新征程的时代浪尖上……

后　记

一

要不要写这篇后记？

说实话，初稿完成差不多有半年时间，好几次将手中的笔拿起又放下，再拿起……我一直在思忖：这书要不要出？这书该不该出？

毕竟横琴新区成立才12周年。后来我想，一个12岁的孩子能驱使一个作家念兹在兹地要去为她书写，这个孩子肯定有他的非凡之处。

横琴就像一个非凡的孩子。

我是7年前开始关注横琴的，当时她刚刚被批准为自由贸易试验区，地方的媒体为她兴奋，很多人都把目光聚焦横琴，我也不例外。

我的观察点有所不同：论新区，她不能跟浦东新区等量齐观，说自贸区，她不能跟上海自贸区相提并论。区区106平方公里的横琴之所以能"集万千宠爱于一身"，正是因为她身边有一个澳门。

对！这就是横琴的非凡之处。

二

横琴的初心是什么？

其实，在国务院批复的《横琴总体发展规划》中已经有非常明确的定位，就是要助力澳门经济适度多元化发展。

历史选择了横琴，让她有幸承载国家赋予的庄严使命，有幸践行"一国两制"下粤港澳合作的深度探索，而我与横琴的"邂逅"，则使我有幸成为横琴一路行走的"观察家"。

横琴干得怎样？

横琴怎么干的？

这种观察和思考，令我跃跃欲试要为横琴写一部书。

我于是揣着笔一次次走进横琴，我并非树碑立传，我只是想用我的笔去审视这个曾经荒芜的海岛上的昨天、今天和明天，去探寻横琴人对初心的执着守望和对使命的庄重承诺……

这，是一个作家的责任。

三

岁月的年轮总是平静地转过。似水流年，时光匆匆，岁月无痕，眨眼间12年逝去。

12年是一段时间，也是一段记忆。

横琴牢记习近平总书记的嘱托，以不忘初心的政治责任和使命担当服务"一国两制"伟大实践，着力推动澳门融入国家发展大局，着力拓宽产业空间、发展空间、生活空间……

12年是一种历程，也是一种未来。

作为特区中的特区，横琴和澳门两地全方位多层次合作，同频共振，互利共赢。这些发展的印记深深镌刻在琴澳两地同胞的心里，并注定要对每一个人的生活、工作产生深远影响。

12年，是横琴不经意间标注的一个小小顿号，而正是这个小小的顿号，呈现出一个小横琴的大情怀。

四

历史，总是在一些特定节点，给人启迪，催人奋进。恰逢建国70周年、澳门回归20周年和横琴新区成立10周年的"三大节点"，我驻足在这片炽热的土地上，看着横琴日新月异的变化，看着横琴人砥砺前行的精神风貌，我切肤深感力不从心，唯恐写下的文字如管中窥豹，不及一斑，又怕着墨无度，读来让人索然无味……

正当这本书修订的时候，党中央、国务院印发了《横琴粤澳深度合作区建设总体方案》，为横琴顶层设计勾勒出"三步走"的蓝图。

我又一次走进横琴补充采访。

因为我相信，翻读横琴，就是翻读粤港澳大湾区合作的重要一章！

采访结束的那天，我将车停在横琴桥头，虔诚地祝福眼前这座我深深敬仰的海岛：横琴你大胆地往前走，莫回头，通天的大路九千九百九十九……

五

既然书要出版，总有些未尽的事和感谢的话要表达。

由于采访的视角和个人水平所限，书中疏忽遗漏、以偏概全在所难免，在此先向读者抱拳行礼，还望海涵。也由于种种原因，我对那些未接受采访或未采访到的横琴开发决策者、执行者和建设者表示崇高敬意，你们虽然没有走进我的书里，但你们已经走进了横琴和澳门市民的心中，走进了横琴开发的光荣史册。

书中参阅了各主流媒体或新媒体的报道、通讯和特写，我向撰写这些文章的记者和文字工作者表示衷心感谢。

感谢许许多多朋友的鼓励，感谢王彦先生、吴冠希先生、袁超先生为本书的采访协调提供各种便利并参与了采访，感谢珠海市横琴创新发展研究院，本书从策划、采访到核稿过程，都得到了研究院的精心指导，没有他们的支持和配合，要完成这样一部书是不可想象的。

2019年7月28日于珠海
2022年2月修改